사 랑
해 도,
돼 요?

사랑해도, 돼요?

2016년 6월 22일 초판 1쇄 인쇄
2016년 6월 27일 초판 1쇄 발행

지은이 기려한
발행인 이종주

기획 편집 이은정 정시연
경영 지원 배진경 김슬기
마케팅 김정수 신은경

발행처 (주)로크미디어
출판등록 2003년 3월 24일
주소 서울시 마포구 성암로 330(상암동) DMC첨단산업센터 3층 14호
Tel (02)3273-5135 Fax (02)3273-5134
홈페이지 rokmedia.com rokmedia.blog.me
E-mail romance@rokmedia.com

ⓒ 기려한, 2016

값 10,000원

ISBN 979-11-5999-604-7 03810

사랑
해도,
돼요?

·기려한 장편소설

ㄹㅋㅋ
ROCODO

Contents

Prologue

2014년 6월 18일.

예년보다 이른 장마가 시작되었다.

날씨에 따라서 사람의 기분이 오르락내리락한다지만, 그녀
의 심정을 대변해 주듯 내리는 느낌이었다. 커피숍에 들어서기
전까지만 해도 맑았던 날씨는 여자가 울 것 같은 얼굴로 자리
에 앉자마자 흘러내리기 시작했다.

툭, 투툭……

가늘던 빗방울이 점차 거세어지더니 창밖에선 하염없이 비
가 쏟아져 내렸다. 소나기보다는 폭우에 가까운 거친 빗방울이
삽시간에 하늘을 흐리게 만들고 있었다.

짧은 단발머리를 한 여자는 힘없는 얼굴로 창밖을 응시했
다. 물끄러미, 그러나 관조적으로 보던 그녀는 시멘트 바닥 위

로 물웅덩이가 진 것을 바라보다가 '촤악' 하는 소리에 고개를 반대편으로 돌렸다.

그러자 흠뻑 젖은 도로를 버스 한 대가 쌩하니 옆으로 지나가면서 사람들의 옷 위로 흙탕물이 튀었다. 닫혀 있는 창문으로 들리지 않는, 짜증 섞인 목소리가 그들의 표정만으로 들린 것 같았다.

그리고 마치 그 흙탕물이 뼛속까지 젖어 든 것 같은 얼굴을 한 여자가 아랫입술을 꾹 힘주어 깨물었다. 이내 손으로 구깃거리며 쥐고 있던 종이를 펼쳐 들었다.

홍라건.

진하게 적혀 있던 글씨가 볼을 타고 흘러내리는 눈물로 번져 갔다. 그러다가 지이익, 의자를 빼는 소리에 여자는 천천히 고개를 들었다. 이곳에 올 사람은 정해져 있었고 연락도 제가 했다지만 내심 오지 않기를 바라던 마음이 있었다.

"이재아 씨, 맞죠?"

제 이름을 불러도 입술을 벌리기만 할 뿐 여자는 대답을 하지 못했다. 그것은 아마도 눈앞에 있는 중년의 여자 탓인 것 같았다.

허스키한 음성의 얼굴은 신비로웠다. 그녀가 이제껏 만나 보지 못했던 부류의 사람이었다. 나이가 들지 않은 얼굴과는 달리, 숨길 수 없는 세월의 흔적이 나이테처럼 만들어진 목주름에 여자의 시선이 머물렀다.

"저한테 전화 주신 분 아니에요? 주위 둘러볼 것도 없이 그쪽이라고 얼굴에 적혀 있어서 이리로 온 건데."

앙칼지게 올라간 눈초리가 눈앞의 여자를 살피듯 바라보다가 누그러진다. 쪽지에 적힌 이름의 주인, 라진은 코랄빛 입술을 끌어 올리며 여자를 향해 다가와 섰다. 또각또각 울리던 구두 굽 소리가 마침내 갈 곳을 정했다는 듯 멈춰 선 채였다.

"맞아요. 제가 이재아예요."

사형선고를 받은 것처럼 그녀의 목소리는 힘이 없었다. 재아의 젖은 뺨을 본 라진은 흐음, 낮은 한숨을 쉬며 자리에 앉았다. 습관처럼 담배부터 꺼내 물려다가 '금연'이라는 붉은 글씨에 도로 클러치 백으로 집어넣으면서 본론부터 빠르게 꺼냈다.

"조 부장한테 얘기는 들었고, 얼굴 면접 보라고 해서 나왔어요. 조 부장 안목 정도면 안 봐도 괜찮다 싶었는데, 실물 보니까 더 예쁘네."

하얀 얼굴, 정갈한 눈썹, 눈물이 씻겨 간 말간 눈동자. 예쁘긴 정말 예뻤다. 흐리고 탁한 눈동자만 보다가 얼굴을 든 재아와 눈이 마주친 순간, 라진은 씁쓸한 기분이 들면서도 억지로 입가를 끌어당겼다.

"필요한 돈이 정확히 얼마예요?"

조 부장과의 대화를 떠올리면서 라진은 늘 들고 다니는 장부를 뒤적였다. 그 안에는 그녀의 소속으로 일하는 직원들의 대금이 적혀 있었다.

"1억 정도라고 그랬나?"

"······지금은요."

기약 없는 돈이었다. 액수는 언제든 불어날 금액이었다.

엄마의 치료비. 기본적인 실비보험조차 들기 아깝다고 아끼던 엄마는 일평생 모아 온 돈을 병원비에 다 내고도 부족했다.

근위축성 측삭 경화증, 일명 '루게릭병'. 완치는 거의 불가능한, 몸 안에 정신이 갇힌 채로 서서히 죽어 가는 병이라고 들었다.

치료를 해도 죽고, 치료를 하지 않아도 죽는 잔인한 병. 확실히 '치료'라는 말에 어폐가 있는 이 병은, 관리를 잘한다면 최대 10년은 살 수 있다는 희망 같은 글을 보았다.

두 손 놓고 있을 순 없기에 재아는 라진에게 연락한 것이었다.

가족이라고는 엄마가 전부인 그녀의 선택은 정말 최선일까. 장담할 수 없었다. 그렇지만 한 달 새에도, 아니, 혹은 짧은 순간에도 필요한 금액은 계속해서 눈덩이처럼 불어만 갔다. 그 시간이 벌써 열 달 가까이 흐르자 이제는 걷잡을 수 없게 되었다.

급작스러운 발작이라도 일어날 때면 엄마의 몸 안으로 투여해야 하는 작은 병에 담긴 투명한 액체조차도 그녀가 부담하기에는 버거운 금액이었다.

그리고 생명을 연장시켜 줄지 모르는 희망이라는 이름의 치료제도 그 희망의 무게만큼이나 금액은 만만치 않았다.

누군가의 말처럼 '나라면 공장에서라도 일하겠다.'라는 말은 현실을 더 절망적으로 몰아붙일 뿐이었다. 공장에서 주는 임금은 최대치가 한 달에 250만 원. 라진이 제안한 금액은 2,500만 원. 그녀가 지원했던 대기업 회사의 월급도 신입의 월급은 빤했다. 비교 자체가 불가능한 금액인 것이다.

만약 짧은 기간에 내야 할 금액이 아니라면 긴 시간이 걸려서라도 전자를 택하겠지만, 당장의 치료비가 없어 엄마의 목숨은 위태로워질 것이다.

그래, '나라면'을 바꿔 말하면 그건 본인의 일이 아니라서 선택할 수 있는 위선이고, 지금의 그녀는 선택의 여지가 없었다.

"마이킹(선불)으로 1억까진 당겨 줄 수 있어. 그 대신 꼬박꼬박 출근해야 하고."

재아는 당장이라도 일어서서 돌아가고 싶은 마음을 가까스로 억누르며 의자 바닥을 손으로 짚은 채 묵묵히 들었다.

"출근 시간은 8시 30분. 퇴근은 새벽 4시, 그쯤으로 생각하면 되고. 지낼 곳은 있어요?"

눈물이 왈칵 나오려는 걸 참느라 아랫입술을 짓씹었다. 집조차 넘어간 마당에 지낼 곳이라 하면 병원에서 보호자가 쓰는 작은 간이침대가 그녀의 유일한 공간이었다.

"병원에서 생활한다고 들었는데, 간병인 붙이고 나와서 지내. 사정 딱한 거 아니까 비어 있는 내 방 줄게. 난 그 집에 들어갈 일은 거의 없으니까 지내기 괜찮을 거야."

라진은 빠르게 주소를 옮겨 적은 메모지를 재아에게 건넸다.

"그렇게 죽을 것 같은 얼굴 할 거 없어. 안 잡아가. 다들 필요한 돈만 구하면 일 당장 관둘 거라고 말하는데, 그런 애들 아직도 일하고 있어."

일을 관두고 싶어도 못 관두게 붙잡나 싶어 재아의 눈동자가 겁에 질린 듯 흔들렸다. '……왜?'라는 물음이 가득 담긴 재아의 검은 눈망울을 보던 라진이 피식 웃으며 식어 버린 찻잔을 들었다.

"웃긴 게 뭔지 알아요? 이제 그만 청산하라고 해도, 이미 돈맛을 알아 버린 애들이 안 나간다고 버티는 거야. 어디 가서 이 돈을 벌어. 안 그래요?"

사람을 상대하는 라진은 말솜씨가 빼어났다. 처음 보는 상대에게 존대와 반말을 섞어도 어색하지 않을 만큼 유려했다.

나이가 보이지 않는 얼굴. 이 사람이 적일까, 아군일까 분간이 가질 않는다. 재아는 혼란스러운 얼굴로 앞섶을 꽉 쥐었다.

"저기, 저…… 몸은……."

"몸 함부로 굴리지 마. 재아 씨가 걱정하는 일이 바로 내가 걱정하는 일이야. 손님이 아무리 돈 많이 준다고 해도 자지 마. 소문이라도 나서 다른 손님 귀에 들어가면, 테이블 옆에 앉혀 두고 꽃처럼 보지도 않을뿐더러, 한 번 잔 손님 또한 널 다시 찾을 일은 없을 테니까. 최대한 아껴요. 그게 재아 씨 값어치를 더 높이는 거니까."

"그래도 제가 알기로는……."

조 부장이 이 일을 제안했을 때 말도 안 된다고 고개를 저었던 재아는 제가 여태껏 가지고 있던 편견과는 다른 말이 나와서 일단 한번 만나 보자고 나온 것이었다. 그만큼 절박한 심정이었다.

여전히 의심과 근심이 섞인 얼굴을 보며 라진이 알겠다는 듯 고개를 끄덕였다.

특화된 술집. 일반인에게는 알려져 있지 않은 곳이라 가끔 '술집'으로 묶어서 오해를 사는 곳이기에 어떤 시선으로 보는지 알고 있다.

"모르는 사람들이야 술집 여자를 무조건 몸 파는 여자라고 생각하지. 그것도 어디서 일하느냐에 따라 다른 거 아니겠어요? 다른 서비스업에도 외모 보는 곳 많잖아. 다리가 곧은지, 치아가 가지런한지, 웃는 얼굴이 예쁜지. 우리도 마찬가지야. 외모를 특별히 많이 보는, 술 파는 곳이라는 거지. 물론 이건 어디까지나 내가 일하는 곳에 한정된 얘기니까, 나를 만난 걸 행운으로 알아요. '일프로'는 재아 씨가 생각하는 그런 곳 아니니까 그렇게 겁먹은 얼굴 할 필요 없어."

미지의 세계에 발을 들여놓는 건 쉽지 않은 일이었다. 그러나 라진의 경고성 멘트에 불안하던 마음이 조금은 안심이 되었다.

최악은…… 아니겠구나 싶어서.

"준비해 오라는 건 해 왔죠? 이 바닥이 신용은 정확해야 하거든."

재아는 후욱, 깊은 숨을 내쉬며 가방을 뒤적이고는 제 인적 사항이 적힌 서류들을 라진에게 넘겨주었다. 그리고 가불을 한다는 명목의 금액 옆에 사인을 하고 지장을 찍었다.

은행에서는 대출이 안 되는 금액이 그녀의 얼굴 하나로 손에 들어온 셈이었다. 무슨 일을 어떻게 하게 될지는 몰라도 당장은 눈앞에 있는 숫자가 더 현실적이었다.

"이 세계에 발을 들여놓는 거? 쉽지 않아. 지금 텔레비전에 나오는 조민영도 뺀찌 먹고 연예계 데뷔한 거니까."

지장이 찍힌 서류를 곱게 접어서 클러치 백에 집어넣은 라진이 지갑에서 명함 하나를 찾아 테이블 위로 내려놓았다.

"윤사라 실장님 찾아서 홍라진 소개로 왔다고 말하면 돼."

제가 할 말은 끝났다는 듯 자리에서 일어난 라진은 그대로 뒤돌아 나가려다가 재아를 돌아보았다.

"계좌번호 불러. 급한 거 같으니까 일단 쏴 줄게."

5분이나 걸렸을까. 텅 비어 있던 계좌가 1억이라는 돈으로 채워진 시간이.

재아는 믿기지 않는 얼굴로 그…… 숫자들을 관망하듯 바라보았다.

달그락, 커피 잔을 잡은 손이 부들부들 떨렸다. 이제는 빼도 박도 못할 것이다. 커다란 파동이 그녀의 심장을 두드리며 커다란 족쇄를 채웠다.

"이제는…… 돌이킬 수 없어."

힘이 들어가지 않는 다리를 억지로 움직인 재아는 라진이 두고 간 명함을 집었다.

라진이 가 보라고 했던 2층에 위치한 미용실은 저녁 7시임에도 불구하고 인산인해였다. 인이어 마이크를 찬 미용실 보조가 데스크 쪽으로 다가오는 재아를 훑어 내렸다. 이 시간대에 미용실에 오는 건 주로 화류계 '언니'들인데 처음 보는 얼굴이었다.

"예약하셨어요?"

재아는 오는 내내 쥐고 있던 명함을 꺼내 이름을 확인했다.

"윤사라 실장님을 찾아왔는데요. 홍라진…… 씨 소개로 온 이재아예요."

강남 텐프로 메이크업을 주름잡고 있는 윤사라 실장 앞으로 예약했다고 하니 더 물어볼 것도 없었다. 그런데 입고 있는 의상과 기본적인 오라가 화류계와는 거리가 멀다 여긴 보조는 쓰읍, 짧게 혀를 차고서 옷깃에 붙어 있던 마이크에 입술을 가까이 댔다.

"재아 언니 왔어요."

— 샴푸 먼저 하고 머리 말리고 들여보내.

인이어로 나오는 목소리에 '네, 알겠어요.'라고 우렁차게 답한 보조는 재아에게 가운을 입혀 주었다.

"언니, 샴푸 먼저 하고 메이크업 받을게요."

재아는 일사분란하게 움직이는 보조의 손길에 제 머리를 맡겼다. 눈가 위로 수건이 덮여져서야 마음이 조금은 편안해졌다. 그러나 안쪽에 자리한 심장은 여전히 쿵쿵 거세게 울고 있었다.

수건으로 꼼꼼하게 머리카락 한 올까지 말아서 모아 쥔 보조는 의자에 재아를 앉히고는 등받이의 높낮이를 조절했다. 일련의 연속적인 행동은 거의 기계와 다름없을 만큼이었다. 여러 명의 보조들은 밀려드는 '아가씨' 손님을 분담해서 작업하고 있었다.

위이잉.

두 대의 드라이기가 능수능란하게 머리 위에서 움직이면서 축축했던 머리는 어느새 뽀송뽀송하게 말라 갔다. 드라이기로 뿌리까지 바짝 말린 머리카락의 느낌과 체리 향 샴푸는 그런대로 좋았다.

보조는 제 할 일이 다 끝났는지 엄지손톱만 한 마이크에 대고 보고하였다.

"재아 언니 샴푸 다 했는데 지금 메이크업할 거예요? 아니면 머리 마저 다 할까요?"

- 메이크업하려면 20분 남았어. 머리 먼저 해.

유동적으로 변하는 시간에 따라서 일을 진행하는 시스템이라 인이어를 통해 들려온 지시에 보조 두 명이 재아에게 달라붙었다. 한 명은 드라이기로 머리카락 뿌리부터 세워서 볼륨을 주는 작업을 시작했고, 나머지 한 명은 아이롱을 바닥에 있는 코드에 꽂으며 재아를 향해 물었다.

"머리 어떻게 할까요? 웨이브? 물결 펌?"

미용실에서 드라이를 받아 본 적이 없는지라 재아는 주변을 둘러보다가 이내 속눈썹을 차분히 내렸다.

"알아서 해 주세요."

"언니는 머리가 짧으니까 물결 펌이 더 예쁠 것 같아요."

뜨거운 기계에 닿았던 머리카락이 계단처럼 층층이 나오고, 중간중간은 웨이브처럼 꼬아져서 나오자 그녀의 앳된 얼굴이 한층 더 발랄해졌다.

보조 두 명의 작업이 끝나고 헤어를 담당하는 대표이사가 드라이기로 마지막 스타일링을 잡자 이전까지와는 확실히 다른, 분위기 있는 헤어가 완성되었다. 그것을 보며 보조가 마이크에 대고 다시 보고를 하였다.

"머리 다 됐어요. 지금 들어갈까요?"

– 들여보내.

정신없는 미용실에 적응이 되지 않는지 재아는 작게 심호흡을 하며 안내받은 파우더 룸으로 들어섰다. 그곳에서는 밤의 여신들이 각각의 거울 하나에 주르륵 앉아서 화려한 미모를 뽐내고 있었다. 몇 년 단골인 건지 시시콜콜한 대화가 섀도를 얹기 위해 눈을 감으면서도 이어지고 있었다.

알 수 없는 단어와 까르르 간드러지는 웃음소리. 몰려오는 이질감에 토할 것처럼 속이 울렁거린 재아는 쓴 물이 올라오려는 것을 간신히 삼켰다. 모두가 자연스러운 이곳에서 저만 둥둥 떠다니는 것 같은 느낌이었다.

"재아 씨, 이리 와서 앉아."

누군가 콕 집어 의자를 가리켜서야 재아는 안내받은 자리에 겨우 앉을 수 있었다.

"템프로 첫날이라고 그랬나? 아니지, 홍라진 마담 소개면 일프로겠네. 재아 씨, 진짜 예쁘긴 하다."

넉살 좋은 말투는 사근사근하니 친근감 있었다.

사라는 화장기 하나 없는 말간 얼굴의 재아를 꼼꼼히 살펴보았다. 이런 곳에서 일할 여자가 가진 분위기가 아니었다. 그래서 아마 더 인기가 많을 것이라 짐작하면서 사라는 거울 정면으로 비치는 재아를 보며 물었다.

"메이크업은 어떻게 해 줄까?"

"그냥…… 알아서 해 주세요."

아랫입술을 꾹 눌러 말하며 재아는 치맛자락을 움켜잡았다. 그녀의 자존심도 함께 구겨지고 있었다. 눈물을 흘리지 않기 위해 입술을 앙다물었다.

병원 접수대에서 연체된 미납 영수증을 받으며 더는 치료를 진행할 수 없다는 직원의 말을 들었을 때도 지금처럼 절망적이진 않았던 것 같다.

더 이상 내몰릴 수도 없을 만큼 내몰렸다고 여겨졌을 때, 그녀 앞으로 다가온 윤이 반짝반짝 나는 구두코를 따라 시선을 들었다.

'내가, 도와줄까요?'

선선한 웃음. 햇살 같은 희망이 그녀 앞으로 내리쬐었다.

'301호 정경란 보호자, 이재아 씨 맞죠?'

그리고 그 자리에서 도망치듯 나왔다. 햇살을 피해 들어간 지독한 그늘에서, 재아는 조 부장이라는 사람을 만났다.

급한 돈이 필요해 보여서 소개해 주는 거라고.

"재아 씨, 메이크업 다 끝났어. 무슨 생각을 그렇게 해?"

어깨를 잡히고 나서야 멍했던 기억이 돌아온 재아가 반쯤 흐려진 눈동자를 들었다.

"어머, 울면 안 돼. 아이라인 번진단 말이야."

고개를 뒤로 젖히고서 재아는 눈동자 안으로 눈물을 삼켰다.

"……괜찮아요."

나 이제 정말…… 괜찮아.

괜찮지 않아도, 괜찮아.

눈물을 삼킨 재아는 표정도 삼켰다. 상처받으며 부서질 것 같은 유리 심장을 단단한 가시덤불을 세워 감싸 안았다.

1. 1%의 인연

청담동 도산 사거리에 밀집되어 있는 유흥가. 술집이라고 다 같은 술집이 아니다. 화류계의 세계에도 엄연히 등급이라는 게 있다. 위로 올라갈수록 미모의 여성과 함께 주대(술값과 화대를 함께 이르는 말)는 높아진다. 클럽, 세미, 점오, 하이점오, 텐프로, 일프로 순으로.

클럽과 세미는 우리가 흔히 알고 있는, 2차라는 것을 하는 여성 접대부가 있다.

점오와 하이점오는 일하는 여자의 선택에 따라서 갈 수도, 안 갈 수도 있는 곳. 같은 점오라는 단어에 '하이'가 붙은 곳이 조금 더 높은 수준의 미모의 여자가 있다는 뜻이다.

텐프로와 일프로는 2차라는 통상적인 명칭조차 없고, 가지 않는다.

화류계에서 일하는 그녀들은 테이블 TC라는 명칭으로 수당을 벌어 가는데, 클럽과 세미는 손님이 갈 때까지 한자리에 머물러야 하지만, 점오는 세 군데 정도 동시에 룸을 돌 수 있기에 상대적으로 TC를 많이 벌어 갈 수 있다.

텐프로와 일프로는 손님이 찾는다면 구애 없이 룸을 돌 수 있고, TC는 10만 원이다. 다시 말해, 하루에 스무 룸을 동시에 보았으면 그날 버는 금액이 최소 200만 원이라는 소리다.

다만 일프로에서는 시간제에 따라서 TC 비용이 달라지기는 한다.

앞에서 설명한 낮은 등급의 술집은 보통 우리의 머릿속에 그려지는 대로 난잡하게 노는, 그러한 곳이 맞다. 하지만 여기서부터 말하는 '일프로'는 예외로 들겠다.

일하고 싶다고 누구나 일할 수 없고, 가고 싶다고 해서 누구나 갈 수 있는 곳이 아니니까.

일프로와 비슷한 텐프로는 유명 연예인들도 손님으로 받아주지만 이곳은 제아무리 탑 급이라도 연예인 손님을 반기지 않았다. 협찬에 익숙한 그들은 이곳에서 비싼 술을 시키기보다는 연예인보다 예쁜 그녀들에게 추파를 던지는 일이 많았기 때문이다.

그리고 환영에 익숙한 그들은 '팬심'과 이곳에서의 '무심'의 격차를 쉽게 받아들이지 못했다. 일반인들은 그들의 얼굴을 직접적으로 보게 되는 것을 영광으로 여기며 차 한 잔이라도 하자고 하면 과분한 마음으로 없는 시간도 만들겠지만, 그녀들은 밖에서 만나자는 그들을 귀찮게 여길 뿐이었다. 일분일초가 돈인 그녀들이 그들을 만날 이유는 어디에도 없었다.

이곳에서는 비싼 술을 어떻게 하면 더 빨리 비우게 하느냐가 관건이었다—실상 가장 중요한 것은 따로 있지만— 그것도 티 나지 않게.

그녀들이 로테이션하며 들어가 '짠'을 유도하면서 술을 비우거나, 새 온더록스 잔에 낭비처럼 따라 놓았다. 그러면 웨이터들이 맥주를 채우러, 녹은 얼음을 새것으로 바꾸러, 재떨이를 비우러 들어와 그것들을 자연스럽게 함께 가지고 나가 술을 비우는 속도를 빨리했다.

유독 예쁜 그녀들이 많아서, 술이 달아서, 평소와 다르게 술이 빨리 비워지는 게 아니다. 그리고 손님들은 그런 것들을 알고도 눈감아 주었다. 영수증에 기재된 숫자가 매번 달라도 상관없다. 그런 걸로 따지고 드는 사람은 애초에 이곳의 손님일 수가 없는 것이다.

태생적으로 숫자에 무감한 사람들이 찾는 이곳은 지상의 세계와는 다르다. 이곳에서 일하는 그녀들 또한 남들과는 달랐다.

술집 여자로는 도통 보이지 않는 고상한 외모의 소유자인 그들은 분위기 자체에서 귀티가 흘러 곱게 자란 여성으로 보이기까지 했다.

보통 사람처럼 낮에는 제법 시간의 유동성이 있는 프리랜서의 통역관도 있었고, 퀸카로 이름을 떨치는 대학생도 있었고, 얼굴이 알려지지 않은 신인 배우들도 있었다. 전문직도 있었고, 학교 선생님도 있었다.

'있었다.'라는 과거형으로 말하는 것은, 투잡으로 일하던 그녀들이 하루에 벌어들이는 소득의 맛을 알아 버려 꿈꾸고 소망했던, 소중했던 직업조차 버리고 이곳을 택했기 때문이다.

일프로에서는 상류 손님과 대화가 가능해야 하기에 학식의 수준도 따지는 편이라 일을 하는 그녀들은 인텔리전트해야 했다. 또한 돈만 주면 다 한다는 식의 인식이 없었다.

자신을 너무나 사랑하고 아끼는 자기애가 투철한, 조금은 독특한 그녀들이라는 게 맞는 표현일 것이다. 그래서 이곳에서 일하는 그녀들은 '술집'으로 매도되는 것에 자격지심을 가지는 것 이면에 '자부심'도 가지고 있었다.

젊음과 미모는 누구나 영원하지 않다. 영원하지 않은 것들을, 짧은 주기 안에 최대로 비싼 값을 받기 위한 경쟁의 터가 바로 이곳 화류계다.

손님 옆에서 꽃처럼 앉아 있으면 되는 줄 알지만, 손님이 그들을 주기적으로 찾게 만들기 위해선 그녀들 나름대로의 피나는 노력을 해야만 한다.

상류층 고객과 원활한 대화를 위해 경제 서적이라든지 인문학을 읽으며 두루 상식을 넓히고, 개인 피트니스와 피부과 진료를 받으며 주기적으로 외모를 관리하는 것이 그들이 하는 비싼 '자기 관리'다.

그래서 그 많은 돈을 벌고도 일수를 찍기도 하고, 여전히 돈에 쫓기고, 높은 사람을 상대하면서 오는 상대적 박탈감과 공허함을 쇼핑으로 푸는 그녀들이 쉽게 일을 관두지 못하기도 하는 곳.

그러다 보면 아가씨에서 새끼마담으로, 후엔 대마담으로, 나중엔 새로운 가게를 오픈해서 사장이 되기도 하는 순리. 개중 성공한 사람은 악착같이 벌어 목돈을 모아 쇼핑몰 사업을 시작하기도 하고, 요식업을 하기도 하고, 결혼을 해서 평범한 일상 속에 숨어 들어가기도 한다.

다른 건 다 차치하고서 조금 과하게 말하자면, 손목조차 잡기 어려운 비싼 여성들이 도도하게 있는 이곳이, 바로 '일프로'다.

보통은 들어 보지도 못한 단어일 것이다. 아는 사람만 안다는 지하 세계의 상류 세계. 이곳에서만 피어나는 밤의 꽃들은 꺾을 수도 없고, 아무나 훔쳐보지 못한다.

술집 여자를 미화하는 말이 아니다. 이것은 사실이다. 들어오는 손님도 수준에 맞게 선별해서 예약을 받는 일프로는 간판조차 없어서 인맥이 있지 않고서야 찾아올 수 없는 곳에 위치해 있다.

간판이 없는 그곳으로 속속 출근하는 그녀들이 고급 승용차에서 내렸다.

이곳으로 들어올 때도, 집으로 돌아갈 때도 그녀들은 소위 말하는 텐프로, 혹은 일프로 전용 기사의 콜을 이용하는데, 금액은 집 앞 5분, 짧은 거리에도 기본 가격이 1만 원이었다. 그녀들은 스스로 움직이는 법 없이 미용실에 갈 때도, 쇼핑을 할 때도 스스럼없이 기사의 차를 애용했다.

아마도 그중, 지하철과 도보를 택하는 이는 유일하게 딱 한 사람뿐일 것이다. 체면을 떨어뜨린다는 말을 듣지만, 겉치레에 신경 쓰지 않는 그녀에게 그 정도 여유는 예전에도 없었고, 지금도 없다.

"오늘은 웬일로 지각을 다 했어?"

회사원 차림의 조 부장은 교탁처럼 생긴 탁자에 선 채로 출근한 그녀들의 이름이 적힌 명단과 조판(룸 넘버와 함께 손님의 이름이 적혀 있는 표. 룸을 드나들고 나가는 그녀들의 시간 기록을 in, out으로 표시)을 번갈아 보았다.

장부 안에 적힌 이름들은 두 글자로 통일한 듯 하나같이 외자였다. 걸 그룹 아이돌 같은 이름의 가명들이 스무 개쯤 적혀 있었고, 이제 막 출근을 하면서 장부에 새로 적힌 '유희'라는 이름으로 불리는 여자가 그 옆에 서 있었다.

짧았던 단발머리는 2년이라는 시간과 함께 자랐다. 볼륨이 풍성하게 들어간 웨이브 진 머리카락이 유희의 여린 어깨 아래로 흘러내렸다. 은은한 골드 펄을 얹은 눈꺼풀을 깜빡일 때마다 사람의 시선을 잡아끄는 얼굴은 도도했고, 칼날 같은 차가움이 서려 있었다.

"들를 데가 있었어요."

표정을 지운 무채색의 얼굴로 유희가 건조하게 말하자 조 부장은 그곳이 어디인지 알기에 더는 묻지 않았다.

"유희 1번 룸 들어가고, 채영이 1호에서 3호로 빠지고. 선아 8호에서 빼."

조 부장이 주고받는 무전기 소리를 가만히 듣던 유희는 저를 끄는 웨이터를 따라 어느 룸 앞에서 대기했다. 어느새 뒤로 다가온 라진이 유희의 어깨에 넌지시 손을 얹었다.

"유학 갔다 돌아온 친구 환영식 해 준다는데, 그 한 명 빼고는 나도 다 아는 손님이니까 걱정 말아. 내 손님 진상 없는 거 알지? 술은 못 먹겠으면 마시는 척만 해. 물수건에 티 안 나게 뱉거나, 온더록스 잔에 둥글레차 같이 따라 놨다가 양주 마시지 말고 그거 마셔. 들어가자."

달칵, 문이 열리고 길게 뻗은 대리석 테이블이 보인다. 벨벳으로 감싼 긴 의자가 테이블을 따라 이어졌고, 모여 있는 남자 옆엔 여자가 한두 명씩 붙어 있었다. 상석에 있는 남자 한 명만이 오롯이 혼자 앉아 있었다.

"자기 친구분, 눈 너무 높아서 계속 우리 애들 뺀찌 놓네?"

"홍 마담, 이 새끼는 원래 술집 오지도 않는 꼰대님이니까, 신경 끄고 우리만 신경 써 줘."

일행 중 한 명이 건들건들 말하며 소파 뒤로 몸을 파묻었다.

옆에 앉은 그녀들은 얼음 집게로 과일을 먹기 좋은 크기로 잘라 사각 접시에 덜어 냈다. 석류는 알알이 골라내어 스트레이트 잔에 담고, 연유 시럽을 뿌린 딸기와 함께 수박은 씨까지 일일이 발라 놓은 채였다.

"나도 자존심이 있다. 우리 가게 에이스, 유희."

콧소리를 내며 라진이 유희를 앞으로 세우자 제법 어려 보이는 남자 무리들이 휘익 휘파람을 불었다.

라진이 유희의 귀에 빠르게 속살거렸다.

"정·재계 갑부 집 자제들. 평판 유지한다고 술집은 잘 오지도 않아서 나도 오랜만에 봐."

테이블 상단에 엎어져 있는 온더록스 잔과 스트레이트 잔을 각각 두 개씩 꺼내며 라진이 유희의 손에 쥐여 주었다.

저에게로 집중되는 뜨거운 시선을 느끼며 유희는 바닥에 보이는 발들을 피해 꼿꼿하게 걸어 나갔다. 테이블을 지나가면서 중간에 발 하나를 밟을 뻔하자 그 발의 주인, 원석이 한 줌도 안 되는 그녀의 허리를 잡아끌었다.

"오빠 옆에 앉고 싶었구나? 그치? 여기 앉을래?"

장난스럽게 말하면서 능글맞은 손가락이 가슴 위로 타고 오르려 하자—물론 시늉으로 그칠 의도였지만— 자리에서 일어난 유희는 고의성이 짙게 남자의 발을 밟으며 난처한 얼굴을 했다.

"오빠, 미안. 내 자리는 여기가 아니라서."

얼음 같던 얼굴 위로 녹아들 것 같은 웃음이 흘렀다. 얼마든지 자동적으로 흘러나오는 선홍색 웃음.

원석은 그 얼굴에 더는 화내지 못하고 피식 웃으며 상석 쪽을 보았다.

"너 이번에도 또 뺀찌 놓을 거지? 유희야, 그냥 오빠 옆으로 와."

옆에 앉아 있던 그녀들은 자존심이 상해 떨떠름한 얼굴이었지만 조금이라도 관심을 제 쪽으로 돌리기 위해 아양을 떨었다. 그러나 남자들의 시선은 유희에게로 쏠려 있었다.

같은 꽃이어도 독보적인 꽃, 유희는 일프로에서도 '에이스'라 불렸다. 향기가 짙은 꽃에 벌의 시선이 모이는 건 당연한 이치였다.

유희는 상석 쪽으로 다가가 앉았다. 익숙하게 배어 있는 습관대로 스트레이트 잔에 양주를 따르고, 얼음을 채워 넣은 온더록스 잔에 그것을 부어 남자 쪽으로 밀어 주었다.

온더록스 잔에 5분의 3 정도 따른 술과 얼음이 섞이는 것을 남자는 물끄러미 바라보았다. 남자는 가타부타 말이 없었다.

유희는 들어오기 전에 이 남자에 대해 하는 말을 들은 게 언뜻 생각났다. 여자를 앉히는 걸 거부했다고. 그래서 줄줄이 퇴장했다고. 승부욕이 강한 라진이 마지막 승부수를 제게로 던졌고, 이마저 통하지 않으면 곱게 단념할 것이라고 말했었다.

이때까지 시선을 주지 않던 유희가 그런 남자를 향해 천천히 고개를 기울였다. 나가라고 말을 한다면 미련 없이 일어서기 위해.

"……앉아 있어요, 그대로."

남자는 그렇게 말했다. 그리고 유희는 그 남자에게서 시선을 떼지 못했다. 옭아맨 것처럼 눈동자를 움직일 수도 없었다. 그대로 붙들렸다. 귓가가 먹먹해지고 주변의 소음이 침묵한 것처럼 가라앉았다.

서둘러 고개를 숙였다. 손끝이 잘게 떨렸다.

"이름이, 뭐예요?"

재아가 아니라 유희가 된 그녀를 마주한 남자는 오래전 그날처럼 웃고 있었다.

✳

재아는 겁에 질린 얼굴로 발작하는 엄마를 바라보았다. 진정제 투여가 필요했다. 호출을 눌러 보지만 간호사들은 굼떴다.

진정제 투여가 되지 않아도 일정 시간이 지나면 발작이 잦아들 것을 알지만, 극심한 고통을 잠재우려면 마약 성분의 약이 필요했다. 그러나 그들의 사정을 아는 병원 측은 생명이 위급한 상황이 아닌 이상, 단순히 고통을 줄여 주기 위한 항진정제 약을 쓰는 일을 꺼려 했다. 게다가 연체되어 있는 미납 영수증으로 인해 병실을 빨리 비워 달라고 재촉을 받고 있는 상황이었다.

재아는 발을 동동 굴렀다. 그때 병실을 지나가던 레지던트 1년 차 남자 의사가 뛰어 들어왔다. 엄마에 대한 오더를 내릴 권한이 없다는 것을 알면서도 재아는 그를 붙잡으며 사정할 수밖에 없었다.

"선생님, 우리 엄마…… 우리 엄마 죽어요. 제발 좀 살려 주세요!"

등을 활처럼 휘는 엄마를, 숨을 꺽꺽대며 눈을 뒤집는 엄마를 보며 재아는 오열했다. 물먹은 손으로 남자의 가운을 꼭 쥐고서 놓지 않았다. 그러자 뒤늦게 따라온 수간호사가 한숨을 쉬며 재아에게 말했다.

"참아요. 발작은 조금 있으면 괜찮아질 거예요."

'참아요.' 그렇게 잔인한 목소리가 귓등을 할퀴었다.

그때였다. 언제나 서글서글 웃는 낯이었던 남자 의사가 간호사를 향해 소리를 높였다.

"참긴 뭘 참습니까. 당장 트라마돌(Tramadol: 약한 마약성 진통제), 바클로펜(Baclofen: 근이완제) 투여하세요!"

"그게, 고 과장님이……."

"교수님한테 오더 직접 받아 올 테니 당장 가져와요. 비용은 제가 부담합니다."

그 뒤로도 남자는 마약성 진통제를 사용해야 할 경우에는 그의 이름 앞으로 비용 청구를 돌려놓았다.

눈앞에서 엄마가 아파 죽을 것 같은 얼굴을 하는 상황에서 염치라는 건 사라졌다. 생각할 여유가 있어야 창피함도 느낄 수 있다는 걸 재아는 그날 처음 알았다.

주사약이 투여된 지 15분이 지나서야 엄마는 진정이 된 얼굴로 잠이 들었다.

"이제 괜찮아요."

차분한 목소리로 말하며 그가 재아를 향해 웃었다. 그 웃음이 위로가 되었다.

그가 괜찮다고 하면 정말…… 괜찮아질 것 같아서.

재아는 눈물 젖은 얼굴을 하면서도 웃었다.

지금은 웃고 있어도 웃지 않는 얼굴이 된 그녀를 향해 남자가 테이블 표면을 톡톡, 두드렸다.

"이름, 말 안 해 줄 거예요? 무안해지려 그러네."

유희는 멍하니 벌린 입술을 천천히 움직였다.

"……유희요."

그녀의 입가에 흐릿한 곡선이 걸렸다.

"강이준이에요. 처음 뵙겠습니다."

새하얀 가운 위에 검은색 실로 수놓아진 '강이준'이라는 이름을 그녀는 기억한다. 그러나 그는 '처음 뵙겠습니다.'라고 말하였다.

하긴, 그 많은 환자들을 2년이 지난 지금까지 어떻게 다 기억하고 있겠어. 자신에게 특별한 기억이 그에게까지 특별할 수는 없겠지. 유희는 그렇게 생각하며 천천히 숨을 몰아쉬었다. 그리고 한편으로는 안도했다.

다행이다. 기억하지 못해서.

그렇지만 선 자리도 아닌, 이곳에서 이런 식의 인사는 참으로 독특했다. 술집을 안 와 본 태가 역력했다. 이내 무리 중 한 명이 별종을 본다는 얼굴로 그를 향해서 입을 열었다.

"의예과 졸업하고 경영학으로 바꾼 너도 참 대단하다. 유펜 MBA를 한 번에 철컥 붙어서 2년 안에 졸업한 괴물 같으니라고."

대체 이유가 뭐냐고 묻는 친구들의 물음을 뒤로하고 이준은 그저 웃기만 했다. 물고 늘어지는 친구들을 향해 그가 여상한 어조로 대꾸했다.

"재미없어서."

'생명 앞에서 모든 권리는 동등하다'는 기본 인권조차 지켜지지 않는 병원 시스템에 회의감이 들었다. 생명을 다루는 의사도 병원이라는 기업체에선 하나의 구성 요소일 뿐인지도 모른다는 생각을 레지던트 1년 차 때 뼈저리게 깨달은 터였다.

돈과 권력이 생명까지도 쥐락펴락하는 세상. 당장 수술을 해야 하는 가난한 환자보다는 미뤄 줘도 될 VIP의 수술이 우선

시되는 병원 내부 시스템.

작은 상처에도 VIP는 성형외과 협진까지 하는 마당에 정작 큰 외상을 입은 일반 환자에게는 외과 의사가 처치를 하고 추후에 성형외과에 가서 다시 흉터 시술을 받으라는, 도무지 어디가 선先인지 기준 자체가 틀어진 이 시스템에서 한낱 의사 나부랭이가 할 수 있는 건 아무것도 없었다.

그러던 찰나에 돈을 낼 형편이 되지 않는다고 해서 환자의 고통을 방관하는 이중성을 목도한 후로는, 그리고 그 환자가 사라진 후에는 그도 가운을 벗고 그곳을 나왔다.

의사가 아닌, 병원 기업체를 운영하기로 마음먹은 것이었다. 처음부터 가능한 일은 아니기에 전공을 바꾸고, 경영에 대한 전반적인 것을 아버지의 회사로 들어가 기본적인 실무만 익히기로 하였다.

"미친 새끼, 의사를 재미로 하냐? 진로 바꿀 거면 처음부터 네 아버지 속 안 썩이고 경영 배웠으면 좋았잖아."

"그래도 후회는 안 해."

"지나치게 긍정적인 새끼."

이준은 피식 웃으며 유희를 향해 시선을 돌렸다. 그와 동시에 룸에 있던 앞문이 조심스레 열리고, 자연스레 그녀의 고개가 그쪽으로 틀어졌다.

문 사이로 얼굴을 내밀고서 들어온 웨이터가 유희와 눈을 맞추었다.

"유희 씨."

작게 제 이름을 부르자 유희는 당장 일어나서 사라져 버리고 싶은 마음과 그대로 있고 싶은 마음이 부딪치는 것을 느꼈다.

룸 안에서의 흐름은 대략 이렇게 돌아간다. 밖에서는 조 부장이 조판을 보며 그녀들을 룸으로 배치하며, 지정이 되면 웨이터가 룸으로 들어와 이름을 부르는 것. 로테이션처럼 돌아가는 이곳의 규칙이었다.

남자들은 제 옆으로 앉힐 그녀들을 여러 명 선택해서 혼자 있는 시간을 줄였다. 만약 한 사람을 지정해 그대로 제 옆에 두고 싶을 경우에는 그만한 액수를 지불해야 했다. 이걸 방을 묶는다고 표현했다.

룸에 익숙하지 않은 이준은 통상적인 규칙을 알지 못했다. 그는 자리에서 일어나려는 유희의 손목을 잡아챘다. 그리고 웨이터를 향해 입을 열었다.

"보내기 싫어졌는데, 어쩌죠?"

키가 작은 웨이터는 곱추가 아닌데도 등을 한껏 아래로 숙이며 난처하게 웃었다.

"유희 씨 찾는 지명 손님이 많아서 그게 좀……. 그래도 이 정도면 오래 앉아 있는 거예요."

이준은 여전히 유희의 손목을 그러잡은 채, 웨이터를 향해 무게감이 실리지 않은 부드러운 음색으로 물었다.

"그래서 묻잖아요. 계속 같이 있고 싶어질 땐 어떻게 하는지."

공기처럼 맑은 목소리 이면에 서늘한 기색이 묻어 나온다. 가볍게 어깨를 으쓱인 이준의 오묘한 잿빛 눈동자가 웨이터를 향했다. 괜스레 기가 눌린 웨이터는 흠흠, 목을 가다듬었다.

고등학교도 제때 졸업 못 하고 밑바닥부터 일을 배워 왔던 웨이터, 상현은 별의별 사람을 상대하면서 눈치만큼은 누구보다 빠르다고 자신하였다.

이준의 곱상한 외모만으로 평가해 쉽게 대할 상대가 아니라는 것을 간파했다. 웃으며 말했지만 날카로운 가시를 숨긴 적대적인 느낌이 이준에게서 스멀스멀 나오고 있었다.

아, 술집에 잘 오지 않는다고 했던가.

유흥을 즐기지 않는 사람이라면 충분히 그럴 만하다 싶어 상현은 머리를 긁적이며 유희를 보았다.

"유희 씨, 지금 여기가 첫 번째 방이죠?"

입 모양만 보일 법하게 작게 묻자, 다행히 알아들은 유희가 고개를 끄덕였다. 그러자 상현은 '잠시만요.'라고 말하고서 라진을 데리고 왔다.

"유희 방 묶는다고?"

라진은 걸걸하게 말하며 소파 팔걸이에 걸터앉았다. 바로 뺃찌를 안 놓아서 다행이다 싶었는데, 단번에 묶는다고 하니 호기심이 생긴 눈치였다. 그녀가 새치름하게 눈을 치켜뜨고서 주위를 둘러보자 일행이 키들거리며 웃었다.

"강이준, 네가 웬일이냐. 유희가 예쁘긴 진짜 예쁘지. 웰컴, 친구여. 지하 세계에 발을 들여놓은 걸 환영하네."

"유희 방 묶으려면, 300은 줘야 하는데?"

손가락 세 개를 펼치며 하는 말에 이준은 입고 있던 재킷 안 주머니에서 수표 세 장을 망설임 없이 꺼내 놓았고, 라진은 고개를 끄덕이며 붉게 칠한 입술을 매끄럽게 올렸다.

"협상 끝. 즐거운 시간 보내시고, 더 필요한 거 있으면 전화해요."

명함을 꺼내 이준에게 내민 라진은 시원한 걸음으로 사라졌다. 그리고 그녀와 함께 다시 들어왔던 상현이 힐끔 눈치를 살피자 일행 중 한 명이 지갑에서 5만 원권을 꺼내 그의 손에 쥐여 주었다.

"옜다, 팁. 담배나 한 갑 사."

"감사합니다!"

허리를 꾸벅 숙였다 올린 상현은 지갑을 들고 있던 이준과 눈이 마주쳤다. 보통 한 사람이 팁을 주면 덩달아 같이 주는 훈훈한 분위기가 연출되었던지라 상현은 어물쩍거렸다.

아니다 다를까, 이준이 상현을 향해 손을 까닥였다. 지갑에서 그가 꺼낸 것이 흰색이자 상현의 입이 함지박만 하게 벌어졌다.

"감사합니……."

"영수증인데 나가면서 버려 줘요."

"……다."

미처 끝맺지 못한 말을 장식하자 이준이 눈꼬리를 부드럽게 휘며 웃었다.

"영수증 좋아해요? 그럼 이것도 같이."

상현은 입술을 꾹 다물고서 손바닥 위로 놓인 영수증 뭉치를 움켜쥐었다. 그대로 허리를 숙이고 돌아 나가려 하자 이준의 목소리가 발을 잡았다.

"아."

깜빡하고 있던 걸 이제 주려나 싶어 상현이 웃으며 돌아보자 날아온 말은 입술을 꾹 다물게 만들었다.

"영수증 버릴 때, 꼭 찢어서 버려야 하는 거 알죠?"

"……넵."

제가 무슨 기대감을 심어 주었는지는 모르는 얼굴로 이준은 천연덕스럽게 유희를 향해 미소 지었다.

내려간 그의 시선이 그녀의 다리를 가린 짧은 천 조각에 2초쯤 머물렀다. 그는 망설임 없이 입고 있던 재킷을 벗어 고스란히 드러난 맨다리를 가려 주었다.

그런 이준의 행동에 유희는 부끄러워졌다. 술집에 있는 아가씨가 아니라, 여자로 대해 주는 행동이 생소하게 느껴진 탓이었다. 그래서 그 순간, 유희는 이곳에 있는 자신이 부끄러웠다.

그 감정은 수치심과도 같았다. 차라리 훤히 드러나는 다리를 향해 시선을 주는 게 나을 것 같았다. 잊고 있던 여자의 감정이 얼음처럼 하얗던 그녀의 얼굴을 붉게 물들였다.

이준은 배시시 웃는 얼굴로 유희를 향해 물었다.

"저녁은 먹었어요?"

그 언젠가 들었던 발라드 가수의 노래와 닮은 목소리가 그녀의 귓가로 흘렀다. 그때도 이렇게 달콤했을까. 굳은 얼굴이 아주 짧은 순간 녹았다가 다시금 단단해졌다.

"괜찮아요."

그가 자주 쓰던 말을 이제는 그녀가 쓰고 있었다.

"저녁도 안 먹고 빈속에 술 마시면 위염 생기는 거 몰라요?

관리 안 하면 위궤양 되고, 위암 될지도 몰라."

이준은 한쪽 눈을 실그러뜨리며 능청스레 대꾸했다. 그러고
는 먹을 만한 게 있을지 모르겠다며 메뉴판을 펼쳐 들었다. 주
류에 어울리는 안주들이 대부분이라 그가 '메뉴판이 너무했
네.'라고 혼잣말을 하며 힘없이 눈꼬리를 떨어뜨렸다. 이내 핏
웃음을 터뜨린 그가 메뉴판을 내려놓았다.

"나가서 뭐 좀 사 와야겠다. 뭐 좋아해요? 한식, 일식, 중식,
말만 해요."

"정말 괜찮아요. 배 안 고파요."

"괜찮긴 뭐가 괜찮아요. 밥은 언제 먹고 안 먹은 거예요? 밥
은 제때 잘 먹어야 돼요. 안 먹는 것도 습관이 되니까, 배 속에
서 밥을 안 줘도 울지를 않잖아. 유희 씨, 몸한테 미안해해야
된다고요."

그 말을 듣고 있던 친구 하나가 의사 기질을 못 버렸다고 놀
렸지만, 이준은 웃으며 하얀 와이셔츠 차림으로 자리에서 일어
났다. 반듯하게 잘 다려진 셔츠와 흐트러짐 없는 옷매무새에서
도 사람의 성격이 묻어 나왔다.

곱상한 얼굴과는 달리 드러난 몸의 굴곡은 단단하고 다부졌
다. 곧고 바르게 편 듬직한 어깨를 따라서 몸에 핏 된 드레스
셔츠 단추가 아주 꽉 맞물려 있었다.

그가 짙은 속눈썹을 늘어뜨린 채 유희를 마주했다.

"말 안 하면 한식, 일식, 중식 하나씩 포장해서 다 가져올 거
예요. 그거 다 먹을 때까지 안 가."

슬쩍 말을 놓는 이준을, 유희는 어쩔 줄 모르는 얼굴로 바라

보았다.

"그러니까 빨리 말해요. 나, 고집 좀 있어요."

"……일식요."

더는 시선을 마주하지 못하고 바닥으로 떨어뜨렸다. 제 안에 죽어 있던 감정이 흐물흐물해지는 감각을 너무도 오랜만에 느꼈다. 그래서 몰랐다. 일할 때 쓰던 말투를 그에게는 단 한 번도 사용하지 않고 있다는 것을.

"딱 15분, 기다려요."

속삭이듯 마지막 말을 남기고 그는 룸을 나갔다. 그리고 정말로 시간에 맞춰서 돌아왔다.

그가 내미는 저녁을 유희는 얼떨떨하게 받았다. 달리기라도 한 것인지 그는 숨이 찬 듯했다.

이준은 화사하게 웃으며 보란 듯 시계를 가리켰다.

"봤죠? 나 안 늦은 거."

누가 뭐라고 한 것도 아니었는데 말이었다. 유희는 뚜껑까지 열어서 가지런히 놓아 주는 이준의 행동에 잠시 말을 잃고 눈동자만 굴렸다.

"어서 먹어요."

양쪽 손에 턱을 괴고 그가 살포시 웃었다. 가까이 내밀어지는 얼굴에 유희는 뒤로 한 뼘 물러서며 이준이 내미는 젓가락을 받았다.

이준은 그녀가 다 먹을 때까지 시선을 떼지 않았고, 유희는 처음에는 하는 수 없이 먹다가 나중에는 멈춤 없이 젓가락을 움직였다.

맛있었다. 기름기가 많은 생선초밥이 부드럽게 목으로 넘어갔다.

그녀의 끼니를 챙겼던 엄마는 이제는 누군가의 도움 없이는 아무것도 할 수 없게 되었다. 자연스레 챙김을 받던 입장에서 벗어난 유희는 그가 끼니를 걱정하고 챙겨 주자 가슴 한쪽이 아려 왔다. 잊고 지낸 반가움이었고, 소소한 대화가 오랜만이었다.

깨끗하게 다 비운 포장 용기가 테이블 위로 곱게 놓이고, 함께 있던 일행들은 술에 취해서 하나둘 대리기사와 함께 빠져나갔다. 그들이 나가면서 자연스레 곁에 앉아 있던 그녀들도 나간 터였다

넓은 룸 안에 둘만 남게 되자 유희는 주변을 감싸고 있는 공기가 무겁게 느껴졌다. 술 하나 취하지 않은 이준은 시종일관 단정한 얼굴로 일상적인 대화만을 이끌어 나갔다.

술을 좋아하지 않지만 유희는 취하고 싶어졌다. 그래서 한 잔 따르고 마신 술이, 두 잔이 되고 세 잔이 되었다. 여전히 반듯한 남자의 시선을 피해 숨고 싶었다.

어떻게 선생님은 그대로인지 묻고 싶었지만 술과 함께 삼켜질 뿐이었다.

'몰라봐 주어서 다행이다.' 그렇게 생각하면서도 한편으로는 섭섭하고, 서글펐다.

……많이 변했나 보다.

초라해진 마음이 제 덩치를 부풀리며 무겁게 가라앉았다.

마음이 불편해질 때면 숨겨진 버릇들이 나오곤 한다. 유희

는 물수건으로 손을 세게 닦고서 입가에 닿았던 온더록스 잔을 엄지와 검지로 잡은 채 거칠게 문질렀다.

"더러운 거 묻었어요? 어디 봐요."

이준은 유희의 잔을 뺏어 들고는 이리저리 살펴보았다. 립스틱 자국도 묻어 있지 않은 잔을 보며 그가 빙긋이 웃었다.

"깨끗한데, 결벽증 같은 거 있어요?"

그게 아니다. 잔이 더럽다고 느낀 것이 아니라, 유희는 자신이 더럽게 느껴진 것이었다. 그래서 제가 닿은 모든 물건들을 벅벅 문질러 닦는 것이 습관이 되었다.

"안 가요? 친구분들도 다 가셨는데."

"아…… 내가 가야 유희 씨도 집에 가겠구나."

흔쾌히 자리에서 일어선 이준은 지갑에서 명함을 꺼내 그녀의 손에 쥐어 주었다.

"연락해 줬으면 좋겠는데. 안 돼요? 돼요?"

은근한 장난기가 서려 있는 말투와 웃음에도 유희는 표정 없는 얼굴로 명함을 내려다볼 뿐이었다.

기껏해야 서른두 살이 된 그가 이직한 지 얼마 되지도 않았는데 대기업 본부장의 자리에 있다는 건, 집안의 백그라운드가 확실하다는 얘기였다.

또한 이곳은 '일프로'다. 평균 500만 원대가 넘는 주대를 하루치 유흥으로 흘려보낼 수 있는 남자들이 오는 곳. 자리를 파하고 나간 남자들은 술에 취하면서 이준을 향해 계산서를 내밀었다. 그리고 그는 거리낌 없이 웃으며 계산서를 받았다.

작은 행동들에서 그가 있는 집 자식이라는 걸 알았다. 그전

41

에는 그가 의사라서 남들보다 여유는 있겠거니, 하고 생각했었다.

'내가, 도와줄까요?'

그렇게 말했어도 그가 과연 뭘, 얼마나 도와줄 수 있겠는가 싶었다. 하지만 지금은 안다. 언제 끝날지 모를 치료비를 내주고도 남을 재력이 그에겐 충분하다는 것을.

그러나 다시 그때로 돌아간다 해도 그녀의 선택은 똑같을 것이다. 이미 그때도 분에 넘치는 배려를 받았으니.

"대답 안 하네. 번호 물어봐도 돼요?"

오히려 이 상황에서는 그녀가 번호를 물어보는 것이 맞다. 지명 손님 관리가 그녀와 같은 이들에겐 필수니까. 먼저 물어봐 준다면 오히려 제 쪽에서 고마워해야 할 일에 유희는 어쩐지 머뭇거려졌다.

일을 하기 전에 알게 된 사람이라서일까.

"······주세요, 휴대폰."

그러나 망설임은 오래가지 않았다. 유희는 열한 자리 번호를 다 입력하고서 그에게 휴대폰을 돌려주었다. 이준은 입력된 번호를 물끄러미 보다가 키패드를 움직였다.

뭐라고 이름을 저장할까, 궁금했던 그녀의 호기심은 이내 사그라졌다. 여자 친구가 있다면 남자 이름으로 저장이 될 것이고, 그것이 아니라면 기억하기 좋게 '일프로 유희'라고 저장될 이름이니까.

상류 세계의 손님을 마음으로 욕심내지 않는 건, 이곳에서 일하는 그녀들이 지켜야 할 예의였다. 그들은 웃음과 미모를 과시한 대가를 돈으로 돌려받았다. 어떤 이유로 인해서 일하게 되었건 그녀가 몸담고 있는 세계의 정확한 룰은 암묵적으로 그러했다.

"연락 기다리는 거 좋아해요? 하는 거 좋아해요?"

세세하게 묻는 이준의 말투가 다정하다.

"글쎄요."

휴대폰으로 기다려지는 연락이 있었나. 기억나지 않았다. 유희는 씁쓸하게 웃으며 그를 배웅하기 위해 지하 계단을 올라갔다.

주황색 천막이 쳐진 곳에서 무전기를 찬 발레파킹 기사가 이준의 차를 운전해서 그들 앞으로 다가왔다. 기다리고 있던 대리기사가 키를 공손하게 받으며 운전석에 올라타고, 뒷좌석 문을 연 채 이준이 유희 쪽을 돌아보았다.

"내가 데려다준다고 하면, 거절할 거죠?"

"네."

칼처럼 대답하는 유희를 보며 이준은 그림처럼 멋쩍게 웃었다. 그대로 차에 올라탄 그가 창문을 아래로 내렸다. 잿빛 눈동자가 가만히 유희를 응시하더니 이내 나른한 음성이 흘러나왔다.

"그러면 이건 어때요?"

유희는 멀찍이 떨어져서 그를 빤히 바라보았다.

"연락할게요. 기다려 줄래요?"

그 말에 괜스레 먹먹해져 고개를 끄덕이지도 못했다. 차는 금세 그녀의 시야를 벗어난 후였다. 유희는 지금 자신이 어떤 얼굴일까 문득 궁금해졌다.

그 자리에 선 채로 유희는 흐트러진 목소리를 떠올렸다.

연락한다고 했다. 기다려 줄 거냐고 물었다. 언제 연락한다는 말도 없던 그 한마디가 벌써 신경이 쓰였다. 평범한 사람에게 그 말은 호감의 표시인 애프터 신청이겠지만, 그녀는 달랐다.

다시 지하 계단을 내려온 유희는 대기실로 들어가, 신고 있던 높은 하이힐을 벗었다. 굽 낮은 로퍼로 갈아 신고 얇은 실켓 소재의 롱 카디건을 챙겨서 입었다.

이미 안에서는 일을 끝마친 그녀들과 조 부장이 조판을 들고 수당에 대해 확인을 하는 작업 중이었다.

조 부장이 룸 넘버와 함께 사선으로 그어신 줄의 개수를 세고서 읊었다.

"채영이 8개, 은우 9개, 슬아 4개, 온유 12개……."

줄줄이 이름을 호명하면 그녀들은 조판 옆으로 와서 다른 사람과 비교해 경쟁에서 승리한 미소를 짓기도 하고, 진 사람들은 울적함에 어깨를 늘어뜨리기도 했다.

가장 적은 룸을 돌았던 슬아가 주눅이 든 얼굴로 '네.'라고 답하며 핸드백을 챙겨 들었다. 그리고 제 옆에서 짐을 챙기는 유희를 보며 혼잣말처럼 말하였다.

"언니는 좋겠어요. 저는 늘 빼박인데……."

같은 공간에서 일을 하지만 유희는 확실히 달랐다. 일반 사람들 틈에 섞여 있다 해도 티 나지 않을 맑음이 그녀에게 있었다. 그게 부러웠다.

일을 시작하기 전에는 예쁘다는 소리를 지겹게 들어 왔던 슬아는 정작 음지에서는 인정을 받지 못했다. 세상의 예쁜 사람들이 모두 지하에 스며들었나 싶게 이곳은 다른 세상이었다.

사람들이 예쁜 사람은 인터넷에만 있고 실제로 존재하지 않는다는 말을 할 때면, 예쁜 사람은 밤의 세계에서만 볼 수 있다고 정정해 주고 싶은 걸 참은 일이 여러 번이었다.

말주변이 좋지 않으면 특출 나게 예쁘기라도 해야 하는데, 이도 저도 아니라 애매했던 슬아는 수입이 생각만큼 좋질 못했고, 무리하게 마이킹을 받아 성형수술을 받았지만 일프로에서는 성형 티가 난다며 오히려 예전에 면접 볼 때보다 좋게 봐 주질 않았다.

그런 그녀가 이곳에서 일을 할 수 있었던 건, 일프로에서는 일명 '빼박이'가 필요했기 때문이다. 한자리에 앉아 있지 못하고 바쁘게 비어 있는 그녀들로 인해, 다소 심기가 상할 손님을 위해서 하루에 4개 수준의 룸을 보며 한자리에 오래 앉아 있어 줄 빼박이.

그늘진 얼굴로 돌아 나가는 슬아를 챙겨 주는 이는 아무도 없었다. 유희는 힐끗 슬아를 돌아보다가 저를 부르는 소리에 몸을 바로 세웠다.

"유희는 오늘 방 묶였지? 여기 300."

조 부장이 이준에게서 받은 금액 그대로 유희에게 돌려주었다. 보통은 월급제 아니면 주급으로 받지만 특별하게 유희는 항상 그날 번 돈을 당일에 받아 갔다. 그렇게 해야지만 내일 다시 나올 수 있는 힘이 생겼다. 그리고 관두고 싶어도 관둘 수 없게, 병원비 명목으로 만든 통장 계좌에 그대로 입금하였다.

악착스레 돈을 긁어모으는 유희를 보며 온유가 한쪽 입꼬리를 틀었다.

"언니는 돈을 그렇게 모아서 대체 어디다가 써? 보면 명품도 하나도 없고. 그렇잖아. 벌었으면 쓰는 맛도 있어야지, 궁색하게. 우리들 중에서 언니만 유난인 거 알아? 놀러 가자고 해도 가지도 않고, 오늘은 끝나고 술이나 한잔해."

방금 전까지도 술을 마셨지만, 그녀들에겐 눈치 보지 않고 편하게 술을 마실 수 있는 자리가 스트레스를 푸는 하나의 돌파구였다.

"다음에……. 다음엔 진짜 갈게."

"언니는 만날 다음이야. 됐어."

이곳에서는 언니라고 말해도 그들의 나이가 실제로 언니인지 알 길은 없다. 이름도 가짜, 나이도 가짜, 모든 것이 가짜인 소굴. 그래도 저들끼리 친해지면서 마음을 터놓기도 하고 무리지어 다니기도 했다.

하지만 어디에도 속해 있지 않은 유희는 정확한 선을 지켰다. 누군가는 위선이라고 욕하겠지만 그녀는 편하게 돈을 벌기 위해, 헤픈 씀씀이 때문에 일을 관두지 못하는 배부른 그녀들과는 조금도 친해질 마음이 없었다.

한창 장마철인 여름, 비가 왔었는지 아스팔트 길은 촉촉하게 젖어 있었다. 물웅덩이가 진 바닥을 찰방찰방 소리를 내며 걷고 있던 유희는 그 소리가 좋아서 더 크게 걸었다. 그녀로서는 정신없이 바쁜 하루 중 가장 평온한 시간이었다.

밤을 새우고 맞이한 새벽길은 사람이 많지 않았다. 유희는 뽀얀 입김을 불며 지하철역으로 내려가서 첫차 시간을 확인했다. 5시 16분. 지하철 전광판은 그대로 멈추어 있었고, 아직 첫차 시간까지 28분쯤 남아 있었다.

습관처럼 시간을 계산하던 유희는 딱딱한 의자에 엉덩이를 대고 앉아 있다가 깜빡 잠이 들었다.

그리고 눈꺼풀을 올리기가 무섭게 빨간 불과 함께 텅 비어 있는 지하철 첫차가 그녀를 향해 다가오고 있었다. 그대로 올라탄 유희는 머릿속이 그저 멍했다. 자리에 앉을 생각도 안 하고 덜커덩거리는 문가에 가만히 옆머리만 기대었다.

그러다 화들짝 놀란 얼굴로 지하철에서 내렸다. 선생님을 봐서인지 병원으로 가고 싶단 생각에 모처럼 지하철을 기다렸지만, 일하던 차림새와 창가에 비친 얼굴을 보며 그대로 되돌아가는 것을 택할 수밖에 없었다. 엄마에게 이 모습을 보여 줄 수는 없었다.

"……나도 참."

라진이 그녀에게 빌려주었던 집은 일정 금액의 월세를 내고 이용하는데, 일하는 가게와 걸어서 35분쯤 떨어진 곳에 위치해 있었다. 유희는 묵묵히 걷고 또 걸었다.

경복아파트 사거리에 위치한 고급 아파트는 가게와 가깝다는 이유로 그녀들이 이용하는 곳이었다. 한 달 월세만 해도 남들 월급을 다 쏟아부어야 할 만큼인 비싼 시세를 알고 나서는 최대한 아끼기 위해 고시원에 들어간다 했지만, 라진이 그런 그녀를 붙잡은 터였다.

다 큰, 예쁜 여자가 혼자 지내기엔 위험하다. 너는 내 보험이니까, 딱 고시원비만 받겠다는 제안을 결국 수락한 것이었다.

남들은 일어나서 출근할 시간. 환한 햇살이 거리를 비추기 시작할 때 유희는 집에 도착했다. 그녀의 집 안엔 온통 짙은 그레이색의 암막 커튼이 쳐져 있었다. 그 바람에 틈새로 들어오는 햇살이 모두 막혀 있었다.

사방으로 들어오는 눈부신 햇살을 막아야만 그나마 잠을 청할 수 있으니까.

낮과 밤이 온전히 바뀐 생활은 몸의 밸런스를 무너뜨리며, 제때 끼니를 챙겨 먹을 수 없게 만들었다. 그나마 오늘은 이준이 포장해 온 초밥과 도미 지리탕으로 배 속이 든든한 터였다.

집에 들어오자마자 유희는 담배 냄새에 찌든 머리카락을 벅벅 문질러 감고 샤워를 했다. 이준은 그녀 앞에서 담배를 태우지 않았지만, 일행이 피우던 담배와 룸에 배어 있는 냄새가 잔뜩 묻어 있었다.

한바탕 깨끗이 씻고, 또 씻고 나온 유희는 뜨거운 물에 얼마나 문질렀는지 발갛게 익어 버린 몸을 수건으로 거칠게 다시 닦았다. 그러고는 어둠과 침묵이 둘러싼 침대에 몸을 누였다.

평소라면 화장대에 던져 놓다시피 할 휴대폰을 손에 쥔 채였다.

유희는 액정 화면을 내려다보았다.

뭘 기대했던 걸까. 허탈한 웃음이 그녀의 입술 새로 한숨처럼 나왔다. 이준에게서 연락은 오지 않았고, 손님들의 문자메시지만 **빽빽**하게 와 있었다.

[우리 예쁜이, 오늘 못 보고 가서 오빠가 많이 아쉽네.]

[애기야, 다음에는 오빠가 먼저 묶을게.]

비슷한 문자메시지들이 화면을 가득 채우자 유희는 밀려오는 두통에 눈을 감았다.

헤어진 지 얼마나 됐다고 벌써 휴대폰을 쥐고 기다리고 있는 모양새라니.

다른 손님이었다면 번호를 받자마자 몇 마디 메시지라도 남겼겠지만, 이준은 달랐다. 예전에도 그랬지만 가깝다 싶으면 멀어지고, 멀어졌다 싶으면 가까이 다가오는 사람이었다.

유희는 입술을 깨물고서 생각했다. 상처받지 않기 위해서는 먼저 가시가 될 만한 것들을 잘라야 한다고. 그래야지만 기대와 미련이라는 싹이 자라나지 않는다고.

그 방법에는 여러 가지가 있었다. 이를테면 번호를 바꿔서 사람을 정리하거나, 눈앞에서 보이지 않게 저장된 번호를 지우는 것.

그런다고 해서 마음에서 한번 생긴, 그 꼬물꼬물한 것이 사라지지야 않겠지만, 자기 최면을 거는 방법으로는 꽤 요긴하다는 것을 상기시키며 유희는 저장해 두었던 '강이준'의 번호를

49

지웠다. 받았던 명함도 조각조각 잘라서 버린 터였다.

"……끝이야."

시작도 없던 그 끝을 내고서, 유희는 깊숙이 숨을 들이마셨다가 내쉬었다.

어둠이 내려오면 눈을 떠야 한다. 눈부신 햇살을 피해서 유희는 눈을 꼭 감았다. 찬란하게 빛나던 햇살 그 자체였던 그녀가…… 죽은 듯이 고요히 잠들었다.

❋ ❋ ❋

2. 소리 없이 젖어 들다

[유희 씨, 어디예요?]

렌탈숍 앞에서 옷을 고르고 있던 유희는 그 자리에 선 채로 문자메시지를 한참이나 들여다보았다. 저장되지 않은 아라비안 숫자가 사람을 나타내고 있었다. 그새 번호를 외워 버린 건가 싶어 유희의 눈동자가 얼핏 흔들렸다.

누군가 제 이름 아닌 이름 뒤에 '씨'를 붙여서 불러 주는 게 반갑다고 하면 내가 외로움에 미친 것일까, 그녀는 생각했다. 존중해 주는 말투, 이 사소한 것 하나가 그동안 억눌러 왔던 기둥을 뽑을 것처럼 울컥, 흔들었다.

그게 우스워서 유희는 쿡, 소리 내어 웃었다.

"어머, 나 유희 언니 웃는 거 처음 보는 것 같아."

렌탈숍을 운영하는 주희의 말에 유희는 언제 그랬냐는 듯 웃고 있던 입술을 죽였다.

민망했는지 빙글 몸을 돌린 그녀는 처음으로 주희에게 옷을 추천해 달라고 부탁했다. 그러자 주희는 으흠, 눈을 게슴츠레하게 뜨고서 골똘히 생각하듯 검지로 아랫입술을 문질렀다.

"언니 취향 확고한데, 추천해 주는 거 정말 입을 거야?"

"봐서."

주희는 평소와 다르게 들떠 보이는 유희를 천천히 살펴보았다.

167cm의 늘씬한 키에 가녀린 몸매, 작은 얼굴, 자세히 보아야 언뜻 보이는 속 쌍꺼풀, 높지 않은 소담한 콧대와 옴폭 들어간 인중을 따라서 도톰하게 올라온 입술이 그녀의 얼굴 중 가장 시선을 끌었다.

화려하지 않고 부드러운 선으로만 그려진 얼굴은 화류계에서 일한다는 것을 말하지 않으면 모를 법한 인상이었다.

일프로에서 일하는 그녀들은 상류층 고객과 어울리기 위해 명품 렌탈숍을 찾고는 하는데, 얼굴은 자연미를 고집하는 그녀들도 가슴 수술은 필수로 했고, 특히나 여성성을 강조한 옷을 입는 편이었다. 그런데 최대한 단정한 옷을 고집하던 유희가 눈길 한번 주지도 않던 구간에서 옷을 고르니 주희는 의아해졌다.

"그 옷은 클리비지(가슴골) 라인 그대로 보일 텐데, 언니 괜찮아?"

"야해 보일까?"

"누가 입느냐에 따라서 옷도 달라 보이지. 언니가 입으면 고

52

급스러워 보일걸? 그거 외국 모델이 화보로도 찍었던 건데 핏이 예술이야. 아무한테나 권하지도 않는다. 한번 입어 볼래?"

누드 톤으로 전체 레이스가 들어간 원피스는 종아리의 반을 덮을 정도로 길이감이 있었지만 타이트하게 몸매 선을 따라 착 달라붙었고, 클리비지 라인과 긴 소매는 망사로 된 시스루 소재였다.

"입어 보지 뭐."

유희는 선뜻 의상을 들고 탈의실로 들어갔다. 이내 고혹적이면서도 은근한 퇴폐미가 있는 의상으로 갈아입고 나온 그녀를 보며 주희가 양쪽 엄지를 치켜든 채 '브라보'를 외쳤다.

"언니, 몸매 진짜 끝장난다! 가슴 수술 안 한 거 맞아?"

들어갈 데와 나올 데를 아는 몸매의 곡선은 아름다웠다. 유희는 머리를 뒤로 쓸어 넘기며 전신 거울을 보았다.

"언니, 오늘은 머리 꼭 올려라. 이 옷은 목선이 또 포인트잖아."

목 끝까지 올라온 망사 시스루를 보며 유희는 고개를 끄덕였다.

라진은 가게에 도착한 유희를 보며 눈을 휘둥그레 떴다. 해가 서쪽에서 뜰 일이었다. 그러잖아도 술집에는 오지도 않는다는 이준이 간격을 두지 않고 온 상황이라, 라진은 유희에게 출근 시간을 재촉한 터였다.

"이 요물. 네가 보기에도 이번 손님 잘 잡으면 목돈이 우수수 떨어질 것 같지?"

룸을 돌고 돌아서 수당을 벌어들이는 것보다는 소위 말하는, 손님에게 '공사를 쳐서' 목돈을 뜯어 가는 그녀들이 비일비재했다. 하지만 유희는 순수하게 번 수당만을 받았다. 그리고 그 생각은 지금도 변함없었다.

"오늘도 방 묶는대?"

"어. 오늘은 혼자 왔더라? 독방이야."

그러자 옆에서 가만히 듣고 있던 온유가 라진에게 사근거리며 말하였다.

"유희 언니, 공사 칠 생각도 없는데 나도 좀 넣어 줘, 응? 나 요즘 일수까지 밀렸단 말이야."

"넌 그 씀씀이부터 줄여, 이것아. 유희 봐라. 쟤 모은 돈만 합치면 청담동에 아파트 한 채는 사고도 남을걸?"

라진의 말에 온유는 입술을 삐죽거리고 유희는 그저 소리 없이 웃었다. 모아도 제가 쓸 수 있는 몫은 없었다. 그래도 가방이 남고, 구두가 남고, 옷이 남는 온유가 더 나은 것일지도 모른다고 생각하였다.

그때 룸에서 잔심부름을 하고 나온 상현이 유희를 보며 엄지를 치켜들었다

"유희 누나, 오늘 완전……."

룸 안에서는 존칭을 사용했지만 상현은 손님이 없을 때 그녀를 '누나'라고 불렀다.

머리까지 틀어 올린 유희는 드러난 목을 손으로 매만졌다. 익숙지 않은 차림새에 신경이 쓰이는 건 그녀도 마찬가지였다.

근 2년 만에 이준을 처음 본 그녀는 그가 일을 하기 전에 알

던 사람이라서, 자신을 술집 여자처럼 대하지 않아서, 그 밖에도 무수히 많은 이유들 때문에 저도 모르게 일프로에서 일한다는 사실을 망각한 말투와 행동들이 나와 당황스러웠다.

오늘은 그러지 않으리라 다짐하며 유희는 평소와 달리 붉게 칠한 입술에 힘을 주었다.

"들어가자."

룸 앞에서 대기하는 유희의 손을 잡고서 라진이 노크를 했다. 문이 열리자 자리에 앉아 있던 이준이 일어섰다. 영화처럼 웃어 보인 그는 시선을 더 내리지 못하고 유희의 얼굴에만 고정시켰다.

옆에 선 라진이 입을 열려 하자 이준은 얘기하지 말고 그냥 나가 줬으면 좋겠다는 뜻으로 문 쪽을 쳐다보았다. 그러자 눈치가 빠른 라진은 긴말 않고 돌아섰다.

미리 도착해서 기다리고 있던 이준은 일프로에서 판매하는 최고급 크리스탈 양주를 선택했다. 이의를 가지면 안 되는 VIP 손님의 요구대로 사라져 주는 수밖에.

유희는 서 있던 이준의 손목을 잡으며 자리에 앉았다. 잠깐 손가락 사이로 닿았던 감촉이 나쁘지 않다. 더럽거나 역겹지 않았다.

"오빠, 일찍 왔네?"

"그래야 방을 묶을 수 있다고 해서요."

이준은 제가 말하고도 낯선 단어에 작게 웃음을 터뜨렸다. 그러고는 평소처럼 술을 따르려는 유희의 손에 들린 술병을 제 쪽으로 가져갔다.

"내 앞에선 술 따르지 마요."

착각처럼, 그 목소리는 화가 난 것 같았다. 그리고 정말 착각이었나 싶게 이준은 가는 솜털이 날리는 것처럼 부드럽게 눈을 휘었다. 입고 있던 재킷을 벗으며 그녀의 어깨 위로 걸쳐주었다. 그러자 유희는 그것을 도로 옆으로 내렸다. 이제는 그녀가 화가 났다.

"보라고 입은 거예요."

다른 손님들처럼 시선 주고 음흉하게 웃어요.

차라리 그게 낫다고, 그러면 비참하지 않을 것 같다고 생각하며 유희는 입술을 깨물었다. 부러 일을 하는 그녀들처럼 노골적으로 몸을 숙인 채 이준의 옆에 앉아서 시선을 떨어뜨렸다.

시끄럽게 울리는 밖과 달리 이곳은 고요함 그 자체였다.

"……."

이준은 난감한 듯 손바닥으로 제 입술을 쓸어내렸다. 조금만 눈을 내리면 새하얀 가슴이 보일 것만 같았다. 말캉하고 보드라운…… 그 가슴으로부터 시선을 돌린 그가 망설이더니 자리에서 일어났다.

"나갈까?"

"어딜, 나가요?"

또, 존댓말.

이준에게만큼은 일하는 그녀들처럼 말을 할 수가 없었다. 다시금 제 말투로 돌아온 유희는 밖으로 나가자는 말에 눈을 동그랗게 뜬 채였다.

유희와 눈을 3초쯤 느리게 맞춘 그가 부드러운 음색으로 말하였다.

"밖으로. 밖에 나가요, 우리."

이준은 와이셔츠에 걸쳐 입었던 얇은 니트를 벗어 유희의 원피스 위로 씌워 주었다. 이 정도면 바로 벗지는 못하겠다고 생각한 것이었다.

그대로 내미는 손을…… 유희는 말없이 쳐다보다가 살포시 잡았다.

다른 누가 그렇게 말했다면 분명 거절했을 테지만 그녀는 이미 그와 함께 밖으로 나온 후였다. 집, 가게, 병원. 그렇게 반복적인 루트를 벗어난 길에 그가 있었다.

강이준, 성실했던 의사 선생님. 번번이 엄마의 고통을 줄여 주었던 고마우신 선생님은, 이제는 자신이 있는 가게로 찾아온 손님이 되었다.

준수한 선생님도 예쁘게 치장한 여자를 찾는 남자였던 건가.

그녀의 입가에 미미한 웃음이 머물렀다. 조금도 실망스럽지 않고, 고마운 마음만 여전했다.

장마철에 충실한 하늘은 연일 비를 뿌려 댔다. 일을 시작하게 된 그날과 같은 계절이었다. 다행히 빗방울이 거칠지 않은 보슬비처럼 내리고 있었다.

처음부터 밖으로 나갈 생각이었던지 차를 갓길에 세워 놓은 이준은 우산을 펼쳐 든 채 조수석 문을 열었다. 퇴근하고 바로 왔을 것 같은 양복 차림 그대로인 이준을 보며 유희는 차에 올랐다.

달칵, 문이 닫히고 운전석에 탄 그가 시동을 걸었다.

"어디로 가요?"

"음…… 밥 먹었어요?"

또 나오는 밥 얘기에 유희는 창가 쪽으로 고개를 돌리며 슬그머니 웃었다.

✳

다리에 자꾸만 힘이 빠진다는 엄마와 함께 병원을 찾았던 재아는 빈혈 처방을 받고 집으로 돌아가면 몸보신이라도 해 드릴 생각이었다. 그러나 몇 가지 검사를 더 해 보자는 담당 의사의 요구에 생각지도 못하게 입원을 하게 되었다.

대학 병원이라 그런지 외래 환자들은 오전, 오후 할 것 없이 많았고, 새벽에 경추부 MRI검사를 해 보자는 제안까지 받은 터였다.

소변검사나 혈청검사는 그렇다 쳐도 MRI검사에 엄마는 대학 병원이라 괜히 여기저기 쑤셔 보는 거 아니냐며 집에 가자고 일어섰다.

재아도 내심 그런 생각이 없던 건 아니었지만 그날따라 종합 검진차 해 보는 것이 좋겠다는 생각에 입원을 꺼리는 엄마를 설득했다.

하루면 끝날 줄 알았던 검사는 생각보다 길어졌다. 입원하리라 생각도 못 하고 왔던지라 씻지도 못하는 엄마를 대신해 재아는 온수 마사지라도 해 줄 요량이었다. 그리고 일단 저도 좀 씻고 싶은 생각이었다.

정수기의 온수도 고장 났는데 찬물만 나오는 수도꼭지에 재아는 간호사실에 얘기를 해 놓고 '샤워실'이라고 적힌 문 앞 의자에 앉아서 꾸벅꾸벅 졸았다. 짧은 단발머리가 사방으로 뻗친 채 졸던 재아는 다가오는 발소리에 눈도 제대로 뜨지 못하고 턱만 치켜들었다.

"온수가 안 나와요."

"……네?"

"따뜻한 물이 안 나온다고요."

온수를 친절히 따뜻한 물이라고 풀어서 설명하는 재아를 보며 남자는 할 말을 잃은 듯 싱긋 웃었다.

그리고 이제야 막 잠이 깼는지 재아는 풀려 있던 눈을 팽창시켰다. 가운에 적힌 '강이준'이라는 이름을 이제야 발견한 모양이었다.

간호사실에 미리 얘기를 해 놓고 기다리고 있던 터라 당연히 저에게로 오는 사람이 수도 관리를 하는 사람인 줄 안 것이었다.

용수철처럼 튕기듯 자리에서 일어난 재아는 허리를 숙였다.

"의사 선생님인 줄 몰랐어요. 죄송합니다!"

"이거 섭섭한데요? 정경란 보호자님. 저기 오시네요. 수도 관리자님."

이준은 그녀의 뒤로 다가오는 수도 관리자를 턱짓으로 가리

컸다. 우락부락한 체격의 수도 관리자는 장비를 챙겨 들고 곰처럼 커다란 손으로 수도 레버를 조율하기 시작했다.

재아는 그 둘의 모습을 힐끗힐끗 비교해 보더니 쿡쿡 웃음을 터뜨렸다. 급기야 온수를 적시려고 했던 수건으로 얼굴을 가린 채 웃었다.

간호사실에서 잘생긴 레지던트 선생님에 대한 얘기를 지나갈 때마다 듣곤 했는데 제가 봐도 엄청난 오해를 해 버린 것이었다.

"정말 죄송합니다."

다시 한 번 꾸벅 허리를 숙여 사과했다.

"말로만?"

재아는 큰 눈을 깜빡였다. 여기서 어떻게 더 사과를 하라는 것인지 알 수 없어서.

"따라와요. 아침 안 먹었죠? 원래 환자보다 보호자가 밥을 더 잘 먹어야 해요. 나도 혼자 먹으면 맛없으니까 같이 먹어 줘요."

대답은 듣지 않은 채 이준은 뒤돌아 걸음을 시원하게 옮겼다.

*

"무슨 생각을 그렇게 해요?"

아득하게 멀어져 가는 등 뒤로 이준의 목소리가 크게 울렸다. 어느샌가 넓은 등은 사라지고 없었다. 창가에 얼굴을 기댄 채 생각에 잠겨 있던 유희가 그제야 운전하는 이준을 힐끗 보았다.

예전에도 저를 보면 밥을 먹이려고 들었던 사람이다.

"그냥…… 잠깐 다른 생각 좀 했어요."

"그 생각에 나도 좀 껴 줘요."

옆얼굴 위로 미소가 번지듯 스르륵 입꼬리가 말려 올라가는 이준의 얼굴은 처음 봤을 때도 느꼈지만 여자를 두근거리게 만드는 특유의 분위기가 있었다. 괜히 제 생각을 들킨 것만 같아서 유희는 입술을 꼭 깨물었다.

이준은 핸들을 손가락으로 톡톡 두들기더니 유희 쪽으로 힐끔 돌아보았다.

"시간이 늦어서 맛있는 밥집이 근처에 없는데, 조금 멀리 가도 돼요?"

"어디요?"

"원래 바닷가 근처가 24시간이 많잖아요. 바다 최근에 보러 간 적 있어요? 난 가끔 생각날 때 가는데, 거기 해산물로 만든 한정식이 꽤 괜찮아요."

"바다 보러 가기에는 너무 늦은 것 같은데……."

"여기서 두 시간만 가면 되는데, 저녁이라 차도 안 막히고. 집까지 안전하게 모셔다 드릴 테니까, 일단 가죠."

왼쪽 차선으로 핸들을 틀자 차는 매끄럽게 빠져나갔다. 돌려지는 차에 유희는 눈가를 찌푸린 채 그를 쳐다보았다.

"마음대로 할 거면서, 왜 물어봐요?"

"물어보기는 해야 할 것 같아서요."

입가에 부드러운 호선을 그리며 이준이 푸스스 웃었다. 그 웃음에 더 말하려던 것을 잊어버린 유희는 두근대는 심장을 소리 없이 눌렀다.

어둠 속에서 헤드라이트를 밝히며 달리는 길 끝 너머로 짙푸른 바다가 펼쳐졌다. 바다를 보는 순간 유희는 숨통이 터지는 것 같은 느낌이었다.

바다 냄새를 음미하기 위해 그녀가 창문을 찔끔 내리자 이준이 입매를 늘였다.

"비 들어와도 상관없어요."

딱 보아도 시트부터 고급스러운 승용차라 조심조심 행동하는 유희를 보며 이준이 창문을 크게 열어젖혔다.

창가로 비가 조금씩 새어 들어왔다. 건조하게 옥죄어 있던 무언가를 시원하게 적셔 주는 느낌인지라 유희는 눈을 감고 고개를 내밀었다.

"하…… 좋다."

창밖으로 고개를 내민 채 말하는 유희를 보며 이준이 미소 지었다. 싫다고 했던 그녀가 맞는지, 지금은 아이처럼 좋아하고 있었다.

"뭐라고요?"

"좋다고요."

"내가요?"

유희의 고개가 크게 돌아갔다.

"진짠가 보네."

"어이없어서 대답 안 한 거거든요."

이준은 어깨를 추켜올리며 정면만 응시했다.

"좋은 게 내가 아니라면 하던 말 마저 해요. 기왕이면 오해할 일 없게 크게 말해 주면 좋고, 오해하게 말해 주면 더 좋고요."

유희는 작게 웃음을 터뜨리며 창밖으로 시선을 돌렸다. 의식한 목소리가 웅얼웅얼 조금 전보다 작아졌다. 작게 중얼거리는 소리를 듣기 위해 이준이 고개를 살짝 기울였다.

"안 들려요. 크게 말해 줄래요?"

"……바다가 너무 예뻐요! 하…… 바다다!"

빗물이 떨어지는 그녀의 얼굴 위로 웃음과 눈물이 섞여 들었다. 아직은 부모님 앞에서 응석 부려도 될 만큼 어린 스물여섯이지만, 일찍 철이 든 탓에 그녀는 감정을 드러내는 것이 익숙지 않았다.

괜찮다, 괜찮다.

그 무게가 버겁지 않은 것처럼 참아도 사실은 쉬고 싶다고……. 모든 걸 내려놓고 싶은 심정을 그녀는 고스란히 홀로 싸워야만 했다. 울고 있는 이 순간에도 비가 내려서 다행이라고 생각했다.

들키지 않은 것처럼 웃으면서 차에서 내리는 유희를 이준은 가만히 바라보았다. 입술도 빨갛고 충혈된 눈도 붉었다.

이준은 유희의 입술이 옅어지게 문지르며 나긋하게 속삭였다.

"빨간 립스틱보다는 연핑크가 더 예뻤어요."

자연스레 놀라 벌어지는 입술을 보며 이준은 나른하게 눈꺼풀을 늘어뜨렸다.

"……자제력 시험하지 마요."

그 말에 뒤따라가지 않고 멈춰 선 유희의 한쪽 어깨가 젖어 들었다. 이준은 큰 우산의 절반을 넘게 씌워 주며 그녀에게 다시금 다가왔다.

"오늘 비 맞기로 한 날이에요?"

한쪽 눈가를 실그러뜨린 채 이준이 긴 손가락을 뻗어 젖은 머리카락을 쓸어 넘겼다. 꽤 신경 써서 올려 묶었던 머리가 느슨하게 풀어져 있었다.

유희는 고개만 절레절레 젓고는 그의 큰 걸음을 따라서 걸었다.

평일 새벽 바닷가는 한산했다. 잔물결이 바위에 부딪치는 소리가 조용히 울렸다. 진흙 덩어리처럼 묽어진 바닥 위로 두 사람의 발자국이 흔적을 남겼다. 나란히 찍히는 발자국을 보면서 유희는 이상한 기분이 들었다.

"여기예요."

이준이 제법 커다란 규모를 자랑하는 한정식집을 가리키자 보기만 해도 정갈하고 깔끔한 요리들이 나올 것 같은 대문이 보였다.

두 사람은 삐거덕, 대문을 열며 들어섰다. 서울에서 조금 벗어났을 뿐인데, 고즈넉한 경치는 전혀 다른 공간에 놓인 듯 조용히 흘러가는 시간 속에 정지해 있는 것만 같았다.

잔영처럼 남은 진흙들이 시멘트 바닥 위에도 발자국을 남기다가 점점 작아졌다. 다 닦이고 나서야 아무것도 남지 않는 바닥을 보며 유희는 이것이 현실이라고 생각했다.

이내 주문을 하고 제 앞으로 수저를 놓아 주는 이준을 보며 유희가 입술을 지그시 물었다 떼어 냈다.

"이런 친절 불편해요. 이런 건…… 내가 해요."

유희는 한 벌의 수저를 꺼내어 이준의 앞으로 놓아 주었다. 이준은 제 니트를 걸쳐 입은 그녀를 보았다. 딱 보아도 옷의 품이 컸던지라 이준은 유희의 손목을 제 쪽으로 끌어당긴 채 소매를 접어 주었다.

"누가 하면 어때요? 나는 해 주고 싶어서 하는 건데."

괜한 기대감이 서리는 말투에 설레는 것도 잠시, 유희는 정확한 선을 그었다.

"밖으로 나온 적은 없지만, 같이 있어 주는 시간은 새벽 4시까지만이에요. 그게 퇴근 시간이거든요."

"……아."

휴우, 작게 한숨 쉬는 소리가 났지만 올곧은 시선이 다시 날아와 박히는 데는 그리 오래 걸리지 않았다.

"돈 더 주면, 더 오래 있어 줘요?"

"술집 많이 안 와 봤다고 했죠?"

유희는 시선을 내리깐 채 덤덤한 척 말을 이었다.

"원래는 이렇게 밖으로 나오는 것도 안 되지만, 따라 나왔다고 오해한 것 같은데, 일프로는 2차 같은 거 없어요. 그런 거, 혹시 기대하는 거라면……."

"2차요? 아…… 아."

민망할 정도로 이준은 이제까지와 다르게 날카롭게 웃었다.

"아니라면 됐어요."

그러나 이미 늦었다. 괜스레 삐딱선을 탄 이준이 가늘게 한쪽 눈썹을 치켜 올렸다.

"다르게 묻죠. 유희 씨는 어디까지가 허용이에요?"

"손잡고 포옹하는 정도요."

"키스는요?"

"때에 따라서는 가능해요."

물론 그 때라는 것이 아직 그녀에게 온 일은 없었지만, 받아들이는 사람은 모를 답이었다.

간혹 손님이 키스라도 하려고 하면 유희는 입술을 꼭 깨물고 자리에서 벌떡 일어났다.

아마도 인기 없는 그녀들 중 한 사람이 이런 행동을 했다면 술맛 떨어진다고 뺀찌를 놓아도 될 상황에 유희는 되레 손님 쪽에서 눈치를 보았다.

키스를 거절한 것은 상관이 없으나, 화가 난 것처럼 자리에서 일어나는 것이 문제였다.

그런데 어째서 이렇게 대답을 한 것일까.

유희는 입술을 꼭 깨물었다.

"그렇게 일하면 얼마나 벌어요?"

"한 달에 2,500에서 3,000 정도요. 이렇게 오빠…… 같은 사람이 자주 지명해 주면 더 많이 벌고요."

뻔뻔스럽게 말하려고 했지만 유희의 얼굴이 붉어졌다.

창피해서 어디든 숨고 싶다. 자신의 밑바닥을 들킨 것만 같았다.

"일 관둘 생각은 없어요?"

보통의 손님들이 자주 하는 질문 중에 하나였지만 유희는 굳은 얼굴로 정색했다.

"우리 이제 딱 두 번 봤는데 간섭이 지나치시네요."

"딱 두 번 봤는데 자꾸만 신경이 쓰이고, 간섭하고 싶어질 땐 어떡해야 합니까?"

이내 자리에서 일어서는 유희를 향해 이준이 낮은 음성으로 말했다.

"이재아 씨, 자리에 앉아요."

유들유들한 사람이 화를 내면 더 무서운 법이었다. 이제까지 저를 기억하지 못할 거라 생각했던 이준이 제 이름을 부르자, 유희로 무장을 했던 재아는 그대로 자리에 굳어 버렸다.

"……모르는 척이 안 돼요."

부서지는 파도 소리가 귓가를 날카롭게 긁으며 이명처럼 들렸다. 잃어버렸던 '재아'라는 이름에, 지금의 자신이 누구인지 혼란스러운 얼굴로 그녀가 몸을 바르르 떨었다.

"사람 잘못 보셨어요."

그녀는 흙빛으로 굳은 얼굴로 돌아섰다. 그대로 달려 나가 쏟아지는 폭우를 우산도 없이 고스란히 맞았다. 입술 사이로 가녀린 울음소리가 비집고 나오기 시작했다.

선착장 근처로 달려 나간 그녀의 몸이 거센 바람에 주체할 수 없이 흔들린다. 가로등 불빛이 그녀의 그림자를 은은히 물결에 비추었다.

굽이치고 흔들리는 그림자 위로 재아가 겹쳐지고 벗겨지기를 반복한다. 유희는 얼굴을 일그러뜨린 채 반사된 음영을 낯설게 바라보았다.

"나는……."

무릎이 풀썩 꺾였다. 울음에 묻힌 가쁜 숨을 토해 내며 쓰러지듯 얼굴을 묻었다. 그러자 그녀의 그림자 뒤로 긴 그림자가 다가왔다.

선착장에 주저앉아 있는 재아의 뒤로 이준의 그림자가 굽이쳐 일렁였다. 점점 앞으로 다가온 그가 그녀와 마주 보고 섰다.

그날처럼, 제 앞에서 도망가려는 그녀를 이번엔 놓치지 않고 붙잡았다.

이제는 단발머리가 아닌 긴 머리의 여자가.

로션도 바르지 않은 맨얼굴이 아닌 짙은 속눈썹을 붙이고 얼굴에 화장을 드리운 여자가.

화장이 말갛게 빗물에 씻겨 나간 재아는 그날의 얼굴로 돌아와 새파랗게 질린 입술을 덜덜 떨었다.

"사람 잘못 보셨어요."

입술로는 부정을 말하면서 그녀는 눈빛으로 원망을 담았다.

'알고 있었으면서…… 왜 모르는 척했어요?'

이준의 담담한 시선이 재아를 향했다. 이어서 그의 눈빛이 답했다.

'모르는 척해 주길 바라는 것 같아서…….'

바람을 실은 그 목소리가 가슴속에서 들리는 것만 같다. 그녀의 시선이 그를 붙들고 다시 물었다.

'그럼 끝까지 모르는 척하지. 왜…… 내 이름 불렀어요?'

눈물 고인 눈을 하고서 제게 소리 없이 쏟아붓는 고함을 들으며 이준은 주저앉은 그녀와 시선을 마주할 수 있게 한쪽 무릎을 굽혔다.

까마득한 밤하늘 위로 새하얀 별이 떠 있다. 어둠이 이토록 까맣게 보이는 건 밝은 별 때문일지도 모른다. 그것이 그녀에겐 강이준 같았다.

그러나 별이 밝아 보이는 것은 어둠 속에 있기 때문일지도. 별이 밤하늘에만 뜰 수 있는 것처럼.

짙은 어둠을 안고서도 반짝이는 별처럼 그의 눈동자가 재아만을 담았다. 이준은 한 폭의 수묵화가 화선지에 스며드는 것처럼 느릿하게 입가를 끌어 올렸다.

"말했잖아요. 신경이 쓰인다고."

검고 맑은 눈망울의 그녀를 깊이 바라보았다.

"신경이 쓰입니다."

그것도 많이, 말입니다.

알면서도 모르는 척하는 건 기만이 아닐까 고민했던 이준은 그녀가 원하는 것이 계속 모른 척해 주길 바라는 거라면…… 눈감아 주겠다고 다짐했다.

숨고 싶어 하는 그녀를 배려해 그가 말하였다.

"착각해서 미안해요. 유희 씨가 아니라면 됐어요."

느리게 손목을 훑고 시간을 바라보는 그 모습이 멈춰진 영화 속 한 장면 같다고 유희는 그 순간 생각했다.

미간을 좁히고서 손목시계의 바늘을 확인하던 이준이 작게 웃음을 터뜨렸다.

"아직 새벽 4시, 안 지났습니다."

그 웃음에 할 말을 잃은 그녀가 허탈한 웃음을 흘려보냈다.

이준은 유희의 손목을 그러잡은 채 뛰기 시작했다. 어디에 가느냐고 묻기도 전에 잡힌 팔목을 뺄 생각도 없이 유희도 발을 맞춰 뛰었다. 빗물이 떨어지는 발에서 찰방찰방 소리가 이어졌다.

비를 피해서 제 차로 달려간 이준은 조수석에 유희를 앉히고, 트렁크에서 커다란 담요를 꺼내어 운전석에 올랐다.

물을 흡수한 커다란 니트가 무게를 더하면서 드러난 어깨와 빗물에 젖은 유희의 뺨이, 쇄골 사이로 물방울이 또르르…… 흐르는 보드라운 살결이, 새하얀 목덜미에서 흘러내린 검은 머리카락이 이준의 시선에 얽혀서 들어왔다.

"……"

담요를 목 끝까지 끌어 올린 그는 그녀의 젖은 뺨에 손을 갖다 대었다가 느리게 내렸다.

밤은 아직 깊었고, 잠든 세상은 깨어날 생각이 없는지 어둠에 잠긴 두 사람만이 형형하게 빛이 났다. 지평선 너머로 펼쳐진 바다, 가로등 불빛이 지켜보는 한가운데에서.

거친 폭우는 줄어들지 않고 여전히 쏟아져 내렸다. 타닥타닥 빗물이 창가를 때린다.

이번에는 그가 생각에 잠긴 얼굴로 그녀를 내려다보았다. 마주치는 그녀의 시선 또한 잘게 흔들린다.

비가 와 주어서 모든 게 자연스러운 밤이었다.

✳

이준은 초조한 얼굴로 301호 정경란 환자 병실 앞에 섰다. 이곳으로 오기 전, 정확한 진단명이 내려진 걸 듣고는 그 역시도 간담이 서늘해졌다.

뜬눈으로 밤을 새우다시피 한 재아는 벌게진 눈으로 시선을 돌리다 이준을 보고는 병실 밖으로 뛰쳐나왔다.

"선생님, 음, 우리 엄마, 엄마가요. 근육위축성 뭐라고 말했는데…… 기억이 잘 안 나요. 어떡해요, 우리 엄마. 선생님이 그러셨잖아요. 단순히 림프 순환이 안 되어서 부종이 왔을 거라고……."

재아는 말을 하면서도 울음이 터져 나오려는 것을 간신히 붙잡았다.

이준은 그때 처음 알았다. 확실하지 않은 말로 희망을 미리 앞당겨 주어서는 안 된다는 것을. 언제고 오기만 하면 반가운 희망이, 앞당겨진 만큼 커다란 불행이 된다는 것을 지금의 그녀를 보며 깨달았다.

"치료를 해도 죽고…… 치료를 하지 않아도 죽는다는데 사실이에요? 그런 말도 안 되는 병이 있어요? 정말 너무 말이…… 안 되잖아요."

뭐라고 말해야 할까, 이준은 눈앞이 캄캄해졌다.

잘만 치료를 한다면 10년은 살 수 있다고 해야 할까. 확진받은 보통의 환자들은 3년을 버티지 못하고 죽었다는 잔인한 말을 해 주어야 하나. 짧은 순간에도 여러 생각들이 교차해서 지나갔다.

"됐어요. 선생님이 무슨 잘못이겠어요. 우리 엄마…… 혼자서 나 키우느라 고생해서 생긴 병이에요."

가족이 정말 아무도 없느냐고 물으려던 이준은 금방이라도 쓰러질 것 같은 재아의 머리 위로 가만히 손을 올렸다.

"내가 잘못했어요. 난치병이긴 하지만…… 늦추는 약도 있어요."

그때의 저를 구원의 빛처럼 올려다보는 검은 눈망울을 이준은 한 순간도 잊어 본 적이 없다. 그래서 선배들을 따라서 다른 환자들을 둘러보다가도 마지막에는 꼭 그녀에게 들렀다.

"괜찮아요?"

언제나 첫마디는 똑같았다. 그러면 재아는 씩씩하게 고개를 끄덕이며 반갑게 웃어 보였다.

"어제는 손가락이 안 펴진다고 했는데 오늘은 그래도…… 이만큼 움직였어요. 선생님 말대로 식이요법에 신경 썼더니 괜찮아진 것 같아요. 이러다 보면 나아질 수도 있는 거죠?"

또 부질없는 희망을 주었나 싶어 이준이 난처한 기색을 보이자 재아가 깊은 숨을 들이마셨다가 천천히 내쉬었다.

"많이 기대하는 건 아니에요. 그래도 엄마 앞에서는 웃어야 해요. 그러니까 너무 그렇게 보지 말아요, 선생님……."

그렇게 말하는 재아의 얼굴에서 그는 눈을 뗄 수 없었다. 첫눈에 반한다는 말을 믿어 본 적이 없던 이준은 이내 그 말을 다르게 해석했다.

그녀를 처음 본 순간에 반한 건 아니었으니까.

처음에는 그저 익숙하게 다가온 어떤 떨림 정도였다. 저도 모르게 챙겨 주고 싶은 마음이 없던 건 아니었지만, 그녀와 같은 나이의 여동생을 가진 그가 할 수 있는 배려이자 친절이라고 넘겨짚기도 했었다.

이준은 첫눈에 반한다는 말을 어느 순간에…… 반할 수도 있다는 말로 받아들였다. 찰나의 그 순간, 눈부시게 빛나는 그녀의 검은 눈망울이 그의 가슴을 압박해 왔다.

"선생님?"

재아가 눈을 깜박이며 바라보자 이준은 차트에 시선을 옮기고서 무심히 답했다. 뛰는 심장 소리가 그대로 뚫고 나갈까 싶어 그는 얼른 자리를 뜨고 싶다는 생각뿐이었다.

"괜찮다면 됐습니다."

무안할 정도로 딱 끊어진 이준의 말에 재아는 제가 너무 서슴없이 대했나 싶어 입술을 말아 물었다.

의사와 보호자 사이에는 꼭 필요한 말만 묻고 답하는 보이지 않는 경계선이 있는데, 금을 넘듯 그녀는 저도 모르게 그를 의지하고 있었다.

하지 않아도 될 말을 하면서 담당 의사도 아닌 그에게 미주알고주알 수다스럽게 말을 했던 게 생각났는지 재아의 얼굴이 벌게졌다. 이내 제 어깨를 지나쳐 가는 이준의 뒷모습을 보다가 재아는 고개를 푹 숙였다.

그리고 그때 의료 약품을 실은 카트를 끌고 지나가는 간호사들의 수다가 귓가를 울렸다.

"김 샘, 강이준 선생님 너무 멋있지 않아? 소아병동에서 가끔 웃을 때 보면 녹아내릴 것처럼 웃더라."

"난 강 선생님 인턴 시절 때 처음 보고 연예인이 온 줄 알았다니까?"

"어떤 여자인지는 몰라도, 강이준 선생님 여자 친구는 평범한 사람은 아닐 거야."

"여자 친구 있대?"

"외과의 호빗 박 과장님도 있는데, 강이준 선생님이 없을 리가? 한 명이면 다행이게? 따라다니는 여자들 장난 아닐 거다. 이번 오프 때 만날 여자 친구는 좋겠다. 저런 남자가 나 보면서 웃어 주면, 어휴⋯⋯."

간호사와의 거리가 멀어지면서 크게 울리던 목소리는 점차 줄어들었다.

재아는 터벅터벅 걸었다. 1층 로비에서 판매하는 생과일 주스를 테이크아웃해서 엄마에게 줄 생각이었다.

매장 앞에 도착한 그녀는 음료명이 적힌 메뉴판을 보다가 저만치 서 있는 익숙한 남자의 옆모습을 따라서 고개를 돌렸다. 그리고 그 남자와 눈을 맞추고 거리낌 없이 어깨에 팔을 올리기도 하고 장난을 치는 여자의 얼굴에서 재아의 시선이 멈추었다.

이내 간호사들의 수다가 녹음된 듯 재생되었다. 예상대로 여자는 미인이었다. 단발머리가 제멋대로 삐죽삐죽 튀어나온 제 몰골과는 비교도 할 수 없을 만큼.

재아는 뒷머리를 손가락 사이로 빗어 넘기며 작게 중얼거렸다.

"세수라도 하고 인사할걸⋯⋯."

로션도 바르지 않은 퍼석한 얼굴이 신경 쓰이기 시작했다. 그녀가 외모에 신경을 쓰게 된 건 그때가 처음이었다.

"손님, 주문 안 하세요?"

점원의 말에 붙들려 있던 고개를 그제야 제자리로 돌린 재아가 멋쩍게 웃어 보였다.

"늘 주문하시던 토마토 주스로 할까요?"

"아니요, 오늘은 사과 케일 주스로 할게요."

제법 가까이에서 들린 재아의 목소리에 서 있던 이준의 고개가 비스듬히 옆으로 돌아갔다. 가운에 손을 넣은 채 하염없이 쳐다보는 눈길에 이설의 눈동자도 따라서 움직였다.

"오빠?"

"어? 어……."

이준은 여전히 재아를 바라보며 건성으로 대답했다. 그러자 이설은 픕, 웃음을 터뜨리며 챙겨 온 도시락 통과 곱게 다림질된 여벌 옷이 들어 있는 쇼핑백을 이준의 품에 던지듯 내밀었다.

"어이, 강이준 씨? 좋아하는 여자 생겼어?"

시원시원한 말투의 이설이 반가운 기색을 띠고 물었다. 짧은 크롭 티에 청바지를 입은 이설은 훤히 드러나는 배에도 거리낌 없었다. 그러나 그녀에게선 가벼운 분위기가 아닌 건강한 기운이 느껴졌다.

여자에게 관심도 없어 보이던 오빠가 여자를 보는 눈길이 심상치 않다는 걸 눈치챈 이설이 이준의 가운을 죽 잡아당겼다.

"정신 못 차리네?"

자동적으로 몸이 돌아간 이준이 그제야 동생을 쳐다보았다.

"내가 뭘?"

"강이준 씨, 나한테 거짓말은 안 통해. 쟤 딱 보니까 내 또래 같은데, 맞아?"

동생의 눈길을 피한 이준은 능청스레 말끝을 흐렸다.

"그런가…… 그럴걸?"

"오빠, 잘생긴 건 솔직히 석 달 간다? 여자들은 대놓고 좋다고 다가서는 남자보다는 잡힐 듯 잡히지 않는 남자에 안달 내는 거 알아? 딱 보니까 쟤 사이즈 나오는데……."

이설은 주스를 건네받으며 웃는 얼굴로 인사하는 재아를 스캔하듯이 발끝부터 머리끝까지 살폈다.

"여자가 안 꾸몄는데 저 정도면…… 오빠 긴장 좀 해야 할걸?"

그 말에 이준은 한쪽 주먹을 말아 쥐고 헛기침을 했다. 동생에게 헛소리는 그만하라는 듯 건성으로 손 인사를 한 그는 이내 호출을 받고 뛰기 시작했다.

뒤돌아 나가는 오빠의 등을 보던 이설은 손목에 감아 놓은 머리끈을 빼서 머리를 높이 묶었고, 순간 눈이 마주친 재아를 보면서 시원하게 웃어 보였다.

답답한 오빠가 행동을 어떻게 할지 몰라 한편으로 걱정이 된 이설이 재아에게 다가갔다.

"안녕하세요?"

"……."

재아는 이준의 여자 친구가 왜 제게로 다가와 인사를 하는지 모를 눈치라 설핏 미간이 좁아졌다. 왜…… 기분이 언짢은

76

지 모르겠지만 재아는 싫은 내색을 비쳤다.

그러나 궁금한 것을 못 참는 이설은 또랑또랑한 얼굴로 질문부터 했다.

"강이준 선생님 어떻게 생각해요?"

"좋은 선생님이라고 생각해요."

물음과 동시에 답은 나왔고, 그 대답이 예상과는 달라 이설은 고개를 갸웃했다. 제 오빠 정도면 충분한 호감이 있을 거라고 생각했는데 나오는 대답은 심심하기 그지없었다.

하지만 무턱대고 좋다고 따라다니는 여자들 무리보다 훨씬 더 호감이었다. 처음 보는 사람에게 호감이 드는 건 그녀의 성격상 드문 일이었지만 이설은 눈앞에 있는 재아가 꽤나 마음에 든 눈치였다.

왠지 빚을 진 것처럼 잘해 주고 싶다는 마음이 불쑥 들었다. 그런데 그 얼토당토않은 생각이 반가우면서 유쾌할 정도였다.

"좋은 선생님?"

"네. 좋은 선생님요."

의미심장하게 웃음을 터뜨리며 이설은 코끝을 가볍게 찡긋했다.

"우리, 또 봐요."

높이 바짝 묶은 머리가 뒤돌아가는 이설의 허리 아래까지 내려와 경쾌하게 흔들렸다. 재아는 그 모습을 물끄러미 보다가 생각했다.

나도 머리나 길러 볼까.

그러다가 문득 시간을 많이 빼앗겼단 생각이 들어 재아는 주스를 들고 뛰기 시작하였다. 대리석 바닥 위로 자그마한 발이 쿵쿵 울리고, 병실에 있던 경란이 목발을 짚고서 재아를 기다리고 있었다.

들어올 땐 분명 걸어 들어왔던 엄마는 이제는 목발에 의지해야만 걸음을 옮길 수 있게 되었다.

"늦어서 미안. 엄마, 운동 치료실 가자. 편하게 휠체어 타고 갈까?"

넓은 대학 병원에서 재활의학과는 생각보다 동선이 길어서 휠체어로 이동하는 게 더 빨랐다. 그녀가 서둘러 입원실 바깥으로 시선을 돌리자, 때마침 이준이 휠체어를 끌고 들어오고 있었다.

"어머님, 제가 모셔다 드릴게요."

깔끔한 사복으로 갈아입은 이준이 눈을 휘며 선선히 웃었다. 그 모습을 본 순간 재아의 눈동자가 얕게 일렁였다. 그렇게 정색하며 지나칠 땐 언제고, 여자 친구가 와서 기분이 좋아진 건가 싶다. 재아는 휠체어를 제 쪽으로 끌어당겼다.

"제가 해요, 이런 건……. 선생님 바쁘지 않으세요?"

없는 시간까지 쪼개서 바쁘게 일 처리를 하고 온 이준은 순간 머쓱해져서는 헛기침을 했다. 그리고 그 둘을 바라보던 경란이 입가에 잔잔한 곡선을 그린 채 휠체어 쪽으로 다가가 앉았다.

"의사 선생님, 부탁 좀 할게요."

이준이 재빨리 휠체어를 잡으며 '들었죠?' 하는 눈빛으로 재아를 바라보자, 그녀가 엄마 쪽을 향했다.

"엄마!"

"주스 이리 줘. 엄마 마시라고 사 온 거 맞지?"

재아는 입술을 뾰족하게 내밀고는 뒤를 따랐다. 휠체어를 끌면서 환하게 웃는 이준과 엄마의 미소에 사르르 기분이 좋아지다가도 그녀의 얼굴엔 심술이 나 있었다.

굳어 있는 운동신경을 억지로라도 움직이기 위해 운동 치료실로 들어간 경란이 물속에서 다리를 움직이고, 기구 앞에서 스트레칭과 강직 정도를 체크하는 사이 둘은 문가 의자에 앉아 있었다.

재아는 안 가고 서 있는 이준을 보며 퉁명스레 말하였다.

"사복이시네요?"

"제가 실은…… 오늘 오프거든요."

이준은 크림처럼 눈을 부드럽게 휘며 웃었다. 부지불식간에 그 모습을 보던 재아의 심장이 순간 밀물과 썰물이 교차하듯 쿵쿵 울렸다.

'여자 친구는…….'이라고 물으려던 재아는 머릿속이 새하얘져 시선을 반대로 돌렸고, 멀찍이 떨어져 앉아 있던 이준이 자리에서 일어났다. 이제 가려나 싶어 재아는 시선을 바닥으로 내린 채 입술만 달싹거렸다.

"여자 친구분이랑…… 데이트 안 가세요?"

들리지 않을 정도로 힘없이 작게 나온 말. 묻힐 줄 알았던 그것은 분명한 혼잣말이었다.

"없습니다."

너무도 가까이서 들리는 대답에 잘게 어깨를 떤 재아가 고개를 들자, 가까이 선 그가 바로 위에서 그녀를 내려다보고 있었다.

"여자 친구 없습니다."

또렷한 목소리가 재아의 귓바퀴를 두드렸다. 이슬비처럼 촉, 떨어지듯 감겨 들어온 그 말은 곧 그녀의 가슴에 잔물결을 만들었다.

열린 창문에서 들어오는 미풍이 두 사람 사이를 파고들었다. 얕게 흔들리는 바람 때문일까. 어깨를 스치고, 귓불에 닿아서 머리카락을 흔드는 그 바람이 어째서 가슴속까지 파고드는 것인지…… 재아는 알지 못했다.

갑작스럽게 찾아온 엄마의 병은 현실 감각을 완전히 떨어뜨려 놓았다.

사람의 마음이 참으로 이상한 것이, 죽을 것처럼 힘들다가도 그래도 눈앞에서 웃는 엄마를 보면, 어려운 의학적 용어라와 닿지 않은 말들은 거짓이 되고, 스스로가 감당할 수 있을 만큼의 상황으로 인지하게 되는 구석이 있었다.

어느 순간엔 병이 오진이지 않을까 하는 생각이 드는 걸 보면.

하지만 그러한 일상이 깨어진 건 얼마 가지 않아서였다. 운동 치료실에서 곧잘 수업을 따라가던 엄마가 쓰러진 것이다.

전신의 근육을 경련하며 눈을 뒤집은 채 숨이 막혀서 헉헉대는 엄마를 보며…… 재아는 이것은 현실이 아니라 지옥이라는 것을 깨달았다.

엄마는 이제 목발에 의지해서도 걷지 못하게 되었다. 병의 진행 속도는 그녀가 받아들일 수 없을 정도로 빨랐고, 그녀의 상황과는 상관없이 현실적인 숫자가 그녀를 압박하기 시작했다.

미납.

미납.

미납.

세 번의 미납 통보를 한 병원 측에서는 병실을 비워 달라는 요구를 하기 시작했다.

어차피 죽을 목숨이란 건가. 나는 우리 엄마…… 아직 더 보고 싶은데. 보내고 싶지 않은데…….

멍하게 풀린 얼굴로 뒷걸음치던 재아는 가는 몸을 두 팔로 감싸 안은 채 자리에 주저앉았다. 그러자 잔잔하게 복도를 울리는 발걸음과 함께 이준이 그녀 앞으로 다가왔다.

"내가 도와줄까요?"

얼굴을 든 재아는 성큼 뒤로 물러섰다.

"301호 정경란 보호자, 이재아 씨 맞죠?"

재아가 들은 것은 거기까지. 그 뒤로는 벙긋거리는 입 모양만 보이고 소리가 하나도 들리지 않았다. 급기야 그의 얼굴이 하얗게 울렁울렁 변하는 모습을 보며 눈을 감았다.

서둘러 그 자리에서 도망쳤다.

어젯밤 기어이 해산물 정식을 먹이고 집 앞까지 배웅을 해주었던 이준 덕택에 유희는 그 많은 비를 맞고도 다행히 감기에 걸리지 않았다.

평소처럼 명품 드레스를 렌탈하고, 탐스러운 웨이브 머리를 한 그녀는 메이크업의 마무리 단계에서 사라를 보았다. 그녀는 서랍을 이쪽저쪽 열며 손등에 발색할 립글로스와 립스틱을 세심하게 고르고 있었다.

"오늘은 옷이 차분하니까, 립에 포인트 줄까?"

"어제도 붉게 칠했는데……."

"어제는 고혹 컨셉으로 간 거니까, 오늘은 깔끔하게 립만 포인트 주면 될 것 같은데?"

사라는 거울에 비친 재아를 훑으며 진홍색 맥 립스틱을 꺼냈다. 평소 메이크업에 가타부타 말이 없던 재아가 서랍 문이 닫히기 직전에 제 의견을 처음으로 내세웠다.

"아니…… 연핑크로 발라 줘."

"오늘은 아예 청순 요정으로 가려고? 그것도 괜찮지."

금세 수긍한 표정으로 사라는 서랍에서 은은한 꽃물처럼 물이 든 핑크색 립스틱들을 검지로 주르륵 매만지더니 하나를 골랐다. 세심하게 입술 안쪽에서부터 그러데이션을 하고, 볼륨이 느껴지는 튜브 립글로스를 손등 위로 짜고서 톡톡, 입술 선을 따라서 세심하게 붓질을 했다.

콧노래를 흥얼거린 사라는 끝마친 메이크업을 보며 만족스러운 표정이었지만 유희의 머리를 어깨 뒤로 넘겨 주면서는 한숨을 푹 내쉬었다.

"아까워."

눌러 찍듯이 말하는 어조는 유희가 '일프로'에서 일하는 게 아까워 탄식처럼 흘러나온 것이었다.

화류계에 있는 그녀들의 메이크업을 담당한 지도 벌써 햇수로 7년 차인 사라는 단골 유지를 위해 비위를 맞추고 살갑게 대해야 한다는 직업의식이 있었다.

언제나 사근거리며 말했지만, 그 안에는 은근한 비웃음과 경멸 같은 것도 함께 자리하고 있었던 사라는 유희를 보고는 조금도 비웃을 수가 없었다.

새벽 늦은 시간에야 일이 끝나는 그녀들은 낮에 푹 자고서 운동을 하고, 피부과를 다니고, 어떤 날은 일을 쉬고 해외로 여행을 가서 쇼핑을 잔뜩 하기도 했다. 그런 그녀들이 기사의 고급 차를 타고 이곳으로 와 여담을 늘어놓았다. 그에 반해 유희는 늘 잠이 부족한 얼굴로 수척할 때가 많았다. 쉬는 날 또한 없었다.

화장품을 만지는 사라는 유난히 후각에 예민한 편이었다. 이제는 어림잡아 유희의 사정을 눈치로 알고 있었다. 미용실에 오기 전, 늘 들르는 곳이 있다는 것도.

이러다 쓰러지지나 않을까 걱정이 되었다. 그러면서도 그게 왜 그렇게 속이 상한지 모를 일이었지만, 유희의 얼굴에 깔려 있는 그늘을 가려 주고 싶어서 사라는 다른 이들보다 더 화사하게 메이크업을 해 주었다.

일을 하는 시간이 길어질수록 말수가 줄어든 유희는 고맙다는 말 대신 가는 미소로 답한 뒤 파우더 룸을 나섰다.

메이크업실에서 나오는 그녀를 보며 미용실 보조가 남은 횟수를 확인했다.

"유희 언니, 이번 달 횟수 끝났어요. 쿠폰 다시 끊을까요?"

저 말에 '아니, 나 이제 일 안 해.'라고 말하게 될 날이 올까 생각하던 유희는 입가에 흐린 곡선을 만들었다.

그러고는 크게 뒤통수를 맞은 것처럼 그런 날이 오면 안 되겠다고 생각했다.

그날이 온다면…… 아마도 엄마가 눈감는 때가 될 테니까.

"끊어 줘."

보조는 계좌번호가 적힌 메모를 가리키더니 현금으로 할 것인지, 계좌이체를 할 것인지 물었다. 자신의 몫으로는 어떠한 사치도 허용하지 않았기에 유희는 현금을 들고 다니지 않았다. 그래서 그 질문에는 늘 똑같이 답했다.

"가지고 있는 현금이 없어서 계좌로 이체할게."

미용실은 그녀들에게만 우대 가격으로 해 주었다. 미용실에 따라 가격은 다르지만 대개 5만 원에서 7만 원을 벗어나지 않았다. 적게는 10회씩 끊는 것을 '쿠폰제'라고 말하였다.

보통 사람이 청담동 고급 미용실에서 메이크업과 헤어를 할라치면 회당 30만 원 정도의 금액을 지불해야 하는 반면에, 매일같이 들르는 그녀들에게만 해당되는 가격이었다.

가게로 걸어가며 최대한 머리가 망가지지 않았으면 좋겠다는 생각을 하면서 유희는 휴대폰으로 계좌이체를 한 후 미용실을 나섰다.

여느 날과 다를 것 없던 오늘이, 가게로 향하는 그 순간에도 틀어지게 될지는 그녀도 몰랐다.

사람은 버틸 수 있는 불행만을 겪는다던데, 앞으로의 긴 여정을 부디 그녀가 버텨 낼 수 있기를.

장마가 끝나 가, 맑게 갠 하늘은 푸르렀다.

그러나 그녀는 여전히 장마에 갇혀 있었다.

*＊ *＊ *＊

3. 흑과 백 같은 두 남자

"홍 마담, 여기 일프로 아냐?"

가게 오픈하기 전부터 들이닥친 남자는 서 있는 자세로 허리에 손을 올린 채 핏발이 선 눈동자를 실룩였다.

유희가 일을 시작하던 첫날부터 그녀를 지명하던 태하는 '일프로'라는 사실을 머릿속에 각인시키며 많이 인내하며 참아 왔었다.

손목 한번 잡기 힘들다는 곳에서, 그저 옆에 앉아서 얼굴을 보며 술을 따르는 그녀를 시선으로만 좇았다. 그런 그녀가 손님과 함께 차를 타고 사라졌다.

재벌계에서도 다혈질로 통하는 젊은 혈기의 그가 야생마처럼 한번 폭주하기 시작하면 말릴 수 있는 사람은 아무도 없었다. 거칠게 툭툭 뱉어 버리는 그의 어투에 업계 사람들은 건방지다고 평가했지만 매력 있게 보는 이도 꽤 많았다.

서른이라는 나이에 대표 직함을 가진 태하는 재벌계의 '문제
아'라고 불리며 매스컴에 오르내린 전적도 여러 번이었다. 그
의 반항아적인 기질에 반해서 연예인 못지않은 팬덤도 있는 편
이었다.

그가 입고 있는 의상, 구두, 시계는 모두 고가로 '재벌계의
패션'이라는 칼럼에 소개된 바가 있었는데 그야말로 완판 신화
를 이루었다. 또한 그를 모델로 한 영화나 드라마도 꽤 있을
정도로 '길태하'는 유명했다.

태하는 입술을 비틀며 가늘고 긴 눈초리를 날카롭게 틀어
올렸다. 서릿발 같은 그 시선에 낮게 가라앉은 분위기가 가게
를 정적처럼 물들였다.

슬아와 채영은 그의 옆자리에 앉은 채 무거운 숨만 내쉬었
다.

제아무리 날고 기는 손님이라 해도 이곳은 제가 주름잡고
있는 밤의 세계. 기죽지 않고 제 할 말을 다 하던 라진이 당황
한 것은 처음이었다.

'잘못 봤겠지.'라고 웃으며 넘기려던 라진을 향해 태하가 일
침을 가했다.

"지금 나랑 장난해? 어제 차 타고 손님이랑 나가는 걸 내가
똑똑히 두 눈으로 목격했는데? 그럼 뭐, 내 눈이 병신인가. 그
래?"

말이 끝남과 동시에 그가 얼음이 들어 있는 양주잔을 바닥
으로 내동댕이쳤다. 유리 파편이 사방으로 튀면서 라진의 뺨을

스쳤다. 고운 그녀의 얼굴에 그어진 실선 사이로 붉은 핏방울
이 맺혔다.

"기분 엿 같네."

평소라면 여자를 제 발아래 놓고 당당히 휘두르던 그가 처
음으로 했던 배려가 병신이었다는 걸 느끼며 태하는 입매를 잔
인하게 비틀었다.

"그렇게 고고를 떨더니, 뒤로 호박씨를 까?"

피식피식 태하의 입술 사이로 조소가 흘러나왔다. 그러자
라진은 억지로 입술을 끌어당기며 다독거리듯 말하였다.

"길 대표님, 우리 이러지 말자. 두 번 방 묶었던 유희 손님인
데, 첫날에도 도시락 포장해 오고 그랬어. 밥 먹으러 나갔다
가, 바로 집으로 들어갔다니까?"

"같이 들어갔는지 따로 들어갔는지 홍 마담이 확인했어? 어
디서 야부리를 털어. 나 길태하야. 오래 일했더니 감 잃었어?"

그리고 그때 노기를 풀기 위해 옆에 앉아 있던 슬아가 팔을
슬그머니 잡자, 태하는 제 몸에 닿는 게 역겹다는 듯 팔을 비
틀며 퍽 소리 나게 뒤로 밀쳤다. 그대로 소파를 받치고 있는
나무에 어깨를 부딪친 슬아가 얕은 신음을 티 내지 못하고 삼
켰다.

"어디다 손을 함부로 갖다 대!"

건장한 남자의 근육이 씩씩거리는 숨과 함께 유려하게 움직
였다. 넥타이를 거칠게 풀어 내린 태하가 오만하게 턱을 치켜
들고는 자리에 앉았다.

"다 됐고, 조 부장 들어오라 그래."

태하는 낮게 가라앉은 목소리로 말하며 미간을 꾹꾹 눌렀다. 그 한마디에 노크 소리와 함께 문을 열고 들어온 조 부장이 두 손을 모으고 허리를 조아렸다.

"아이고, 길 대표님. 찾으셨습니까."

"너 가서 그대로 조판 들고 다시 들어 와. 장난질하면 죽는다."

으르렁거리듯 태하가 말하자 조 부장은 힐끔 라진의 눈치를 살폈다. 어쩔 수 없다는 듯 고개를 끄덕이는 모습을 보며 서둘러 조판을 가지고 다시 들어왔다.

조판이라고 불리는, 언뜻 보면 출석부처럼 생긴 B4 사이즈의 일지는 그녀들이 룸을 들어갔다 나가는 시간을 체크해 놓은 것이었다.

태하는 'A 102호'라고 적힌 룸 번호와 함께 '유희 방 묶임.'이라고 적힌 글자를 똑똑히 보았다. 그리고 그 옆에 적힌 300만 원이라는 숫자를 보며 날카롭게 눈썹을 치켜 올렸다.

"어떤 새끼가 밖으로 데려가면서, 300만 쥐여 줬어? 일프로? 좆 까라 그래."

조판을 조 부장의 머리 위로 내려치더니 태하가 잔인하게 웃었다.

"간만에 초이스나 한번 하자. 너희들 다 나가."

라진은 고개를 푹 숙이고서 길게 한숨을 내쉬었다. 담배를 깊게 빨아들인 그녀가 이제 막 도착해서 대기실로 들어온 유희를 쳐다보았다. 또 걸어온 모양인지 로퍼를 신은 유희가 챙겨 온 가방에서 하이힐을 빼냈다.

유희는 평소와 다른 가게 분위기에 어리둥절해진 얼굴이었다. 대기실에서는 주방 이모가 그녀들의 늦은 저녁을 준비해 놓았지만 아무도 젓가락을 움직이는 이가 없었다.

평소에는 그녀들의 시선을 한 몸에 받으며 물건이 없어서 예약까지 받아 갔던, 진품과 똑같이 만들었다는 샤넬, 에르메스 가품을 판매하러 온 상인도 싸늘한 분위기에 나중에 다시 오겠다며 나간 터였다.

'일프로'는 손님이 직접 지명을 해 앉히는 게 일상이었지만, 그녀들을 하나하나 룸으로 불러들여 얼굴을 보고 퇴짜를 놓는 경우는 드물었다. 아니, 없다고 해도 과언이 아니었다. 그것은 대개 아가씨를 보러 가는 술집의 경우였다.

이곳에서는 여자에게 몸을 달아 하며 찾아오는 손님이 없었다. 보통은 고급 술집에서 조용히 사업차 얘기를 나누거나, 친목 도모를 하기 위해 방문하는 용도가 다분했다. 그래서 이곳은 지저분하게 손님과의 음담패설이 이루어지지도, 몸의 대화가 오고 가지도 않았다.

이곳에 방문하는 건 사실 제일 비싼 술집이라는 과시용이었고, 그녀들이 있으나 없으나 그들 나름대로 바빴다.

보통은 마담을 믿고 찾아오는 손님이 대부분이었기에 마담이 그녀들을 알아서 앉히게 하는 경우가 다반사였다. 그런 상류층 손님에게도 가끔 꽂히는 그녀가 있긴 했지만 최대한의 대우를 해 주었다.

그런데 싸구려 술집도 아닌 이곳에서 '너, 나가.'라는 평을 그 자리에 선 채로 고스란히 들을 생각에 그녀들의 못마땅한 시선이 유희에게로 향했다. 유달리 자존심이 센 그녀들로서는 난데없는 날벼락이었다.

"어제 어디 갔어?"

낮게 가라앉은 라진의 음성에 유희는 입술을 꼭 깨물었다가 떼기를 반복했다.

"밥 먹으러……."

"내가 말했지. 최대한 비싸게 굴라고. 지명 관리한다고 낮에 손님이랑 차 한잔 마시는 건 비즈니스라고 치자. 그런 비즈니스도 안 하던 네가, 출근한 거 빤히 아는데 손님이랑 사라지면…… 룸에서 네 얼굴 잠깐이라도 보겠다고 찾는 손님이 뭐라고 생각하겠어? 조 부장 얼굴은? 나는! 그리고 얘네는? 네 행동 하나에 도매급으로 같이 평가되는 거 몰라?"

눈에 띄지 않게 조심히 나갔다고 생각했는데 틀어져 버렸다.

"잤니?"

덤덤하게 묻는 라진의 말에 유희가 눈을 동그랗게 뜨고서 그녀를 바라보았다.

"언니……?"

"왜? 내가 이상한 말 했어? 그 얼굴에, 그 재력에, 그 성격에 안 끌리면 여자 아니지. 갱년기인 나도 몸이 달게 생겼던데. 넌 뭐가 그렇게 특별해서?"

"그럴 일 없다는 거…… 알잖아요."

유희는 파르르 떨리는 눈꺼풀을 감았다가 떴다.

"나는 알지. 너 그럴 일 없다는 거. 근데 손님은? 네가 그럴 여지를 조금이라도 주면, 그날로 끝인 거 몰라? 길태하 빡 돌았어, 지금. 걔 내가 공들여 잡은 손님인 거 알지?"

담뱃재를 털어 내던 라진이 이윽고 자리에서 일어섰다.

"오늘은 너도 자존심 접고, 쟤 기분 좀 맞춰 주자."

룸에서는 웃으며 인사하는 그녀들의 얼굴을 정면으로 비웃으며 태하가 '너, 나가.'라는 말만 반복하고 있었다. '네 얼굴 보면 술맛 떨어져서 넘어가지도 않겠다.' 하는 모욕적인 발언도 서슴없이 내뱉으며 태하는 '다음'을 크게 외쳤다.

그러자 차례를 기다리고 있던 그녀들이 문을 열고 들어섰다. 그 안에서는 그가 그토록 기다리고 있던 유희도 함께였다.

태하의 시선이 유희에게로 머물다 떨어졌다.

유희의 옆에 있던 온유는 그가 성질이 포악하기로 소문이 났지만 처음으로 그의 지명을 제게로 바꿀 수도 있다는 생각에 생글생글 웃었다. 돈 많고 나이 많은 손님은 많지만, 돈 많고 어리면서 잘생긴 손님은 드물었다. 온유는 남자의 외모를 높이 평가하는 축이었다.

유희는 특유의 건조한 표정으로 서 있을 뿐이었다. 앉아 있던 태하는 자리에서 일어나 그녀에게로 가까이 다가갔다.

"넌 뭔데, 웃지를 않아?"

태하는 유희의 턱을 한 손으로 그러잡은 채 위로 들어 올렸다. 그대로 시선을 내리깐 그녀의 얼굴엔 표정 변화가 없다.

어떻게 해도, 이 건조한 얼굴은 제게 틈조차 보이지 않는다.

"너, 나가."

그대로 짓씹듯 말을 내뱉자 유희는 그대로 몸을 돌린 채 걸어 나갔다. 그러자 피식 입가로 웃음을 흘린 태하가 이내 그 웃음마저 거둬 냈다.

"거기 서."

명령어처럼 내린 말에 유희가 그대로 꼼짝없이 서 있자, 태하는 낮은 숨과 함께 오만한 표정으로 유희의 등에 시선을 꽂았다.

"서 있으란다고 딱 서 있네. 돌아서 이리 오라고 말해야 알아들어?"

몸을 돌려 태하에게로 다가간 유희가 입가를 당겼다. 가짜로도 웃을 줄 모르는 그녀의 표정에 어이없어진 그가 눈을 감았다 떴다.

그 모습이 예전에는 안쓰러워 보였지만 오늘은 아니다.

"실실 쪼개는 애, 너까지 초이스 끝. 다 나가."

온유와 유희를 지명한 태하가 라진을 쳐다보았다. 그러자 라진이 선수 치듯 말하였다.

"유희는 오늘 여기 첫 번째 방 아니라서 못 묶어."

장시간 꼼짝없이 불편한 분위기에 유희를 가둬 두는 건 내키지 않아 라진이 둘러서 말했지만, 눈썹 하나 까딱하지 않으며 태하는 온유가 내미는 술잔을 받고서 빙글 돌렸다.

"돈 주면 되잖아, 내가. 더 많이 주면 되는 거 아냐?"

"에이, 이 바닥 돈 따라가면 장사 망하는 거 알면서 그런다. 기본 의리는 지켜야지. 대신 오늘 유희 방 많이 안 돌릴게."

그러나 그 말이 끝나기 무섭게 상현이 노크를 하고 들어섰다. 라진은 골치 아픈 듯 이마에 손을 얹었다.

　"유희 씨."

　문이 열리자마자 소파에 있던 쿠션을 상현에게로 던진 태하가 코웃음을 쳤다.

　"누가 얠 찾아, 그 300?"

　유희의 턱을 제 쪽으로 향하게 다시금 들어 올린 태하가 그녀의 입술이 닿을 듯 말 듯 아슬아슬한 거리에서, 아찔하게 속삭였다.

　"너, 오빠랑도 밥 한번 먹자. 비싸게 사 줄게. 어?"

　시선을 피하지 않은 유희가 그의 말은 깡그리 무시한 채 흔들림 없는 어조로 대꾸했다.

　"다녀올게."

　태하는 킬킬 웃음을 터뜨리며 고개를 저었다.

　도무지 술집 년 같지가 않은 여자다.

　그대로 일어서는 유희의 손목을 거칠게 붙잡아 도로 자리에 앉힌 태하는 스트레이트 잔이 아닌 온더록스 잔에 양주를 잠길 정도로 콸콸 쏟아부었다. 그리고 찰랑찰랑 가득 담긴 액체를 유희를 향해 내밀었다.

　"이거 다 마시고 나가."

　곱게 보내 주리란 생각은 당연히 하지 않았다. 유희는 자연스레 테이블에 세팅되어 있는 물수건을 쳐다보았다. 스트레이트 잔이라면 모를까, 저건 도무지 커버가 불가능한 양이었다.

　정신없는 와중에도 라진이 미리 따라 놓은 둥글레차에 시선을 옮겼다. 바꿔치기가 가능할까 싶었지만 애초에 가득 담겨 있던 게 아니라서 역시나 불가능했다.

무엇보다 태하가 유희에게서 시선을 떼지 않을 것처럼 쳐다보고 있었다. 술잔을 건네는 손길이 그녀를 재촉했다.

"싫으면 못 나가."

군말 않고 유희는 그것을 받아 들더니 그대로 목을 젖혀 삼켰다. 라진이 차마 말리지 못할 정도로 빠르고 군더더기 없는 행동에 태하가 골 때린다는 표정으로 이마를 문질렀다. 이내 큭큭 웃음을 터뜨린 그가 매서운 눈초리를 세웠다.

"약속대로 보내 주는데, 빨리 와라. 다음에는 쉽게 못 나가게 해 주지."

장난스럽게 씨익 웃는 미소가 길게 자리 잡더니 싸늘하게 굳었다. 일어선 유희가 그 자리에서 비틀하더니 이내 자세를 바로잡았다.

최대한 꼿꼿이 허리를 세우고 발끝까지 힘을 주었다. 꾹꾹 눌러 담아 마신 원액에 가슴이 데고, 목 끝까지 타오르는 통증이 일었지만 그녀의 얼굴 표정만큼은 변화가 없었다.

같이 따라 나온 상현이 안절부절못하며 유희를 쳐다보았다.

"누나, 괜찮아요? 아, 저 또라이 진짜. 테이블 치울 때 혹시 모르니까 옥수수차랑 둥글레차 높이 다르게 가져다 놓을까요? 발밑에 쓰레기통도 놔둘게요. 눈치껏 뱉어요. 비우는 건 제가 알아서 뺄게요."

"그런 거 안 통해. 길태하잖아."

첫날, 일을 시작했던 그녀에게 했던 짓을 지금 그가 다시 하고 있었다.

*

신입이라고 소개한 그녀를, 태하는 다른 가게에서 일해 놓고 이곳에서 처음 일하는 것처럼 거짓말한다고 단단히 오해를 하고 있었다.

"내가 거짓말하는 건, 딱 싫어해."

라진은 오자마자 애를 돌려보낼 작정이냐며 호들갑을 떨었고, 태하는 비웃음 띤 어조로 응수했다.

"정말 처음이면, 다시는 일 못하게 밟는 것도 나쁘지 않잖아? 내가 또, 사회갱생 끝내주잖아."

태하는 온더록스 잔을 스무 잔씩 테이블 위로 깔아 두고서 유희가 뻗을 때까지 한 잔씩 먹였다. 유희는 그가 시키는 대로 고스란히 마셨다.

그리고 마지막 잔을 원 샷 했을 때, 혀까지 풀린 채 흐리멍덩해진 눈을 하고서 시간을 물었다.

"4시 지났어…… 안 지났어?"

뭉개진 발음으로 하는 말이 악착같다고 느껴졌다. 그 말은 곧 퇴근 시간이 4시라는 걸 알고서 묻는 말이었다.

"너 말이 짧다?"

"내가 왜 존대를 하냐……? 여기서 일하면 다 반말하는데!"

겁도 없이 하는 말은 술이 취해서 저러는 거겠지.

태하는 꼬박꼬박 말대답하는 유희를 보면서 낮은 한숨을 내

97

뱉었다.

"난 예외야. 계집애가 나한테 반말하는 거 딱 질색이거든."

"그러면 여길 오지를 말든가. 누구는 반말해야 되고, 누구는 존댓말 해야 되고…… 그럼 일하는 난…… 머리가 자꾸 복잡해지고……!"

세상에 저보다 더한 또라이를 만난 것 같은 느낌에 태하는 손을 얼굴에 묻은 채 킬킬 웃음을 터뜨렸다. 휴대폰 불빛으로 비친 '4:08'이라는 시간을 본 태하는 이쯤에서 끝내야 한다는 것을 깨달았다.

"4시 8분. 너 일 끝났으니까 꺼져."

그대로 벌떡 일어나 나갈 줄 알았지만 돌아온 말은 전혀 생각지도 못한 것이었다.

"8분 지났으니까, 술 깨는 약 사 줘……."

"뭘 사 줘? 내가? 지금 나보고 직접 네 약을 사다 바치라고?"

"8분 지났잖아! 약국 여기서 3분 거리, 왔다 갔다 하면 딱 되잖아. 2분은 나도 팁이다…… 이 나쁜 놈아!"

"야."

태하가 낮게 부르자 옆에 서 있던 상현이 '제가 사 올게요.'라고 말했다. 유희는 제대로 몸을 가누지도 못한 채 감기는 눈을 힘주어 뜨면서 비척거렸다.

"나, 엄마 병원에 가야 돼……! 네가 준 더러운 돈으로…… 병원비 내러 가야 된다고!"

그렇게 말하는 유희를 보며 태하는 웃음이 뚝 멎었다. 도로

98

상현을 불러 세운 태하가 자리에서 순순히 일어섰다.

"됐어, 내가 사."

처음이었다. 그가 누군가를 선심 쓰듯 챙겨 주는 것은.

✻

그리고 그때의 그 약봉지는 지금 태하의 주머니에도 있었다. 이곳에 올 때마다 이제는 습관처럼 챙기고 오는 것이었다. 태하의 미간이 설핏 좁아졌다.

부스럭부스럭. 주머니에서 꼼지락거리는 손을 보자 온유가 살랑거리며 물었다.

"오빠, 그거 뭐예요?"

다른 손님에게는 반말을 하는 온유도 태하에게만큼은 존대를 했다. 예외라는 건, 유희에게만 적용되는 것이었다.

"내가 왜 네 오빠야? 하, 존나 지루하네."

때마침 룸으로 들어와 이리저리 음료수를 세팅하는 상현을 본 태하가 간결하게 불렀다.

"거기, 너."

나갈 때 유희를 데리고 나간 상현은 도로 이곳으로 데리고 오라고 말할 것을 예상했는지 어색하게 웃으며 돌아보았다.

"유희 씨 불러 달라는 거죠? 아직 들어간 지가……."

"어쩌라고."

"그러니까 시간이……."

"누가 더 시간이 없을까? 데리고 와."

99

살벌한 눈초리에 상현은 알겠다는 듯 고개를 숙이며 나왔다. 유희가 들어간 방 앞에 서서는, 이 일의 앞날이 가시밭길처럼 평탄치 않으리라는 생각을 했다.

"얼른 관두든가 해야지."

작게 중얼거리며 노크를 하고 들어선 상현은 마주한 두 사람의 분위기가 심상찮은 기색이라 섣불리 이름을 부를 타이밍을 찾지 못했다.

쪼아서 오긴 했지만 역시나 빨리 온 듯해 주춤주춤 코를 문지르며 얼음 통만 새 걸로 바꾸어 놓고 조용히 돌아섰다. 그러자 그를 본 이준이 지갑을 꺼내며 불렀다.

"잠깐만."

"거기다 영수증 모아 주시면 제가 반드시 잘 찢어서 버리겠습니다."

두 번이나 속은 전적이 있던 상현은 무덤덤한 얼굴로 쓰레기통을 가리켰다. 발을 까딱까딱하며 두 손은 공손히 모은 채였다.

직각으로 허리를 숙이고 미련 없이 돌아서는 상현을 향해 이준이 아쉽다는 듯 말하였다.

"난 담배라도 사라고. 끊었나 봐요?"

그 말에 방긋한 얼굴로 돌아선 상현이 부리나케 뛰어와 넙죽 고개를 숙였다.

"아니요, 저 완전 골초입니다!"

피식 웃음을 터뜨린 이준이 5만 원권을 두 장 내밀었다. 왠지 늦게 들어오라는 말로 알아들은 상현은 어떻게 시간을 끌까 싶어 고민하면서도 냉큼 돈을 받아 든 채 룸을 벗어났다. 상현이 나간 룸 안에는 다시 정적이 찾아들었다.

안내받은 룸에 이준이 있자 어떤 얼굴로 마주해야 할지 걱정부터 앞섰던 유희는 홧홧하던 속이 깨는 느낌이었다. 그리고 어떠한 말도 쉽사리 나오지 않았다. 여전히 그가 저를 어떻게 보고 있을지 불안한 마음만 한가득이었다.

그렇게 한참 고민 끝에 그녀의 입술에서 툭, 말이 떨어져 나왔다.

"또…… 오셨네요?"

이쯤 되자 유희는 이준에게만큼은 반말을 고집하지 않기로 했다.

"여기 와야 볼 수 있잖아요. 아닌가?"

그가 살포시 웃으며 말하였다. 불편함은 그녀만 느끼고 있는 듯했다.

'아닌가?' 그 말에 다른 곳에서 만나도 된다는 말을 할까, 유희는 아주 잠깐 고민을 했다. 그러나 괜한 미련은 갖지 말자며 소리 없는 미소만 그려 넣었다. 그녀에겐 아스라한 추억의 사람이었다. 그리고 그것을 깨부술 만큼 어리석지 않았다.

"이렇게 연달아서 오면 피곤하잖아요. 원래도 이런 데 오시는 분 같지는 않고."

피곤이 묻은 얼굴을 이준은 웃음으로 털어 냈다.

"아쉬운 내가 와야죠. 안 그래요?"

그녀가 이곳에서 일을 하게 된 것을 알게 된 이상, 저절로 발길이 향하는 걸 제어할 수 없었다.

다행인 것은 명함에는 아버지 회사의 이름이 들어가 있지만, 그가 실제로 준비하고 있는 것은 따로 있다는 사실이었다. 이직의 전환점이라고 하는 것이 맞을 것이다. 그런 면에서 상대적으로 시간이 많았다.

하지만 지금과 같은 상황이 오늘내일로 끝날 것 같지 않아서 어떻게 해야 시간을 효율적으로 활용할 수 있을지 그는 내내 생각했다.

유희는 술잔만 꼭 쥐었다. 발긋하게 상기된 그녀의 얼굴을 보며 이준이 보시시 웃었다.

"술 마셨어요?"

말하고도 살짝 우스워진 그는 한발 늦게 그녀가 술집에서 일한다는 사실이 생각난 모양이었다. 눈으로 보고도 믿기지 않는 터라 이준은 입매를 살짝 늘였다 놓았다. 한쪽 가슴께가 뻐근해져 와 낮은 한숨이 잇새로 흘러나온다.

"조금요."

"조금."

그녀의 말을 따라 하며 이준이 고개를 끄덕였다. 늦지 않게 왔다 생각했는데 가게 오픈도 전에 그녀를 찾는 손님이 있었다는 말을 들은 게 생각났다. 신경이 쓰이지 않는다 하면 거짓말이었다. 걱정스러운 듯 유희를 쳐다보며 이준이 물었다.

"술은 잘해요?"

"뭐, 적당히? 취하지 않을 정도로 마셔요."

일을 하면서 술을 마시지 않는 요령은 여러 가지가 있었다. 연하게 탄 아메리카노에 얼음을 담갔다가 양주잔에 그 얼음을 생수와 함께 섞으면 감쪽같이 양주가 되기도 했다.

"오빠는…… 술 잘해요?"

'오빠'라는 단어가 이렇게 사용하기 싫을 때가 있을 줄은 몰랐다.

듣고 있던 이준은 한쪽 턱을 비스듬히 괸 채 나른하게 눈을 깜빡였다. 그 눈동자가 저를 빤히 바라보자 유희는 술기운이 오르는 듯 목이 탔다. 그와 대화를 나누고 있는 한 마디, 한 마디에 척추가 쭈뼛 서며 긴장이 되었다.

"난 잘 못하는데, 술 취한 티는 안 나요."

그러고 보니 이 안에서 술을 마시는 모습을 본 적이 없었다. 유희는 술을 따르려다가 '내 앞에선 술 따르지 마요.' 그가 했던 말이 생각나 머뭇거려졌다. 그것을 알아챈 이준이 먼저 말을 꺼냈다.

"나 술 마시면 유희 씨 곤란해질 텐데, 그대로 둬요."

"왜요?"

"주사가 조금 있어요. 그래서 혼자 있을 때 아니면 잘 안 마셔요."

문득 그의 주사가 어떨지 궁금해진 유희가 짧게 웃었다가 표정을 갈무리했다. 방심하고 있는 그녀를 향해 이준이 훅 밀고 들어오듯 말하였다.

"못다 이룬 첫사랑이 고민돼서 왔다면, 얘기 들어 줄래요?"

생각지도 못한 말에 유희는 아무런 말도 할 수가 없었다. 잔잔하게 이어지던 대화가 일순 가슴이 뛸 만큼 방향이 틀어졌다.

"내가 착각했어요. 유희 씨를, 내 첫사랑으로."

정말로 못 알아보는 것일까.

유희는 흔들리는 시선으로 이준을 바라보았다. 그리고 이어서 그가 했던 말이 떠오른 유희의 얼굴이 복잡해졌다.

'이재아 씨, 자리에 앉아요.'

그 말은 곧, 그러니까 그 첫사랑이…….

"착각한 김에 하나만 부탁할게요. 같은 여자 입장이라 대답은 쉬울 것 같은데, 보다시피 내가 아직 여자 친구가 없어요."

이준은 반지가 없는 깨끗하고 흰 제 손가락을 펼쳐 보였다.

"거기엔 여자 사람 친구도 포함이고요. 여동생이 하나 있긴한데, 과거에 별 도움을 못 받아서요."

초조한 마음을 들킬까 싶어 유희는 습관처럼 손을 벌게질 정도로 문질러 닦았다. 언제부터 그랬을까 생각했지만…… 기억에 남을 만한 것이 없었다. 오히려 제 마음만 선명해질 뿐이었다.

"여자는 무턱대고 잘해 주는 남자는 질린다는데, 그래요?"

"……네?"

"돌아서 천천히 가야 할지, 직진을 해야 할지 고민이 되는데. 대답 좀 해 줄래요?"

유희의 속눈썹이 파르르 떨렸다.

분명 아니라고…… 착각했다고 말했는데. 자꾸만 저에게 대답을 요구하는 게 어색해져 유희는 이러지도 저러지도 못한 채 묵묵히 듣기만 하였다.

"물론, 유희 씨 생각대로 할 건 아니에요. 말 잘 들으면, 그건 또 매력이 없으니까."

"그럼 우선…… 첫사랑을 찾아야 할 텐데요."

"내가 안 찾았다고 했나요?"

"저랑 착각했으면…… 못 찾은 거 아니에요?"

무표정한 듯 살짝 굴곡진 입매를 보며 유희는 제 손등을 다시금 문질렀다. 얇은 피부 껍질이 잦은 마찰로 인해 버석거리며 하얗게 일어난다. 그 모습을 보며 이준이 나직하게 한숨을 내쉬었다.

"그거, 나쁜 버릇이에요. 못살게 구는 거."

유희는 문지르던 손등을 엄지로 꾹 누른 채 시선을 아래로 떨어뜨렸다.

"습관이 돼서 고치기 힘들어요."

"그 습관 바꿔 볼 생각은 없어요? 일단, 내일 나랑 같이 밥 먹는 것부터?"

밥 먹자는 그 흔한 말이…… 그가 하니 전혀 다른 말로 들린다. 유희는 이상하게 말문이 막혀 버렸다. 그래서 하고 있던 동작을 멈춘 채 그를 올려다보았다.

"시간 쓰는 거라 그것도 돈을 지불해야 하나."

다음 말에 속상해지는 건, 자신의 상황이 스스로도 비참한 탓이었다. 찬바람에 시리듯 가슴이 서늘해진 유희는 부러 허리를 곧게 세웠다.

"그렇다면요?"

"내 지갑 전부 맡길 테니까…… 매일 보죠, 우리."

기분 좋게 옆으로 스르륵 올라가는 입꼬리가 유희를 향했다.

"내가 고민 상담할 사람이 필요해요. 아직은 천천히 두드리는 정도로만 할까 하는데, 괜찮겠어요?"

그 말이 느리고도 깊게 가슴을 두드렸다면, 이것은 무슨 감정일까.

모르겠다. 정말 하나도…… 모르겠다.

알아서는 안 될 무서운 감정 앞에서 유희의 미간이 짧은 순간 옴폭 파였다.

"그 여자한테 직접 물어봐요. 나는 아니니까."

유희는 입술만 지그시 깨물었다.

"아까 말했는데. 여자 사람은 친구도 없다고. 도움 좀 구합시다."

웃는 얼굴로 말하는 그의 얼굴과 목소리에는 거부라는 걸 할 수 없게 만드는 힘이 있었다. 아주 잠깐 말도 안 되는 생각이 들었다가 유희는 생각만으로도 그어 놓은 선을 넘어 버릴까 싶어 애꿎은 손만 다시 못살게 굴었다.

그때였다. 거칠게 발로 찬 듯 문이 활짝 열리면서 두 사람의 시선이 자연히 앞을 향했다. 그곳엔 양주를 병째로 들고 온 태하가 문가에 팔 하나를 기댄 채 성마르게 웃고 있었다.

"빨리 오라는데 말을 안 들어서. 아이코 이런, 내가 직접 왔네?"

그 뒤로 조르르 뒤따라 들어온 조 부장이 난처하게 굽실거렸다.

"길 대표님, 아무리 그래도 손님방인데…… 유희 씨 제가 직접 불러 드릴게요. 아이고, 강 대표님 죄송합니다."

조 부장은 옆과 앞을 번갈아 보며 땀을 삐질삐질 흘렸다.

"낯짝이 궁금해서. 어제 옆모습 봤는데 기분이 좆같더라고. 근데 앞 짝은 더 좆같네? 여자야? 왜 이렇게 예뻐? 나 너 초이스 하면 안 되냐."

건들건들 태하가 말하자 이준이 조용히 자리에서 일어났다. 웃지 않는 이준의 얼굴은 서늘함 그 자체였다. 넉살 좋게 이준에게 다가선 태하가 목을 까딱까딱 움직였다.

"그냥 같이 술 한잔할까? 뭐 하러 여자 하나를 두고 왔다 갔다 하게 만들어? 안 그래? 귀찮잖아."

눈초리를 사납게 위로 뜨고 이준을 바라본 태하는 핀 스트라이프 양복바지에 손을 찔러 넣은 채였다. 스리피스로 된 슈트와 함께 포마드로 머리를 딱 붙인 그는 시상식장에나 다녀왔을 법한 행색이었다.

그와 대등한 시선에 있는 이준은 상대적으로 편안한 차림이었다. 눈꽃처럼 새하얀 니트에 결이 부드러운 검은 머리칼이 차분하게 내려앉았다.

"……그러죠."

거칠고 야성미 넘치는 남자와 차분하지만 엄숙한 남자의 시선이 부딪쳤다가 흩어졌다. 최대한 화를 꾹 눌러 참은 이준이 유희를 쳐다보았고, 태하는 유희의 손을 끌어다가 제 옆으로 당겼다.

"아까 내가 네 손을 안 잡아 줬더라?"

그 모습을 본 이준이 유희의 반대쪽 손을, 정확히는 손목을 잡았다.

"안 잡은 건 나도 마찬가지니까, 공평하게 놓고 말하죠. 보기만 해도 아까운 여자라서, 그쪽이 만지작거리면……."

이준의 잿빛 눈동자가 일순 깊게 가라앉았다.

"내가, 기분이 더럽거든요."

"술집 년 보는 눈이 왜 저래, 낯설게."

태하는 샐샐 웃음을 흘리며 자리에 앉았다. 문 너머에서 온유가 상황을 알고 태하를 따라서 들어오고 있었다.

"어머, 오빠! 룸에 나 혼자 두고 여기로 오면 어떡해요?"

"나 하나 움직이기 힘든데, 너까지 달고 다닐까?"

콧소리를 내는 온유를 보지도 않은 채 태하는 이준을 탐색하듯 눈썹을 실그러뜨렸다. 마당발인 그가 알지 못하는 정·재계 인맥은 거의 없었다. 그런데 스쳐 지나가는 기억에도 없는 그를 보고 있던 태하는 고개를 끄덕이며 낮은 한숨을 뱉었다.

"내 낯은 모르는 사람이 없을 거고."

태하가 명함을 내밀자 이준은 그것을 건조하게 쳐다보고는 굳이 소리 내어 읊었다.

"JC엔터테인먼트 대표이사, 길태하. 처음 보는데요?"

처음부터 의사의 길을 걸었던 이준은 집안 사교 모임에도 참석한 일이 없을 정도로 공부에만 매진해 왔다. 그리고 최근에야 동년배 친구들 모임에만 슬쩍 얼굴을 비친 터였다.

주눅 들지 않는 얼굴로 이준이 제 명함을 성의 없이 내려놓자 태하가 비웃음을 띤 채 입술을 열었다.

"얼마나 형편없는 일을 하면 길태하를 몰라?"

태하가 제 얼굴을 바짝 들이밀자 그제야 생각난 듯 이준이 낮은 탄식을 했다.

"아, 본의 아니게 생각이 났네요. 오늘 오다가 우연히 신문에서 봤던 얼굴이 눈앞에 있군요, 그러고 보니까."

그 말에 태하가 고개를 숙이며 한쪽 눈가를 손으로 가리고는 웃음을 터뜨렸다.

"조민영 씨, 스폰서설에 연루되셨던데. 여기 이렇게 있어도 되는 건가요?"

"무슨 스폰서씩이나. 걔가 나 좋다고 따라다니는 거, 만나준 적도 없거든? 내가 돈 주고 여자 만날…… 와, 말문 막히게 하는 재주 있다, 너?"

"아님 말고요. 그렇게 궁금하진 않아서."

"난 좀 네가 궁금해지려 그런다. 명함 줘 봐."

한낱 가십 기사로 그를 누르는 배포에 태하는 이준을 향해 손을 내밀었다. 어디 얼마나 대단한 인물인지 보겠다는 듯 오만한 눈빛으로 손을 까딱였다. 그러자 이준은 벗어 두었던 재킷 주머니를 살피는 척하다가 난처한 기색을 했다.

"어쩌죠. 지금은 없는데?"

"영업 사원이야? 명함 뿌리고 다녀서 동이라도 났나 봐."

깐죽거리는 대꾸에도 이준은 무표정한 얼굴로 응수할 뿐이었다.

그런 그가 유희를 보면서는 스르륵 미소 지었다. 그러자 유희는 이 상황을 멀찍이 떨어져서 보고 있다가 웃고 말았다. 저

하얀 웃음과 비슷한 웃음을 흉내조차 내지 못하겠다는 생각이
그 순간 들었다.

"유희 씨한테 준 게 마지막이었나 봐요. 그거 잘 갖고 있어
요?"

"……버렸어요."

가지고 있으면 욕심날 것 같아서.

"너무하네."

좁지도 넓지도 않은 지하 세계의 룸에서 벌써 2년을 생활한
그녀에게 당황할 시간 같은 건 없었다. 아직 새벽 4시가 되려
면 6시간이나 남아 있었고, 집에 가서 잠깐 눈을 붙이고 병원
에 갈 생각만 떠올리던 유희는 복잡한 머릿속에서 뭔가가 툭,
끊어지는 소리를 들은 듯했다.

그녀는 이준을 향해서 술잔을 치켜든 채 까르르 웃었다.

"오빠, 술 한잔할래?"

일하는 그녀들과 노는 물이 같으면서 다른 물에 있던 것처
럼 잠시, 선생님을 보면서 착각을 했다. 그런 착각 같은 거 안
할 거라고…… 유희는 아주 잠깐 재아가 되었다가 다시 꽁꽁
숨겨 놓았다.

"아, 우리 오빠는 술 안 마신댔지? 그럼 나 한 잔만 줘."

이준을 향해서 유희는 헤헤 웃어 보였다가 태하를 돌아보았
다. 도무지 맨정신으로는 이곳에 있을 수 없겠다는 생각이 든
것인지 유희는 평소보다 목소리 톤이 높아지고 말이 많아지고
있었다.

이미 이곳에 발을 깊게 들여놓은 이상, 마음속에 품어 두었

110

던 사람을 내려놓는 것 또한 이런 식의 방법밖에 없어서 속이 상한 거였다.

유희는 머리를 쓸어 넘기며 천장을 향했다가 테이블을 두드렸다. 어쩐지 눈물이 날 것만 같다.

"우리 밴드는 안 불러? 노래하자!"

직접 부르겠다며 룸을 나가는 그녀를, 룸에 있던 사람 모두가 이상하게 쳐다보고 있었다. 신나게 말하지만 전혀 흥이 나지 않는, 울 것 같은 얼굴을 하고 있으니까.

태하는 그래서 알았다. 유희가 저토록 흔들리는 건 제 앞에 있는 남자 때문이라고.

그리고 이준은 생각했다. 저 상처 많은 여자를 어떻게 감싸 줄 수 있을까.

이어서 남자 둘의 시선이 느릿하게, 서서히 다시금 날을 세우며 부딪쳤다.

"진짜 나 몰라?"

"알아야 할까요? 한국에 있던 적이 별로 없어요."

유년 시절은 거의 유학 생활이었고 존스홉킨스 의대를 나왔던 이준은 고국으로 돌아가고 싶다는 생각에 교수님 추천으로 인턴 실습부터 레지던트 1년 차 때까지 한국에 나왔다가 다시 외국으로 돌아간 거였다. 물론 그가 그렇다고 해서 길태하를 모르지는 않았다.

그저 무시하고 싶을 뿐이었다.

이준은 그녀와 어울리지 않는, 술집에 있는 모든 사람이 좋게 느껴지지 않았다.

"그럼 계속 거기에 있지, 여긴 왜 왔대?"

"하고 싶은 일도 있고……."

태하를 향해 말하던 이준이 의미심장한 시선으로 이제 막 룸으로 돌아온 유희를 짙게 바라보았다.

"찾고 싶은 사람도 있어서요."

덩달아 시선을 따라간 태하가 눈가를 구긴 채 이준을 다시 돌아보았다. 돌덩어리 하나가 얹어진 듯 가슴이 답답해지는 게 참으로 불편해져 왔다.

태하는 피식 웃음을 터뜨리며 입술 사이로 바람을 불었다. 포마드로 고정된 그의 머리칼은 흔들림 없었지만, 그의 마음 한구석은 어디로 가는지 모른 채 흘러가고 있었다.

조용했던 공간은 밴드 장치가 들어오면서 시끄러운 음악 연주가 시작되었다. 불이 꺼지고, 천장 위에 달린 불빛이 요란하게 붉은색, 파란색, 노란색으로 섞여 들어갔지만, 어느 누구도 여흥을 즐기려는 사람은 없었다.

밴드 기사가 디지털 기타 줄을 조율하며 선곡을 기다리고 있자 선뜻 유희가 그 앞으로 나섰다.

"아아."

마이크 테스트를 하던 그녀는 밤이 새도록 마이크를 손에서 쥐고 놓지 않았다. 최신 곡은 알 길도 없는지라 그녀의 멈춰 버린 과거에서나 불렀음직한 노래들이 공간을 채웠다.

자리에 앉아 있던 온유가 유희를 쳐다보며 혀를 끌끌 찼다. '드디어 이 언니가, 미친 것 같다.' 하는 눈빛이었다.

4. 내일도 보고…… 또 내일도 봐요

일을 나가지 않는 주말, 삐비빅 알람 소리에 깨어난 유희는 긴 속눈썹을 느리게 깜빡였다. 지긋지긋하다는 말이 마른 입을 뚫고 나오려는 걸 삼키며 창문을 쳐다보았다. 낮인지 밤인지 시간이 느껴지지 않은 공간에 커튼이 사락사락 흔들린다.

날씨가 조금은 싸늘해진 것 같다는 생각을 할 때쯤, 드르륵 짧게 휴대폰 진동이 울렸다. 그리고 반짝거리는 액정 위로 문자메시지가 떠올랐다. 예전 같았으면 늦게야 확인했을 휴대폰을 향해 그녀가 손을 더듬거리며 뻗었다.

[일어났어요?]

그것을 본 유희가 눈만 깜빡깜빡하자 이어서 문자 하나가 더 온다.

[나는 일어났어요.]

액정 화면이 가리키는 숫자는 오후 3시였다. 이 시간에 문자를 보낸 건 그녀의 잠을 깨우지 않기 위한 배려였을 것이다.

유희는 침대에 누운 채로 빤히 바라보다가 느릿하게 손가락을 움직였다.

[일어났어요.]

[씻고 옷도 입었어요?]

[네.]

왜 이런 걸 물어보나 싶어 단답형으로 꾹 눌러 보내자 바로 오는 답신에 유희는 화면에 비친 글자를 천천히 보았다.

[나와요. 집 앞이에요.]

아!

침대에서 벌떡 일어나 제 몰골부터 훑은 유희는 손에 잡히는 대로 청바지에 다리를 끼워 넣고 티셔츠에 목을 끼웠다. 화장하지 않은 얼굴 그대로 엉망으로 뻗친 머리를 끈 하나로 높이 묶었다.

왜 이렇게 서둘러서 나왔나 싶을 만큼 제 행동에 어리둥절했지만 이미 1층으로 내려온 후였다.

"……."

차를 등지고 선 이준과 눈이 마주치자 돌아서 가기엔 늦었다는 것을 깨달았다. 그는 첫눈과 벚꽃이 섞여 든 것 같은 화사한 미소를 지으며 조수석 문을 열었다.

"약속 지켜 줘서 고마워요."

'약속'이라는 말에 눈만 댕그랗게 뜨는 유희를 향해 그는 카드 하나를 내밀었다. 유희는 입술을 멍하니 벌렸다. 어제 그가 고민 상담을 해 달라고 했던 말을 받아들인 셈이었다. 그에 따른 금액을 지불한다는 명목의 카드가 제 앞으로 내밀어지자 유희는 반걸음 뒤로 물러섰다.

"아니요. 나는……."

"그거면 매일 봐도 될걸요?"

그녀의 손목을 가볍게 당기며 이준이 속삭였다.

"아직, 한도를 안 정했거든요."

괜스레 볼이 간지러워진 유희는 고개를 숙인 채 옅은 숨을 내쉬었다.

"알림 메시지는 나한테 올 테지만, 전혀 터치할 생각 없어요."

"필요 없어요."

"필요하게 만들어야 하나, 그럼 나는."

거절할 요량으로 밀어내는 유희의 손안에 카드를 넣은 채 이준은 유희의 얼굴을 바라보며 손바닥을 꾹 다물렸다. 이내 무슨 소리냐고 묻는 유희를 보며 그가 눈을 휘었다.

"나 좋아해야 거절 못 할 거잖아."

외국 생활을 오래 한 이준은 눈 맞춤이 자연스러웠지만 그녀는 아니었다.

작게 고개를 숙이자 떨어지는 귓가에서 낮은 목소리가 울렸다.

"내가 지금 핑계 만들어 주고 있잖아요."

"저기, 나는……."

도톰한 입술이 벌어졌다가 닫히자 그가 그녀의 입술에 갑자기 쪽 입을 맞춰 왔다.

"미안. 방금 그 표정이 너무 예뻤어요."

검은 눈동자가 크게 흔들리는 유희의 얼굴이 억울할 만큼 그는 차분한 기색이었다. 유희는 하, 숨을 내뱉으며 그를 새치름하게 쳐다보았다. 하지만 이준은 눈을 동그랗게 뜬 채 '왜요?'라고 어깨를 으쓱할 뿐이었다.

그녀를 차에 태우고 그가 간 곳은 한 호텔 앞이었다. 이준은 차를 세운 채 유희를 향해 휴대폰을 들어 보였다.

"일 때문에 잠깐 통화해야 할 것 같아요. 바로 보이는 커피숍에 들어가 있을래요?"

말없이 차에서 내린 유희가 그를 힐끔 돌아보았다. 일하는 거면 앞에서 통화해도 상관없지 않나. 별 시답잖은 생각까지 골똘히 하려는 것을 이내 관두었다.

욕심내서는…… 안 되는 사람이니까.

즐비하게 늘어진 차를 지나서 입구로 향하자 차분한 내부에는 그럴듯하게 갖춰 입은 사람들이 있었다. 습관처럼 청바지 위로 손을 문지르던 유희는 등 뒤에서 부르는 소리에 순간적으로 소름이 훅 끼쳤다.

"아가씨."

바로 뒤에서 다시 한 번 그렇게 불리자 눈부터 질끈 감았다. 그 자리에 굳어져 있는 그녀의 등을 누군가 두드렸다.

"아가씨, 이거 떨어뜨렸어."

미처 바르지 못하고 주머니에 넣었던 립스틱이 바닥에 떨어진 모양이었다. 숨기지 못한 안도의 한숨이 흘러나와 유희는

116

고개를 숙였다.

그 짧은 사이에 식은땀이 흐른 건 '아가씨'라는 소리가 끔찍이 싫은 것도 한몫했다. 그리고 누군가 일하는 저를 알아보지는 않을까 하는 불안감이 있었다.

중년의 여자는 살가운 시선을 보내고서 앞서 걸음을 옮겼다.

건물 유리에 비친 얼굴을 보며 립스틱을 슥슥 바르던 유희는 등 뒤로 낯익은 인영이 다가오자 재빨리 뒤로 돌았다.

"왔어요?"

"번졌다."

코끝이 닿을 만큼 가까이 다가선 이준이 그녀의 입가를 손가락으로 스윽 매만지자 유희는 움찔 물러섰다. 그러자 아쉬운 듯 그의 시선이 유희의 입술에 머무른다. 더듬더듬 입술 선을 문지르는 유희를 향해 그가 고개를 비스듬히 기울인 채 방향을 콕 집어 가리켰다.

"거기 아니고…… 여기."

입술이 뜨거워진 유희가 눈동자를 굴렸다. 그러자 이준은 귀엽다는 듯 유희의 볼을 가볍게 쓸었다. 살짝 가늘어진 눈매가 유희를 향해서 쏟아졌다.

"다 됐다. 예뻐요."

"원래 그렇게 아무 여자한테나 예쁘다고 말해요?"

민망해진 유희가 샐쭉하게 말하였다. 그 말에 '으흠' 하며 눈을 동그랗게 뜬 이준이 눈을 반달로 접은 채 푸스스 웃었다.

이 남자, 웃는 게 참 예쁘다.

"그런 말 안 해요, 나는. ……아무한테나."

그러나 앞서 걷기 시작한 유희의 귓가에 그 말은 닿지가 않았다. 그럴 줄 알았다는 듯 피싯 웃으며 이준은 걷기 시작했다.

먼저 자리에 앉은 유희는 메뉴판은 보지도 않은 채 커피를 주문했다. 사람 많은 낮의 오픈된 공간은 어쩐지 불편해져 고개를 숙이게 된다. 그녀는 커피 잔만 손에 꼭 쥐었다.

"좋아하는 여자…… 고민 상담한다면서요?"

"맞아요."

그제야 생각났다는 듯 여유롭게 응수하는 그의 말에 유희의 눈매가 살짝 가늘어졌다. 어쩐지 알고도 속아 주는 것 같은 기분.

하지만 알고 있어도 아는 척할 수 없고, 자신이 어쩌면 착각하는 것일 수도 있으니 그 문제에 관해서는 철저히 외면하기로 마음먹었다.

"제가 도움이 될진 모르겠지만……."

"많이 될 거예요. 아, 이것만 마저 할게요."

이준이 태블릿 PC를 켜자 유희는 저도 모르게 안도감 같은 것이 흘러나왔다. 조금 전 통화한 것이 정말 일이었나 보다.

그런데 아는 여자라고는 없다고 말했던 그는 호텔 커피숍에서, 알은척을 해 오는 사람들에게 일일이 인사하느라 더 바빠 보였다. 그중 남자보다 여자가 더 많았다.

"아는 여자가 없는 게 이 정도면, 진짜 없는 사람이 들으면 난리 나겠네."

혼잣말처럼, 그러나 아주 혼잣말이지는 않게 말하자 그가 물끄러미 그녀를 바라보았다.

"진짜 없는데. 방금 인사한 거 다 회사 사람들이에요. 회사 사람들도 여자 사람이라고 할 수 있나. 이런 고민 상담은 못 할 것 같은데, 안 그래요?"

"고민 상담할 시간도 없이 일하느라 바쁜 것 같은데, 돈 많은가 봐요. 가만히 앉아 있는 것만으로도 카드도 주고."

"내가 너무 일만 했죠?"

사실 그동안 수면 시간까지 줄여 가며 무리하게 그녀가 일하는 곳으로 가서 업무 효율성이 떨어진 상태였다. 오늘도 마저 일을 해야 했지만, 눈앞에 그녀가 없으면 신경이 쓰여서 제대로 집중하지 못할 것 같았다.

"바쁜 것 같은데, 전 가 볼게요."

자리에서 일어나는 유희를 보며 이준이 목을 매만졌다. 괜히 주위를 둘러보면 그가 누군가와 스치듯 시선이 닿자 빠르게 유희를 향해 말하였다.

"여기 앉아 있는 거, 그게 오늘 내 부탁이라면요."

"네?"

"좋아하는 여자가 이 근처에 있는데, 여자들 흔히 그런 거 있잖아요. 질투심 유발이라고. 아까 나한테 인사하고 가는 여자들 봤잖아요. 농담 아니라니까."

어딘가 급조한 티가 역력한 말투에 유희는 픽 웃음을 터뜨렸다.

"오늘 내 업무 수행은 질투심 유발 작전이라는 거네요?"

"뭐, 아주 비중 있는 업무죠."

"알았으니까 일해요. 어차피 카드는 내 손에 있는걸요."

유희는 한도가 없는 카드를 흔들어 보이며 자리에 앉았다. 그런 두 사람의 모습을 지켜보고 있는 시선이 있다는 건, 그녀만 알지 못하였다.

"엄마가 말하는데, 자꾸 딴 데만 볼 거야?"

조금 전 이준과 눈이 마주친 태하는 이마에 손을 얹은 채 비소를 터뜨렸다. 커피숍을 향해 들어오던 두 사람에게로 시선을 빼앗긴 태하는 몇 차례 같은 말을 하고 있는 엄마의 말에 대꾸를 하지 못하고 있었다.

발이 콱 밟혀서야 시선이 돌아간 태하는 새빨간 립스틱을 덧칠하는 한진을 쳐다보며 눈가를 찌푸렸다.

"나이 들었으면 이제 점잖아질 때도 되지 않았나?"

"나이 들었다고 여자가 아니라니?"

피싯 웃음을 터뜨린 태하가 의자에 느른하게 기대었던 몸을 세우지도 않고 손만 간단히 들었다. 그러자 기다렸다는 듯 대기하고 있던 웨이트리스가 다가온다.

"가벼운 걸로 한 잔 줘."

"얘는 무슨 호텔에서 대낮부터 술이야? 브런치나 해."

"됐고, 브런치는 엄마나 많이 드세요."

메뉴판을 더 볼 것도 없이 그대로 닫은 태하가 시선을 다시 앞으로 향했다. 이마에 손을 얹은 채 그는 다리를 까딱까딱 움직였다.

……일어설까, 말까.

"얘가 정신 사납게 왜 이래?"

하이힐로 다리를 걷어차려다가 빗나간 한진은 볼륨이 풍성하게 들어간 제 머리칼을 쓸어 넘겼다. 그러다가 아들이 쳐다보는 시선을 따라서 움직였다. 아까 제가 립스틱을 주워 줬던 여자였다.

예쁜 여자는 알아 가지고.

가볍게 혀를 찬 한진은 이내 서빙 된 브런치를 우아하게 입안으로 넣으며 아들에게 물었다. 마치 누가 들을까 봐 겁난다는 듯 자그마한 목소리였다.

"선본 건 어떻게 됐어?"

"뭘 물어. 내 소문 듣고도 결혼하겠다고 나서는 여자 중에 제대로 된 여자가 있을 것 같아?"

뭐라고 쏘아붙이려던 한진은 포크를 접시 위에 거칠게 내려놓았다. 와인글라스에 담긴 물을 벌컥 삼켰다.

이 일의 원인은 아들의 책임이기보다는 본인의 업보가 큰 탓이라 뾰족하게 할 말이 없었다. 그래도 나가라고 하면 곧이곧대로 나가 주는 아들이건만, 언젠가부터는 모든 선 자리를 아예 다 끊어 놓을 작정이 아닌가 염려가 되었다.

피곤하게 입씨름을 하는 것도 귀찮아하는 제 아들의 성격은 누구보다 엄마인 그녀가 더 잘 알았다.

"그래서 포기하라고 보란 듯 시위라도 하는 거야?"

"어."

"이게 진짜. 마음에 두고 있는 다른 여자라도 있는 거야?"

"있으면?"

"데리고 와."

"데리고 오면."

"너 좀 데려가라고 말하게."

"누구든 상관없어?"

"있긴 있어?"

태하는 입술을 비틀며 테이블 위에 올려 두었던 차 키를 집었다. 어디 가느냐고 묻는 엄마의 물음에도 태하는 뒤돌아보지 않은 채 그저 손만 크게 뻗어 흔들었다.

탁, 모니터를 닫는 소리가 경쾌하다.

일을 다 끝낸 이준은 개운한 얼굴로 기지개를 켰다. 집중할 땐 한마디도 없던 그를 보고 있는 것이 유희는 생각보다 지루하지 않았다.

사실 가만히 아무것도 하지 않고 싶을 때가 있었다. 그런 의미에서 이준은 그녀에게 쉴 수 있는 시간을 준 셈이 되었다.

이윽고 텅 비어 있는 자리를 돌아보며 그가 말하였다.

"질투심 유발 작전도 끝났고, 뭐 할까요?"

유희는 휴대폰 버튼을 눌러 시간을 확인했다. 4시 15분. 오전에 병원에 들렀다지만 엄마를 보러 다시 들러야 할 것만 같다. 이른 아침부터 밤까지 간병을 맡아 주는 이모님이 있지만, 그래도 제가 가야 마음이 편했다.

"병원에……."

말하다가 아차 싶어진 유희가 입술을 깨물었다. 이준은 못

들은 척 태블릿 PC를 가방에 넣고는 가만히 유희를 쳐다보았다.

"일단 일어날까요?"

자리에서 일어난 두 사람은 나란히 서서 걸었다.

이상하게 그와 함께 있을 때면 유희는 편안해지는 기분이었다. 그는 그녀에게 있어 포근하면서도 단단한 나무로 만든 지지대처럼 느껴졌다. 어느 순간엔 그 결 사이로 촉촉이 흐르는 단물이 마음속에 스며드는 느낌도 들었다.

그러나 기대고 싶지만 기댈 수 없는 마음. 마음은 달지만 마음 놓고 달달해지면 안 되는 상황들이 제 마음을 묶고, 손을 묶고, 발도 묶어 놓은 기분도 얹어졌다.

정말로 묶여 버린 건 엄마인데…….

'못됐다, 이재아.' 그렇게 생각하자 유희의 어깨가 절로 수그러들었다. 흐려진 미소를 누구도 보지 못하게 감추었다. 그러자 이준이 그녀의 어깨를 지그시 누르며 세웠다.

"어깨 펴고 고개 들어요."

그 순간 감추지 못한 눈물이 그녀의 뺨에서 또르르 굴러떨어졌다.

"일하는 거 힘들죠?"

이준이 담담하게 물었다. 그 물음에는 간단하게 대답할 수 없었다.

누구보다 쉽게 큰돈을 버는 것은 사실이니까.

손님 옆에 가만히 앉아서 술을 따르고, 주식 얘기를 할 때면 고개를 끄덕이고 귀동냥으로 들었던 정보를 말하는, 어찌 보면

참으로 쉬운 일이었다. 문제는 떳떳하게 말할 수 있는 직업이
아니라는 것.

술을 좋아하는 것도 사람이지만 그 술을 따르는 여자는 불
결하게 봤다. 낮에 일하는 직업에는 호의적이지만 밤에 하는
일은 부정적이었다. 그녀는 웃음을 팔았지만 서비스업에서도
볼 수 있는 미소였다.

하지만 현실은 '술집이 다 그렇지.'라는 인식에 주눅이 들고,
'아가씨'라는 말에 화들짝 놀란다. 그로 인해 생겨나는 강박증
처럼, 숨도 쉬지 못하게 마음을 죄는 기분.

엄밀히 따지면 죄지은 건 없는데 죄인처럼 그랬다.

열정적으로 무언가에 미쳐 일하지 않아서 좀먹는 마음. 예
쁘게 꾸민 실내 인테리어처럼 덩그러니 앉아서 값비싼 소모품
이 되는 기분. 그럼에도 일을 관둘 수 없는 상황.

한마디로 이 일은…… 건강한 정신을 갉아먹으면서 돈을 받
는 것이었다. 워낙 감정 소모가 크기에 그런 면에서는 비싸게
받는 것도 아니었다.

그렇게 다 갉아져 더는 남아 있지 않다고 생각했는데, 그를
보면서 조금씩 차오르는 느낌이 낯설었다. 메마른 바닥에 물이
고이고, 그대로 두면 어디까지 찰까 싶어 더럭 겁이 났다.

아무 대답 없는 유희를 향해 이준이 물 흐르듯 자연스러운
어투로 말하였다.

"클리셰라고 하죠. 진부하다고 말하면서, 다른 사람들이 생
각하는 기준에 맞춰서 살아야 하는 강박증. 난 드라마는 안 보
는데, 가끔 기사 보면 드라마 작가들도 많이 듣는 말이더라고

요. 허구의 이야기를 쓸 때도 기준대로 쓰지 않으면 작가가 산 탔다는 말을 듣기도 하는데, 현실에선 어떻겠어요. 사람마다 가는 방향도 다르고 속도도 다른데, 여기로 가면 어떻고 저기로 가면 어때요. 눈치 보다 남들 가는 길대로 걸으니까 거기만 길이 되잖아요. 남들한테 피해 주는 일이 아니라면, 나는 괜찮다고 봐요."

서걱서걱, 바닥에 밟히는 나뭇잎 소리 위로 이준의 목소리가 포근하게 그녀를 감쌌다.

"그런데 남자로서는 많이 걱정되기는 해요. 내 여자라면 일 그만두게 하고 싶고…… 모순적이게 그래요."

발소리가 멈추었다.

"천천히 돌아서 가려고 했는데, 사실 그게 마음대로 안 돼요."

이준의 깊어 보이는 눈동자가 잔잔하게 일렁이다 바람을 따라서 점점 짙어졌다. 오묘한 잿빛이라고 생각했는데 지금은 캄캄한 밤바다 같다. 그 깊이가 너무 깊어서 보이지 않을 것 같은…….

그런데 너무 깊어서 흔들리지 않을 것 같다는 기대감 하나가 토도독 싹을 틔우듯 올라왔다.

그러다 생각했다. 그러면 안 된다고.

그에 비해 얕고, 얕고, 또 얕은…… 그 속을 들여다보려던 그녀의 눈동자가 잘게 흔들렸다. 높게 묶었던 머리가 바람을 타고 흔들린다. 아무 말도 할 수 없어서 유희는 입술만 꼭 깨물었다. 노래 가사의 구절처럼 발끝만 쳐다보게 되었다.

그 눈을 다시 보게 된다면 돌이킬 수 없는 말을 할 것만 같다.

고개를 숙이는 그녀를 보며 이준이 하얀 민들레 홀씨가 부스스 흩어지는 것처럼 아스라이 속삭였다.

"그러니까 내일도 보고…… 또 내일도 봐요."

애초에 고민 상담은 핑계였다. 그리고 그것을 알면서도 유희는 속아 주는 척했다. 마음이 흐르는 대로 흘러가게 두면 안되는데…… 바람을 잡을 수 없듯이 흘러가는 마음도 잡을 수 없었다.

"고민 상담 계속해 달라는 거예요?"

굳이 이유를 붙이는 건 그런 핑계라도 있어야 했기 때문이다. 그 말에 더 다가갈 수 없어진 이준은 눈을 휘며 고개를 끄덕였다.

한 발 다가서면 두 걸음 물러설 그녀를 이미 너무 잘 알았다.

✻

병원비 미납에 경란의 병실을 비워 달라는 요구가 나올 즈음이었다.

이준은 재아가 언제 오려는지 접수대 앞에 서서 기다리고 있었다.

루게릭병이라는 게 뚜렷한 치료는 없지만 병원비는 저렴하지 않다는 것을 잘 알았다. 재활의학과에 있는 운동 치료실도

'루게릭병'은 거의 특진 교수가 보는 분야라 특진비가 따로 붙었고, 소소하게 하나하나가 다 돈이었다.

가족이 없다는 그녀의 말을 미루어 보았을 때 간병을 하면서 소득도 없어 보이는 그녀가 감당할 수 없으리라는 것을 짐작했다.

병원 측에선 재아에게 자가 호흡이 불분명해질 때 다시 오라며, 리루텍(운동신경세포를 파괴하는 원인의 하나인 과도한 글루타민산을 억제시키는 약. 근본적 치료의 개념이 아닌 수명 연장을 위해 복용)을 처방해 가라는 잔인한 말을 서슴없이 했다.

그런 상황에서 이준은 병원비를 도와주겠다는 말을 어떻게 해야 거부감 없이 그녀가 받아들일 수 있을지 고민했다. 복도를 서성이던 그는 메모지에 촘촘한 필체로 글씨를 적었다.

그리고 고개를 들었을 때 바닥에 주저앉아 울고 있는 재아가 보였다. 자신이 울면 엄마는 더 많이 울 거라고, 눈이 부시게 웃기만 해서 아팠다. 그렇게 신경이 쓰이다 어느새 마음으로 들어온 그녀가 세상을 다 잃은 것처럼 주저앉은 채 울고 있었다.

모른 척을 해 주는 게 맞을까 싶어 걸음을 돌렸던 그는 답답한 마음을 참지 못하고 결국 가까이 다가갔다. 아주 가까이 다가갔음에도 재아는 여전히 바닥만 응시하고 있었다. 그래서 말했다. 앞뒤 재지 못하고, 성급하게 불쑥.

"내가, 도와줄까요?"

아주 천천히 시선을 움직여 자신을 바라보던 텅 빈 눈동자. 처음으로 보는 낯선 시선에 그가 바보처럼 물었다.

"301호 정경란 보호자, 이재아 씨 맞죠?"

그대로 자리에서 일어나 도망치듯 멀어지는 재아를 보며 이준은 가슴이 욱신거렸다. 내내 만지작거리던 종이를 다시 전해 줄 수 없을 거라는 걸 그때는 알지 못했다.

내 여자 친구가 재아 씨였으면 좋겠어요.

데이트해요, 우리. 어머님도 같이.

병원에서 하는 데이트니까, 데이트 비용은 내가 내게 해 줘요.

✳

옮긴 병원에서는 눈치 줄 사람 없는 1인 특실에 자리 잡았다. 그것이 재아가 엄마에게 해 줄 수 있는 최고의 것이었다. 엄마에게는 정부의 지원을 운 좋게 받을 수 있었다고 얘기를 해 놓은 터였다.

그리고 엄마는 2년을 이곳에서 한 발자국도 벗어나지 못하였다.

재아는 올 때마다 호흡기 질환에 도움이 되는 화분을 가져다 놓고, 벽 곳곳에는 세계 여행을 할 수 없는 엄마를 위해 명소라든지 아름다운 자연 경관을 선명하게 프린트한 것을 붙여 놓았다. 마치 그곳에 함께 다녀온 것처럼 합성하듯 제 얼굴과 엄마의 얼굴도 나란히 붙였다. '정경란, 엄마 딸 이재아.'라고 크게 글자까지 박아서.

이럴 줄 알았으면 건강할 때 많이 돌아다니고, 맛있는 것도 자주 먹으러 다닐걸…….

누워 있는 엄마가 가장 많이 보는 천장에는 야광별 스티커까지 꼼꼼히 붙여져 있었다. 기관 절개 후 기도 삽관을 한 엄마는 목소리마저 잃었다. 이제는 감염만 되지 않기를 바랄 뿐이었다.

"엄마, 시원해?"

이곳에 올 때만 그녀는 온전히 재아일 수 있다. 그녀는 물수건에 온수를 적셔 엄마의 야윈 몸을 구석구석 정성스레 닦아주었다.

얼굴근육을 쓸 수 없어 웃을 수도 없는 경란은 눈동자를 천천히 굴리는 것으로 간단한 의사표시를 했다. 이제는 뇌까지 서서히 망가져 감정 절제도 힘들어질 것이라고 했는데, 그마저도 재아는 아팠다.

절제가 안 되어서 화가 나도 제대로 화조차 낼 수 없는 엄마는 딱딱하게 굳은 얼굴로 눈동자만 천천히, 어느 날은 조금 빠르게 굴릴 수 있을 뿐이었다. 그도 아니면 눈을 감아 버리는게 최후의 수단이었다.

화를 내는 엄마의 목소리가 기억나지 않는다. 화를 내는 엄마의 표정이 희미해졌다. 그래서 눈동자만 움직이는 걸로는 도저히 판단할 수가 없다.

그래서 연신 웃었다. 화가 나면 자신의 웃는 모습을 보고 조금만 웃어 달라고. 마음속으로라도 그렇게…… 힘을 내 달라고. 버텨 내 달라고.

나도 버티고 있으니 엄마 조금만…… 엄마를 조금만 더 욕심내고 싶다고.

재아는 시리도록 활짝 웃으며 문숙을 쳐다보았다.

"우리 엄마, 오늘따라 되게 곱죠?"

"그럼. 누구 엄마인데."

문숙은 웃는 재아의 얼굴을 보며 가슴 한쪽이 저릿했다. 그 녀의 웃음은 보는 사람마다 아프게 하는 무언가가 있었다. 그래서 따끔따끔, 한 번 더 마음이 가고야 말았다.

차라리 소리 내어 울어 버리면 더 나을 것도 같은데 도무지 그러질 않는다. 자신도 이런데 그 모습을 지켜보면서 표현도 못 하는 엄마야 오죽할까 싶어 문숙은 속으로만 혀를 끌끌 찼다.

"엄마, 내일은 허브 사 올까? 예전에 그 향 맡으면 마음이 편안해진다고 좋아했잖아."

과거의 기억에 빗대어서 기억할 수 있는 게 점점 줄어들까 봐 무서워진 재아는 또 뭐가 있는지 곰곰이 생각했다.

"엄마가 재밌게 봤던 영화도 다운받아 올게."

재아는 종알종알 쉴 새 없이 이야깃거리를 만들어 대답 없는 엄마를 향해 웃으면서 말했고, 잠든 엄마를 보면서는 숨죽여 울음을 삼켰다.

엄마의 이불을 끌어 올려 덮어 주고는 침대 맡에서 얼굴을 묻고 한참을 울었다. 소리 없이 입술을 깨물고.

그러다 조금이라도 '삐빅'거리는 소리가 들리면 신경을 곤두세운 채 간간이 심장박동 수치가 고르게 올라가고 있는지 확인하면서 가슴을 쓸어내렸다.

엄마의 팔을 끌어다가 '고마워, 고마워…… 엄마. 내가 진짜 잘할게.' 잠든 엄마가 저 때문에 깨서 다시 잠드는 게 힘들어질까 싶어 입 모양으로만 열심히 불렀다. 그리고 아주 조심스럽게 손가락에 깍지를 껴 온기를 느꼈다.

한참을 그렇게 있다가 찬물로 세수를 하고 돌아온 재아가 조용히 문숙을 불렀다.

"이달 치 수고비예요. 항상 애써 주셔서 감사해요, 이모님."

봉투를 내미는 재아를 보며 문숙이 손을 저었다.

"재아야, 지난번에도 너무 많이 줬어. 넣어 둬."

매번 큰돈을 아무렇지 않게 내미는 재아를 보며 문숙은 마음이 편하지 않았다.

"그만큼 더 잘 봐 달라고 드리는 거예요. 하루 종일 개인 시간 없이 병원에만 갇혀 지내시잖아요."

거절하는 문숙의 손을 두 손으로 잡으며 재아가 애잔한 얼굴로 웃었다. 아무것도 할 수 없는 엄마 때문에 이모님이 늘 신경을 곤두세우느라 밤에 잠도 편히 못 잔다는 걸 알기에 아무리 줘도 부족해 보이는 돈이었다.

고아원에서 함께 자랐다는 엄마의 오래된 친구 문숙은 재아가 마음 놓고 의지할 수 있는 사람이었다.

"나야 가족도 없는데, 뭘. 돈 많이 줘 봐야 쓸데도 없어. 그냥 형님이랑 이렇게 같이 있는 것도 힘들지 않고 좋아. 잔소리만 하는 내가 형님은 싫겠지만……."

문숙은 잠들어 있는 경란을 쳐다보았다. 아마 재아가 일어나면 곧 눈을 뜰 것이다.

제 옆에서 힘들어하는 딸을 쉬게 해 주고 싶을 때면 경란은 잠든 척 눈을 감았다. 그리고 재아가 돌아가고 나면 천장 쪽으로 천천히 눈동자를 돌려 눈물을 떨어뜨렸다.

그 시각 그녀가 병원에 들어갈 때 몰래 따라 들어왔던 이준은 작게 열린 문틈으로 재아를 애잔한 마음으로 지켜보고 있었다. 그러다 무언가 생각났는지 뒤돌아서 휴대폰을 들었다.

"선배."

― 어? 이게 누구야! 강이준?

"주말인데 방해한 건 아니죠?"

― 한국엔 언제 들어왔어?

"얼마 안 됐어요. 전화하자마자 부탁하면 미운 후배죠?"

수화기 너머로 '크하하' 호탕한 웃음소리가 울린다.

― 인마, 아직도 내 후배가 맞기는 하고?

"그럼요. 영원한 후배입니다."

― 아부 못하는 후배님이 웬일이래. 무슨 일인데? 이번만큼은 네 부탁 들어준다.

"선배 지금 옮긴 병원 있잖아요. 세연 세브란스에 정경란 환자 말인데요……."

복도를 따라 걸으며 이준은 통화에 열중했다.

재아는 얼핏 익숙한 목소리에 문을 열고 나왔지만 아무도 보이질 않아 고개를 갸웃했다. 그러다 누군가 닮은 등을 보며 말도 안 되는 생각을 한 것처럼 핏, 웃었다. 이제는 환청을 넘어 환각처럼 시야가 왜곡되나 싶다.

재아는 잠든 엄마의 얼굴을 한 번 더 보고 그대로 밖을 나섰다. 버스에 올라타서는 헤어지기 전, 이준이 건넸던 작은 상자를 열어 보았다.

파란색 작은 병에 담긴 액상 타입의 영양제는 '비타민 A'라고 적혀 있었다. 그리고 노란색 포스트도 함께 붙어 있었다.

햇빛 부족하지 않게 한 방울.

주로 밤에 눈뜨고 밤에 일하는 그녀를 위한 것이었다.

창밖으로 고개를 돌린 재아는 지나가는 사람들을 쳐다보았다. 평범한 사람들이 제일 부러운 요즘이었다. 그래서 천천히 하나하나 담았다.

거리에서 큰 소리를 내며 싸우고 있는 연인, '오늘 저녁은 뭘 먹을까? 소주 한잔에 삼겹살 좋지.' 어깨를 감싸 안고 '월요일이 오지 않게 해 주세요.'라고 퉁퉁거리는 젊은 사람들의 무리, 돈을 잃어버린 것 같다며 지갑을 부산스럽게 뒤적이는 여자의 짜증도…… 전부 다 부러워서 재아는 흐릿한 곡선을 입가에 깊게 물었다.

저 불행은 '이 순간'이 지나면 생각도 안 날, 너무나 소소하고 일상적인 것들이니까.

그리고 내일을 기대해도 될…… 사람들의 인생이니까.

종착역에 있던 버스가 처음 정거장으로 순환하기 위해 조용히 출발했다. 사람들이 멀어져 간다. 시간에 맞춰 계속 빙글빙

글 도는 버스처럼, 인생도 다시 '처음'으로 돌아갈 수만 있다면. 그럴 수만 있다면…… 그녀에게도 다른 선택이 있었을까.

애초에 엄마의 병은 원인도 불명인데 막을 수 있는 방법이 있을까.

나쁘다. 상상으로도 위안이 되어 주질 않는다.

재아는 무릎 아래로 고개를 숙였다.

나, 좀 잘래. ……자고 싶다.

5. 웃는 것도 아프고…… 우는 건 더 아프다

지친 표정으로 터벅터벅 집까지 걸어가는 그녀의 뒤를 차 한 대가 따라붙었다. 호텔을 나올 때부터 그 차는 병원에서 버스로, 그리고 걸어가는 그녀가 집 앞에 도착해서야 멈추었다.

닫히는 차 문 소리가 크게 울려도 그녀는 돌아볼 생각이 없었다.

"밥 한번 먹자."

태하가 유희의 등 뒤에 대고 소리쳤다. 천천히 몸을 돌린 그녀의 시선에 그제야 태하가 들어온다. 놀랄 새도 없이 가까이 다가온 태하가 그녀의 손을 거칠게 잡아챘다.

"무슨 계집애가 이렇게 좋은 집에 살면서 버스를 타냐."

"여긴 어떻게 왔어?"

태하는 제 뒤에 아무렇게나 세워 둔 차를 턱짓으로 가리켰다.

"차로."

"가."

표정 없는 얼굴로 한 마디만 하고 돌아서자 태하가 샐샐 입꼬리를 감아올렸다.

"너도 휴무라 이거냐. 돈 줄게. 밥 먹자고, 나랑도……."

대꾸 없이 걷기만 하는 유희를 보며 태하가 거칠게 머리를 헝클어뜨리더니 바닥에 떨어진 캔을 발로 뻥 찼다. 그러고는 이내 낮게 가라앉은 표정으로 그녀의 뒤를 따랐다.

고급 아파트는 진입하기는 힘든 대신 사생활을 보호한다는 차원에서 폐쇄된 구역이 많았다. 입구에서 카드 키를 찍고 들어가는 유희를 따라 들어온 태하가 엘리베이터를 누르려는 손을 잡아 비상구 계단으로 끌었다.

쾅!

닫힌 문 뒤로 그가 으르렁거렸다.

"넌, 계집애가 내 말이 말 같지가 않냐."

건조한 눈동자를 보며 오기 비슷한 것이 올라온 태하가 유희의 어깨를 잡고 벽으로 밀어붙였다. 작은 얼굴을 두 개의 큰 손으로 감싸 올린 채 그녀의 아랫입술을 깨물고, 거칠게 틈을 만들었다.

입술을 벌리지 않으려고 이를 악다문 유희의 턱을, 볼을 감쌌던 한 손으로 들어 올려 힘을 주었다. 그러자 남자의 우악스러운 손길에 그대로 작은 입술이 벌어진다.

태하는 잘근잘근 아랫입술을 깨물고 기어이 틈을 만들어 낸 공간을 사납게 헤집었다. 치열을 훑고 움직이지 않는 혀를 감아서 빨고, 쓸고, 물어뜯듯이 집요하게 놓지 않았다.

어깨를 밀려는 그녀의 손이 제 어깨에 닿지도 않게, 한 손을 허리로 내리고는 등이 바스라질 정도로 꽉 끌어안았다.

그렇게 한 치의 틈도 허용되지 않게 온몸을 밀착시키고는 입안을 할퀴었다. 숨 쉴 틈도 없이 밀어붙이며 미약한 숨결마저 앗아 갈 듯 탐했다.

아기의 분내와 비슷한, 달콤한 체향에 그의 이성이 마비된 듯 목덜미에 이를 박아 깨물었다. 연한 살결은 그의 입술에 숨긴 가시로 잘근잘근 깨물리고 짓이겨져 붉은 꽃잎처럼 흔적이 남았다.

그대로 옷을 찢어발겨 온몸을 깔아뭉개고 싶은 욕망을 태하는 가까스로 참았다. 그 순간 높은 콧대를 따라 내려온 물기가 툭, 바닥으로 떨어졌다. 입가에서 타액과 다른 비릿한 맛이 나 그제야 압박하던 손을 떼었다.

스르륵 벽을 타고 무너져 내린 유희가 얼굴을 묻고 소리도 없이 울고 있었다. 낮게 욕지거리를 내며 태하는 고개를 돌렸다가 다시금 아래를 보았다. 동그란 정수리가 무릎 아래로 떨어지고, 두 주먹을 꽉 쥔 유희가 온몸을 사시나무 떨 듯 떨며 울고 있다.

그러나 소리는 나지 않게. 그것이 유일한 자존심인 양. 아니, 애초에 소리 내어 울어 보지 못한 것처럼.

태하는 가슴이 답답했다. 저 술집 년이 뭐기에 이토록 저를 흔드는 것인지. 잔인하게 짓밟았는데 오히려 제가 더 짓밟힌 것처럼 기분이 바닥까지 떨어진다.

탐했건만, 오히려 빼앗긴 느낌.

다시 더 깊이 꺾어 버린다고 가져질 것 같지가 않은 여자다.

"설마…… 첫 키스도 아니잖아. 아깝냐, 그렇게."

툭 던지듯 말하며 엉거주춤하게 쪼그려 앉은 태하가 한쪽 입꼬리를 올렸다.

이 계집애는 웃는 것도 아프고…… 우는 건 더 아프다.

"어떻게 해 줄까, 내가."

'꺼져 줄까.'라고 말하려던 태하는 이내 낮은 숨을 뱉었다. 그건 싫다. 대신 천천히 일어서서 문고리에 손을 얹었다.

"오늘만…… 꺼져 줄게."

주머니에 손을 찔러 넣은 채 고개를 숙였던 그가 오만하게 턱을 치켜들고는 밖으로 나섰다. 입술에서, 혀끝에서 비릿한 피 맛이 난다. 퉤, 뱉지 않고 그대로 머금다 목울대를 움직였다. 제 입술에 상처를 낸 여자는 처음이었다.

자꾸 그 처음에…… 그녀가 있다.

"이재아……라고 했던가."

피식, 입꼬리를 올린 태하가 이윽고 차에 시동을 걸었다.

집으로 돌아온 유희는 옹송그린 채 손과 발이 주름을 따라서 불어 버릴 정도로 뜨거운 물에 몸을 담갔다. 그리고 얼굴이 붉게 달아올라서야 비틀거리며 욕조를 나왔다. 뿌옇게 김이 어린 유리 거울처럼 시야가 구불거린다.

세면대에 손을 받치고 칫솔에 치약을 짰다. 부어오른 입술 위를 피가 날 정도로 문지르고, 입안을 닦고 또 닦기를 반복했다. 상처가 난 분위를 헤집자 이제는 보라색으로 피멍까지 들어 있었다. 목덜미에는 빨려서 따라 올라간 작고 큰 상흔이 씻을수록 선명해졌다.

유희는 눈을 감았다가 비척거리며 드라이를 켰다.

위이잉.

조용한 공간에 기계음만이 울린다.

상처가 메이크업에 가려질 정도가 되기 전까지는, 아마도 며칠간은 일을 나가지 못할 것이다.

유희는 손으로 더듬거리며 입술을 만져 보았다. 첫 키스였다. 제가 첫 키스를 그렇게 할 줄은, 아니, 그런 식으로 당하게 될 줄은 몰랐다. 온몸이 눌릴 정도로 아프게 뼈끝까지 꼭 죄이던 남자의 품에 안긴 것도 처음이었다.

왜…… 그 처음을 선택할 권리도…….

그래서 그 기억을 소중하게 추억하지도 못하게 빼앗아 가는지 서러웠다. 뜻대로 할 수 있는 게 없다는 것이 지독해서.

그 절망감이 온몸으로 와 닿는 순간…… 그녀는 단 한 사람이 생각났다.

누군가를 마음에 담고, 평범한 사랑을 하게 될 거라는 욕심은 버렸지만, 누군가 자신을 만져 주고 입을 맞추게 된다면, 그 사람이랑 하고 싶다는 욕심이 있었다.

그래서 그렇게 말했다.

'다르게 묻죠. 유희 씨는 어디까지가 허용이에요?'

'손잡고 포옹하는 정도요.'

'키스는요?'

'때에 따라서는 가능해요.'

그게 당신이라서, 당신이 물어봐 주어서…… 그랬던 건데.

물기가 떨어지는 얼굴이 싫어 눈을 감고 이불을 뒤집어쓴 유희는 결국 서랍장에서 꺼낸 수면제 한 알을 삼켰다. 페이드 아웃 되는 것처럼 시야가 흐릿해지면서 정신이 아득해져 갔다. 눈꺼풀이 떨리다가 느릿하게 감겨 오자 그제야 죽은 듯이 잠들었다.

그녀의 미간이 잠시 찌푸려졌다가 서서히 펴진다. 그리고 한결 편안해진 재아의 얼굴이 겹쳐지면서 쌕쌕 고운 숨을 흘려보냈다.

꿈속에서라도 그녀가 웃을 수 있기를.

다소 늦게 회사에 도착한 태하는 인상을 팍 썼다. 제 목에 타이를 둘러매 주는 남자 비서를 향해 귀찮다는 얼굴을 하면서 그는 목을 내민 채 서류들을 넘겨받았다.

'2013년 신입 채용 최종 면접자'라고 적힌 서류철을 넘기자 최종 면접을 볼 사람들의 이력서와 포트폴리오가 있었다.

"일개 신입 사원 뽑는데 최종 면접을 굳이 내가 봐야 할 이유가 있나?"

"최종 면접은 총 8명까지 올라온 상태고요. 임원진 의견과

합산해서 대표님이 보시고 두 명 뽑으시면 됩니다."

"4 대 1. 고만고만한 애들 중 네가 내 대신 알아서 뽑아."

자리에 앉은 태하가 포트폴리오를 던지듯 내려놓았다.

"회장님이 꼭 대표님 사인도 함께 받아 오라고 지시해 놓으셨습니다."

"계열사라고는 코딱지만 한 영화사 하나 줘 놓고, 대표이사에 회장님? 까고 있네."

"9시 반에 면접 시작입니다, 대표님."

이런 식의 타박에 이골이 난 비서는 특유의 능청스러움으로 대응했다. 태하는 아랫입술을 실그러뜨린 채 서류들을 대충 넘겼다. 대꾸해 주는 것도 귀찮고 잠이나 자고 싶을 뿐이다.

"이 중에서 제일 반반한 애로 두 명 뽑으면 되겠네."

"얼굴은 보지 말라고 지시가……."

"됐고, 면접 10분 만에 끝낼 테니까 개인 면담 말고 단체 면접으로 해. 알아들었으면 꺼져."

귀찮다는 기색으로 손을 휘휘 저은 태하는 면접만 마치면 바로 호텔에 들어갈 생각으로 재킷을 챙겨 들고는 창가에 걸터앉아 느른하게 담배 한 대를 태웠다.

후우우, 담배 연기가 입술 새로 흩어져 나온다. 한쪽 눈가를 찡그리며 세상이 지리멸렬하다는 시선으로 바라본 그는 섹시한 화보집에 나오는 것 같은 배우의 모습이었다.

선이 굵은 잘난 얼굴과 함께 모든 걸 다 가졌다고 매스컴에서 아무리 떠들어 대도, 꼭 마지막에 가서는 그 잘난 얼굴의 출신 성분을 따지고 들었다.

엄마가 호스티스였다더라. 돈 많은 회장님을 꿰차고 들어와 본부인이 쫓겨났다지. 본부인이 불임이었기에 망정이지. 운 좋게 회사 전부를 물려받을 망나니 재벌 문제아, 길태하.

이내 시계를 힐끗 본 그가 담배 연기를 깊게 빨아들였다가 바닥에 툭, 던졌다.

"최종 면접은 개인 면담 아니야? 왜 갑자기 단체 면접으로 한대? 아, 너랑 같이 들어가니까 좀 덜 떨릴 것도 같고."

대학 동기인 수진이 재아의 팔을 끌어안듯이 잡았다. 재아는 모범생처럼 면접 질문 리스트를 뽑아 보다가 머리에 안 들어오는지 그대로 가방에 차분히 넣었다. 면접이라고 해서 교과서적인 대답을 할 필요가 없다는 것이 결론이었다.

"나 사실 비서 채용하면 들어오고 싶었는데 남자만 뽑는다는 거 있지."

아쉽다는 듯 수진이 입술을 뾰족하게 내밀고 퉁퉁거렸다. 그러더니 눈을 반짝 빛내며 잡지에 실린 화보 컨셉의 인터뷰를 북 찢어 온 것을 꺼냈다.

"여기 대표이사, 죽여주게 섹시하지? 난 꼭 이 회사에 붙어야 한다고!"

호들갑을 떨며 수진이 좋아 죽겠단 얼굴로 말하자 재아는 고개를 설레설레 저었다. 철딱서니가 없지만 그런 그녀가 귀엽게 보이기까지 해 결국 웃음을 터뜨렸다.

수진은 알아주는 집안의 여식이라 태생이 구직을 하지 않아도 상관없는 팔자이기에 모험 심리로 지원해도 상관없겠지만 재아는 아니었다.

　반드시 붙어서 엄마가 일하지 않고 쉴 수 있게 해 드리고 싶다. 밤에 부업으로 하는 일들도, 모두 다 이참에 끊어서 푹 쉬게 해 드리고 싶다는 생각에 재아는 다부지게 숨을 깊게 들이마셨다가 내쉬었다.

　"들어오세요."

　앞에 서 있던 안내 보조의 말에 재아는 수진과 눈을 맞추며 다른 면접자들과 함께 회의실로 들어갔다.

　가운데 비어 있는 자리를 제외하고 네 명의 면접관이 자리하고 있었다. 그것이 이상하다고 생각할 때쯤, 맨 끝자리에 서 있던 재아의 어깨를 밀치고 들어온 장신의 남자가 앞을 향해 뚜벅뚜벅 걸어갔다.

　남자는 고개를 숙인 채 비어 있는 자리를 메우더니 곧바로 휘익 의자를 반 바퀴 돌려 면접자들과 등을 졌다. 다리를 꼬고 앉아 느른한 시선으로 벽을 보는 남자의 옆모습이 살짝 찌푸려진다. 이내 뒤따라 들어온 비서가 미처 챙기지 못한 서류들을 그의 손에 쥐여 주었다.

　"앞을 보셔야죠, 대표님."

　작게 속삭이자 태하는 시니컬한 표정으로 입술을 열었다.

　"얼굴 보지 말라며."

　못 말리겠다는 듯 비서가 고개를 숙이고 나가자 임원들의 헛기침 소리와 함께 면접은 시작되었다.

　대체적으로 질문들은 평이했다. 많고 많은 회사 중에서도 JC엔터테인먼트에 지망한 동기가 어떻게 되나. 전공과 연결시켜서 지망하는 부서에 어떤 도움이 될지 본인을 피력해 보라. 경력자에게는 전 회사에서 일을 관둔 계기가 무엇인가. 끈기가 없는 편인가. 자네가 임원이라면 영화사에서 투자 건을 논할 때 무엇을 지표로 삼아 보겠는가.

임원진들은 면접 리스트에 있는 질문을 벗어나지 않는 선에서 물었고, 대답하는 지원자들의 대답도 판에 박힌 것이었다.

여태까지 한 마디도 하지 않던 태하가 지루하다는 듯 하품을 하고는 천장으로 시선을 올렸다.

"복수지원 아니고, 딱 여기만 지원한 사람. 있어?"

그 질문에 수진과 재아, 그리고 한 명의 남자가 손을 들었다. 그러자 임원진 한 명이 등을 돌린 그에게 세 명이 손을 들었다고 말해 주었다. 태하는 이내 심드렁한 어조로 말하였다.

"대기업이라서, 연봉이 세서, 복지가 후지진 않다더라, 빼고 참신한 이유가 있으면 말해 봐."

질문이 떨어지자마자 떨린다던 수진이 가장 먼저 손을 들고서 밝게 답했다.

"영화가 좋습니다. 특히나 사랑을 이야기하는 로맨스가 좋습니다. JC에서 나온 영화들을 하나도 빠짐없이 다 보았는데, 특히나 이번에 개봉했던 영화는 시, 19금이긴 하지만, 회사 대표와 신입 사원의 러브스토리가 너무나 가슴이 벅차고……."

"어이, 거기는 연애하려고 이 회사를 지원했나. 그리고 이번에 개봉했던 영화는 이미 빤한 신데렐라 영화라 지루하다는 평이 있는 걸로 아는데. 그게 그렇게 인상이 깊었나. 대체 어떤 장면이?"

144

"판에 박혔지만 고전적인 로맨스에는 이유가 있다고 생각하고, 인상 깊었던 장면은 마, 말할 수는 없지만…… 연애하면 안 됩니까?"

"저런 걸 임원까지 붙였어? 다음."

수진은 울먹울먹한 눈동자로 재아를 바라보았다. 재아는 입술을 지그시 물었다가 차분하게 말하였다.

"JC는 PPL 홍보와 협찬이 잘 이루어져서인지는 몰라도 영화에서 나오는 가방이나 의상은 항상 완판이 되지만, 상업적인데 치중한 나머지 핵심적인 부분은 놓치고 있다는 생각입니다. 작품을 보는 안목이 다소 편협하다는 생각입니다. 그 부분에서는 다양한 시도를 해 보아야 한다고 생각하고……."

"그래서 너를 뽑아라?"

"네."

찌푸려졌던 인상이 짧게 핏, 하고 펴졌다가 '다음'을 외쳤다. 면접이 끝나고 태하는 마지막에 '이재아'라는 이름에 동그라미를 치며 사인을 했다.

그대로 자리에서 일어나 면접자들보다 빠른 걸음으로 빠져나가는 남자의 뒷모습을 보던 재아는 고개를 갸웃했다.

얼핏 웃는 모습을 본 것 같다.

"나, 너무 사심 담아서 떨어질 것 같아! 어떡해!"

재아의 팔을 잡아당기며 수진이 푸념했다.

"난 대놓고 회사 흉봤는데, 뭘."

"아니야. 그래도 너 아까 말 되게 잘했어. 몰라, 난 망했어!

이 회사가 아니면 길태하를 어디서 봐야 하니, 난! 아, 님은 갔습니다. 아아, 사랑하는 나의 님은 갔습니다! 흑, 우리 맛있는 거나 먹으러 가자. 나 오늘 폭식할 거야!"

"치킨에 맥주?"

"완전 좋지! 가로수 길에 있는 무지개 케이크도 먹으러 가자!"

치킨 얘기했는데 케이크랑 같이 먹으면 그게 어울리겠냐고, 먹는 음식에 순서를 정하면서도 뭐가 그렇게 웃긴지 둘은 서로를 보며 까르르 웃음을 터뜨렸다.

빽빽한 사람들 틈에서도 웃음은 멈추지 않았다. 도롯가를 크게 울리는 웃음소리에 신호등에 대기해 있던 태하의 시선이 찰나에 닿았다가 이내 차와 함께 사라졌다.

✳

문득 눈을 뜬 재아는 오래전 꿈을 꾸었다는 것을 깨닫고 기분이 착 가라앉아 버렸다.

인생에 있어 평범하게 행복을 누렸던 마지막 날. 그다음 날부터 그녀는 암흑으로 떨어졌다.

합격한 것이나 다름없는 개인 면담 일정을 통보받고서 신나게 달려갔던 그날, 엄마가 쓰러졌다.

이제야 엄마를 행복하게 해 줄 수 있을 것 같았는데, 함께하려고 했던 것들이 한가득이었는데…….

다음으로 미루던 것들이…… 더 이상 '다음'이 될 수가 없었

146

다. 아껴 먹으려고 놓아두었던 초콜릿들이 녹아 없어진 공간엔 서서히 혼자가 되어 가는 공포가 자리했다.

엄마가 일을 관두고 푹 쉬었으면 좋겠다는 바람은…… 그렇게 잔인한 바람이 아니었는데…….

결국 흐느낌을 참지 못한 재아는 더 이상 상처받지 않겠다는 얼굴로 제 속에 있는 여린 자아를 깊숙이 꾹 눌러 담았다. 그러자 하루를 꼬박 자고 건조한 표정으로 돌아온 유희가 천천히 자리에서 일어섰다.

[집 앞이에요.]

벌써 3시간도 전에 도착해 있던 문자를 지금에서야 확인한 유희는 창밖을 내려다보았다. 이미 가고 없을 줄 알았던 이준의 흰색 차가 가로등 불빛 아래 얌전히 세워져 있었다.

고개를 들어 위를 향하는 이준의 눈동자와 마주쳤다고 생각한 순간, 그녀는 황급히 몸을 숙이고 아래로 떨어뜨렸다. 왜 그랬는지 모른다.

그냥…… 지금은 보면 안 될 것 같았다.

[이미 다 봤는데.]

때맞춰 온 문자메시지를 본 그녀는 몸을 숙인 채 시선을 떨어뜨렸다. 고층 아파트였지만 그녀가 머무르는 집은 기껏해야 3층이었기에 눈이 마주쳤던 게 착각이 아니었나 보다.

[내가, 가도 돼요?]

불이 켜진 층수를 세고서 위를 가리키는 하얀 손가락이 이내 점처럼 머무른다. 저 사람은 멀리 있어도 웃고 있는 모습이 선하게 보이는 것만 같다.

자리에서 일어선 유희는 고개를 저으려고 했는데, 분명 그러려고 했는데…… 어느 순간 자신도 모르게 끄덕이고 있었다. 그리고 출입을 허락하는 인터폰 버튼을 누르고 나서야 제 몰골을 돌아보게 되었다.

서둘러 붉은색 틴트로 피멍을 최대한 가리고서 유희는 서랍장을 부산스럽게 뒤적이며 목이 올라오는 옷을 찾았다. 예전에 사 두었던 게 있었던 것 같은데, 하필 이 순간에 보이질 않는다.

답답한 걸 싫어해 잠을 잘 때도 나체로 자는 그녀는 목을 가리는 티셔츠도 사지 않는 편이었다. 최대한 잘 늘어지는 니트를 찾아 목 끝까지 끌어 올렸다.

슬금슬금 아래로 내려가는 게 신경이 쓰였지만 긴 머리를 앞으로 내리니 괜찮은 것도 같다.

집에서 입는 헐렁하고 짧은 반바지 차림에 그녀의 하얀 종아리가 드러난다. 그에 반해 늘어지는 니트는 무언가를 감추려는 듯 꼭꼭 끌어져 올라간 채였다.

딩동.

정신없던 순간이 지나가고, 초인종 소리에 유희가 집 안을 한 바퀴 휘둘러보고는 열린 서랍장을 서둘러 닫았다. 그리고 숨을 한번 길게 내쉬고는 현관문을 열었다.

"왔어요?"

문을 열고 불쑥 내밀어지는 유희의 얼굴에 이준의 눈꺼풀이 멈칫했다. 이내 그의 양쪽 입가가 스르륵 느릿하게 올라간다.

"들어가도…… 돼요?"

나긋하게 울리는 음성에 얼굴 전체가 찌르르해진 유희는 입술을 깨물었다가 눈꺼풀을 떨어뜨렸다.

"……돼요."

허락이 떨어지자 집 안으로 들어선 이준은 정신없이 눈동자를 굴리며 행여나 정돈되지 못한 것들이 있나 살피는 유희를 보며 작게 미소 지었다. 그가 보기에는 깔끔했고, 오히려 질서정연한 느낌이라 약간의 강박증이 느껴지는 것도 같았다.

평소 손을 못살게 굴거나 계속 닦아 내는 것도 그런 종류의 것이 아닐까 싶을 만큼, 제 자신에게 엄격한 잣대를 드리우고 있다는 생각까지 들었다.

외과의를 전공했지만 정신분석학에 대한 논문도 쓴 적이 있는 터라 사소한 습관을 보면 유추할 수 있는 성격들이 보인다. 그녀를 처음 봤을 때는 못 느꼈기에, 그가 보지 못했던 2년이라는 시간에 변했다는 걸 어렴풋 짐작했다.

그녀가 머물고 있는 곳이지만 그녀를 위한 가구는 하나도 없었다. 큰 거실에 자리하고 있는 앤티크한 소파도 그녀의 취향이 아니었고, 집 안 분위기가 화려하고 웅장한 데 비해서 소품들은 하나같이 아기자기했다.

그래서 이준은 이곳이 그녀의 공간 같지 않아 낯설다고 느꼈다. 무엇보다 걸리는 건, 불편하게 니트를 계속해서 매만지는 그녀의 어색한 손동작이었다.

이준은 어느새 깊고 그윽한 시선으로 그녀를 살피고 있었다.

"차, 뭐 마실 거예요?"

어색하게 물으며 유희가 찬장에서 머그컵 두 개를 찾았다. 두 손으로 꺼내느라 고개를 살짝 들자 왼쪽에 위치한 붉은 자국이 언뜻언뜻 보이다가 사라진다.

이준은 일을 나가지 않은 게 혹시 저것과 연관이 있을까 싶어 발꿈치를 드는 유희의 등 뒤로 다가섰다. 그러자 유희는 멈칫하며 어깨를 굳혔다. 마치 안겨 있는 느낌 같아서. 거리가 너무도 가까운 탓에 귓가에서 그의 숨결이 간질이는 것만 같았다.

뒤에 선 채 유희의 한쪽 어깨를 살짝 그러잡고서 뻗어 올라간 이준의 팔이 그녀의 두 뺨을 스쳤다. 그가 그녀 대신 컵을 집었다.

벽처럼 받쳐 주고 있는 다부진 가슴이 남자의 것이라는 게 느껴지자 유희는 그 순간에 숨도 제대로 쉴 수 없었다. 바로 등을 돌려 그를 보면 안 될 것 같다는 생각에 고개를 숙인 채 차를 찾는 척했다.

"어디 있더라. 어디다 뒀었지……. 왜 아무것도 안 보여."

잔잔하게 두드리던 심장이 어느 순간엔 커다란 고동처럼 뛰었다.

끌리고 있다. 이 남자한테…… 무섭도록 끌리고 있었다. 이러한 끌림이 새삼스럽게 지금이 처음은 아니었다.

✱

"강이준 선생님, 소아병동에서만 웃는 거 알아? 방금도 거기에 있더라."

"윤 샘, 자꾸 강이준 선생님 뒤꽁무니만 쫓아다닐 거야? 차트는 정리하고 이러는 거야?"

"해야지. 맞다! 김 샘, 그 소문 들었어?"

"무슨 소문?"

"강 선생님, 대현가(家) 도련님이라는 설. 집안에서 의대까지만 허락해 줬다던데? 가만 보면 뒤로 아는 사람은 다 아는 분위기야. 고 과장님, 은근 절절매는 것 같더라니까? 지난번에 왜, 정경란 환자 오더 막 직접 내려 간다고 하고. 미치지 않고서야 고 과장님한테 직접 가겠어? 보통 레지던트 1년 차 마인드가 아니야. 패기가 넘치는 게, 남 밑에 있어 본 적이 없다니까."

"으스대고 깔보는 것도 없던데?"

"그러니까 난놈이라 이거지."

"대현가? 그건 진짜 오버다. 물려받을 사업부지가 몇 갠데, 머리 아픈 의대를 들어갔다고? 그것도 존스홉킨스로? 뭣하러? 취미 생활처럼 학교 다닐 거면 널널한 전공 택하지. 의대는 애초에 의사 할 사람 아니면 안 들어가거든요."

"하긴, 그건 또 그래. 좀 빡세야지. 아휴……."

바쁘게 카트를 끌고 지나가는 간호사들은 언제나 강이준 선생님의 얘기가 주제인 양 화두를 올렸다.

재아는 3층으로 올라가려고 기다리고 있던 엘리베이터를 등진 채 건물 밖으로 빠져나왔다. 어느새 그녀의 손에는 그에게 줄 커피가 들려 있었다.

별채에 따로 떨어져 있는 소아과 병동으로 가면서 재아는 생각했다. 제가 왜 이곳으로 가는 것인지. 도착해서는 더 다가가지 못하고 일하는 그를 지켜보았다.

이준은 열성경련을 일으킨 아기의 발작을 가까스로 멈춘 채 숨을 고르고 있었다.

119 구급차를 타고 왔던 아기의 엄마는 반쯤 넋을 잃고 있었다. 금방이라도 숨이 끊길 것처럼 입에 거품을 문 채 온몸에 힘을 주고, 눈동자가 돌아가는 것을 본 일이 처음이라며 횡설수설했다. 그래서 눈동자가 오른쪽으로 돌아갔는지 왼쪽으로 돌아갔는지 묻는 이준의 말에도 정신이 없어 보였다.

"처음에 했던 경련이 몇 분이었는지 기억하세요?"

"3분, 그 정도였던 것 같아요. 119에 바로 신고했거든요. 그때 통화한 시간이……."

그 짧은 순간이 영원처럼 아득하다는 듯 엄마의 몸은 달달 떨리고 있었다.

"열 조절이 약한 아기들은 가끔 경련을 일으키기도 해요. 한 번으로 그치는 경우도 있지만, 그렇지 않은 아기들은 5살까지는 조심해야 돼요. 38도 되면 바로 해열제 먹이고, 미온수로 몸 잘 닦아 주고 체온 조절만 잘하면 이상은 없을 거예요. 간혹 뇌파 검사나 MRI를 찍어 보는 경우도 있는데, 그건 특별한 원인이 없을 때 하는 검사고요. 지금처럼 고온일 때 경련이 일어난 경우에는 무리하게 검사할 필요 없어요. 걱정 안 하셔도 됩니다."

분명하고도 명백한 답이었다. 그제야 아이의 엄마는 다행이라는 듯 가슴을 쓸어내렸다.

그 모습을 가만히 지켜보던 재아는 그가 저렇게 확신에 찬 말을 제게도 해 줄 수 있다면 얼마나 좋을까 생각하다가 고개를 내렸다. 들어왔던 입구를 향해 힘없이 걸어갔다.

그리고 반대로 재아를 스치고 지나간 여자 한 명이 그녀가 나왔던 곳을 향하고 있었다.

이준의 앞에 다다른 여자는 그와 같은 레지던트 동기로 평소 이준에게 호감을 줄곧 표현해 왔다. 본디 애교가 많은 성격의 민지는 이준의 팔을 자연스럽게 잡으며 커피를 내밀었다.

"준아, 커피 마실래?"

"아니."

이준은 망설임 없이 팔을 빼고는 내려놓았던 차트를 집었다. 내밀었던 커피를 도로 제 입술로 가져가기도 겸연쩍어진 민지가 애교 섞인 투정을 했다.

"여기 커피 맛있어서, 준이 네 것만 따로 테이크아웃 해 온 건데……."

"미안, 나 커피 못 마셔. 카페인만 들어가면 머리 아프더라."

"진짜? 그럼 이거 또 내가 마셔야 하나. ……준아 있지, 오늘 끝나고 뭐 해?"

민지는 기대에 찬 얼굴로 이준을 올려다보았다.

"글쎄."

"너 오늘 오프라며? 나 너랑 오프 날짜 맞추려고 지난달에 풀로 달렸는데. 같이 영화 보러 가지 않을래?"

민지의 말에 이준은 차분하게 내려뜨렸던 속눈썹을 세우며 특유의 낮은 음색으로 말하였다.

"내가 왜."

"……어?"

남자들의 애프터가 당연했던 민지는 이준이 숫기가 없는 거라 여기고서 먼저 데이트를 신청했건만 나오는 반응이 차갑기만 해서 어리둥절한 얼굴이었다.

"나는 좋아하는 여자 아니면, 여자랑 같이 영화 안 봐."

이보다 명백한 거절이 있을까.

민지는 얼굴을 붉히며 커피가 담긴 종이컵만 꽉 움켜쥐었다. 이준은 그대로 등을 돌린 채 그 자리를 벗어났다.

그리고 입구를 향해 나온 그의 눈에 저만치서 힘없이 걸어가는 재아가 들어왔다. 자연스럽게 빨라진 걸음이 그녀의 옆까지 다가가서야 느려졌다.

"무슨 생각 해요?"

재아는 어느새 바로 옆에 있는 이준을 보며 눈을 깜빡였다. 생각하느라 기척도 느끼지 못했다.

"그냥…… 엄마가 완치되었으면 좋겠다는 생각?"

재아는 흐릿하게 웃으며 작게 목을 가다듬었다. 그리고 걸음을 멈추고서 고개를 깊숙이 숙였다.

"감사합니다, 매번."

"그러네요. 내가 매번, 소소하지만 도움을 주고 있긴 해요."

자연스럽게 시선이 아래로 내려간 이준은 능청스럽게 말하고서 한쪽 무릎을 굽히고 앉았다. 숙였던 고개를 올리지도 못하고 재아는 눈을 동그랗게 뜬 채 그를 내려다보았다. 생각지도 못한, 풀려 버린 운동화 끈을 그가 묶어 주고 있었다.

"아, 제가 할게요!"

서둘러 무릎을 굽히고 자리에 앉자 마주한 두 사람의 코끝이 부딪친다. 너무도 가까이 마주한 얼굴에 놀란 재아가 등을 뒤로 빼면서 엉덩방아를 찧었다. 햇살에 비친 이준의 얼굴이 화사하게 반짝였다.

"이미 다 묶었는데, 다시 풀까요?"

재아는 그의 얼굴과 리본으로 묶인 운동화 끈을 번갈아 보았다. 부딪친 건 코끝이었는데 어쩐지 얼굴 전체가 다 뜨거워진 느낌이다.

"묶은 걸…… 왜 다시 풀어요."

"그러니까, 나도 안 풀려고."

어딘가 의미심장해진 말투에 재아는 눈동자만 굴렸다.

"아주 꽉, 묶인 것 같다고요. 나랑 영화 보러 갈래요?"

그가 일어서면서 그녀에게 손을 내밀었다.

"어…… 그게…….

"수영도 같이 연계하느라 오늘 어머님 운동 시간 길어질 것 같은데. 바로 앞에 새로 생긴 영화관도 있고, 무슨 일 생기면 5분 안에 나올 수도 있고, 또 미리 아는 선생님한테 부탁하면 괜찮을 것 같아서…….

처음으로 하는 데이트 신청에 행여 거절할까 싶어 덧붙이는 말이 길어진 이준은 이내 동생의 말이 생각나서 말끝을 흐렸다.

'여자들은 대놓고 좋다고 다가서는 남자보다는 잡힐 듯 잡히지 않는 남자에 안달 내는 거 알아?'

뒷목을 매만지던 이준은 결국 말을 정정했다.

"싫으면 말고요. 나도 한가하진 않아서."

그러나 이준은 점점 더 찌푸려지는 재아의 얼굴을 보며 이게 아닌가 싶어 뒤돌아서 한숨을 내쉬었다.

그때 재아가 작게 대답했다.

"가요. ……영화 보러."

재아는 손에 들고 있던 커피가 생각나 그에게 내밀었다.

"크게 드릴 건 없고, 취향을 몰라서 제가 좋아하는 커피 샀어요."

"이거 나 주려고 산 거예요?"

"그렇긴 한데, 생각해 보니까 선생님은 단 거 안 좋아하실 것 같아요. 카페모카인데, 아메리카노나 라떼 드시죠?"

"아닌데. 나 카페모카 완전 좋아하는데?"

푸스스 웃으며 이준이 어서 달라는 듯 손을 내밀었다. 테이크아웃 잔을 건네며 스치듯 닿은 손가락에 찌릿해진 재아가 그의 손가락이 닿았던 손등을 매만졌다.

"카페모카…… 마실래요?"

자꾸만 시선을 피하고 움츠러드는 그녀를 뒤에서 쳐다보고 있던 이준은 유희의 손을 살포시 잡은 채 제 쪽으로 몸을 돌려 세웠다. 그러고는 허리를 낮춰 유희의 눈을 빤히 바라보았다.

"무슨 일, 있었죠?"

유희의 눈동자가 작게 떨렸다. 혼란스러웠다. 방금 전까지 그가 뒤에 있다는 사실 하나로 두근거려서 까먹고 있었다.

"없었어요. 아무 일도⋯⋯."

"나 보고 얘기해요. 내 얼굴 똑바로 보고."

피하려는 시선을 붙들며 이준이 가라앉은 목소리로 말하였다. 유희는 고개를 숙인 채 머리카락을 앞으로 내렸다.

"없었어⋯⋯ 정말."

의도적인 손짓을 따라간 그의 시선이 천천히 그녀의 목덜미에 닿았다. 새하얀 목 위로 붉은 꽃잎이 흩어져 날리는 것처럼 얼룩져 있었다.

그러고 보니 유난히 붉다 싶은 입술도 평소와 달리 거칠어져 부어올라 있었다. 이준은 가만히 손가락을 뻗어 유희의 입술을 살살 달래듯 어루만져 주었다.

"아팠어요?"

"아니⋯⋯."

의도치 않게 눈가에 방울방울 물기가 그득 차올라 유희는 입술을 깨물고 눈물을 말려야만 했다. 배싯 웃으며 그녀는 정말로 아무 일도 없었다는 듯 말간 얼굴로 그를 향해 눈을 깜빡였다.

그에 이준은 유희의 두 뺨 위로 손을 지그시 대고서 부드럽게 쓸어내렸다. 자꾸만 돌아가는 게 쉽지가 않다. 이준의 눈동자는 어느새 붉게 충혈되어 있었다. 이어서 나오는 그의 목소리는 살그머니 떨리고 있었다.

"내가 좋아하는 여자는…… 거짓말을 잘 못해. 아프면 더 웃어. 그게 더 신경이 쓰이는지도 몰라. 그 여자는…… 왜 그럴까요?"

"……울어 버리면 끝, 날까 봐. 조금이라도 희망을 잡고 싶어서……."

소리 내어 울어 버리는 순간 그대로 모든 걸 인정하는 것 같아서 울음을 참고 살았다. 설령 울게 되더라도 아무도 듣지 못하게 소리를 죽였다.

그 시작은, 어느 순간엔 엄마가 죽게 된다는 사실을 덤덤히 받아들이게 될 것 같아서였다. 엄마를 위한다는 건 위선이었는지도 모른다.

내가 무서워서 숨었어.

그리고 당신도…… 나라는 걸 인정하면 그대로 끝……날까 봐.

웃으면 조금은 더 예쁘게 보아 주지는 않을까.

아니라고, 아니라고 하면…… 아주 나중에 재아로 돌아갈 수만 있다면…… 그럴 일은 없겠지만, 그럼에도 불구하고 나는 그래……. 나는 그래요. ……그랬어.

모든 감정을 언어로 정확하게 표현할 수 없을 때가 있다. 하지만 세세하게 풀어서 말하지 않아도 다 알아들었다는 듯 이준의 눈가가 희미하게 젖어 들었다.

"내가, 어떻게 해야 할까요?"

'응?'이라고 묻는 것처럼 이준이 밤바다처럼 고요해진 눈동자로 그녀를 가만히 쳐다보았다. 유희는 제 뺨을 만지는 그의 손가락을 입술로 옮겨 왔다.

"키스……해 줘요."

"내가 더 아프게 하면 어떡하지."

이준은 눈매를 크림처럼 휘면서도 찡한 듯 미간을 찌푸렸다. 피멍이 든 입술은 건드리기만 해도 아파 보였다.

"……괜찮아요, 나 괜찮……."

말이 채 끝나기도 전에 이준의 입술이 닿았다. 천천히 머물렀다가 깊게 베어 물었다. 이준은 한 손으로 그녀의 머리를 받치고 소중하게 뺨을 쓸어내렸다. 세게 만지면 부서질까, 조금 더 깊이 당기면 사라질까. 그렇게 부드럽게 그녀를 감싸 안았다.

입안에서는 솜사탕처럼 몽글몽글한 혀가 닿았다가 사르르 녹아내렸다. 이준은 입술을 부드럽게 머금었다가 천천히 그녀의 뺨 위로, 눈가 위에도 차례차례 입을 맞추고서 붉게 멍이 든 곳곳에도 입을 맞추었다. 그리고 지그시 그녀를 쳐다보며 머리카락을 쓰다듬어 주었다.

부드럽게 만져 주는 손길과 입맞춤에 유희는 정화되는 기분을 느꼈다.

이 세상에 신이 있다면 조금은 행복하게 해 달라고…… 그녀는 마음속으로 빌었다.

조금만 더 잘게. 이 꿈…… 깨고 싶지 않아요. 으응, 조금만?

가녀리게 떨리는 여체를 붙잡으며 이준은 촉촉해진 눈빛으로 재아를 다시금 끌어당겨 안았다. 재아는 안긴 품에서 벗어나기 싫은 듯 한없이 기대어 있다가 그를 뚫어지게 올려다보았다. 그러자 고개와 함께 따라 올라간 입술을 그가 쪽, 소리 나게 부딪쳐 왔다.

"눈 감아요."

코끝을 맞대고서 나른하게 쏟아지는 말에 그녀의 눈꺼풀이 스르륵 감긴다. 짧게 짧게 닿았다 떨어지는 입술이 아쉬워 재아는 이준의 목을 끌어당겨 안았다.

안온한 몸이 포개어지자 긴장되었던 마음이 풀어지고 잠이 쏟아져 내린다. 약 기운에 취하지 않고도, 오늘은 편안하게 잠들 수 있을 것만 같다.

그녀는 키스를 하고도 '우리가 무슨 사이예요?'라고 물어보지 않았다. 정의를 내릴 수 없는 마음, 이 마음이 어디까지 갈 수 있을지…… 무서워서.

어떠한 '관계'라는 틀에 담아 둘 수 없을 거라는 걸 예감했다.

어느새 깊게 잠이 든 재아를 보며 이준은 자리에서 일어났다. 그녀가 깨지 않게 조심히 문을 닫고 밖으로 나서며 주차장으로 향하던 그는 그 자리에 잠시 멈추었다.

쨍한 오렌지 색상의 '부가티 베이론'의 스포츠카가 그의 차량을 T 자 형태로 가로막고 있었다. 주차해 놓은 차로 가까이 다가가자 거칠게 차 문이 열리고 닫힌다.

"늦었네?"

예상했다는 듯 태하가 한쪽 입꼬리를 올렸다. 비스듬히 눈매를 치켜세운 그가 습관처럼 목을 까딱까딱 움직였다.

"기다렸나 봐요."

"그러게, 내가 기다렸네?"

어이없어진 태하가 샐샐 웃음을 흘리더니 침을 퉤, 뱉었다. 그리고 그 순간, 흑과 백 같은 두 남자의 시선이 불꽃이 튈 것처럼 부딪쳤다. 이내 건들거리며 태하가 이준의 차를 가리켰다.

"너 차 좋더라? 영업 사원은 아닌 것 같고, 뭐 하는 애냐. 너도 이름이 명함이냐? 난, 길태하라는 거 말했고⋯⋯. 이쯤 하면 너도 까야 되는 거 아닌가."

"나는 안 궁금한데. 물어본 적도 없고. 내가 왜 굳이 말해야 되죠?"

"내가 궁금하니까."

"그쪽이 궁금하면 답을 해야 합니까."

"어."

"그래서 싫다는 여자한테도 그랬습니까."

그 말에 기막힌 듯 짧게 피식 웃음을 흘린 태하가 입가를 매만졌다.

"술집 년한테 키스 좀 한 게 뭐 어떻다고 나를 더럽게 봐, 네가."

"길태하 씨. 그러는 그쪽은⋯⋯ 왜 여기에 있어요?"

예상치 못한 급습에 태하의 얼굴이 비릿하게 구겨진다.

"신경이 쓰여서 온 거잖아요."

"뭐? 내가 뭘 해?"

태하의 눈썹이 사납게 치켜 올라갔다.

"말 못 알아듣는 것 같은데, 앞으로도 신경 쓰지 말라고. 내가 다…… 할 거니까."

'띠릭' 자동차 오토 키를 누르고 차에 타려는 이준을 태하가 붙잡았다.

"강이준입니다. ……내 이름."

잡힌 팔을 빼내며 이준은 그대로 차에 올랐다. 매끄럽게 후진을 하고 멀어지는 차를 보던 태하는 도리어 한 방을 맞은 얼굴이었다. 그는 볼 안쪽에 혀를 굴리며 눈가를 문질렀다.

소속을 말하라는 것이었는데 이준은 제 이름 석 자를 말하고 사라진 후였다.

"저 새끼…… 이름이 명함 맞네."

다음 날, 회사에 도착하자마자 태하는 제 비서를 향해 '강이준'에 대한 보고서를 준비하라는 지시를 내려 놓았다.

그로 인해 비서는 이 말도 안 되는 보고서가 JC 사업 어디에도 연관이 없어 보여 걱정하는 기색이 가득했다. 투자 유치해 주는 사람인 건가 싶었지만 알아본 바에 의하면 강이준은 그럴 만한 성향이 아니었다.

"뭐 해, 브리핑 안 하고?"

태하가 한쪽 눈썹을 치켜 올리자 비서는 서류들을 그에게 건네었다. 대기업 비서들끼리는 네트워크 형성이 잘 되어 있는지라 꽤 빠른 시간 안에 자료를 준비할 수 있었다. 준비한 자료를 화면에 띄운 채 비서는 유들유들하게 프레젠테이션을 시작했다.

"대현그룹의 첫째 아들 강이준, 나이는 서른두 살. 대표님보다 두 살 많네요? 흠흠, 존스홉킨스 의대 출신에 울서 대학 병원에서 레지던트 1년까지 했는데, 돌연 유펜에서 MBA를 따고 최근에야 한국에 들어왔다고 합니다. 공부만 쭉 하다가 이제야 얼굴을 비치는 신진 인물이라고, 그룹 내에서는 관심이 상당하대요."

비서는 강이준의 얼굴을 클로즈업했다.

"보다시피 얼굴부터가 이게…… 어후, 다 가진 사람의 얼굴이라고 저희 동기 여비서들이 아주 난리도 그런 난리가……."

"닥치고, 요점만."

인상을 찌푸리고서 태하가 담배에 불을 붙이자 비서는 헛기침을 하며 못다 한 말을 이었다.

"가족관계는 대표님도 아실 텐데요. 둘째는 강이설, 대현 백화점을 맡겼는데 관리를 하는 건지, 쇼핑을 하는 건지 내부에서는 잡음이 조금 있는 편이고, 셋째는 강철진. 이름에서 알 수 있듯이 혼외 자식이라는 얘기가 있고요. 대현 자동차 노조 파업 일으키고 분란이 많았나 봐요. 이 셋째가 사업 욕심이 많은 반면에 하는 족족 망한다고. 정작 똑똑한 첫째가 사업에는 통 관심을 안 보여서 집안에서는 골치였대요. 그런데 뭐, 경영학으로 바꿨겠다. 한국으로 돌아왔으니……."

"여자 때문에 돌아왔다던데?"

"예에?"

태하는 입술을 깨문 채 책상 표면을 손끝으로 두드렸다. 그리고 일전에 그와 했던 대화를 떠올렸다.

'한국에 있던 적이 별로 없어요.'
'그럼 계속 거기에 있지, 여긴 왜 왔대?'
'하고 싶은 일도 있고…… 찾고 싶은 사람도 있어서요.'

울서 대학 병원에서 레지던트를 하다가 유희를 만났다는 잠정결론까지 내린 태하는 큭큭, 웃음을 터뜨렸다. 이럴 땐 눈치가 빠른 게 피곤할 정도였다.

태하는 매고 있던 타이를 손가락으로 풀어 내리며 비서를 향했다.

"궁금해서 물어보는 건 아닌데, 서로를 잊지 못하고 재회한 남녀가 깨질 확률이 있나."

"없죠. 애틋할 텐데."

비서의 얼굴은 점점 한심하다는 눈빛으로 태하를 보고 있었다.

"남자는 대현그룹의 첫째 정도는 될 것 같고, 여자는 술집에서 일하면서 병든 엄마를 봉양하는 심청이라면?"

"대표님, 이제 시나리오도 직접 쓰십니까? 에헤이, 왜 그러십니까. 영화판에서 안 먹혀요, 그 소재."

눈가를 찌푸리며 도리도리 고개를 젓는 비서를 향해 태하가 담배 연기를 길게 내뿜었다.

"현실에서는 먹힐까."

군이 안 들어도 이미 답이 나왔다는 듯 태하는 피싯 입꼬리를 올렸다. 비서는 '에헤?' 하는 얼굴로 힐끗힐끗 시선을 보낸 뒤 헛기침을 했다.

"빠트린 얘기가 하나 있는데, 강이준이 대현그룹 계열사에 있는 산아 병원 경영에 관심이 많대요. 집에서는 아직 경영권을 안 주고 울서 대학 병원에 있는 김재학 대표 원장을 산아 병원으로 모셔 오면 이사장에 취임시켜 주겠다 했답니다. 뭐, 이래저래 김재학 원장이 간 보는 중이래요. 그 집 딸내미가 강이준 레지던트 때 동기였다는데, 뭐 그렇고 그렇게 되지 않겠습니까?"

"꺼져."

브리핑을 마친 비서가 주접을 떨 기색을 보이자 태하가 짧게 손을 저었다. 그러자 비서는 공손하게 인사하며 쏜살같이 나갔다.

혼자 있는 사무실 의자에 기대어 앉은 태하의 시선이 정면을 향했다. 소파에 앉아서 술을 따르는 유희의 모습이 그려진다. 표정 하나 없던 얼굴이 스크린에 비친 이준의 얼굴에 멈춰서 웃고 있다.

태하는 신경질적으로 화면을 껐다. 그러자 유희는 꺼진 화면을 안타깝게 바라보다가 소파에서 일어섰다. 말없이 사라지는 그녀의 모습을 태하는 담배를 물고서 지켜보았다.

누구에게도 공평했던 그녀의 시선이 한 사람 앞에만 가면 무너져 내린다.

술을 그렇게 좋아하지 않는 그가 일프로에 들락거리면서 유

165

희를 지켜본 지도 벌써 2년째였다. 그 이유를 저도 몰랐는데, 그날 밤 남자와 함께 사라지는 모습을 보면서 말도 안 되게 깨달았다. 이내 기가 막힌다는 얼굴로 태하는 손으로 얼굴을 가린 채 웃음을 터뜨렸다.

이제는 같이 있지 않아도, 혼자 있는 공간에서도 유희가 보인다.

"……미쳤네."

✳ ✳✳✳ ✳
6. 내가 괴롭힐 거니까

"그게, 무슨 말이에요?"

병원에 도착한 재아가 영문을 알 수 없는 얼굴로 원무과 담당을 바라보았다.

원무과장은 같은 말을 반복해야 한다는 것이 영 껄끄러워 난처한 기색이었다. 제가 말해도 이것이 무슨 말인지, 말하는 사람도 듣는 사람도 애매한 건 마찬가지였다.

하나는 병원 앞으로 후원금처럼 도착한 봉투였다. 기천만 원이나 되는 돈을 보내면서 이 돈을 무조건 '정경란' 환자에게로 넣어야 한다는 조건을 붙였다고 했다.

또 다른 하나는 이 병실에 있는 동안 치료비를 낼 필요가 더는 없다는 것이 요지였다. 그것 역시 후원을 해 준다는 사람이 생겼다는 얘기였다.

한날한시에, 그것도 같은 환자 앞으로 들어온 두 가지 제안이었다.

"말 그대로예요. 후원해 준다는 사람이 생겼으니 치료비는 앞으로 나올 일이 없을 거라는……."

"저기요, 잠깐만요. 그 후원해 주신다는 분이 저희 엄마를 지정했다는 거죠?"

"그렇……죠."

좋은 소식이지만 이런 일은 없었기에 그 역시도 어딘가 어색했다. 그리고 지금 이 사실은, 재아가 줄곧 엄마에게 해 왔던 거짓말이 진실이 될 수도 있는 순간이었다.

"저희 엄마 이름으로 온 거면, 엄마와 관계된 사람일 수도 있는 거겠네요?"

그것이 아니라면 자신과 관계된 사람이거나.

어디 쪽에 힘이 실릴지는 종잡을 수 없었다. 일반 병실도 아닌, VIP 특실에 머물고 있는 엄마를 굳이 후원해 준다는 건 딱한 사정 때문에 해 주는 게 아니었으니까.

"제가 치료비를 못 내는 형편도 아니었는데, 왜 굳이 후원을 저희에게……."

"그거야 후원인 마음이죠."

재아는 허탈한 표정을 지으며 봉투를 내려다보았다. '줄 거면 조금 더 일찍 주지.'라는 야속한 마음이 들었다가도 이내 못나게 마음먹은 저를 탓했다.

서둘러 자리에서 일어난 재아는 미련이 남을까 싶어 받은 봉투를 그대로 내밀었다.

"이거……."

그러자 원무과장은 고개를 갸웃했다. 좋아서 펄쩍 뛸 줄 알았던 보호자의 얼굴엔 웃음기가 하나도 없었다.

"정말로 치료비가 없는 사람들을 위해서 써 주세요."

누군가 자신처럼 어둠에 갇혀 사는 선택을 하는 사람이 없도록.

재아가 허리를 깊숙이 숙였다. 받은 후원금을 도로 후원금으로 돌려주는 것 역시 없던 일이기에 원무과장은 이것을 받아도 되나 싶어 판단이 서질 않았다. 섣불리 판단을 내릴 수 있는 금액이 아니었다.

"다시 생각해 보시는 게, 이게 1, 2천만 원도 아니고."

"그러니까요. 누가 보낸지도 모르는 돈을 쓰는 게 안 내켜서요. 좋은 마음으로 후원해 주신 분이라면, 분명 저희보다 더 필요한 곳으로 간다면 좋아하시겠죠. 그리고 치료비 역시 마음만 받을게요. 그분 앞으로 청구서 돌려주지 마세요. 제가 앞으로도 내겠습니다."

"하, 이것 참."

"이름 없는 후원금은 그렇다 쳐도, 치료비 후원인의 성함은 따로 알 수 없는 건가요?"

"개인정보에 관해선 기밀이라서요. 본인이 안 밝히면 저희도 그 부분에 대해선 알려 드릴 수가 없거든요."

짚이는 사람이 없는 건 아니었다. 물론 그것이 엄마와 관련된 게 아니라 저와 관련되어서라면 강이준 선생님이 유일했기 때문이다.

하지만 알은체를 하면서 물어볼 수도 없는 노릇이라 재아는 벽에 걸린 시계를 힐끗 보며 병원을 나섰다.

휴대폰 메시지는 꽉 차서 더는 담을 공간도 없었다. 며칠 일을 나오지 않은 그녀를 지명하는 손님들은 그새 더 늘어 있었다. 그 안에는 이준의 문자메시지도 어울리지 않게 섞여 있었다.

[오늘도 일 나가지 말아요.]

'가고 있는데.'라고 키패드를 치던 재아는 이내 지우고 '알았어요.'라는 말을 삽입했다. 간다고 보내면 올 것이 분명했고, 더는 그런 식으로 가게에서 마주치고 싶지 않았다.

마음이 뒤숭숭한 채로 터벅터벅 걷던 재아는 미용실 계단을 오르면서는 표정 없는 유희가 되어 있었다.

"유희 언니 왔어요."

그녀가 도착하면 보조가 인이어로 전달하며, 전해 오는 답에 따라서 메이크업을 먼저 할지 드라이를 먼저 할지 순서를 알려 주었다.

– 샴푸까지만 하고 메이크업 먼저 할게.

그러면 유희는 잠시 입구에 서 있다가 결정이 내려져서야 움직였다.

눈 감고도 척척 진행되는 일련의 순서들이 지나가고, 유희가 메이크업실을 들어서자 의자에 주르륵 앉아 있던 그녀들의 시선이 일순 고정되었다. 어떻게 하면 저들도 급을 올려서 '일프로'에서 일을 할 수 있을지 연예인 바라보듯 유희를 곁눈질로 힐끔힐끔 보았다.

고쳐서 나올 수 있는 얼굴인지, 말씨가 어떤지, 옷차림은 어떤지, 메이크업은 어떻게 하는지 모든 게 다 궁금할 뿐이었다.

하지만 그들의 궁금증은 유희의 분위기 하나로 설명이 되었다. 고고한 한 마리의 학처럼, 남자라면 누구든 저 여자의 마음에 들어가고 싶어 할 만큼 그녀에게는 다른 무언가가 있었다.

어느 누구와도 섞이지 않을 것 같은 관조적인 자세.

실상은 너무도 절실한 것들이 많아서 체념으로부터 오게 되는 것이었지만. 그녀의 내면 깊숙한 곳에 가까이 가 보지도 못한 그녀들이 알 길은 없었다.

"뭔가 되게 오랜만인 것 같다. 만날 보다가 이틀 안 보니까."

사라는 의자에 앉는 유희를 보며 매끄럽게 입술을 올렸다. 습관처럼 얼굴을 훑던 사라는 입술의 멍을 보고는 조용히 컨실러를 꺼냈다.

그때 파우더 룸을 들어선 온유가 메이크업을 받고 있는 유희 쪽으로 다가왔다.

원래 제게 있던 지명 손님도 그녀에게로 많이 돌아선 터라, 기존에 메이크업을 받았던 미용실에서 유희가 다닌다는 미용실로 옮기기까지 한 거였다.

"언니, 일 왜 안 나왔어?"

"그럴 일이 좀 있었어."

"말해 주면 안 돼?"

사라는 온유를 쳐다보며 뒤쪽에 비치된 자주색 소파를 가리켰다.

"속눈썹 붙일 건데. 눈 감아야 되니까 나중에 말하고, 온유는 메이크업 차례 되면 부를게. 아니면 드라이 먼저 하고 있을래?"

"나 이거 드라이한 거거든!"

입술을 삐죽이며 온유는 뒤쪽으로 돌아가 앉은 채 잡지를 뒤적였다. 고양이 같은 눈매로 유희를 훑으면서도 별다른 말은 하지 않았다.

막 파우더 룸에 들어섰을 때 그녀는 컨실러로 가리기 전 유희의 입술을 보았다. 괜히 신경이 쓰인 온유는 입 모양으로 '나, 뭔데?'라고 말하며 얼굴을 구긴 채 잡지를 소리 나게 넘겼다.

그리고 20분쯤 지나서야 마무리로 립글로스를 덧바른 유희가 자리에서 일어서 온유를 돌아보았다.

"먼저 갈게."

말없이 그냥 갈 줄 알았던 유희의 목소리에 온유는 잡지에 얼굴을 파묻고 있다가 얼굴을 샐쭉하게 들었다.

"언니 안 나오니까, 좀 보고 싶더라?"

퉁퉁거리듯 말하자 유희는 입가에 미미한 곡선만 그린 채 뒤돌아섰다. 그 모습을 보며 온유가 작게 중얼거렸다.

"나 지금 뭐라는 거니?"

"이리 와서 앉아."

사라는 비어 있는 자리를 가리키며 화려하게 생긴 온유의 이목구비를 훑었다. 짧은 커트 머리에 생동감이 넘치는 온유의 얼굴을 보자 기운 없이 죽어 있는 느낌의 유희의 얼굴이 떠올

172

랐다.

그럼에도 아름다울 수 있는 것이 놀라울 정도라 사라는 유희의 얼굴에 생기가 돌게 된다면 어떤 얼굴일지 문득 궁금해졌다.

"어떻게 해 줄까?"

"유희 언니보다 무조건 예쁘게 해 줘."

막냇동생이 있다면 이런 투정일까 싶어 사라는 풋, 웃음을 터뜨렸다.

온유는 유희를 신경 쓰지 않으려고 해도 자연히 의식하게 되었다. 그것은 동경과 비슷한 것일지도 모른다. 질투보다는 닮고 싶다는 생각이 문득 들기도 하니까.

온유는 유희가 사라진 문을 쳐다보다가 눈길을 거두었다.

"잘 쉬었어? 그래, 일하는 날도 있으면 쉬는 날도 있어야지."

왜 쉬었냐고는 묻지 않고 라진은 되레 잘했다는 듯 유희의 등을 토닥여 주었다. 누군가의 가장일 것 같은 조 부장도 유희를 보며 반가운 기색이었지만, 딱히 티 내지는 않고 덤덤하게 눈인사를 할 뿐이었다.

라진이 조판을 보는 조 부장에게 한마디 하였다.

"딸이라며?"

조 부장의 예의 무표정한 그 얼굴에서 '딸'이라는 한 마디에 감출 수 없는 웃음이 피었다. 그가 고개를 끄덕였다.

"3.24킬로그램이 얼마나 작은지 두 손이 꼬물거리는데……
눈물 날 뻔했어요."

"어제 급하게 가서 옆에 못 있어 주나 했는데, 다행히 탯줄은 끊어 준 모양이야."

"네. 이제 저도 새로운 일이나 슬슬 알아봐야 할까 봐요."

"왜, 딸 낳으니까 이건 아니다 싶어? 이만한 월급을 어디서 받을 거야?"

"몇 달만 돈 좀 모으고……."

명단에 유희의 이름을 옮겨 적으면서 조 부장은 힐끗 유희를 쳐다보았다. 그 눈빛엔 왜인지 미안함이 담겨 있었다.

유희는 그렇게 생각하지 말라는 듯 입매를 살짝 늘렸다.

"축하드려요."

짧은 인사에 겸연쩍어진 조 부장이 퉁명스레 말하였다.

"유희 7번 룸 들어가."

7번 룸에 기재된 손님의 이름을 물끄러미 본 라진은 새끼마담이 잘 아는 손님이라고 해서 받긴 했지만, 내심 찜찜한 기분이었다.

"분위기 봐서 별로다 싶으면 바로 나와. 단골로 만들 생각은 딱히 없는 손님이니까."

라진은 괜히 제가 예민한 것이겠지 여기면서도 유희에게 그렇게 말했다. 유희는 별말 없이 무감한 시선을 줄 뿐이었다.

이내 자욱한 담배 연기로 그득한 룸에 들어서자, 체격이 풍만한 거구의 남자가 옆에 슬아를 끼고서 술을 따르고 있었다.

남자는 문이 열리는 소리에 고개를 들었다. 그리고 울림통이 큰 목소리로 말하였다.

"네가 유희야? 야…… 너 진짜 들어앉히고 싶게 생겼다."

입맛을 다시며 유희를 쳐다본 남자는 슬아를 향해 손을 지분거렸다. 일프로가 아닌, 다른 종류의 술집에서 놀던 버릇대로 놀고 있었다. 늘 저를 반기지 않는 손님들과 빼박이라는 사실에 주눅이 들어 있던 슬아는 별다른 저항도 하지 못하고 있었다.

유희는 거리를 두고 앉은 채 온더록스 잔에 술을 따라서 밀어 주었다.

"오빠, 그 손 좀 치우지? 보기 불편해."

남자는 턱 밑으로 흘러내리는 술을 닦고서 게슴츠레한 시선으로 유희를 훑었다. 지분거리던 손을 미련 없이 떼어 낸 남자는 두툼한 입술을 느릿하게 벌렸다.

"유희야, 넌 한 달에 얼마 주면 오빠랑 살래? 아파트도 주고, 차도 주고, 돈도 줄 테니까 같이 살래? 명의도 네 걸로 해 줄게. 어때?"

타액으로 번들거리는 입술을 혀로 훑은 남자는 다시 말을 이었다.

"너 일 며칠 안 나왔다며? 이미 남자 있는 거 아냐? 있어도 이참에 오빠로 바꿔 타자. 슬아 말로는 너 보기랑 다르게 좀 헤프다며⋯⋯."

남자는 유희의 얼굴을 쳐다보고는 노골적으로 시선을 아래로 내렸다. 옷을 벗기듯 다리에서부터 가슴, 쇄골을 하나하나 뚫어지게 훑으며 음흉한 시선을 보냈다.

유희는 입술을 깨물고 그 시간을 버텨 냈다.

몸을 만지는 건 거부할 수 있지만 시선으로 만지는 건 뭐라

할 수 없으니까.

"아, 그게 아니고, 언니 나는······."

슬아는 제가 한 말을 그대로 옮길 줄은 몰랐던지라 귀가 새
빨개졌다. 같은 곳에서 일하지만 그녀에게 있는 맑음이 부러워
더럽히고 싶다는 생각에 한 말이었다.

그리고 때마침 들어온 온유가 그 말을 듣더니 코웃음을 쳤
다.

"어머, 오빠? 아니, 교수님이라고 불러 드려야 하나. 슬아랑
같이 다른 곳으로 가야겠다. 여기 그런 싼마이 술집 아닌데?"

속눈썹을 깜빡이며 깜찍한 투로 말했지만, 온유의 한마디로
분위기는 급격하게 거칠어졌다.

이어서 술잔을 던지는 소리가 들리자 튀어오듯 들어온 조
부장과 라진이 사태를 파악했다. 단골이 아닌지라 들어가는 순
간부터 예의 주시하고 있던 차에 딱 걸린 것이었다.

그대로 쫓겨나다시피 한 것은 당연한 수순이었다. 그녀들이
아니고, 남자가.

가느다란 몸매를 쭉 뻗으며 뒤돌아 나가던 온유는 이내 멈
춰서 앙칼진 고양이처럼 슬아를 쏘아보았다.

"너 같은 애들은 꼭 뒤끝이 구려. 빼박이 주제에, 얻다 대고
함부로 지껄여?"

열등감으로 똘똘 뭉쳐 있던 슬아는 입을 비죽거리며 자리를
나갔다. 그러자 콧방귀를 뀌며 온유는 유희에게로 시선을 옮겼
다.

"저 교수, 악질로 유명해. 언니한테 꽂힌 거면 조심해."

"네가 그걸 어떻게 알아?"

"내 전공의 교수였거든."

평소와 다르게 낮게 가라앉은 온유가 씁쓸하게 웃었다.

한때는 그녀도 평범한 대학생이었다. 열심히 실기를 준비하고 학점 관리를 했지만, 돌아온 대가는 꼬리를 쳐서 받아 낸 알량한 결과물이라고 수군거림을 당했다. 제게 더럽게 추파를 던진 교수의 행실을 문제 삼기보다는 보여지는 외모가 화려한 제 잘못이 되어 있었다.

그리고 그 추파를 끝끝내 거절하자, 짜게 돌아온 학점이 원래 제 것인 양 낙인이 찍히는 말도 안 되는 현실. '그럼 그렇지. 밑천 다 드러났네.'라는 비아냥거림에 학교를 나온 거였다.

그게 억울해서 차라리 외모에 걸맞게 살아 보지 뭐…… 했던 것이다. 그게 얼마나 지나친 비약이었는지를 깨달았을 땐 깊은 수렁에 발이 묶여 있었다.

"그러니까 조심하라고."

"……그래."

유희는 대학생이었을 온유를 생각하자 그동안 느껴졌던 이질감이 조금은 가라앉는 것 같았다.

모두가 잠든 새벽 4시가 되어서야 일을 마친 유희는 대기실에 잠시 주저앉았다.

그녀의 손에는 오늘 번 일당이 현금으로 들려 있었다. 라진이 계좌이체를 해 준다고 했지만, 꼭 이렇게 손에 잡혀야 그나마 보상이 되는 것 같아 그러지 말라고 했다.

177

15개의 룸을 돌았으니 오늘 그녀가 번 수입은 150만 원이었다. 7시간 남짓한 감정 노동의 대가였다.

이내 자리에서 일어난 유희는 새벽에도 열려 있는 CD기에 입금을 하고는 집을 향해 걸었다. 푸르스름한 달빛이 고아한 그녀의 얼굴을 따라서 움직인다.

그리고 그녀가 집 앞에 도착했을 때였다.

이제 막 현관 앞 계단을 오르려는데 그 앞에 주차되어 있던 차 문이 철컥 열리면서 검은 그림자가 유희의 손을 잡아챘다. 강제로 조수석으로 밀어 넣은 남자는…… 아까의 그 손님이었다.

'저 교수, 악질로 유명해. 언니한테 꽂힌 거면 조심해.'

온유의 말을 흘려들은 건 실수였다. 언제부터 따라왔을까 싶어 유희의 눈동자가 떨렸다. 거구의 남자에게선 한눈에 보아도 제가 어찌할 도리가 없을 만큼 힘의 차이가 느껴졌다.

남자의 커다란 몸이 유희에게로 기울어져 다가왔다.

"애기야, 그렇게 겁먹으면 오빠가 꼭 나쁜 사람 같잖아. 오빠 이래 봬도 대학 교수야. 다른 건 없고, 아까 하던 얘기 마저 하고 가려고. 어이구, 많이 놀랐어?"

조수석 문을 향해서 유희가 손을 옮기자 '딸깍' 잠기는 소리가 들린다. 짙게 선팅된 창문으로 시선을 옮기며 두드리려던 그녀의 손을, 남자가 덥석 잡으며 뻐드렁니를 드러내었다.

돌아간 그녀의 시선이 남자의 웃음에 걸렸다. 포식자와 같은 웃음.

최대한 침착한 척 유희가 남자를 향해서 물었다.

"오빠, ······무슨 얘기?"

"들어앉히고 싶다는 말. 오빠가 연예인 스폰서도 많이 해 봤는데, 넌 걔네보다 더 줄게. 오늘부터 일수 채우는 거면, 차에서 하는 것도 좋고. 페이는 부르는 대로 줄게. 어때?"

애초에 동의를 구하고자 하는 물음이 아니다. 그랬다면 차에 강제로 태우지도 않았을 터. 남자는 고사리 같은 손에도 팽창된 남성을 느끼며 씨익 이를 드러냈다.

"무슨 소리야······. 이런 얘기 할 거면 가게 와서 해."

"거기는 만지는 것도 안 되고, 2차도 안 되잖아. 다이렉트로 우리 애기랑 얘기해야지."

남자의 크고 두툼한 손이 유희의 뺨을 스치면서 머리를 쓸자 그녀의 얼굴에서 오소소 소름이 돋아났다.

남자는 벨트 버클을 풀기도 전에 지퍼부터 내리고 있었다. 그리고 한 팔을 들어 유희의 얼굴을 당긴 채 아래로 내리게 할 기세였다.

이런 일은 처음 겪는 일이라 당황한 그녀가 운전대에 있는 경적을 눌렀다. 그러자 남자는 유희의 몸을 조수석 뒤로 밀어뜨렸다.

"얌전히 있자, 애기야. 오빠가 예뻐해 주려는······."

그때였다. 똑똑, 두드리는 소리가 났다. 놀란 두 사람 모두 소리가 난 쪽을 돌아보았다. 창을 향해 얼굴을 가까이 들이민 태하가 인상을 찌푸린 채 담배 연기를 내뿜고 있었다.

이곳에 미리 도착해 차에 타고 있던 태하는 경적 소리가 거슬려 주위를 두리번거리다가 차를 향해 다가온 거였다. 그리고 그 안에 타고 있는 유희를 본 순간, 꼭지가 돌아서 어떻게 돼버릴 것처럼 얼굴이 일그러졌다.

남자는 방해 말란 얼굴로 가란 듯 손을 저었고, 태하는 운전석으로 다가가 다시금 노크를 했다. 인내심을 가장한 얼굴은 금방이라도 깨질 것처럼 굳어 있었다. 양복바지에 손을 찔러 넣은 채 그는 한 손으로는 담배를 태우면서 남자를 향해 턱을 치켜들었다.

짙은 눈썹이 찌푸려졌다가 무표정에 가깝게 가라앉는다. 몸에 딱 맞게 핏 되는 슈트 재킷의 버튼을 차례로 끄르고서 태하는 구둣발로 정확히 조수석 문을 겨냥했다. 그러자 동시에 삐익 삑, 경적 소리가 요란하게 울렸다.

남자는 알지도 못하는 사람이 뽑은 지 얼마 되지 않은 차 문을 처참하게 일그러뜨리자, 그제야 몸을 밖으로 빼냈다.

"야, 이 새끼야! 너 지금……."

입가에 물고 있던 담배를 바닥에 던지면서 태하는 남자를 향해 주먹을 꽂았다. 한 번으로 그치지 않고 피투성이가 될 정도로 주먹질을 계속했다.

얼굴이 뭉개져 바닥으로 쓰러진 남자를 향해 잔인하게 발길질을 했다. 그에 남자는 제 육중한 몸의 반도 안 되는 남자의 힘을 감당하지 못하고 질펀하게 퍼졌다.

넋을 놓고 있던 유희가 차 밖으로 나와서 소리를 질렀다.

"그만해!"

그녀의 말에 더 하려던 발길질을 멈추고 태하가 돌아보았다. 걸쭉한 피를 토한 남자는 바닥에 손을 짚고서 엉금엉금 기어 가 서둘러 차 문을 열었다. 그리고 필사적으로 차에 시동을 켜고 운전대를 잡았다.

뒤로 빠져나가는 차를 보면서 태하가 새로운 담배를 꺼내어 입에 물었다.

"그만해?"

"그냥 나오라고만 했어도 됐잖아."

"저런 새끼는 확실히 밟아 줘야 다시는 개수작 안 부려."

길게 연기를 내뿜으며 태하는 눈가를 찌푸렸다. 그러자 유희는 흐트러진 옷매무새를 만지며 그를 등지고 앞을 향해 걸었다.

미련 없이 앞을 향해 가는 그 등을 보며 태하가 이마를 문질렀다. 이내 거칠게 그녀를 돌려세워 저를 보게 만들었다. 유희의 어깨를 양손으로 잡고 상체를 비스듬히 숙인 태하가 입꼬리를 올렸다. 한쪽 눈가도 입매를 따라서 올라간다.

"하나만 묻자. 넌 내가 왜 그렇게 싫으냐."

"너랑 아까 그 남자…… 나한텐 똑같아. 차이 없다고."

맥 빠지게 하는 그 말에, 손을 털어 내며 기가 막힌 듯 조소를 흘린 태하가 낮은 한숨을 흘렸다.

"강이준이라고 다를 것 같아?"

눈썹을 찌푸리고서 다시금 담배를 입가로 옮기는 태하를 보며 유희는 입술을 꼭 깨물었다. 깨물린 입술을 쳐다보며 태하는 길게 담배를 빨아들였다가 바닥으로 툭, 던졌다.

"버려질 거야, 넌."

바닥으로 던진 담배를 구둣발로 뭉개며 태하가 입매를 비틀었다.

"그것도 처참히. 그 새끼가 더 나쁜 게 뭔지 알아? 어차피 버릴 거면서, 개소리를 한다는 거지. 사탕 줬다가 뺏으면 더 열 받게."

"상관없어."

"왜, 상관이……."

"내가 좋아하니까."

결의에 찬 단단한 말이었다.

태하는 피식피식 웃으며 눈썹을 문질렀다. 박수까지 쳐 줄 기세였지만 한숨처럼 힘이 빠졌다.

"와…… 브라보. 눈물겹네. 버려져도 상관이 없다?"

"그 사람은 사탕이라도 주잖아. 먹는 동안에라도 행복한 게 어디야."

먹는 동안에라도 행복하니까 괜찮다는 말이 태하는 이해가 가질 않았다. 그가 살아온 인생의 전부를 통틀어서 실패가 예상되는 결과에 투자하는 시간은 없었기 때문이다.

그리고 이 여자는, 그 사랑이 이루어지지 않을 거라는 결과까지 알고 있다. 순수하게 '혹시'라든가 '만약에'라는 전제에는 가능성도 두지 않고서 하는 말이라는 걸 태하는 듣는 순간 알았다.

세상에서 가장 난해한 얘기를 들은 것 같은 표정으로 그가 유희를 짙게 내려다보았다.

"······그래?"

날카롭게 말끝이 올라갔다.

왜 이렇게 화가 나는지 모를 일이다. 그리고 그녀가 무감한 시선으로 저를 올려다보는 그 순간에야 깨달았다. 그녀가 하고 있는 삽질이 자신에게도 옮겨진 것을.

차를 타고 남자와 함께 사라진 사실에 분개했던 것이 머릿속으로는 이해가 가지만 뼛속까지는 와 닿지 않던 그는 지금 눈앞의 이 여자의 눈빛을 본 그 찰나의 순간에야 비로소 절감했다.

"그렇게 말하니까 그 사탕······ 뺏고 싶어지네."

철저히 망가뜨려서라도 제 옆으로 가져오고 싶다는 이 마음이······ 혼란스러워지기 시작했다.

그의 입매가 잘게 비틀렸다.

"네 현실이 얼마나 시궁창 같은지, 내가 똑똑히 보여 줄까?"

유희는 뒤돌아 묵묵히 앞을 향해 걸었다. 왜 이렇게 저를 못 살게 구는지 모르겠다. 하나만이라도 그냥 넘어가 주는 일이 없는지, 온 세상이 저에게 발을 걸려고 준비를 하는 것처럼 야속하기만 하다. 불쏘시개에 찔린 마음이 화가 나서 들끓었다가 이내 차게 식었다.

발에 차일 것을 알고도 넘어졌을 때, 조금이라도 덜 아프려면 보호 장비를 착용해야 했다. 그녀의 인생에서 숱한 착오 끝에 깨달은 진실은 그것이었다.

언제나 이별할 것처럼 그 사람을 바라봐 주겠다고.

내가 욕심내지 않겠다잖아.

그냥 조금 바라보는 것도 안 되나 싶어 억울했지만 유희는 태하가 하는 말에 반박도 할 수 없었다. 그래서 그저 등을 돌리고 걸었다.

　그러자 얼굴을 구긴 태하가 눈을 꾹 감았다 떴다.

　"그리고 너."

　조금은 무겁게 뱉은 한마디에, 여전히 앞으로 나갈까 뒤를 돌아볼까 망설이던 유희가 작게 한숨을 쉬며 천천히 태하를 응시했다.

　"왜, 일 안 관두냐."

　유희는 미간을 찌푸리고서 그 말뜻을 알아차리려 애썼지만, 전혀 알아들을 수 없는 것이었다. 뜬금없이 그가 저에게 일을 관두지 않는 것에 대해 물을 이유는 어디에도 없었기 때문이다.

　태하는 짙은 한숨을 내쉰 채 입매를 비뚜름하게 올렸다.

　"얼른 관두는 게 좋을 거다. 너 관둘 때까지 내가 괴롭힐 거니까."

　그의 화가 엄한 데 치솟은 것이라 치부하며 유희는 여전히 표정 없는 얼굴로 그를 응시할 뿐이었다. 이제 더는 얘기할 것이 없다면 가겠다는 뜻을 한숨처럼 내뱉었다.

　태하는 그 특유의 버릇처럼 입꼬리를 미미하게 올렸다가 그대로 굳은 채였다. 실컷 비웃어 주려고 했는데 이제는 웃음조차 나지 않는 제 얼빠진 얼굴에 기분이 나빠진 표정이었다.

　가을바람이 차게 두 사람을 스쳤다. 가로등 불빛에 비친 그들의 그림자가 멀어져 간다. 그것은 유희가 언제나 그렇듯 등을 돌리고 걷기 시작했기 때문이었고, 유난히 긴 그림자만이 제자리를 지킬 뿐이었다.

벌써 날이 밝아 오고 있었다. 어서 꿈에서 깨어나라고 말해 주는 것 같은 시간이…… 그렇게 소리 없이 다가오고 있었다.

'버려질 거야, 넌.'

악몽을 꾼 것처럼 이마에 땀이 송골송골 맺힌 채 유희는 다음 날, 상체를 벌떡 일으켜 세웠다. 문자메시지 알림 소리에 잠에서 깨어난 것은 다행이었는데, 그 근원지는 반갑지 않았다.

[12시 하얏트호텔.]

7. 우리는 운명일까, 그저 스쳐 가는 바람일까

남색 핀 스트라이프 더블브레스트에 골드 버튼을 장식한 클래식한 슈트 차림의 이준은 체질에 맞지 않은 집안 행사 파티에 참석하고 있었다.

본래 대현그룹의 창립기념일은 딱히 챙기는 분위기는 아니었지만 49주년은 예삿일처럼 넘기지 않았다.

자연스럽게 인맥들을 소개받는 자리일 수 있는 기회를 강석호 회장은 장남에게 주고 싶어 했다. 창립파티는 정·재계 내로라하는 모임인 전경련 회의만큼이나 사람들이 모여들었다.

이준은 피로가 잔뜩 묻은 얼굴로 시간만 재차 확인할 뿐이었다. 그런 그의 옆에서 화사하게 꾸민 이설은 사람을 상대하는 것이 체질인 양 능수능란하게 제스처를 취하며 대화를 이끌고 있었다. 맥을 끊는 대화에 숨을 불어넣어 주는 격이었다.

그리고 이설은 때마침 들어오고 있는 민지를 보면서 이준에게 말했다.

"민지 언니네? 오빠, 김재학 원장님 산아로 모셔 와야 아빠가 경영권 준다고 하지 않았어?"

"그랬지."

"뭣하러 돌아가? 그냥 둘이 사귀면 끝나는 문제 아니야?"

이설은 지나가는 웨이트리스를 불러 샴페인 잔을 받은 뒤, 다가오는 민지에게 건네었다.

"언니, 오랜만? 더 예뻐졌어요."

간드러지게 입술을 올린 이설은 둘을 바라보고는 자리를 비켜 주었다. 자연스럽게 다른 팀에 합류해 쾌활하게 웃고 있는 이설을 보며 이준은 기막힌 듯 웃다가 민지를 돌아보았다.

"설이는 여전히 밝고 명랑해, 보면."

"워낙 구김살 없이 자라서."

"준아."

"응, 말해."

"아버지가 아무래도 지금 있는 병원에선 대표 원장으로 계시고, 희귀병 진료를 보고 있어서 당장은 옮기기가 난처한가 봐. 그쪽에서도 새로운 선생님을 구하려면 시일이 걸릴 문제고……."

쉽지 않을 거라고 생각하고 있었기에 이준은 담담한 얼굴로 고개를 끄덕였다.

"그런데 우리 아빠가 내 말이라면 또 껌뻑 죽거든. 그래서 말인데……."

이준의 눈매가 살짝 가늘어졌다가 제자리를 찾는다. 민지는 타는 갈증에 샴페인을 한 모금 마셨다.

오랫동안 그를 짝사랑해 온 그녀에게는 이것이 유일한 기회일지도 모른다. 떨리는 눈꺼풀을 느리게 세우며 민지가 이준을 향해 입술을 휘었다.

"우리, 정식으로 만나 보지 않을래?"

'정식으로'라는 말의 의미는 결혼을 전제로 하는 것이었다. 이미 세간에서는 그 둘을 자연스럽게 엮고 있었다. 김재학 대표 원장이라면 세계적 의학 저널에도 등재된 의료인이었고, 계열사인 산아 병원에도 힘을 실어 줄 수 있는 영향력 있는 인물이었다.

그녀의 집안 또한 대현그룹에 비해서 부족함이 없었다. 할아버지가 전직 대통령이니 기업인으로서는 정치적인 배경이 있으면 든든한 터라 강 회장도 그 두 사람이 내심 잘되길 바라고 있었다. 그래서 평소 집안끼리의 친분도 두텁게 다져 놓고 있던 차였다.

그러한 사실을 이준 역시 모르는 바가 아니었다. 그의 얼굴에서 쌉싸래한 웃음이 감돌았다.

"나는, 우리 쪽에서 제시한 조건도 나쁘지 않다고 생각해. 김재학 원장님을 너랑 만나면서까지 모셔 와야 하는 거라면, 내 대답은 거절이야."

사업을 미끼로 해서 만나자는 말에 이준은 그 대답을 간결하게 사업으로 치부했다. 민지는 허탈하게 웃으며 이준을 쳐다보았다.

"넌 여전히 칼 같다. 그거 나한테만 그러는 거야?"

"한 사람 빼고는…… 똑같은 것 같아."

그의 시선이 애틋하다. 생각만으로도 얼굴에서 드러나는 감정에 민지는 제 감정의 끈도 이쯤에서 놓아야겠다고 마음먹었다.

"그 한 사람 되게 부러워지네. 설마, 그 여자 만나는 거야?"

"아마도."

아직 확실히, 제 사람이 된 것은 아니었기에 이준은 '그렇게 되지 않을까.'라고 중얼거렸다.

민지는 이름을 기억해 내려는 듯 미간에 힘을 주었다.

"정경란…… 그 환자 보호자 맞지? 재아 씨였나? 나 실은 레지던트 때, 네가 내가 주는 커피 마시는 거 싫어서 거절한 줄 알았거든. 그 환자 보호자가 주는 커피는 잘도 마셨으니까. 근데 너 그 여자가 주는 커피 마시고 나면 꼭 머리 아파하긴 했어."

"그랬나."

이준은 피식 웃음을 터뜨렸다.

"준아, 커피 때문에 머리 아픈 건 상관없는데……. 그 여자가 너한테 머리 아픈 일이 될 수 있다는 생각은 안 해?"

"무슨 뜻이야, 그 말."

"회장님이 그 여자를 허락할까? 그때 병원비도 미납한 거 보면 형편도 어려운 것 같고, 가족도 없던 걸로 기억하는데. 그냥 난 걱정이 돼서. 짝사랑을 해 보니까, 보고 싶지 않아도 보이는 것들이 있네."

"그건 내가 알아서 할게."

"넌 좋겠다. 네가 알아서 할 수 있고."

내 짝사랑은 알아서 할 수가 없는데.

사랑이 꼭 이루어져야만 하는 것은 아니겠지. 끝끝내 '포기'로 끝나는 것도 분명 다른 형태의 사랑일 것이다. 이에 민지는 산뜻하게 웃어 보였다.

"아버지한테는 다시 잘 말씀드려 볼게. 네가 하려는 사업 취지가 좋으니까. 치료비 없는 사람한테 병실을 비워 달라지 않고, 직속 병원에서 도움을 주는 제도가 있는 건 참 좋은 것 같아. 그거 회장님도 오케이 한 거야?"

"유능한 의사들이 많이 모이면 수익률도 오르니까, 그것을 보고 계신 거지, 아버지는. 절대 허튼 장사는 안 하시잖아."

"넌 손해 보더라도 약자의 편을 들어 주겠지만. 어쩐지……재아 씨가 생각난다."

고개를 숙인 채 샴페인 잔을 매만지던 민지가 고개를 들자 강 회장이 인자한 웃음을 띤 채 다가오고 있었다.

"녀석, 왔구나."

"네, 저 왔어요."

민지는 밝게 웃으며 강 회장의 팔에 팔짱을 꼈다. 제 딸처럼 밝은 민지의 성격이 강 회장은 마음에 들었다. 힐끔 아들의 얼굴을 훑으며 강 회장이 민지에게 말하였다.

"이준이 녀석 마음 좀 낚아채 보라니까."

"회장님, 낚아채기는커녕 저 방금 제대로 차였어요. 준이 좋아하는 여자 있대요."

말이 끝나기도 전에 강 회장의 심지 굳은 눈동자가 이준에게로 단번에 옮겨 갔다. 저어하는 기색이 분명한 얼굴에 이준이 쐐기를 박았다.

"있어요, 저. 좋아하는 여자."

아버지의 시선을 피하지 않고 그가 또렷한 목소리로 말하였다.

그리고 그때, 세 사람을 감싸고 있는 분위기를 깨뜨린 건 한 남자의 등장이었다. 반질반질한 바닥을 긁으며 다가온 태하가 양쪽 바지에 손을 찔러 넣은 채 이준을 쳐다보며 입꼬리를 올렸다.

"와, 살다 보니 내가 이런 구경을 다 하네?"

이준을 쳐다보고 있었지만, 마치 다른 누군가에게 겨냥한 듯 하는 말이었다. 그것을 반증하듯 태하의 시선이 날카롭게 돌아가 자리한 곳엔 또 한 명의 여자가 있었다.

여전히 믿기지 않다는 듯 태하는 비스듬히 시선을 틀어 여자를 보았다가 다시 이준을 쳐다보았다.

"네가 좋아하는 여자를 다 보고."

그 말 한마디에 서 있던 사람들의 시선이 한곳으로 집중되었다. 그러자 여자는 그 수많은 시선들을 감당하지 못하고 몸을 돌렸다. 날아와 박혀 드는 수십 개의 시선들에 어지러움을 느꼈다.

유희는 오지 않으려고 했지만 결국 태하의 부름에 응했다. 대체 얼마나 제 현실이 시궁창 같을지 궁금했다. 제가 생각한 현실이 이만큼이라면, 태하가 보는 현실은 대체 어느 정도인 건지. 궁금해서 이야기나 듣고자 온 곳은 정말 그야말로 최악이었다. 그러나 이제 와 후회한들 늦었다.

그녀는 이미 지금 이곳에 서 있으니까.

어느새 바로 앞까지 다가온 태하가 유희의 어깨를 강하게 잡아채듯 끌어당겼다. 그의 입장에서는 어깨동무를 한 것이었지만, 완급조절이 안 되는 그의 힘에 유희의 몸은 품 안에 갇히듯 안겨 들어간 행색이었다.

태하는 살짝 고개를 숙이고서 그녀의 귓가에 으스러지듯 속삭였다.

"이게 네가 처한 현실이야. 똑똑히 보라고."

다시금 돌려세워진 몸이 중심을 잡지 못하고 비틀거렸다. 유희는 입술을 깨물고 고개를 숙여야만 했다. 사람들의 동그란 시선들이 비수처럼 날아와 공포감이 들었다.

잘못한 것도 없는데 죄인이 되는 기분을…… 왜 이곳에서 느껴야 하는지 모를 일이지만 그녀의 얼굴은 창백하게 굳어져 갔다. 숨이 차 심장이 뛰어올랐다.

한달음에 달려온 이준이 유희를 제 쪽으로 당겨 그녀의 얼굴을 감싸 안았다. 사람들 앞에서 어찌할 바를 모르는 두 눈을 진정시키려 품에 안고서 등을 토닥였다.

작은 정수리에 대고 이준은 '괜찮아요.'라고 말하며 살살 얼렀다. 그러고는 이내 잔뜩 가라앉은 음성으로 태하를 향해 말했다.

"길태하 씨, 뭐 하는 겁니까, 지금."

"네가 좋아하는 여자, 숨기지 말라고 경고하러 왔어. 왜?

꼽냐."

"숨긴 적 없습니다."

"여기 네가 주인공인 파티잖아. 나 같은 사람도 초대받는데, 네 여자는 왜 안 불러? 네가 다…… 해먹는다며. 아, 유희야, 넌 이미 얼굴 좀 알겠다. 여기 다 네가 일하는……."

짝 소리와 함께 태하의 고개가 한쪽으로 홱 돌아갔다.

촉촉이 젖은 눈을 하고서 이준의 품에서 벗어난 유희가 태하를 노려보고 있었다. 발갛게 핏발이 서서 잔뜩 물이 고인 눈동자, 멍이 든 입술에 또 다른 피멍이 들 것처럼 깨물고 있는 유희를 보며 태하는 피싯피싯 웃음을 터뜨렸다.

"매는 먼저 맞는 게 낫다더라. 그러니까 너도 맞아."

말을 끝낸 태하의 얼굴엔 웃음기라고는 없었다.

입술만 씹고 있던 유희는 태하를 향해 아주 천천히, 고개를 치켜들었다. 바들바들 떨리는 몸을 최대한 버티려 두 주먹은 꽉 쥔 채였다. 그녀의 시선이 태하에게서 멈췄다가 이내 주위를 향했다.

불특정 다수인 그들은 점잖은 체하면서 가증스러운 시선을 보내고 있었다. 중요한 사업 얘기의 흐름이 끊긴 탓이겠지. 저들에게 있어 제가 어떤 여자인지는 관심의 범주 밖에 있다는 걸 너무도 잘 아는 유희는 작게 웃음을 터뜨렸다.

모르는 척을 하고 싶은 사람은 그녀보다 그들일 확률이 높았다. 저들이 머리끝까지 취했을 때 그들의 내면 깊숙한 곳을 본 사람은 다름 아닌 그녀였으니까.

지하 세계에서 상류층이 있듯, 지상에서는 또 다른 상류층이 있다. 아이러니한 건, 그들이 중요한 결정을 할 때면 지하로 내려온다는 사실이다. 그래서 서로가 상생할 수 있는 관계.

사회 최상위 기득권층에 머물면서 매스컴에서는 사회의 안녕을 위하던 그들은, 실은 그 자리를 유지하기에 급급했다.

사건이 생기면 안타까운 척 서둘러 수습하겠다고 말하던 그들은 어김없이 일프로를 찾아와 도박을 하기도 했으며, 대국민 사과를 앞둔 날이라도 시민들을 제 발톱의 때만큼이나 하찮게 생각하면서, 새벽까지 술을 진탕 마시고 잠을 못 자고 수척해진 얼굴로 최대한 얌전한 드레스코드 따위를 운운할 것이었다.

그런 사람이 이 나라의 최상위층이라는 사실이 역겨웠다. 태하도 결국 똑같은 사람일 것이기에 틈조차 주지 않으려 했다. 그리고 지금 이렇게 자신을 괴롭히고 있는 그에게 모든 염증이 몰려들었다.

"내가 대체…… 뭘 잘못했다고."

어느 것도 제가 원하는 대로 흘러가지 않는 상황에서 그녀는 스스로가 택할 수 있는 최선을 택해 왔다. 거기에 돌을 던질 수 있는 사람은 적어도 눈앞의 태하는 아니었다.

"내가 하는 일 때문에 이러는 거라면, 내 얼굴 보겠다고 찾아오는 사람도 같이 욕먹어야지. 내가 뭘 그렇게 잘못해……."

"입 다물어라. 계집애가 사리 분별 못하고 네까짓 게 어디서."

태하는 주위를 둘러보며 으르렁거렸다. 제가 나오라고 했지만 여기까지 진짜 나올 줄 몰랐던 그는 화가 나 있는 상태였다. 이번에도 제 말을 무시하고 안 나오겠거니 생각하며 돌아서 가려고 했는데 유희를 본 순간 태하는 이성을 잃어버린 것만 같았다.

그동안 숱하게 얼굴을 보았던 그에게는…… 냉정하리만치 차갑게 굴면서 고작 강이준 이름 석 자에 흔들리던 모습이 거슬렸다. 차라리 평소대로 무심하게 이 자리에 나오지 않았으면 화가 이만큼 나지는 않았을 것이다.

저 얼굴을 땅 밑으로 떨어뜨려서 온전히 나만 보게 가두고 싶다.

저 자식 얼굴만 보지 말라고, 씨발.

그럼 내가 어떻게든 다른 건 뜯어고쳐 보겠다고, 태하는 속으로 엉키는 마음을 짓씹었다.

그때였다.

"너나 입 닥쳐."

이준의 한마디에 창립기념일 파티 분위기는 찬물을 끼얹은 듯 어그러졌다. 사람들과 얘기 중이었던 이설은 이준의 날 선 음성에 고개가 돌아갔고, 발견한 유희의 얼굴에 고개를 갸웃했다.

이내 또각또각 구두 굽 소리와 함께 이설이 유희의 앞으로 다가와 섰다. 긴가민가한 얼굴로 고개를 갸우뚱하던 이설은 생각난 듯 손뼉을 마주쳤다.

긴장감이 흐르는 와중에도 그런 것에는 하등 신경을 두지 않는 양 이설은 여상한 어조로 물었다.

"우리 어디서 본 것 같은데? 그게 닮은 것도 같고, 아닌 것도 같아서. 나 본 적 없어요? 응?"

　재주라면 재주일 만큼 무거운 분위기도 가볍게 넘기는 이설의 행동에 모여들었던 시선은 싱겁게 흩어져 갔다. 이설은 대답 없는 유희를 살펴보며 '어디서 봤더라.'를 곱씹었고, 그 뒤로 선 민지가 조심스레 유희를 쳐다보고 있었다.

　자신을 향한 두 여자의 시선에 유희는 손을 쥐어뜯으면서 입술을 꼭 깨물었다.

　묵직한 걸음으로 다가온 강 회장은 유희와 아들의 표정을 번갈아 보며 가라앉은 얼굴이 되었다. 말을 하기 전 상대를 유심히 살펴보고 생각을 하는 건, 그가 아들에게 물려준 성격이었다.

　"초대한 사람은 아닌 것 같은데……."

　강 회장은 유희를 탐색하듯 훑었다. 유희는 이 자리를 어떻게 해야 최대한 빨리 빠져나갈 수 있을지만 생각하고 있었다. 그래서 뒷말은 더 듣지 못하고 '죄송합니다.'라는 말만 남기고서 뒤돌아서 뛰기 시작했다.

　그렇게 뛰쳐나가는 그녀와 그 뒤를 따라서 가는 남자. 그 두 사람의 모습을 지켜보고 있던 태하에게로 다가온 사람은 길익준 회장이었다. 그는 강 회장을 향해서 면구스러운 얼굴을 하고서 이내 아들을 쳐다보지도 않은 채 낮게 일갈했다.

　"어딜 가나 소란스럽구나. 대체 너란 놈은 언제야 정신을 차릴 거냐."

　"아버지."

　제 아버지에게도 '회장님'이라는 호칭을 고수하던 태하가 실로 오랜만에 아버지라고 부르자 익준의 눈빛이 다소 누그러진다.

태하는 유희가 가고 난, 비어 있는 공간을 응시하며 말을 이었다.

"엄마가 참……."

그의 목소리가 깊게 삼켜지고, 무거운 한숨이 입술 새로 흩어져 나왔다.

"많이 아팠겠어요."

그렇게 유희가 머물러 있던 자리를 보던 그의 시선이 제 아버지에게로 옮겨 갔다. 이에 익준은 자리에 어울리지도 않는 뜬금없는 소리를 들은 것처럼 한심하다는 듯 혀를 끌끌 찼다.

"사내 녀석이 한다는 소리가 고작 이따위 것이냐."

"엄마한테 잘해 주세요. 희망고문 당하면서…… 외롭게 사셨잖아요."

평소라면 하지도 않을 낯간지러운 말을 하면서 태하는 비싯 입매를 틀었다.

"차라리 일찍 버리지 그랬어요. 그럼 나 같은 것도 안 태어났을 텐데."

"……얼빠진 녀석."

익준이 밭은 숨을 내쉬었다.

"갈게요."

이 자리가 지루해서 못 견디겠다는 듯 기지개를 켠 태하가 입구 쪽으로 몸을 틀었다. 자조 섞인 웃음을 흘리더니 그는 돌아서자마자 찰흙처럼 굳은 얼굴로 혼잣말을 뱉었다.

"와…… 내가 우리 회장님을 다 부러워할 줄이야. 미쳤지."

호텔에서 나와 버스 정류장에 선 유희는 다소 멍한 얼굴이었다. 마음은 흘러가는 중에도, 일상 역시 정체되지 않고 흘러갔다. 그녀의 일상에선 응석 부릴 여유 따위는 없었다.

그녀는 가만히 앉아서 지나가는 사람들을 쳐다보았다. 사람들 틈에 섞여 있으면서도 고립이라는 것을 느꼈다.

언제나 그랬다. 한 발 떨어져서 보는데도, 너무나 멀게 느껴지는 사람들…….

따뜻하기는커녕 되레 서늘한 햇살에 눈이 시려진 유희는 눈을 감았다. 그러다가 화들짝 놀라 감고 있던 눈을 부릅떴다.

"바보처럼, 운동화 끈 하나도 제대로 못 묶고."

창립기념일 파티에 있어야 할 이준이 어느 틈에 다가와서는 무릎을 굽힌 채 풀려 버린 운동화 매듭을 묶고 있었다.

"여긴…… 어떻게 왔어요?"

담배꽁초로 어지러운 바닥에 고급 슈트가 구겨지는 모습을 보며 유희는 서둘러 발을 들었다.

"아, 오늘은 길태하 씨가 장난친 것 같아요. 내가 눈치 없이……. 나 때문에 설마 그냥 나온 거예요?"

이준은 끈을 마저 묶고 나서야 옆자리에 앉았다.

"와 줘서 좋았어요, 난."

"……."

"좋았다고요, 난. 그래도 나를 신경 쓰고 있는 것 같아서."

유희는 그 말에 볼우물이 파일 정도로 입술을 끌어 올렸다가 깊은 숨을 내쉬었다.

그와 함께 있을 때면 유희가 아니게 되는 순간이 자주 생겼다. 잊고 지냈던 재아를 뛰어넘어, 제 인생에서 가장 아름다웠을 재아를 그려서 보여 주고 싶을 만큼이나.

그만큼 그는 그녀의 인생에서 가장 찬란하게 눈이 부셨던 햇살 같은 첫사랑이니까.

그랬던 그를 제 안의 어둠으로 끌고 들어오고 싶지는 않다.

땅에 무릎을 굽히느라 구겨지는 양복만 봐도 속이 상하니까……. 별것 아닌 것에도 자격지심이 생기고, 별게 다 별스러울 만큼 속이 상하면…….

유희는 최대한 반짝거리는 웃음을 짓고서 자리에서 일어났다. 웃으려고 입술을 끌어 올리는 그녀의 눈가엔 물기가 차올라 있었다.

"강이준 씨 고민 상담, ……이제 안 들어 줄래요."

예상치 못한 그녀의 말에 이준의 눈동자가 상실감에 일그러졌다. 그의 입술이 열리려는 찰나에 유희가 서둘러서 말하였다.

"우리 이제…… 보지 말아요."

말을 끝낸 유희는 그대로 일어나서 뛰었다. 그리고 이제 막 떠나려는 버스에 간발의 차이로 올라탔다. 창문을 두드리려는 그의 손이 닿기도 전에 버스는 움직였다.

타이밍 좋게 버스에 올라탄 그녀는 멀어지는 이준을 보며 버스 뒷자리에 앉았다.

애초에 버스가 몇 번인지는 중요하지 않았다. 그리고 그를 다시 만나게 되기까지 걸린 시간도 중요하지 않았다. 2년이라는, 길다면 긴 시간 동안 만나지 않았어도 드문드문, 어떤 날은 오래 생각이 났었다.

'2년'이라는 시간을 소리 내어 보니 '인연'이라고 들린다. 이런 거 하나에도 의미를 부여하는 가슴이 저릴 만큼 아프다.

"하아……."

정작 그 순간엔 소중하게 보내지 못했어도 뒤돌아서면 크게 여운처럼 남는 그림 같은 사람. 다시 돌아온 그와 많은 시간을 보내진 않았어도, 마음이란 것이 함께 있는 시간이 쌓이는 만큼 깊어지는 것이 아니고, 함께한 시간이 길어도 감정이 떠나는 시간까지 길지 않을 테니.

그녀에게도 그에게도 첫사랑이니까.

돌고 도는 버스 정류장 개수를 세어 보던 유희는 자신의 목적지에서 까마득히 멀어지는 버스라는 걸 깨닫고서 웃음을 터뜨렸다.

"뭐가 이렇게 하나도……."

소맷단으로 눈가를 벅벅 문지른 그녀는 발밑으로 얼굴을 떨어뜨렸다. 그 밑에 자리한, 예쁘게 매듭진 운동화를 보면서는 두 손에 얼굴을 묻을 수밖에 없었다.

결국 내리려던 곳에서조차 내릴 수 없었다.

"앞으로 이재아 씨 운동화 끈은 내가 묶어 줘야겠네."

흰 가운이 모래 바닥에 쓸리는 것도, 주위 사람의 시선도 신경 쓰지 않고 이준이 재아의 운동화 끈을 묶어 주었다.

재아는 벤치에 앉아서 발을 들고는 두 손으로 무릎을 감싸 안았다.

"선생님, 흰 가운에 흙 잔뜩 묻었어요."

재아의 말에 이준은 손으로 툭툭 털어 내고서 새하얀 웃음을 지었다.

"털어 버리면 그만인 거, 뭐 어때요. 그리고 여기 이렇게 보호자 들어오라고 만든 공간 아니거든요?"

"아…… 그게…….

"농담이에요, 농담. 무슨 말을 해도 다 믿으니까, 농담을 못 하겠네."

재아는 입술을 삐죽거리며 괜스레 제 이마를 만지작거렸다.

"저번에 영화 보러 갈 수 있었는데, 갑자기 호출 와서 오프도 취소되고 아쉬웠어요. 여긴 제가 아니면 안 돌아가나 봐요."

어깨를 으쓱거리며 이준이 말하자 재아는 쿡, 웃음을 터뜨리며 다리를 땅에 디뎠다.

"아, 엄마한테 가 봐야겠다."

"치료실에서 돌아올 시간, 아직 16분 남았어요."

자신보다 정확한 스케줄을 꿰고 있는 이준을 보며 재아는 고개를 갸웃했다. 담당 의사 선생님도 그 정도로 알지는 못할 것 같다.

정작 이준은 가운에 손을 넣은 채 앞서 휘적휘적 걷더니 뒤돌아서 걷기 시작했다. 이내 마주하는 얼굴을 보며 그가 눈가를 휘핑크림처럼 부드럽게 휘었다.

"내가 이재아 씨, 많이 좋아하잖아요."

그 말에 놀란 듯 눈을 동그랗게 뜬 재아가 웃음을 터뜨렸다.

"제가 또 속을 줄 알아요?"

"이번 건 농담 아닌데."

재아는 넘어가지 않겠다는 듯 고개를 저으며 웃었다. 그러자 이준이 속도를 줄여 그녀의 옆에 나란히 섰다.

"저 군대 다녀온 남자예요."

"그게 어쨌다고요."

"아닌 건 확실히 아니라고."

"아아, 이제 선생님이 콩으로 메주를 쑨다고 해도 안 믿어야지."

달리기하듯 뛰어간 재아는 마침 운동 치료실을 나오고 있는 엄마를 부축했다. 그러자 이준은 한숨을 내쉬며 휠체어를 앞으로 가져왔다. 이제는 말하지 않아도 이런 데에는 손발이 척척 맞았다.

"어머님, 저 왔어요."

"선생님한테 신세를 많이 지는 것 같아요."

경란은 이준에게 손을 뻗어 감사 인사를 전하고 싶었지만, 강직된 손이 말을 듣지 않았다. 그래서 그대로 무릎 아래로 내려놓은 채였다.

그 마음을 알아챈 듯 이준이 휠체어에 앉은 경란을 마주 보기 위해 허리를 낮게 숙이고서 그녀의 두 손을 마주 잡았다.

"신세 아니에요. 정 미안하면 저랑 같이 영화 보시고요."

"감염 때문에 사람 많은 곳으로 외출하면 안 된다고 하던 데……."

"그래서 제가 준비했죠. 짜잔, 노트북으로 영화 다운받아 놨어요."

경란은 생각지도 못한 제안에 오랜만에 큰 소리로 웃었고, 그런 이준의 배려에 재아는 감동받은 얼굴로 미소 지었다.

차랑차랑.

다닥다닥 붙어 있는 병실 침대에 커튼을 두르고서 작은 노트북 화면을 서로 가까이서 보겠다고 세 사람이 머리를 기대어 왔다.

이준은 경란의 귀와 제 귀에 하나씩 이어폰을 사이좋게 나누어 꽂았다. 그리고 '나는요?'라는 시선을 하며 멀뚱히 있는 재아를 쳐다보았다.

빤히 쳐다보기만 하던 그가 이내 아주 작은 목소리로 말하였다.

"나랑 영화 보기로 한 거, 안 잊었죠? 그거 아꼈다가 나중에 써요. 지금은 안 돼."

재아는 그날 이후로, 그와 영화 보는 날을 손꼽아 기다리게 되었다.

영화관을 지나갈 때마다 생각이 나서.

엄마가 기적적으로 일어났으면…… 좋겠다. 그래서 커다란 대형 화면을 보면서 지금과 같은 일을 추억 삼아 이야기할 수 있기를, 진심으로 바랐다.

그때 그랬었는데, 아직도 여전해.

이건 한 번도 바라지 않았던 일이었다.

✱

벌써 어둑어둑해져 버린 시내. 그중에서도 영화관이 있는 건물 간판에 불빛이 들어와 있었다.

그 안에는 영화 포스터 입간판들이 여러 개 자리했다. 입구에 들어서기도 전에 무엇을 상영하는지 친절히 알려 주고 있었다.

그런 여가와는 이미 멀어져 버려 영화를 언제 봤는지 기억도 나지 않았다. 그녀는 벽면에 걸려 있는 포스터를 보다가 눈길을 거두었다.

추를 하나씩 달아 놓는 듯 그녀의 걸음이 점점 느려진다. 이러다가는 땅 밑으로 가라앉을 기세였다. 다리가 말을 듣지 않아 재아는 무릎을 툭툭 두드렸다.

"그냥 가. 가라고…….."

네가 그럴 시간이 어디 있어. 움직여, 바보야.

그렇게 느린 걸음으로 병원에 겨우 도착한 재아는 잠든 엄마의 얼굴을 보며 간이 의자에 앉았다. 지친 표정으로 잠이 든 얼굴은 하루가 달리 수척해져 있었다.

화상 키보드를 설치한 엄마의 컴퓨터 모니터만이 켜져 있었다. 그리고 안구 마우스 워드로 작성된 문서 화면에는 몇 시간이 걸렸을지 모를 엄마의 글자가 남겨져 있었다.

「재아야 남 눈」

무슨 말을 하고 싶은 것일까보다는 몇 번을 지우고 다시 썼을까가 먼저 떠올랐다. 감히 상상조차 할 수 없어서 재아는 그 글자를 보고…… 또 보았다.

행여 지워질까 싶어 저장 버튼을 누르고 다시 열어 놓았다.

"고생했겠다. 우리 엄마."

엄마의 감긴 눈이 어느 순간 그대로 닫히지 않을까 싶어 재아는 엄마가 눈을 뜰 때까지 숨죽여 기다렸다. 엄마의 손등을 붙잡고 제 얼굴로 가져간 재아는 잠든 엄마의 옆에서 같이 고개만 누였다. 그리고 고해성사 하듯 읊조렸다.

"엄마, 오늘은 좀…… 힘이 든 날이었어."

꽤 오랜 시간 동안 제 손등을 뺨에 댄 채로 기대고 있는 딸을 보며 경란의 속눈썹이 가녀리게 흔들렸다. 해쓱해진 딸의 얼굴을 보다가 경란은 천장으로 시선을 옮겼다.

'그래, 오늘은 더 힘들어 보인다.'

"엄마."

'응, 우리 딸, 왜?'

"엄마…….'

'엄마 듣고 있어. 말해도 돼.'

"내가 고맙다는 말 했었나. 나는 엄마가 내 엄마가 되어서 참 좋아. 그런데 가끔은 나도…… 아니, 엄마. 그냥…… 그냥. 우리는 언제쯤이면 행복해질까? 많은 거 안 바랐는데…… 우리 엄마도 욕심 별로 없는데……. 그치? 따뜻한 밥 한 끼 먹고,

시내로 나가서 영화도 보고, 공원도 가고……. 나 월급 타면 우리 엄마 여행도 보내 주려고 했는데……. 그게, 그렇게 큰 거였나 봐…… 흐흑. 음, 음읍……."

'엄마도 속상해. 우리 딸, 맛있는 거 만들어 주는 게 낙이었는데, 엄마 이제 손도 굳고 머리까지 굳었나 봐. 우리 재아가 좋아했던 음식이 무슨 맛이었는지 벌써 다 잊어버렸어.'

"엄마…… 나 자꾸 눈물이 나와. 울면 안 되는데…… 그럼 우리 엄마 깨는데……."

뺨에 대었던 경란의 손을 뒤로 쭉 내민 채 재아는 침대 시트에 얼굴을 묻었다. 그러자 이불 사이로 들썩거리는 얼굴과 작은 어깨를 보던 경란이 이제는 말도 듣지 않는 얼굴근육을 힘겹게 일그러뜨렸다.

'크게 울어도 돼. 참지 마, 재아야. 지금 많이 울고, 엄마 없을 때…… 울지만 마. 엄마 가슴 찢어져.'

경란은 눈을 꼭 감은 채 재아를 보듬어서 껴안는 상상을 머릿속에 그려 넣었다. 딸의 얼굴을 제 품 안에 꼭 안고서 이제는 어디 가지 말고 엄마 옆에만, 꼭 붙어 있으라고 말해 주고 싶다.

그러면 엄마가 일어나서 밥도 해 주고, 그동안 못해 준 뒷바라지 다 해 준다고, 그러니 네 몫으로는 아무 걱정 하지 말고 응석 좀 부려 보라고. 그렇게 꼭 안고서 딸의 손을 절대로…… 놓지 않고 싶다.

제가 오래도록 누워 있던 침대에 딸을 눕히며 생각이 많을 땐 잠이 보약이다, 그렇게 말해 주고 싶다.

그리고 저는 가뿐한 몸으로 일어나 그 옆에서 잠이 든 딸의 얼굴을 하염없이 바라봐 줄 수만 있다면.

'재아야.'

하다못해 이름이라도 불러 줄 수 있다면.

이토록 누군가에게는 사소한 것이, 그녀에게는 영원히 이룰 수 없는 바람이 되어 가슴을 시리게 만든다.

'재아야.'

다시 불러도 나오지 않을 목소리.

그러나 그래서일까, 느낌만으로도 엄마가 일어난 걸 느꼈는지 재아가 부스럭거리며 고개를 들었다.

경란은 그제야 일어난 듯 눈동자를 떨어뜨렸다. 그 순간엔 속상했던 마음도 잠시 잊고 엄마의 깨어난 얼굴에 눈에 띄게 안도부터 하는 재아가 손등으로 눈물을 훔쳐내었다. 그리고 서둘러 표정부터 바꾸었다.

"엄마 일어났어? 오늘은 내가 좀 늦었지…… 미안. 아, 나 감기 걸렸나 봐. 코가 꽉 막혔어. 우리 엄마 감기 옮으면 안 되는데……."

경란은 천천히 눈꺼풀을 내렸다가 다시 떴다. 다 알지만 모르는 척, 그래 봐야 티도 안 나는 얼굴이라 이럴 땐 다행이라고 해야 할지. 그렇다고 해서 가슴까지 죽은 게 아니라 아픔이 느껴진다.

숨이 차는 것이 느껴지자 그새 산소포화도 수치가 떨어져 삐빅거리는 소리가 났다.

"어…… 엄마?"

대번에 딸의 눈동자가 겁을 먹자 경란은 가쁜 숨을 크게 내쉬었다.

'엄마, 아직 괜찮아.'

이내 안정적인 포물선을 그리자 선생님을 불러오려고 일어서던 재아가 가슴을 쓸어내렸다.

그리고 그때 둘만의 시간을 보내라고 일찌감치 자리를 비켜주었던 문숙이 문을 열고 조심히 들어와 멀찍이 떨어져 앉았다.

재아는 눈으로 인사를 한 후, 엄마를 다시 살폈다.

"엄마, 요즘 컴퓨터 오래 하는 것 같더라? 그럼 눈 피로해. 오래 하지 마. 응?"

딸의 잔소리가 싫지 않은 경란이 대답하듯 눈을 깜빡였고, 재아는 모니터를 선반으로 치우고 서랍장에서 신문을 꺼내 들었다.

주르륵 기사를 훑듯이 읽어 준 재아는 특히나 엄마가 좋아하는, 재미없는 유머란을 연극하듯이 깔깔거리며 읊어 주었다. 옛날 같으면 따라서 웃음을 터뜨렸을 엄마의 목소리가 사라진 지는 오래되었지만 하루도 빠짐없이 읽어 주었다.

그리고 언제나 마무리로는 오늘의 운수를 펼쳤다.

"엄마, 내일 반가운 손님이 찾아올 거라고 하네? 누굴까?"

'요즘 엄마가 기다리는 사람이 있긴 하지. 내일도 오려나.'

"으음, 오늘은 엄마 딸 운세도 좀 볼까."

하루하루 생과 싸움을 하는 엄마 앞에서 고작, 남자 때문에 절망하는 자신의 모습이 형편없어진다. 재아는 생각을 떨치려 큰 소리로 목을 가다듬었다. 그리고 시선을 내려 아래 칸을 눈으로 훑었다. 신문에 쓰인 문구를 보자 호기롭게 시작했던 것과 달리 목소리가 주춤했다.

[쿨 하게 아무렇지 않다고 하면서 넘어가고 싶지만 마음처럼 되지 않는다.]

오늘의 운세가 영 틀리지만은 않는 모양이었다. 무심결에 한숨을 흘린 재아는 이내 눈을 감고 있는 엄마를 내려다보았다. 답답할까 봐 이불을 가슴까지만 끌어 올려 덮어 주었다.

요즘 들어 자는 시간이 점점 길어지는 것 같다. 그런 엄마가 걱정되어 재아는 문숙을 쳐다보았다.

"이모님, 우리 엄마…….."

"얼른 가서 쉬어. 내가 잘 볼게."

문숙은 재아의 어깨를 토닥이며 일으켜 세웠다. 오늘따라 더 지쳐 보이는 재아가 거듭 신경을 써 달라는 부탁을 하면서 문을 닫고 나가자, 그제야 경란의 감긴 눈이 느릿하게 떠진다.

그럴 줄 알았다는 듯 문숙이 경란 쪽으로 가까이 다가갔다.

"갔수, 형님."

문숙은 키보드를 눈짓으로 가리키는 경란을 보며 걸게 한숨을 쉬었다.

"그거 너무 오래 하면 재아가 눈 나빠진다고 아까 잔소리하는 거 못 들었수? 난 몰라. 내일 재아 오면 다 이를 거니까."

문숙은 면박을 주면서도 유일하게 경란이 소통을 할 수 있는 키보드를 좀 더 편히 할 수 있도록 침대 각도를 세심하게 맞춰 주었다. 그리고 재아가 붙여 놓고 간 사진을 보며 한숨과 함께 입가를 당겼다.

"처음에는 안 닮았다고 생각했는데, 점점 닮아지는 것 같수. 저런 딸이 요새 어딨수. 형님은 참……."

'복 많이 받았수.'라고 얘기하려던 문숙은 병실 끝에 누워 있는 경란을 보자 그 말이 쏙 들어가 버렸다.

✳ ✤ ✳

8. 첫사랑이 마지막 사랑이 된다는 건

　병실을 나온 재아는 예정된 시간에 맞추어서 미용실에 가고, 렌탈숍에 갔다. 그리고 가게 앞에 도착하자 묻어 두고 있던 신경 하나가 올라왔다. 이제 와 새삼스러울 것이 없는 사실에도 그녀는 태하의 말대로 결국…… 흔들리고 있었다.

　이준이 예쁘다고 말해서 연핑크만 발랐던 입술을, 그 어느 날보다도 붉게 칠한 채 과감한 옷을 골랐다. 완전한 부정이 때로는 완벽한 긍정이라는 것을 지금의 제 모습을 보고 알아차렸다.

　언제나 이별할 것처럼 바라봐 주겠다는 것은 오만이었다고.

　"유희 9번 룸 들어가."

　이렇게 제 현실을 똑똑히 마주한 지금에서야.

　늦어진 시간에 대기실에 들어가 옷을 정리하지도 못한 유희는 상현에게 겉옷을 건네주고서 지친 얼굴근육을 끌어 올리며 문 앞에 섰다. 그리고 문이 열린 그곳에서 일어서는 이준을 보며 제 선택은 늘 그렇듯 우습다는 것을 깨달았다.

"오늘은 나 술 마시려고 왔는데."

술집에 술 마시러 왔다는 당연한 말임에도, 한 번도 술을 마시는 모습을 본 적이 없던 유희가 그를 쳐다보았다. 예쁜 선을 그리던 소매는 아무렇게나 접혀 있었고, 목 끝까지 단정하게 채워져 있던 단추는 세 개나 풀려 있었다.

"그러게 왜, 여기로 와."

이미 그의 테이블 위에는 양주가 반이나 비워져 있었다. 이준은 나른하게 풀린 눈을 하고서 고개를 기울였다. 술에 취해서 흐트러진 분위기가 평소의 것과는 달랐다.

늘 반듯하게 우수에 차 있던 눈빛이 애잔하고 상처받은 것처럼 흔들리고 있었다. 넘실대는 파도가 다 빠져나가고, 겨우 바닥을 드러낸 메마른 자갈밭처럼 긁히는 소리가 귓가에 들리는 것만 같다.

"여기가 내가 일하는 곳이잖아. ⋯⋯오빠."

'오빠'라는 단어를 말하기까지 시간이 조금 걸린 유희는 그 말만큼은 그에게 하고 싶지 않은 듯 무거운 한숨처럼 말했다. 그 말이 헤프지 않고 오히려 아프게 들려서 이준은 피식 웃음을 터뜨렸다.

유희는 무심한 표정을 유지한 채 스트레이트 잔 두 개를 꺼내어 양주를 따랐다. 그 모습을 권태로운 표정으로 지켜보던 그가 낚아채듯 병을 제 앞으로 가져갔다.

"내가 술 따르지 말랬잖아."

"강이준 씨."

'이게 내 일이에요.'라고 말하려던 유희의 말을 가로챈 이준이 이를 사리문 채 이내 소리를 질렀다.

"왜 이렇게 내 말을 안 들어!"

이준은 숨이 막히는 것처럼 표정을 일그러뜨렸다. 그의 술버릇은 상대방을 먼저 생각을 하고 말을 아끼던 평소와 다르게 제 속을 날것 그대로 꺼내어 보이는 것이었다.

그리고 그때였다. 미처 두고 올 생각도 못 한 그녀의 휴대폰이 드르륵 하고 울렸다. 까만 액정화면에 파랗게 불빛이 들어오면서 손님으로 추정되는 남자의 이름이 채워지자 이준의 시선이 멈추었다. 그가 유희의 손에 있던 휴대폰을 낚아챘다.

"이렇게 나오면 내가…… 모른 척을 하고 싶어도 할 수가 없잖아."

"……나한테 왜 이래요."

"정말 몰라서 물어? 내가 왜 이러는지."

"그쪽이 착각한 여자, 저 아니라고 분명히 말했어요."

"그딴 거 필요 없어. 아니든 말든 널 보면 난, 또 사랑에 빠질 테니까. 지금처럼."

"강이준 씨."

"돌아가는 거 못하겠다. 기다려 주는 거 더는 못하겠다."

"……."

"너 참는 거 더 이상 못 봐주겠다. 그렇게 힘들게 산다고 누가 알아줘? 나밖에 모른다고. 그냥 나한테 와요. 내가 오랄 때."

215

담담히, 그러나 마음을 담아 쏟아 내는 말은 진심이었다. 유희는 눈을 질끈 감았다가 다시 떴다. 그 순간 룸의 앞문이 열리더니 상현이 들어왔다.

"유희 씨."

이름이 불리자 일어서려는 유희의 손을 이준이 꽉 붙잡았다.

"이재아, 자리에 앉아."

유희는 잡힌 손을 내려다보며 흐리게 웃었다.

"다 틀렸어요, 이제. 차라리 계속 모른 척해 주지 그랬어요? 그랬으면 난 여기서 흔들리고, 조금 더 길게 속아 주는 척했을 텐데. 다 틀렸다고요, 선생님. 이제 난⋯⋯."

기억 속에도 예쁜 모습으로 남아 있지 못할 것 같아요.

그것만큼은 지키고 싶은⋯⋯ 내 자존심이었는데.

"다신, 안 봐요."

차게 손을 뿌리치며 유희는 그대로 룸을 나섰다. 상현이 어색하게 문을 닫으며 유희의 뒤를 따랐다. 심상찮은 분위기에 힐끔힐끔 눈치만 살피던 상현이 양쪽 손바닥으로 구레나룻 자리를 매만지며 유희를 향해 물었다.

"누나, 제가 타이밍이 안 좋았나요?"

"아니, 너 그때 잘 들어왔어. 안 그랬으면 나⋯⋯ 다른 말 했을 것 같거든."

무슨 소리인지 도통 알아들을 길이 없는 상현은 머리를 긁적이며 3번 룸 손잡이를 잡았다. 그러고는 머뭇거리며 말하였다.

"술 알아서 잘 버려요. 주는 대로 다 마시지 말고요. 또라이 오늘 작정한 것 같아요. 온 지 10분도 안 돼서 양주 벌써 두 병 깠어요. 마시지는 않고, 테이블에 잔뜩 세팅해 놓았다니까요."

"내가 알아서 할게. 너 가 봐."

"또 누나만 죽어날 것 같으니까 그러죠. 오늘 홍 누님도 자리에 안 계셔서 커버해 줄 사람도 없는데. 미친놈이 여자가 지만지면 기겁을 하면서, 여기는 대체 왜 오는 거래요? 누나 아니면 지명하지도 않잖아요. 괴롭히는 것도 보면 순 악질이야. 그렇잖아요. 명단에 적힌 누나들 TC는 다 챙겨 주면서, 누나 빼고는 들어오지도 못하게 하는 건 진짜 무슨 변태 심보냐고요!"

"상현아, 네 목소리 들리겠다."

유희의 말에 상현은 '뜨헉' 하며 눈썹을 들어 올리고는 두 손을 모아서 입을 막았다. 그러자 유희는 문고리를 돌리며 안으로 들어섰다.

테이블 위로는 그가 수틀릴 때마다 하는 통과의례처럼 스트레이트 잔이 차곡차곡 줄 맞춰져 있었다.

마치 당구대 위에 큐대를 잡고 각도를 조절하는 것처럼 태하는 양복 와이셔츠를 두 팔 다 걷어붙인 채 집중하고 있었다. 셔츠 위에는 베스트를 입었는데 목에는 얇은 끈처럼 된 블랙 타이가 목걸이처럼 걸려 있었다.

여전히 양주를 쏟아부으며 태하가 입술만 열었다.

"왔으면 앉지 말고 서 있어."

태하의 시선이 아래를 향했다가 곧장 비스듬히 틀어졌다.

"치마가 과히 짧다. 나 꼬시게?"

유희는 무표정한 얼굴로 술잔만 쳐다볼 뿐이었다. 이내 말끔히 비워진 양주병을 테이블 뒤로 밀고서 태하가 그 자리에 걸터앉았다.

"가식적으로라도 웃어. 나 네 손님이잖아."

"이렇게?"

고분고분 웃어 보이는 유희를 보며 태하는 검지로 이마를 매만지더니 입술을 열었다.

"오빠라고도 해야지."

"오빠. 술이 좀 많다, 오늘?"

"어, 좀 많지? 이거 다, 네가 마실 술."

태하는 씨익 웃어 보이고는 한 잔을 유희에게 건네었다. 그와 동시에 무심한 것처럼 흘리듯 말하였다.

"내가 괴롭힌다고 했잖아. 싫으면 일 관두고."

유희는 그가 내미는 술을 단숨에 삼키고는 대꾸했다.

"내가 왜 관둬? 이렇게 돈도 많이 주고 쉽게 일하는 곳을…… 오빠?"

"좆 까."

태하는 베스트 포켓에서 담배 하나를 꺼내어 검지와 중지 사이에 끼우고서 손장난을 했다. 유희는 그가 건네지 않았음에도 마저 알아서 술잔을 가져가 마시기 시작했다.

"돈에 환장했냐. 너 돈 필요하다며, 그래서 일한다며?"

"어, 돈에 환장했어. 그래서 일하는데, 왜?"

"네가 환장하는 돈, 내가 좀 많아."

익명의 기부자로 봉투를 보냈지만, 다른 기부처로 옮겨 놓은 것을 보며 태하는 익명의 봉투마저 거부당한 것에 어처구니가 없었다.

"덕분에 좋은 일도 하고."

유희는 영혼 없이 고개를 끄덕여 주었다. 병원비 때문에 일을 하는 걸로 알고 있기에 돈이 생긴다면 망설임 없이 관둘 줄 알았는데, 그러질 않아서 태하는 화가 나면서도 궁금했다.

대체 저 작은 머릿속은 무슨 생각들로 가득 차 있는 건지.

"너 내가 돈 주면 일 관둘래?"

"왜 이렇게 다들 나 일 못 관두게 해서 안달이야."

"주면 관둘 거냐고. 묻잖아."

"아니, 안 받아."

"왜."

유희는 입술을 앙다문 채 눈시울을 붉혔다. 그러고는 원망과 눈물이 섞여 든 것 같은 목소리로 말하였다.

"그럼 내 인생은…… 뭐가 돼?"

악다구니를 쓰는 것보다도 강하게 들리는 말이었다. 그 말에 태하의 눈썹이 찌푸려진 채로 위로 올라간다.

"……뭐?"

"지금 이렇게 받으면 억울해서 못 받지."

"억울해? 거저 준다는데?"

태하는 비웃음처럼 키들거리며 웃었다. 유희는 그 와중에도 줄 맞춰 놓은 술잔을 들어 삼키고 있었다.

"나 여기서 일하는 하루하루…… 정말 힘들게 버티고 있는 거야. 이렇게 돈 받아서 내 버리면…… 그간의 내 시간이 너무 허무하고 불쌍하잖아. 그런다고 일했던 기억이 없어지는 것도 아닌데……. 돈이라도 내가 직접 벌어서 남겨야지. 안 그럼 억울해서 죽을 것 같아. 대답, 됐어?"

알 것도 같고, 모를 것도 같은 말이었다. 그것은 아마도 그녀가 아니고서는 누구도 알지 못할, 그런 종류의 감정일 것이다.

"그래서 강이준은 만난다고, 안 만난다고?"

"……."

"만난다고?"

"오늘 덕분에 현실 파악했으니까, 안 만나."

유희는 이준의 옆에 있던 민지라는 여자에게 눈길이 갔었다. 자신보다 더 잘 어울리는 밝고 예쁘게 생긴 여자. 병원에서 종종 얼굴을 보았던 여자 선생님이었다. 그래서 유희는 그녀가 이준을 마음에 두고 있는 것도 알고 있었다.

그리고 질투했던 못난 시간까지 떠올랐다.

"재아 씨, 오늘도 강 선생님이랑 만나서 얘기했어요?"

민지는 조금의 틈도 주지 않는 이준의 얘기라도 듣고 싶어 오늘도 재아에게로 다가왔다. 처음에는 민망하고 자존심도 상했는데 그렇게라도 얘기를 듣고 싶은 것이었다.

재아는 입술을 오므렸다 펴고는 '음…….'이라고 작게 말하였다. 오늘이라고 하면 짧게는 두 번, 길게는 세 번이었다.

하지만 그것에 대해서 얘기를 꺼내도 되는 것인지 헷갈려서 바로 대답하지 못했다.

그러지 않아도 며칠 전부터 여 선생님이 저에게 다가와서는 엄마의 호전에 대해 묻다가, 끝에 가서는 꼭 강 선생님 이야기를 꺼내서 신경이 쓰이던 차였다.

이내 빤히 보이는 수작에 뜨끔했는지 민지는 솔직하게 말하는 게 낫겠다 싶어 제 속의 말을 꺼내었다.

"아휴, 속상해 정말. 여기 준이 따라서 지원한 건데, 도통 틈을 안 줘요. 그런데 재아 씨를 보면 나보다 준이랑 더 친한 것 같아요. 어떻게 친해졌어요? 나도 좀 알려 줘요."

"별건 없는데……."

"그게 제일 어려운 거예요. 준이는 그냥 재아 씨가 좋은가 봐요."

"저를요?"

"오늘도 준이한테 커피 줬어요?"

"아까 한 잔 드렸는데, 왜요?"

"진짠가 보네. 아, 정말 속상해."

민지는 정말로 속상하다는 듯 땅에 쭈그리고 앉아서 한숨을 연거푸 쉬었다. 그러자 재아는 미간을 찌푸리고서 민지를 바라보았다. 예쁜 의사 선생님이 아무것도 없는 저에게 무슨 뜻으로 이런 것들을 묻는지 도통 이해할 수 없었다.

"선생님, 저…… 엄마 보러 가야 할 것 같아요. 시간이 다 돼서."

"재아 씨, 나 하나만. 재아 씨도 준이 좋아해요?"

민지의 말에 재아는 난처한 듯 입술을 깨물었다. 좋아하지 않는다 하면 거짓말이지만, 그것을 소리 내어 말한다면 다시는 선생님 얼굴을 못 보게 될 것 같다.

병원에서 자주 마주치는데 제 감정 때문에 어색해지기는 싫다. 그래서 재아는 우회적인 대답을 선택했다.

"좋은 선생님이잖아요."

"그게 다예요? 정말?"

화색이 도는 민지의 얼굴에 더는 말을 할 수 없어진 재아가 작게 고개를 끄덕였다. 그러자 민지는 다행이라는 듯 가슴을 쓸어내렸다.

"아, 살았다. 그럼 나 부탁 하나만. 응?"

애교스럽게 두 손을 마주 잡고 강아지 같은 눈을 해 보이자, 재아는 난처한 듯 앞머리를 만지작거렸다.

"뭔데요?"

민지는 서둘러 흰 가운에서 표 한 장을 꺼내었다.

"이거 뮤지컬 표인데, 재아 씨가 보러 가자고 해 줘요. 그러면 왠지 나올 것 같단 말이야. 준이 오프가 이번 주 목요일이거든요. 그날 준이 나오면, 재아 씨 입장 난처해지는 일 없게 내가 졸라서 오게 됐다고 말할게. 응? 제발, 나 지난번에 영화 표도 거절당했어요. 이번이 정말 처음이자 마지막 부탁."

"말은…… 해 볼게요."

"진짜? 고마워! 나는 그럼 재아 씨만 믿는다?"

티켓을 주머니에 넣으면서 재아는 속이 더부룩하게 얹힌 것만 같았다.

기분을 가라앉힌 재아가 천천히 병실을 들어서자 엄마는 이미 와 있는 상태였다. 그리고 그 옆에는 이준이 함께였다.

"내가 대신 모셔 왔어요. 잘했죠?"

"선생님 할 말 있는데…… 이거."

계속 주머니에 표를 넣고 다니면 주기 싫어질지도 모른다는 생각에 재아는 서둘러 표 한 장을 내밀었다. 그러자 이준은 건네받은 뮤지컬 티켓을 보며 한쪽 눈가를 찡그렸다.

"뭐예요, 이거?"

"목요일 선생님 오프 때 저랑 같이 뮤지컬 공연 보러 갈래요?"

"나 지금 무지 설렐 뻔했는데, 김 빠졌어요. 속상하게."

그의 말에 재아는 의아한 눈빛으로 이준을 올려다보았다.

"누가 시켰어요, 이거?"

뜨끔해진 재아는 고개만 절레절레 저었다. 그러자 시치미를 뚝 떼고 했던 말에 이준은 조목조목 짚어 가며 반박했다.

"내가 목요일 오프인 건 내 동기나 선배들밖에 모르고, 이 뮤지컬 내한 공연 VIP 티켓이 한 장에 얼만지 알아요?"

"음……."

그런 걸 알 리 없는 재아는 어색한 웃음을 흘렸다.

"엄마 곁에서 한 발짝도 안 떨어지려는 재아 씨가 세 시간짜리 공연을? 그것도 여기서 오며 가며 세 시간 반이나 걸리는 충무 아트홀까지 간다고? 나머지 티켓 한 장은 가지고 있기나 해요? 나, 바보 아니에요."

더는 부정할 수 없어진 재아는 낭패 어린 표정을 지었지만, 실은 기분이 나쁘지 않았다. 치기 어린 마음에 질투처럼 선생님이 간다고 하면 속상해질 마음이었다.

결국 들켜 버린 사안에 대해서 민지에게 말했지만, 그녀는 짜증을 내기는커녕 제 어리석음을 탓했다.

"아, 나 정말 바본가 봐. 괜히 재아 씨만 거짓말쟁이로 만들었어. 미안해요?"

눈을 찡긋 감는 민지의 얼굴을 보며 재아는 참, 괜찮은 사람이라는 생각을 했다. 들켜 버려서 안도했던 제 속 좁은 마음과는 달리, 사과하는 그녀를 보자니 두 사람의 모습이 선남선녀처럼 그려졌다.

속상해지려는 마음이 금세 눈덩이처럼 부풀어졌다.

시간이 지나서도 여전히 밝고 선해 보이는 민지의 옆에 선 이준이 퍽이나 잘 어울려 보였다.

인연의 끈이 끊어지지 않고 이어진다면, 자신만 비켜 준다면 민지는 충분히 괜찮은 사람이라는 걸 알아서 재아는 그의 마음도 언젠가 옮겨 가지 않을까 생각을 했다.

차라리 못된 여자였으면, 조금 더 붙들고 싶다는 욕심까지 있었는데…….

그 흔한 악역조차도 그녀의 현실에서는 존재하지 않았다. 그래서 그녀가 속한 지금의 현실이 더 비극처럼 느껴지는 걸지도 모른다.

유희는 코끝을 찡긋하며 쉬지 않고 술잔을 입술로 옮겨 갔다. 생각에 잠겨 있는 유희를 쳐다보며 태하는 그녀가 했던 뒷말을 따라서 했다. 제가 들은 말이 믿기지 않는다는 듯.

"안 만나?"

"어…… 안 만나."

확인하듯 묻는 말에 '괴롭히는 것도 가지가지다.'라고 생각하며 유희는 혼잣말처럼 중얼거렸다.

그러다 유희의 몸이 한꺼번에 몰려오는 술기운에 휘청했다. 동시에 태하가 한쪽 팔을 뻗어 그녀의 허리를 제 쪽으로 당겨 안았다. 가볍게 안겨 오는 여체에 태하의 심장이 뛰었다. 내려다본 유희의 눈꺼풀은 기절한 듯 감겨져 있었다.

때마침 상현이 문을 열고 들어오자 태하는 입가에 검지를 가져다 댄 채 '쉬이' 짧게 소리를 내었다. 이내 닫힌 문을 힐끗 보던 태하는 제 품에 안겨 있는 유희의 귓가에 속삭였다.

"나쁜 짓 할 거야. 싫으면 눈 떠."

평소라면 술을 입가에 머금었다가 물수건에라도 뱉어 냈겠지만, 유희는 속상함에 자의적으로 술을 잔뜩 마신 터였다. 그러니 깨어날 리는 만무했다.

태하는 눈썹을 추켜올렸다가 감긴 눈을 향했다. 그리고 이마를 맞대고서 말했다.

"분명히 난 말했다."

제 쪽으로는 쳐다보지도 않는 눈가에 짧게 키스를 한 태하는 이내 정신없던 룸에서 소리 없이 빠져나갔다.

대마담인 라진의 부재가 컸는지 밀려드는 손님에 조 부장은 계속해서 조판을 보며 무전을 주고받는 상태였고, 웨이터들은 여럿이었지만 몇몇은 화장실에 가서 담배를 태우기 일쑤였다.

지나가는 웨이터들도 그녀들의 손목을 잡으며 룸으로 끌고 들어가거나 잔심부름을 하느라 정신이 팔려 있는 상태였다.

상현마저 다른 룸에 불려 들어간 상태라 누구도 유희의 안위를 신경 쓰는 이가 없었다.

애초에 문제를 일으킬 손님 자체를 받지 않는다는 데서 오는 안일한 대처였지만, 그것이 태하에게는 뜻하지 않은 기회로 다가왔다.

그녀를 데리고 나와 자신의 집으로 향한 태하는 침대에 유희를 눕혔다. 밤낮 할 것 없이 종종거리며 뛰어다니는 그녀의 몸이 너무도 말라 있다는 게 태하의 눈에 들어왔다. 그리고 지금 제가 무슨 짓을 한 건지 어이가 없어서 삐죽삐죽 웃음이 튀어나왔다.

"술을 얼마나 마신 거야."

태하는 유희의 몸 위로 이불을 던지다시피 해서 내려놓았다. 꼼짝없이 잠들어 있는 유희의 얼굴을 본 그는 담배 생각이 간절해졌다.

딱, 소리가 경쾌한 지포라이터에 불을 켜 담배 한 모금을 깊게 빨아들이고는 소파 테이블에 있는 재떨이에 짓이겼다.

혼자 사는 그의 집은 호텔에 있는 스위트룸과도 같았다. 유난히 코발트블루와 블랙을 좋아해서 전체적인 분위기는 차가웠다.

그리고 그 집 안의 분위기와 닮은 태하가 소파에 누운 채로 침대에 잠들어 있는 유희를 향해 시선을 틀었다. 이내 짙은 한숨을 내쉬며 그는 한 팔을 들어 얼굴을 가리고는 눈을 감았다.

"······하."

조용한 공간에 시곗바늘 움직이는 소리가 점점 크게 들렸다.

틱틱 분주하게 움직이는 초침 소리와 숨소리가 부드럽게 맞물렸다.

깜빡 감았던 눈을 떴다고 생각했는데 그는 이미 침대 쪽으로 다가와 있었다. 잔뜩 몸을 웅크린 채 잠들어 있는 유희를 마주 보며 누웠다.

긴 머리카락으로 반이나 가려진 얼굴을 자세히 보기 위해 태하는 손을 뻗어 머리를 쓸어 넘기고 작은 귓불을 만지작거렸다.

그녀의 몸이 반응하듯 움찔하더니 이내 고른 숨을 내쉬었다. 고작 이런 작은 스침에도 가슴이 뛴다는 게 우스워서 태하의 입매가 소리 없이 틀어졌다. 그리고 그의 손은 저도 모르게 이불을 걷어 내리고 있었다.

아슬아슬하게 올라간 치마 아래로 맨다리가 교차한 채 포개어져 있는 것을 떨어뜨림과 동시에 옆으로 누워 있는 유희의 몸을 정면으로 돌렸다. 마치 날렵한 표범처럼 그는 매끄럽게 그녀의 몸을 내려다보는 자세로 바꾸었다.

두 손은 침대를 짚은 채 손가락으로 만졌던 귓불을 혀로 굴리듯 쓸고는 귓바퀴를 따라서 뜨거운 숨을 불어넣었다. 가슴을 뜨겁게 달구는 피만큼이나 상체의 근육과 팔 근육엔 잔뜩 힘이 들어가 있었다.

귓가에 닿는 뜨거운 숨에 유희의 어깨가 움찔 올라가 벗어나려는 것처럼 움직였다. 태하는 이전에 맡았던 아기 분내와 같은 다디단 냄새에 점점 갈급해져 가는 몸을 느꼈다.

점점 대담하게, 작게 벌어진 입술을 깊게 빨아들였다. 바닥을 짚고 있던 손 중 하나가 그녀의 얼굴을 가득 감싸 쥐었다가 그녀의 상체 쪽을 향했다.

30개쯤 되어 보이는, 잔잔하게 박힌 단추들에 태하는 낮은 신음을 뱉으며 손으로 더듬더듬 하나씩 풀어 내려갔다.

깊게 파인 네크라인 아래의 단추를 툭툭 풀다 멈춘 그가 입술을 탐하며 손바닥 안에 가득 차게 감겨 오는 가슴을 움켜쥐었다. 그러자 유희의 입술에서 아픔처럼 느껴지는 탄성이 터져 나왔다.

태하는 원피스를 찢을 기세로 상체의 단추를 뜯어 버리고는 드러나는 가슴 위로 입술을 묻었다. 발긋한 꽃망울을 잇새로 물고서 살살 돌리며, 허벅다리로 가볍게 그녀의 다리를 벌렸다.

그러고는 서둘러 티셔츠를 벗어 던진 그가 나머지 원피스 단추를 모조리 풀고는 침대 바닥으로 집어 던졌다.

"……."

가녀리고 아름다운 나신이 그의 눈에 그대로 박혀 들어왔다. 태하는 유희의 몸을 모조리 씹어 먹을 기세로 머리끝에서 발끝까지 탐했다. 그로서는 이제껏 해 보지 못한 정성스러운 애무였다.

쇄골을 타고 옴폭 들어간 부위에서 혀를 굴리고, 가슴을 세차게 빨았다. 가질 수 없는 몸이라고 생각했는데, 반응하듯 들썩거리는 몸이 나쁘지 않았다. 아니, 미칠 것 같은 쾌감을 안겨 주고 있었다.

이미 제어가 불가능해진 태하는 대담하게 유희의 다리를, 무릎을 꿇고 앉은 제 굵은 다리로 넓게 벌린 채 얼굴을 묻었다.

양 손바닥은 원을 그리듯 유희의 매끈한 다리를 쓸어내리며 입술은 은밀한 부위를 희롱했다. 자꾸만 오므리려는 다리 사이를, 고개로 밀고 들어가 흡입하듯 빨아들였다.

그리고 이내 상체를 일으켜 세운 태하는 유희의 몸 안으로 저를 쏟아 넣었다.

좁고 깊은 곳에 맞닥뜨린 그의 몸이 흥분으로 떨려 와 결국 입술에서 낮은 욕지거리가 튀어나왔다. 핏발이 선 그의 몸이 발긋발긋하게 얼룩졌다. 실룩이는 등 근육은 맹수의 몸처럼 유려했다.

태하는 느릿하게 움직였던 골반을 조이듯 빠르게 움직이기 시작했다. 그 후에는 속도를 조절할 수 없을 정도가 되었다. 살이 부딪치는 마찰음이 질척질척하게 울리고, 자극으로 점철된 몸은 유희의 작은 숨소리에도 터질 듯 부풀어 올랐다.

"선생님……."

그녀의 가녀린 음성에 간신히 붙들고 있던 그의 이성이 끊어지듯 흩어졌다. 애타게 부르는 목소리가 제 이름이 아닌, 듣기 싫은 이름을 부를 것만 같아서 태하는 유희의 입술을 막은 채 제 몸을 깊숙이 찔러 넣었다.

"나…… 강이준 씨가 너무 좋아요……."

분명 입술을 막았는데도 흐느끼는 울음과 함께 그녀의 목소리가 흘러나오고 있었다. 그리고 그것은 입술을 아무리 강하게 눌러도 변함이 없었다.

그 순간, 그의 눈이 확 떠졌다.

분명 뜨고 있다고 생각했던 눈꺼풀이 올라가고, 그의 시선에 닿은 것은 여체가 아니라 천장이었다.

"……젠장, 하, 꿈이었어……?"

상체를 벌떡 일으켜 세운 그가 소파에 얼굴을 묻었다. 탕탕, 바닥을 크게 두드리며 막혀 있던 숨을 내뱉었다. 그리고 여전히 잠들어 있는 유희를 쏘아보았다.

"어쩐지 네가…… 난리를 안 치더라. 하, 이 나이에 내가 별……."

태하는 눈가를 파르르 떨며 찝찝한 아래부터 해결할 생각에 샤워실로 직행했다.

포마드로 반지르르했던 머리카락은 샤워를 하고 나오면서 건조하게 가라앉아 있었다. 골반에 타월을 걸치다시피 해서 두른 채 그는 유희의 이불을 걷어차 버리려다가 멈추었다.

"……가지 말아요. 내가 다 잘못했어요."

그의 한쪽 입꼬리가 날카롭게 올라가려다가 우뚝 굳어졌다.

"난 네 꿈에도 안 나오나 보네. 나쁜 놈이라도 좋으니까 나도 좀 불러 줘라."

유희가 누워 있는 침대와 가까이 마주 보는 의자에 앉으며 태하는 담배에 불을 붙였다. 그의 눈매가 찌푸려진다. 입술 새로 연거푸 연기가 새어 나왔다.

"내 진짜 이름…… 다시 불러 줘요. ……듣고 싶어."

유희의 흐느낌에 태하가 피식 입매를 틀었다.

"꿈인데 뭐가 이렇게 현실감이 넘쳐, 거슬리게."

하아, 땅으로 깊게 꺼지는 한숨을 내쉬며 그는 입술을 깨물었다가 건들거리는 투로 말하였다.

"이재아…… 됐냐?"

그러자 중얼거리던 흐느낌이 잦아들며 유희는 숨을 고르게 내쉬었다. 태하는 턱을 치켜든 채 오만한 표정으로 담배를 태웠다. 그리고 대답 없는 유희를 향해 시니컬하게 웃었다.

"왜, 목소리가 이게 아닌가 보지?"

한쪽 눈을 실그러뜨린 채 그가 이어서 으르듯 말했다.

"널 먼저 만난 건 나야. 기억해."

"왜 붙여 줬는데 오지를 않아?"

'이재아'라는 이름에 동그라미를 친 서류를 뒤적거리던 태하가 증명사진에서 멈추었다. 그리고 얼굴 위로 펜대를 굴려 툭툭 쳤다.

앙칼지게 제 할 말 다 하던 면접자가 기특해서 직접 얼굴을 보고 얘기하고 싶었던 그는 평소보다 이른 시각에 회사에 도착한 터였다.

작품을 보는 안목이 편협하다라.

생각할수록 재미있는 구석이 있어서 회사로 데려오면 심심치 않게 굴리면서 시나리오를 써 보게 할 생각이었다.

문예창작학과를 나온 재아의 이력서에는 드라마 공모전 입상 경력부터 시작해서 영화, 단막극 공모전까지 가릴 것 없이 꽤나 열심히 참여한 흔적이 있었다. 그러나 장려상에서 그친 이력에 태하가 피식 웃음을 터뜨렸다.

"내가 아니라 공모전 안목이 협소했네. 근데 얜 뭔데 날 기다리게 해?"

언제 말해야 할지 눈치만 보면서 옆에 서 있던 비서는 '아, 음, 그게…….'를 반복하더니 머리를 긁적였다.

"집안일 때문에 일 못 하게 됐다고 하는데요?"

"집안일, 뭐?"

"그게 사적인 거라 물어보기가 좀…….

"아, 집안일 뭔데, 뭐? 다른 회사 간대?"

비서는 증명사진에 눈이 박혀 있는 태하를 보며 얼굴 주름을 만들고는 속으로 구시렁거렸다. 평소 회사 일에는 관심도 없다가 개인 면담까지 직접 본다고 하기에 웬일인가 했던 것이다.

그리고 그 이유를 비서는 재아의 얼굴에서 찾았다. 그렇지 않고서야 그의 기준에서 서류를 세세히 볼 이유는 딱히 없어 보였다.

"대표님, 이재아 씨 예쁘죠?"

"야, 이거 다 포토샵이야."

"직접 봤는데, 그 사진이 엄청 못 나온 거던데요?"

"……그래?"

"사진발 잘 받을 얼굴이 아니에요. 왜, 심심하게 생기긴 했는데, 분위기로 먹고 들어가는 얼굴 있잖아요. 막 눈, 코, 입이 화려한 건 아닌데…… 계속 보게 되는 얼굴이랄까. 아무튼 설명은 안 되는데요, 딱 보면 비서와 여직원의 스토리가 생각나고 그래요."

"이 새끼 변태 새끼네."

"대표님과 여직원으로 바꿔 드릴까요?"

"안 꺼지냐."

"그럼, 전."

부리나케 나가는 비서의 뒷모습을 보던 태하는 큼큼, 목을 가다듬었다. 괜스레 더워져 넥타이를 풀었다.

"대표와 여직원은 무슨……."

이마에 손을 얹은 채 킬킬 웃음을 터뜨리던 그는 이내 정색한 얼굴로 서류에 적힌 휴대폰 번호를 보며 수화기를 들었다 놓기를 반복했다. 대표인 자신이 직접 전화를 하자니 모양새가 빠지는지라 신경질적으로 전화기를 내려놓았다.

"안 해, 안 해! 안 온다는데, 내가 왜!"

잘못 엎어져 있는 수화기를 바로 세우려던 그는 어느새 휴대폰 번호를 누르고 있었다.

짧은 신호음이 끊기고 상대방이 전화를 받았다.

– 여보세요?

"……."

– 여보…….

"JC엔터테인먼트인데, 왜 안 나와?"

– 아…… 아까 회사에서 전화 와서 말씀드렸는데요.

"나한테 말을 해야지."

– 네? 미리 말씀 못 드려서 죄송합니다. 제가 지금 경황이 없어서…….

"이유가 뭐야."

– 집안일 때문에 그렇게 됐습니다. 붙여 주신 건 정말 감사합니다. 다음에 인연이 된다면…… 어, 엄마!

얼마 못 가서 뚝 끊긴 전화에 태하는 고개를 떨어뜨렸다.

"아, 씹. 먼저 끊었어."

그렇게 끊길 줄 알았던 인연이 이어진 곳은 '일프로'였다.

그가 사업적인 미팅차 자주 들르는 곳이었다. 결벽증이 다분히 있던 태하는 테이블 TC 명목으로 돈을 지불했지만, 제옆에 누군가를 지명해서 앉히는 일은 없었다.

그러던 그가 '유희'라는 이름으로 처음 일한다는 아가씨를 소개받았다. 그 순간에 떠오른 것은 일을 관두게 하고 싶다는 생각이었다.

이제 와 따지고 보면 이유 같은 건 없었다. 굳이 찾는다면 화류계에서의 그녀는 어울리지 않은 옷을 입은 듯했고, 창백한 안색이 도살장에 끌려온 듯했으며 금방이라도 쓰러질 것처럼 위태로워 보인다는 거였다.

술을 아무리 물처럼 먹여도 꿋꿋했기에 태하는 수법을 바꾸었다. 매일같이 찾아가는 걸로. '아, 아직은 별일 없구나.' 그런 식으로 유희를 확인했다.

보통의 그녀들이 일을 관두는 건 두 가지 경우였다. 스폰서 개념으로 누군가의 첩으로 들어가서 살림을 합치거나—개중 진짜 괜찮은 남자의 본처로 결혼을 하는 드문 경우도 있지만— 정말로 관두거나.

쉴 새 없이 출근 도장을 찍는 유희를 보며 태하는 '쟤, 참 열 심히 산다.' 하며 짠하게 지켜보고 있었다. 그랬던 그녀가 남자 와 함께 사라진 건, 충격과도 같은 것이었다. 그리고 최근에서 야 제 감정을 확인했다.

뒤따라간 병실에서 들린 이름이 기시감처럼 느껴지고, 화장 이 지워진 얼굴에 묘하게 걸리는 게 있었다. 처음에는 바로 생 각이 나질 않았다.

그는 며칠이 지나서야 홀린 듯 회사 컴퓨터에서 '이재아'라 는 이름의 서류부터 검색했다. 몰라본 게 신기할 정도로 닮은 증명사진을 보며 태하는 허탈하게 웃었다.

이번에도 너였어.

유희의 속눈썹이 움찔움찔 떨렸다. 머리가 깨질 것처럼 아 프면서도 빈속에 마신 술에 배까지 살살 아파 왔다. 그녀는 위 를 꾹 누르며 신음을 뱉었다. 그러다 낯선 촉감에 반짝 눈을 떴다.

"일어났냐."

그녀의 기척에 침대로 다가온 태하가 한쪽 눈매를 찌푸렸다. 유희는 제 앞에 왜 그가 있는지 생각하려 했지만 머릿속은 버퍼링이 걸린 듯했다.

곧이어 몸을 일으킨 유희가 이불을 꽉 움켜쥐자, 태하가 탄산수를 들이켜고는 입술을 열었다.

"야, 줘도 안 먹어."

그 말을 바로 이해하지 못한 유희가 여전히 미심쩍은 눈초리를 하자 태하가 이불을 발밑으로 강제로 끌어당겼다.

"봤지? 옷 멀쩡한 거. 설마 내가 그 단추를 풀어서 도로 채워 놨겠냐. 넌 사람 짜증나게 하는 데 뭐 있어."

꿈속에서 저 단추를 푸는 데 걸린 시간이 적잖이 길었던 터라, 태하는 '한 번밖에 못 했네.'라고 짜증을 내며 식탁 쪽으로 향했다. 그리고 토스트기에 식빵을 구우며 유희 쪽을 쳐다보았다.

"너도 먹을 거지?"

여상한 대꾸에 유희는 아직도 현실 파악이 안 된 얼굴로 눈만 깜빡였다. 이내 자리를 털고 일어난 그녀는 화가 난 듯 입술을 깨물었다.

"왜 말도 안 하고 집으로 데려와?"

"난 말했는데, 싫으면 말하라고."

태하는 크게 목울대를 움직여 탄산수를 한 모금 넘겼다. 그러자 유희는 기가 막힌다는 표정을 지으며 제 가방과 옷들을 찾았다. 그 모습을 물끄러미 보던 태하가 짙은 눈썹을 치켜 올

236

렸다.

"뭐 찾아?"

"내 가방이랑 옷은 어디 있어?"

"나야 모르지. 그렇게 왜 겁도 없이 술을 마셔."

당연하게 유희만 데리고 나온 태하가 대기실에 놓아두었던 그녀의 소지품까지 챙겨 올 리는 없었다. 유희가 낙담한 듯 주저앉으려 하자 태하가 일침을 가했다.

"꼬실 거 아니면 서 있어. 대충 내 옷 줄 테니까."

귀찮다는 기색으로 드레스 룸으로 들어선 태하는 제법 진중한 시선으로 옷들을 차례대로 훑었다. 각 잡혀 있는 공간 곳곳엔 넥타이, 커프스, 와이셔츠, 슈트, 시계 등이 가지런히 놓여 있었다.

그리고 그의 시선이 멈춘 곳은 트레이닝복 위주로 정리된 칸이었다. 마침내 태하는 미키마우스가 프린트된 후드와 바지 세트를 결정했다는 듯 꺼내었다.

"이거 입어."

길이부터가 맞지 않는 옷을 보며 유희가 한숨을 쉬었다.

"추워 죽겠는데 그 옷 입고 '나가요'(술집 여자의 통칭) 티 낼 거냐. 줄 때 입어라. 그거 내가 아끼는 거다."

그녀가 생각해도 한낮에 입고 돌아다닐 차림새는 아닌지라 태하가 내미는 옷을 순순히 받아들일 수밖에 없었다.

혼자 사는 집에 빈방은 어쩜 그렇게 많은지 유희는 그중 한 곳으로 들어가 문을 꼭 잠그고는 옷을 갈아입었다. 그리고 거울에 비쳐 보이는, 속눈썹이 덜렁거리는 제 얼굴을 보았다. 마스카라와 뭉친 아이라이너가 다크서클보다 길게 흘러내려 와 있었다.

"한심하다, 정말."

후드 티셔츠는 허벅지까지 내려왔고 땅에 끌릴 정도로 긴 바지는 두 번이나 접어야 했다. 방 안에 자리한 워시룸으로 들어간 유희는 속눈썹을 떼어 내고 세수를 했다. 차가운 물에 정신이 번쩍 들었다.

유희는 대여한 명품 원피스까지 망가지지 않게 챙겨 들고서 방을 나왔다.

"갈게."

"오빠, 오빠라고."

"지금 일하는 시간 아니야."

건조하게 대꾸하는 유희를 보며 태하가 그녀의 앞으로 바짝 다가와 섰다. 한 걸음 뒤로 물러서는 유희를 향해 태하가 또 걸음을 옮겨 왔다. 이내 벽 쪽으로 몰린 유희를 보며 그가 한 팔을, 그녀의 얼굴에 댈 것처럼 하다가 벽을 짚었다.

"움찔하긴. 태하 씨라고 부를래, 그럼."

"싫어."

"넌 싫은 것도 많네. 난 안 되는 것도 많고. 그럼 내 기분은 좆같고."

"나한테 왜 이래, 정말? 그냥 나 좀 내버려 두면 안 돼? 시비 걸지 말고."

"좋아하는 거 아니니까, 헛물켜진 말고. 집에는 데려다줄게. 나와."

제 할 말만 하고 차 키를 들고 나가는 태하의 등을 보며 유희는 답답한 듯 머리를 헝클어트렸다.

지하철 타고 가면 된다는 그녀를 태하는 강제로 제 차에 밀어 넣다시피 했다. 서둘러 한 손으로 운전대를 잡은 그가 시동을 켜며 핸들을 꺾었다. 그러자 스포츠카 특유의 광폭한 엔진 소리를 내며 차는 주차장을 벗어나 빠르게 내달렸다.

"속도 좀 줄여."

"난 네가 내 얼굴 보기 싫어하는 줄 알았는데, 오래 보고 싶나 봐?"

태하는 한 팔을 뻗어 후드를 그녀의 얼굴 아래까지 덮었다. 크하하, 터지는 짓궂은 미소가 그의 입가에 오랜만에 걸렸다.

그는 내비게이션에서 알려 주는 빠른 길을 피해 최대한 돌아서 가는 길을 택했다.

─ 경로를 이탈하였습니다.

삑삑, 울어 대는 알림이 반복되자 유희가 태하를 쏘아보았다. 이대로라면 병원에서 머물 시간이 부족해질 터였다.

"길 아는 거 맞아?"

"나만 아는 지름길로 잘 가고 있으니까, 그 입 좀 다물어."

유희는 답답한 듯 조수석에 몸을 기대며 한숨을 쉬었다.

차로 20분이면 도착할 길을 돌고 돌아서 1시간 만에 겨우 아파트에 도착하자 유희는 기막힌 듯 웃었다.

"차가 좀 막혔어."

그 말에는 더 할 말을 잃었다. 스피드광처럼 차는 쌩쌩 문제없이 잘나갔기에.

유희는 그가 자존심상 내비게이션에 나오는 지도를 읽을 줄 모른다고 말 못 하고 우기고 드는 것이라고 진즉에 결론을 내렸다. 그녀 입장에서는 그것이 아니라면, 다른 이유라고는 찾을 게 없었다.

차에서 내리기 위해 둘의 시선이 앞을 향했다. 그러나 정면에 세워진 하얀색 세단에 유희는 내리려던 생각조차 잊고 그 자리에서 몸을 굳혔다. 그러자 태하가 유희 쪽으로 얼굴을 돌렸다.

"숨겨 줄까, 보내 줄까."

그에게나 그녀에게나 그 짧은 순간이 영원처럼 느껴졌다. 그것은 다른 의미로 태하에게는 숨겨 달라고 말해 달라는 갈급한 눈빛이었고, 유희는 도망가고 싶으면서도 이대로 밖으로 나가고 싶다는 마음이었다.

조수석 문에 손가락을 꼼지락대던 그녀가 태하를 돌아보았다.

"가."

"넌 내가 호구로 보이냐. 가란다고 가게?"

유희는 도무지 그의 속을 알 수 없었다. 일하는 첫날부터 괴롭힘은 있어 왔지만 요즘은…… 뭐랄까, 이때까지와는 다른 느낌이었다.

한 번도 태하를 제대로 쳐다봐 주지 않던 유희의 시선이 처음으로 태하에게서 멈추었다. 그와 동시에 심장 어딘가가 쿵, 떨어지는 낯선 감각에 태하는 인상을 팍 쓰며 짧게 손을 저었다.

"너 그냥 꺼져."

그의 심장이 떨림으로 요동치고 있었다. 세상의 소음이 정지된 채 귀로는 뜨겁게 뛰어오르는 심장의 맥박만이 여실히 들려왔다.

젠장, 낮은 욕을 뱉으며 태하는 유희를 쳐다보지도 못했다.

어느새 그의 귀는 붉게 달아올라 있었다. 안절부절못하며 머리를 쥐어짜듯이 쓸어 넘기던 태하는 유희가 차에서 내리자마자 거칠게 후진했다. 내달리는 거리만큼, 보상이 되지 않을 제 마음도 그녀로부터 멀어질 수 있다면 좋겠다는 생각을 하면서.

곧바로 차는 크게 휘돌아 폭주족처럼 쌩하니 나갔다. 유희의 고개가 거칠게 빠져나가는 차 뒤꽁무니를 바라보다가 이내 앞을 향했다. 그러자 흰색 차의 뒷좌석 문이 열리고 그가 내렸다.

뚜벅뚜벅 걸어오는 소리가 점점 크게 울리더니 어느 한 지점에서 멈추었다. 그녀와 그 사이의 거리는 1m 남짓을 남겨두고 더 좁혀지지 않았다.

"……."

어젯밤 술을 잔뜩 마신 이준은 목적지를 말하라는 대리기사의 요구에 유희의 집을 말한 터였다. 아침 일찍 휴대폰 대리점에도 들렀던 그는 깜빡 잠이 들었다가 차 소리에 깼다.

그런 그가 유희를 보며 잠시 할 말을 잃었다. 바로 보이는 그녀의 오른손에는 어제 입었던 원피스가 들려 있었다.

"지금…… 집에 오는 거예요?"

그의 확언처럼 느껴지는 물음에 유희는 입술을 잘근 깨물었다. 지금 자신이 입고 있는 옷과 돌아 나간 태하의 차량을 그가 못 봤을 리가 없었다. 이내 힘이 빠져 버린 그녀가 한숨처럼 이준에게 말하였다.

"네, 지금 들어와요. 어디 갔는지 알 거 아니에요. 방금 차······."

"밥은······ 먹었어요?"

"지금 궁금한 게 정말······ 그것뿐이에요?"

이준은 조금은, 힘이 빠진 얼굴로 유희를 가만히 바라보았다. 그러자 유희가 재차 물었다.

"그것뿐이냐고요."

이준은 유희의 얼굴을 조금 더 빤히 바라보았다.

"내가 뭐라고 말할 수 있을까요. 밤새 기다렸는데, 왜 이제 오냐고 화를 낼까요. 지금 입고 있는 옷은 누구 거냐고······ 왜 그 옷을 입고 있냐고 따져 물을까요. 내가 뭘 할 수 있는데요? 어떻게든 핑계 하나 더 찾아서 도망가려고 준비하는 여자 앞에서, 등 떠밀어서 어서 가라고 말해 주는 꼴밖에 안 되는데, 내가 대체 뭘······ 할까요."

그는 힘을 다 뺀 듯한 목소리로 잔잔히 말했다. 그래서 그것이 오히려 더 그녀의 가슴속으로 세게 밀고 들어왔다.

아름답게 빚어진 그의 잿빛 눈동자가 짙게 내려진 속눈썹에 일순 가려졌다. 선이 아름다운 입술은 다시 열릴 듯 열리지 않았다. 멋지게 차려입었던 더블브레스트 슈트는 색을 잃은 것처럼 구겨져 있었다.

언제나 눈이 부시던 선생님은 그렇게 빛이 바래져 가고 있

242

었다. 저의 인생에 관여해서는 지금보다 나아질 게 없다는 것을 유희는 알고 있다.

아주 많이 사랑하면 그 사람이 더 잘되길 바란다는데, 사실은 그것이 아닐지도 모른다.

다만, 그녀는…… 겁이 날 뿐이었다.

그래서 조마조마한 외줄에 서 있는 이 감정을 어서 끝내고자 하는 마음. 그것만이 유일한 탈출구처럼 여겨졌다. 마음이 먹먹해 힘을 잃은 유희는 자전거 바퀴에 공기가 빠지듯 어깨를 축 내려뜨린 채 한숨을 내쉬었다.

실로 잡고 싶은 것이 있을 땐 도리어 힘이 빠지고, 정말로 무서울 땐 뛰지 못하고 다리에 힘이 풀려 버리는 것처럼 지금 그녀의 심신은 많이 지쳐 있었다.

유희는 피싯 웃으며 이준을 향해 입술을 열었다.

"나랑…… 잘래요?"

희미하게 들린 그 목소리는 색정적이었으나 구슬펐다. 그러자 이준은 하아, 짙은 한숨을 내쉬며 고개를 돌렸다가 앞을 향했다.

유희는 담담한 척 이준을 바라보았다.

"그냥 솔직히 말해요. 나랑 자고 싶다고. 다른 사람은 몰라도, 선생님이 그렇게 말하면…… 난 괜찮을 것 같은데."

유희가 희미하게 웃었다.

"그렇게 말하면, 마음이 편해져요?"

"아니, 뭐, 내가 틀린 말 했어요? 현실이 그렇잖아. 나랑 결혼이라도 할 거예요? 나는요, 연애 그까짓 거 한번 해 보고, 싫어지면 관두지 뭐. 그거 안 되는 사람이에요. 그러니까, 나 가지고 괜한 희망 같은 거……."

담담한 척 말했던 유희의 얼굴이 희미하게 일그러지자, 이준이 한 팔로 그녀를 끌어당기며 잇새로 씹어뱉듯 말했다.

"헤어질 거면 애초에 한국에 오지도 않았어. 너 때문에 내 꿈 자체가 바뀌었다고."

유희는 이준의 가슴팍을 밀어내며 눈가에 힘을 주었다. 느릿하게 이준을 향해 고개가 치켜 올라갔다.

"선생님이 나에 대해서 뭘 알아……. 나 그렇게 안 착해. 마음속에는 못돼 처먹은 악마가 들어 있는데…… 다 드러내면 미워할 거잖아."

그녀의 어깨가 잘게 들썩이자 이준이 답답한 듯 소리를 내었다.

"제발 좀 드러내요. 마음에 없는 말 하지 말고."

그 말에 유희는 간신히 버티고 있던 눈물을 주체하지 못하고, 눈을 감고 소리를 질렀다.

"하루에도 수십 번씩 생각해. 엄마가 그냥 죽어 버렸으면 좋겠다고! 왜 이렇게 나를 힘들게 하나, 어차피 죽을 거라는데……. 점점 죽어 가는 엄마 모습 보면서 그냥 빨리, 다……."

다리에 힘이 풀려 버린 유희는 그 자리에 주저앉은 채 말을 이었다.

"차라리 교통사고로 죽어 버리지. 그랬으면 이런 일 시작도 안 했을 텐데 원망하다가, 그래도 나한텐 엄마밖에 없잖아. 나 안 착하다고……. 이기적이고 나밖에 몰라! 한 번도 이런 모습

본 적 없잖아, 선생님은……. 웃고 또 웃는…… 내 얼굴만 봤잖아. 진짜 내가 어떤 앤지는 모르고 좋아하는 거잖아……!"

긴 머리카락이 그녀의 얼굴 앞으로 쏟아져 내렸다. 끅끅 쥐어짜듯이 말하던 유희는 이내 애원하듯 말했다.

"그냥 말해요. 나랑 자고 싶다고……."

……그것뿐이라고.

고개를 바닥으로 떨어뜨린 채 눈물로 얼룩진 유희를 보며 이준은 손등을 들어 입술을 깨물었다.

얼마나 감당하기 힘들었을까.

저 짐을 자신에게도 나누어 주었으면 좋겠는데.

어떻게 해야 이번엔 저에게서 도망가지 않을까.

어떻게 해야 저 마음이 열릴까.

수십 가지의 마음은 결국 하나로 귀결되었다. 유희에게로 한 발짝 다가선 이준이 숨을 길게 내쉬었다.

"우리 영화도 열 번 보고, 밥도 스무 번 먹고, 남들 다 하는 데이트도 열 번 하고, 그리고…… 자요."

유희는 피가 나도록 여린 입술을 깨물었다.

"당신도 결국엔…… 버릴 거잖아."

그녀의 눈동자가 느리게 이준을 향했다. 이어서 진득한 한숨과 함께 툭 하고 말이 던져졌다.

"……엄마처럼."

절대로 입 밖으로 꺼내어 본 적 없던, 꺼내지 않았던 그 말.

살아 있는 엄마와의 이별을 준비하는 시간이 하루하루 얼마나 지옥 같은지 겪어 보지 못한 사람은 알 길이 없다.

그리고 유일무이한 엄마마저…… 종내에는 숨을 거두고 제 곁에서 없어지는 무서운 이별이 그녀의 숨통을 조이고 있었다.

듣고 있던 이준의 눈가에도 물기가 고여 그는 이를 사리물 어야만 했다.

"난 안 버려. 그러니까…… 먼저 나 버리지 마."

그러나 유희의 눈동자는 초점을 잃은 듯 영혼 없이 풀려 있 었다.

언제가 될지 모르는, 예상치 못한 이별이 오는 것은 한 번이 면 충분했다. 더 이상은 안 되었다.

자리에서 일어난 유희는 더 이상 누군가를 믿어선 안 된다 고, 흔들림은 한 번이면 족하다고 그렇게 저를 다시 가두었다.

"안 믿어, 나는 그런 말……."

"보여 줄게요. 2년을 기다렸는데…… 일곱 시간이라고 못 기 다릴까."

그녀는 아마 고집대로 일을 나갈 것이다. 엄마가 죽기 전에 는 변함없으리라는 사실을 이준은 체감했다.

"잘 들어요. 앞으로 남자는 나 하나로 끝내요."

그는 그녀의 손에 새로운 휴대폰을 쥐어 주었다.

"내 전화만 받고, 내 얼굴만 보고, 내 목소리만 들어요."

이준은 등을 돌려 걸어 나갔다. 한 걸음 떼기가 아쉬워 다시 돌아가고 싶었지만 힘겹게 차에 올라 핸들을 잡았다. 손가락을 따라 깊게 눌리는 자국을 보며 그가 깊게 한숨을 내쉬었다.

그렇게 간신히 이성을 붙잡은 그가 자리를 벗어났을 때쯤 진동이 울렸다. 이내 핸즈프리를 끼며 전화를 받아 들자 선배의 목소리가 흘러나온다.

— 아무래도 안 되겠는데, 이재아 씨 고집이 보통이 아니야.

"그러게요."

— 치료비 후원해 준다는데 거절할 줄 누가 알았겠냐. 원무과장 통해서 한번 말하고, 내가 설득해 봤는데도 묵묵부답이다. 대체 어떤 여자야? 솔직히 병원에서 말 많았거든. 만날 같은 시간대에만 오고, 하고 다니는 건 평범한데 VIP 병실에, 면회 오는 사람도 없고. 너 인마, 여우한테 홀린 거 아니야?

"홀렸나 봐요, 제가……. 그것도 단단히."

— 너 뭐야. 진짜야? 가만, 이재아 씨 설마…… 그때 그 여자야? 너 그러다 지뢰 밟는 걸 수도 있어. 잘 생각해. 인마.

"선배, 내가 많이 사랑하는 여자예요. 잘 챙겨 줘요."

통화를 끝내고 마침 도착한 집 안으로 들어선 이준은 서재에 있는 책상에 한참을 앉아 있었다. 그러다 보니 시간은 어느덧 저녁때가 되어 있었다.

가족이 공동으로 쓰고 있는 서재에는 어린 시절 그가 읽고 보았던 책까지 여전히 그득그득 채워져 있었다. 그곳은 가족의 세월과 함께 셀 수 없을 만큼 많은 책들이 한 칸 한 칸 쌓인 공간이었다.

원래라면 제 공간 어딘가 깊숙이 꽂혀 있을 일기장을 최근 자주 만지게 되어 책상으로 옮겨 두었다. 생각에 잠겨 있던 이준은 열쇠를 채워 두었던 서랍을 열었다. 거기서 낡은, 갈색 가죽 커버로 된 일기장을 꺼내었다.

가장 최근에 적은 페이지를 펼쳐 보며 그는 구석으로 밀어

두었던 담배 케이스를 집었다. 치익, 불을 붙이고 한 모금 크게 삼켰다가 내뱉었다.

그때 똑똑, 노크 소리와 함께 이준의 모친, 전명희 여사가 다과 접시를 든 채 들어왔다.

"담배는 끊었다가 다시 피우는 거니?"

이준은 재떨이에 담배를 꺼뜨리고는 희미하게 미소 지었다

"오랜만에 생각나서요."

"무슨 걱정거리라도 있니? 아버지도 생각이 많은 것 같더라. 네가 가서 살갑게 말벗이라도 좀 해 드려라."

"그럴게요. 어머니는 또 절에 다녀오신 거예요?"

"요 며칠 꿈자리가 하도 뒤숭숭해서…… 기도 좀 드리고 왔다."

"친구분 기일 때마다 가셨잖아요."

"그랬지. 요즘 들어 꿈에 자주 보여서 미리 다녀왔어. 넌 귀가 시간이 많이 늦던데, 일찍일찍 다녀라. 너야 한 번도 속 썩이는 일 없이 잘했으니까 믿는다만……."

"어머니."

모처럼 이준이 무겁게 부르자 전 여사가 그런 이준을 향해 부드러운 눈빛을 했다.

"한 번도 실망시켜 드린 적 없으니까, 앞으로도 제 선택 존중해 주세요. 늘 그래 주셨던 것처럼, 한 번만 더요."

"어디 한 번뿐이겠니? 아무튼 그래, 알았다. 너무 오래 있지 말고 어서 자. 오늘도 나갈 거니?"

저녁 늦게 나가서 새벽에야 들어오는 아들의 사생활에 간섭

을 자제했던 전 여사가 물었다. 그러자 이준이 부정하지 않는 얼굴로 모친을 바라보았다.

"네. 당분간은 그럴 것 같아요."

그 눈빛이 언제나 올곧아 보여서 제 자식이지만 그가 그러는 데에도 이유가 있겠거니 생각하며 전 여사는 말을 아꼈다. 그러고는 할 말이 가득 담긴 주름진 눈가를 곱게 접으며 아들의 어깨를 두드려 준 후 방문을 나섰다.

이준은 작게 한숨을 내쉬며 보다 만 페이지 위에 펜을 들었다. 그리고 그 공간 안에 새로운 문장을 더했다.

어두운 서재 안에서 스탠드의 노란 불빛이 일기장의 한 구절을 비추었다.

오늘 첫사랑을 다시 만났다.
부디, 마지막 사랑이 될 수 있기를……

문을 닫고 돌아서 나온 전 여사는 한숨을 길게 내쉬었다. 아들의 이와 같은 모습을 보는 게 벌써 2년째였다. 요즘엔 가끔 웃는 얼굴도 보나 싶어 괜찮아진 줄 알았더니 그게 아닌 모양이었다.

창립기념일 파티 때 전 여사는 식순을 마친 뒤 인사만 조금 나누고 바로 절로 내려갔던 터라 뒤늦게 알게 된 일에 마음이 쓰이던 차였다.

엄연히 안과 밖을 구분하며 회사의 일에는 개입을 안 하던 전 여사가 그날만큼은 끝까지 자리에 있을 것을, 하고 후회했다.

이내 침실로 들어선 전 여사가 테라스 창가를 향해 선 강 회장에게 다가갔다.

"무슨 일인데요. 이준이나 당신이나 다들 입만 꼭 닫고 있으니 저만 아무것도 모르는 것 같아요."

그러자 강 회장이 아무것도 아니라는 듯 돌아보며 제 아내의 손등을 어루만졌다.

매일 늦은 새벽이 되어서야 집으로 돌아오는 아들이 확실히 연애를 시작했구나 싶어 궁금했었다.

그래서 누구를 만나는지 조용히 알아보라고 했었는데 아들이 줄기차게 드나드는 곳이 술집이라니. 그것도 정·재계의 내로라하는 모임 장소의 하나인 일프로의 화류계 아가씨를 보러간다는 보고에 할 말을 잃은 터였다.

워낙 성실한 아들이었기에 저도 이제 남자 짓을 하려나 싶어 한때겠거니 하고 모른 척을 했건만, 창립기념일 날 아들의 표정을 보고 가볍게 넘길 수 있는 사안이 아니라는 것을 깨달았다.

한 번도 언성을 높이는 법 없던 아들이 처음으로 제가 좋아하는 여자라고 밝힌 것은, 그 마음을 쉬이 접지 않을 거라는 말과도 같은 것이었다. 쉽게 마음을 주는 녀석이 아니라서 더 고민이 되었다.

전 여사는 한층 더 어두워진 강 회장을 향해 푸념하듯 말하였다.

"이것 보세요. 또 저만 모르잖아요. 이준이야 제 속으로 낳았지만, 가끔 저보다 더 어른 같아서 편한 자식은 아니에요.

그러니 당신이라도 말해 줘요.”

“이준이 녀석이…… 술집 여자한테라도 빠졌으면 어떡할 거요?”

“네? 철진이도 아니고, 우리 준이가요?”

전 여사는 상상도 가지 않는다는 얼굴을 하며 웃어 보였다.

“회장님 농이 지나치세요.”

“그러니 내가 당신한테 무슨 말을 할까.”

강 회장은 묵직한 숨을 삼키며 창밖을 돌아보았다. 그러고는 다른 화제를 꺼내었다.

“절에는 잘 다녀왔어요?”

“네. 갈 때마다 먹먹해져서…….”

“왜 안 그렇겠어요. 그래도 당신이 이리 정성을 들이는데 다 좋아지겠죠.”

제 처의 가장 친한 벗을 잃은 날은 강 회장에게도 아픈 날이었다. 가족처럼 지내던 이들을 사고로 잃은 날이었으니.

“그런데 가끔은 준이가 했던 말이 신경이 쓰여요.”

“그건 잊어버려요. 살아 있었다면 못 찾을 리가 없잖아요.”

“그거야 그렇지만, 그땐 너무 경황이 없어서…….”

“원, 참. 당신도 늙었구려. 마음이 점점 약해져서.”

강 회장이 전 여사의 어깨에 손을 감쌌다. 그러자 그녀가 강 회장의 어깨에 기대어 왔다.

세월이 흘러도 여전히 사이가 좋은 부부였다.

잔주름이 깊게 파여도 늘 당신이 최고다, 어여쁘다고 해 주는 다정한 강 회장과 언제나 그런 남편을 하늘처럼 지지해 주는 전 여사의 평화로운 마음이 깊어 가는 밤, 걱정스러운 마음 하나가 소리 없이 쌓이고 있었다.

멀리서 현관문 닫히는 소리가 들려왔다.

※ ※※※ ※
9. 지금 이 순간은, 언제나

낙엽 지는 가을이 지나가고 겨울의 초입이 다가오고 있었다. 유난히 추운 겨울의 시작을 알리려는지 몇 번 입지도 못한 트렌치코트는 사라지고 두툼한 패딩을 입은 채 사람들이 거리를 활보했다.

이른 아침을 시작하는 사람들과 마주칠 수 없는 그녀들은 그들이 퇴근할 때쯤에야 기사들의 차를 집 앞으로 불러 이동했다.

차창 밖으로 브리프케이스를 든 사람들을 하나의 배경처럼 바라보며, 기름과 물처럼 그들과 섞이지 않은 그녀들은 계절과 상관없이 얇은 민소매 원피스를 입은 채로 가게 앞에서 내렸다.

비어 있는 대기실 룸으로 그녀들이 삼삼오오 모여들었다.

"이모 밥 줘!"

늦은 저녁이 첫 끼가 된 그녀들은 웨이터들이 테이블 위로 부지런히 나르는 밥과 반찬들을 곱게 메이크업과 세팅을 한 채 오물거리며 먹기 시작했다.

그러자 오픈 전, 가게를 전문적으로 돌고 도는 상인들이 명함처럼 얼굴을 내밀었다. 술을 마시는 직업이라 몸을 챙기랍시고 상인들은 이름도 생소한 라벨이 붙은 온갖 종류의 즙들을 시음해 보라며 권유했다.

작은 팩에 빨대를 꽂으며 여러 가지를 먹어 보고는 몸에 좋다는 대로 주문을 한 그녀들은 서로 '그거는 괜찮고, 그거는 별로더라.'를 공유했다. 그리고 그 자리에서 흔쾌히 값비싼 마즙, 홍삼즙은 기본이고, 아사이베리, 아로니아 등 여러 가지를 먹으면서 몸을 챙기는 것에 안도했다.

한바탕 그러고 나면 명품 가품을 전문으로 하는 상인들이 들어왔다. 신상으로 나온 에르메스 백과 동일한 가죽으로 만들었다며, 구하기도 힘든 한정판이라 보여 주고는 그녀들의 눈을 현혹시켰다.

처음에 가짜는 쳐다보지도 않던 그녀들은, 서로의 눈을 피해 몰래 주문을 하고는 손님이 이렇게나 제게 목을 매며 사 주었다고 자랑을 늘어놓았다.

"슬아야, 언니 커피 좀."

그녀들의 서열 순위를 말하자면 지명 손님이 많을수록 높은 구조였다. 그런 그녀들이 행여 다른 가게로 옮기기라도 할까 봐 마담들은 비위를 맞춰 주는 편이었고, 인기 없는 그녀들은

254

에이스와 친해져 꼽사리라도 좋으니 룸에 끼어 테이블 TC를 챙겨 가기를 바랐다.

실제로 그녀들이 룸에 들어가 '누구 괜찮더라. 오빠 개도 불러라.' 하면 보통은 불러 주는 경우가 다반사였기에 암묵적으로 여왕벌 같은 그녀들의 심기를 거스르지 않는 것을 택했다.

그런데 그녀들의 서열 중에서도 최상위를 차지하는 유희는 언제나 상상을 초월했으니, 말 많은 이곳에서 언제나 식지 않은 쟁점이었다.

"유희 언니, 오늘도 버스 타고 오시나 보다."

키득거리며 비꼬는 말꼬를 트자, 말은 금세 쏟아져 나오기 시작했다.

"JC 길태하랑 대현 강이준이랑 양손에 떡을 쥐고 있는데, 일은 왜 안 관두는 거야? 보는 사람 짜증나게. 유희 언니, 일수 쓴 것도 없잖아? 있다 해도 걔네가 마이킹 다 까 줄 텐데. 매일같이 지명해 주는 정성에, 안 나가는 것도 은근 재수 없지 않냐?"

"공사 수법이 우리랑은 스케일이 너무 다르시니까, 보호본능 자극해서 아예 순진한 얼굴로 본처로 들어가려고 머리 쓰는 거 아냐?"

"본처로? 그게 가능해? 까놓고 말해서, 일 관둔 은우 언니는 나이 많은 재벌에 이혼 세 번 하고 들어앉힌 케이스라 가능했지. 강이준이랑 길태하 본처는 웬만한 재벌도 지릴 사이즈인데?"

"난 본처는커녕 걔네라면 돈 안 받고 데이트해 줄 수 있음.

둘 다 존잘이지 않음? 길태하는 섹시해서 밤일 잘할 것 같고……."

"강이준은 사슴 같은 촉촉한 눈망울에, 그 아래 깔려 있으면 난 황홀해서 죽을 듯!"

"혹시 아냐, 양다리 걸치고 있을지도. 이미 '둘 다 자 봤다.'에 내 손모가지 건다."

"손님이랑 자면 이 바닥 끝 아님? 여기가 무슨 창녀촌도 아니고. 그게 사실이면 일프로 망신 유희 언니가 다 시키고 다니는 건데?"

"없어도 너무 없게, 기사 차 안 타고 다니는 것만 봐도 이미……."

그때 대기실 문이 활짝 열리면서 라진이 들어왔다. 그러자 그녀들의 수다는 뚝 끊어지고 약속한 듯 서로의 눈을 피해서 휴대폰만 쳐다보았다.

라진이 특별히 유희를 챙기는 걸 모르는 이는 이곳에서 없었고, 대마담의 눈 밖에 나면 에이스라도 빼박이로 전락할 가능성이 농후했기에 눈치 빠른 그녀들은 입을 다물었다. 이미 한차례 입을 잘못 놀린 슬아는 그나마 4개를 보던 룸도 관두라는 듯이 2개로 줄어든 터였다.

8시 40분쯤이 되어서야 예약을 받았던 룸들이 서서히 차기 시작하였다. 더불어 그녀들도 하나둘 자리에서 사라졌다.

그리고 다소 늦게 도착한 유희가 온유와 함께 대기실로 들어왔다. 미용실을 유희가 있는 곳으로 바꾼 온유는 가게에 도착하자마자 기함한 표정을 지었다.

"와, 언니 진짜 미쳤다. 설마 했는데, 학교 다닐 때도 안 타던 마을버스를 언니랑 같이 타고 올 줄이야."

마을버스에 있던 사람들의 시선이 모여드는 것에 창피함을 느낀 온유는 도착하기 전까지 입을 꾹 다물었다가 이곳에 와서야 불만을 토로했다. 그렇지만 같이 왔다는 것에 왠지 모르게 기분이 좋아졌다.

"너는 너대로 가랬잖아."

"언니처럼 하면 나도 일수 금방 까겠다. 언니는 진짜 내가 인정!"

혀를 내두른 온유는 편안한 신발에서 하이힐로 갈아 신는 유희를 향해 목을 가다듬고는 새치름하게 말했다.

"고생시켰으니까, 끝나고 술 좀 사 주든가."

그러자 유희는 입술을 다물었다가 짤막하게 끊어서 말했다.

"……시간 없어."

이번만큼은 조금의 고민이 있었다는 걸 온유는 알지 못한 채 섭섭한 듯 입술을 삐죽이며 돌아서 나갔다. 유희는 이내 라진의 부름에 몸을 돌렸다.

"오늘도 길태하랑 강이준 둘 다 왔는데, 어떡할래?"

한 달째 계속되는 지명 싸움이었다. 저들의 방 묶기 전쟁은 모르는 이가 없을 정도로 공공연한 일이 되어 있었다. 이제는 하나의 룰까지 새로 생길 정도였으니.

"세 시간 반씩 번갈아서 방 묶는 건, 쟤네가 이제 싫다는데……."

예약 전쟁은 누가 첫 번째로 지명을 선점해 마지막 세 시간

반을 차지하는지가 관건이었고, 지친 두 남자가 내린 결론은 이것이었다.

"15분마다 한 번씩, 두 군데만 왔다 갔다 할 수 있겠어? 페이는 방 묶는 수준 이상 준대. 나도 지금 이게 뭔 짓인지. 화류계 인생 통틀어서 이런 일은 또 처음이네."

라진이 기막힌 듯 혀를 찼다. 그러자 유희는 생각이 많은 얼굴이 되어 있었다. 며칠째 계속되는 그들의 방문에 그녀도 고민이 많았다.

퇴근 시간이 새벽 4시라지만, 그녀와 다르게 하루를 일찍 시작하는 두 사람이 낮에는 어떻게 일을 할까 싶기도 했고. 이제는 뾰족한 수를 내야겠다고 생각했다. 마주치는 시간을 줄이면 어떨까 싶어 유희는 고민 끝에 라진을 향해 입술을 열었다.

"원래대로…… 다른 손님방에도 돌게."

처음부터 이래야 했던 것이다. 그러나 라진이 그녀의 말을 단박에 잘랐다.

"쟤네가 뭔 짓을 했는지 몰라도, 너 지명하는 손님 이제 없어. 둘밖에 없다고."

유희의 눈동자가 잘게 흔들렸다. 정말로 일을 관두게 할 심산인지 그 많던 지명 손님이 짧은 시간 안에 사라진 건 어떻게 해도 설명이 되지 않았다. 무언의 압력이 있지 않고서야.

라진은 측은한 얼굴로 유희를 향해 한숨을 내쉬더니 미간에 주름을 만들었다.

"그냥 이 일 관둬라, 너. 둘 중에 한 명한테 엄마 병원비는 마저 내 달라고 해. 그래도 돼. 그거 나쁜 짓 아니야."

설득하는 목소리는 친언니의 것처럼 다정했다. 저라고 일을 왜 관두고 싶지 않겠냐마는, 스스로의 자립이 아닌 누군가에게 의존해서 무언가를 결정해 본 일이 없는 유희로서는 쉽게 받아들여지지 않았다.

자라 온 환경이 지금의 성격을 만든 것도 한몫했지만 그녀의 천성이 그러했다. 여전히 무거운 얼굴을 하면서 유희는 입가에 보일 듯 보이지 않는 호선을 물고 있었다.

"나 언니 찾아갔을 때도, 강이준 씨가 도와준다고 했었어. 그런데도 도망쳐 나온 거야."

"야이, 미친년아!"

그러한 사실을 알 리 없던 라진이 처음으로 소리를 크게 내질렀다.

얼마가 될지도 모르는 금액을 이준에게 모두 떠넘길 자신이 그때의 재아에게는 없었다.

뒷짐 지고 앉아서 그가 제게서 덜어 낸 무게로 힘들어하다 결국은 돌아서 버리는 모습을 상상하면, 그것만으로도 끔찍하게 싫었으니까.

아무리 좋은 호의라도 돈으로 얽히는 관계의 끝이 좋지 못하다는 것을 모르는 나이가 아니었으며, 그녀는 강이준에게 돈에 있어서 한계가 없다는 것 또한 알지 못했다. 그래서 도와주겠다는 이준의 눈을 피해서 지금의 병원으로 옮긴 거였다.

어차피 미납이라며 모녀를 몰았던 병원에 터럭만큼의 호감도 남아 있지 않았고, 좋았던 기억은 그와의 시간뿐이었다.

그리고 일을 시작하면서는 그가 일하는 병원으로 가끔 찾아가 몰래 보는 것으로 만족했다. 담배를 태우지 않던 선생님이 담배를 피우는 모습도 처음으로 보았으며, 찾아갈 때마다 그 개수가 늘어나 괜스레 속이 상했었다.

그런 그를 뒤에서 지켜보았던 어느 날, 재아는 이준의 어깨를 툭 치며 다가오는 선배와 눈이라도 마주칠까 싶어 몸을 숨긴 채 돌아섰다.

그날이…… 그 병원에서 보는 그의 마지막 모습일 줄은 까마득히 몰랐다.

✳

"인마, 고민 있어? 됐어, 담배 끄지 마. 환자 앞에서 못 피우는데 선배 앞에서라도 피워야지."

사람 좋은 미소를 지은 채 선배가 말하였다. 그러자 이준은 촉촉해진 눈망울로 아프게도 웃었다. 이내 담배를 꺼뜨리며 입술을 열었다.

"선배."

"뭔데. 좋아하는 여자라도 생겼냐?"

"정경란 환자, 어느 병원으로 옮겼는지 열람할 수 있을까요?"

"대뜸 이름부터 말하면 말이 나오냐. 개인정보 유출 절대 안 되는 거 알면서 그런다. 그건 우리 병원 아니고, 어느 병원을 가도 마찬가지야. 징계 먹으려고 이게 겁도 없이……."

"죄송해요, 선배."

이준은 땅이 꺼져라 한숨을 푹 내쉬었다. 전국에 있는 병원을 일일이 뒤져서 몇 명인지도 모를 '정경란' 환자를 찾기란 불가능이나 다름없었다.

부탁을 들어준다 해도 징계는 그 하나로 끝나지 않을 일이었다. 무리한 부탁을 한 것에 이준은 곧바로 사과했다. 그러자 호출을 받고 돌아 나가려던 선배가 힐끔 그를 돌아보았다.

"누군진 모르겠지만, 민지나 잘 잡아."

그렇잖아도 날이 갈수록 적극적으로 다가오는 민지가 이준은 부담스러웠다.

아니나 다를까, 이번에도 선배가 비어 있는 자리를 틈타 가운과는 어울리지 않는, 핑크 톤의 높은 구두를 신은 민지가 다가오고 있었다.

어제는 한껏 멋을 부린 원피스를 입더니 오늘은 작전을 바꾼 듯 그녀는 동기애를 과시하며 그의 팔을 당겨 살짝살짝 가슴이 닿게 만들었다. 이준은 뒤로 물러서며 제 몸 어디에도 닿지 않게 간격을 넓혔다.

"왜 그래? 동기끼리 팔짱도 못 껴?"

새치름하게 민지가 웃어 보이자 이준은 눈가를 찌푸린 채 가운에서 담배를 꺼내 입술로 옮겼다. 답답한 듯 길게 한숨처럼 연기를 내뱉은 그가 차가운 얼굴로 민지를 향했다.

"나 이제 네 동기 아니야."

"그게 무슨……."

부러 시선을 내린 민지는 눈동자를 떨며 말을 다 잇지도 못했다.

설마 그런 건 아닐 거야, 그렇게까지는…….

그러나 그녀가 제 마음을 채 다독이기도 전에 말이 떨어져
나왔다.

"의사 관둔다고."

"……준아?"

결국 참지 못하고 올려다보는데 선득한 말이 들렸다.

"여자로서 난 너 아닌데, 이제 동기도 뭣도 아니니까, 가 봐
도 되지?"

놀라 그를 부르는 민지의 외침을 외면하며 이준은 싸늘한
표정으로 뒤돌아섰다.

그리고 2년 만에 그가 그토록 찾아 헤매던 재아를 이곳 '일
프로'에서 재회했다. 그것도 안 간다고 끝끝내 거절하다 친구
들의 온갖 협박에 마지못해 온 곳이었다.

인원수만 채워 주고 나가려던 그는 첫눈에 그녀를 알아보았
다.

'……앉아 있어요, 그대로.'

이번만큼은 놓치지 않으리.

그렇게 뜨겁게 다짐하고, 또 다짐했다.

✳

휴대폰에 저장된 '이재아'라는 이름을 아픈 듯 손가락으로

매만지던 이준은 문을 열고 들어오는 유희를 향해 고개를 들었다.

"······왔어요?"

처음 들었을 때부터 낯설지 않았던, 그녀의 잃어버린 이름을 찾아 주고 싶다. 이것은 비단 자신의 욕심일 뿐인지도 모른다. 그렇게 생각하면서도 그는 몇 번이고 그녀의 이름을 불러 줄 것이다.

"재아 씨."

그의 입술에서 흘러나오는 자신의 이름만큼 달콤한 말은 세상에 없을 것 같아서 유희는 입술을 세게 깨물었다. 울컥하는 마음을 숨긴 채 그녀가 그를 가늘게 쳐다보았다.

"······그렇게 부르지 말랬잖아."

"이제 나도 내 마음 가는 대로 할 거예요. 그러니까 재아 씨도 마음대로 해요."

그렇게 말하며 그는 담배를 꺼뜨렸다. 유희는 그가 다시 담배를 태우기 시작했다는 사실에 마음 한구석이 아려 왔다. 달아나려고 해도 제자리인 느린 걸음이라, 조금 머물렀다가 다시 움직여야지 싶으면 성큼 그가 다가와 있었다.

이제는 어느 쪽으로 걸어야 할지 길을 잃은 것만 같다. 침울하게 가라앉은 그녀는 테이블 밑으로 손만 쥐어뜯었다. 그러자 그가 테이블 아래로 손을 뻗어 손가락을 맞추듯, 유희의 손을 잡았다.

"안 놓을게요, 나는. 이 손······ 평생 잡고 싶어."

아마 서 있었다면 그 자리에 주저앉아 버렸을지도 모를 말에, 유희는 마주한 손만 하릴없이 바라보았다. 반질반질 예쁜 그의 손과 상처투성이인 제 손을 번갈아 보았다. 아랫입술이 움찔움찔 떨렸다.

평생이라.

가능할까…… 그게 정말로?

그녀의 속눈썹이 파르르 떨려 왔다. 꿈에서 깨어났다고 생각하면 여지없이 이준은 저에게 꿈같은 말을 속삭여 주었다.

그때였다. 무겁게 흐르면서도 따스한 공기를 한순간에 서늘하게 얼려 버리는 소리가 들린 것은.

"유희 씨."

현실로 돌아오라고 말하듯 그녀의 이름을 부르는 상현의 목소리였다.

그녀가 이름을 그렇게 지은 것은 일을 시작하게 된 그날, 자기 경멸에서 나온 이름이었다. 어느 누구에게나 한낱 '유희'로 기억되고자 하는 것.

그러나 '유희'라는 이름은 예전부터 늘 입술 끝에서 맴돌던 이름이었다. 그 기억의 끝을 거슬러 올라가자면 머리가 아파 와서 더 깊이 생각하지도 못하였다.

유희는 작은 입술을 옹얼거렸다.

"시간…… 다 됐다."

일어서는 유희의 손을 그대로 끌고 와 이준은 그녀와 눈을 맞추었다. 그리고 또렷한 음성으로 말했다. 그것은 제게 하는 다짐 같기도 했다.

"난 분명히 말했어요. 이 손 안 놓겠다고."

절대, 두 번은 놓치지 않을 것이다.

유희는 잡힌 손을 향해 시선을 내려뜨렸다.

"나는 놓을 거고."

놓고 싶지는 않지만.

가늘고 흰 목에 힘을 준 채 유희는 그 손을 뿌리치며 하, 짧게 웃었다.

"내 마음대로…… 하라고 했으니까."

마음대로 할 수는 없으니까.

유희는 가면 같은 얼굴로 제 마음과 반대되는 말만 늘어놓을 뿐이었다. 그러자 이준은 입가에 곡선을 그리며 차가운 손을 그러잡았다.

"그럼 다시 잡을 건데…… 나는."

이어서 우미한 눈가를 휘며 그가 입술을 느릿하게 열었다.

"15분? 안 아쉬워. 평생 잡고 있을 거니까."

끝까지 말을 듣지도 못하고 돌아서 나온 유희는 문이 닫히자마자 쓰러지듯 문가에 제 몸을 기댄 채 눈을 질끈 감았다. 마음속으로 숫자를 하나둘 세어 보지만, 자꾸만 이준의 목소리가 방해되어 셋 이상을 셀 수가 없다.

그 손을 언제까지 뿌리칠 수 있을까.

유희는 제 뺨을 작게 두드리며 비틀비틀 걸었다. 그녀의 코끝은 빨개져 있었다. 그것을 본 상현이 뒷머리를 쥐어뜯으며 유희의 뒤를 따랐다.

"이번에도 제가 타이밍 안 좋았던 거 맞죠? 들어가라고 조부장님이 지시하면 한 5분 있다가 들어갈까요?"

"아니."

"매번 아니라면서 누나 표정은 왜 그런 건데요?"

"안심돼서."

유희는 어깨를 들썩일 정도로 크게 숨을 들이켰다 내쉬면서 픽 웃었다. 그러자 상현은 눈을 동그랗게 뜬 채 눈썹을 문질렀다.

아직 어린 상현은 그녀의 말을 이해할 수 없었다. 눈치라면 있는 편이었는데 요즘은 제로가 된 기분이었다. 그래서 미로 같은 좁은 통로를 걸으면서 퍽퍽한 한숨만 내쉬었다.

"도대체 무슨 말인지 저는 잘 모르겠습니다."

유희는 상현의 물음에 대답하기보다는 저한테 하는 혼잣말처럼 대꾸했다.

"좋기도 하고, 여전히 불안하기도 하고…… 아예 숨어 버리고 싶기도 하고, 또 어떤 날은…….."

아직은 그 자리에 있어 주는 이준을 보며 안도했다.

유희는 문득 제 손을 내려다보았다. 술을 따르는 미운 손이 끔찍하게 싫어 문지르기만 했는데, 그 손을 감싸던 온기가 느껴져 오늘만큼은 그 손을 못살게 굴지 않기로 마음먹었다. 그녀가 내린 결론은 고작 그것이었다.

많은 것을 생각하면 잃는 게 많았고, 하나를 가지려고 해도 전부를 포기해야 할 마음을 먹어야 했다. 전부 포기한다 해도…… 끝내는 놓게 될 것 같아서 원점으로 돌아가 생각을 거듭했다.

고작 그 만큼의 마음이라고 누군가 저를 욕해도, 고작 이 마음이 전부를 흔들고 있으니, 그녀로서는 죽을힘을 다해 고민하고 있는 것만은 분명했다. 여유가 있는 사람만이 가능한, 미지근한 온도는 처음부터 그녀의 몫이 아니었다.

죽도록 참아 보거나, 그도 아니면 끈질기게 붙들거나.

애초에 중간 같은 건 없었다.

비좁은 통로 끝의 코너를 돌아서자 일프로의 VIP 특실이 나왔다. 상현이 짧게 노크를 하며 문을 열어 주고는 돌아서 나갔고, 유희가 그 안으로 들어섰다.

그곳엔 언제나 그렇듯 혼자 와도 넓은 자리를 차지하는 태하가 그녀를 기다리고 있었다.

애가 바싹 탔는지 담배꽁초들이 켜켜이 쌓인 채 실내는 연기로 그득 차 있었다. 유희가 뿌연 안개를 손으로 헤치자 태하가 소파에 느른하게 기댄 채 이마에 손을 얹으며 그녀를 바라보고 있었다.

"드디어 왔네."

그 자리에 선 채로 유희가 입술을 열었다.

"왜 이렇게 자주 와?"

전부터 묻고 싶었지만 소리 내어 물어본 건 처음이었다.

"그러게, 내가 좀 자주 왔네. 괴롭히는 것치곤 정성이다. 그치?"

한쪽 눈가를 찌푸린 채 그가 두 손을 딱 소리 나게 부딪쳤다. 이내 자세를 고쳐 잡은 그가 고개를 잠시 숙였다가 자리에서 일어났다. 그리고 양손을 허리에 얹은 채 유희를 유심히 살펴보다가 입꼬리를 느릿하게 올렸다.

"나도 너 이제…… 장난 아니야."

무슨 말인지 인지하지 못한 유희의 미간이 일순 찌푸려졌
다. 태하는 픽 하니 웃음을 터뜨리며 그녀의 미간을 꾹 눌렀다
떼어 냈다.

"장난 아니라고. 사람이 말을 하면 믿어라."

설마…… 아니겠지 싶으면서도 서서히 그녀의 얼굴이 일그
러진다. 좋아한다는 말을 하는 거라면 그가 그동안 했던 행실
이 저에게 잔인했기 때문이다.

현실을 똑똑히 알려 주겠답시고 사람 많은 자리에서 무안을
준 것도 그였고, 대부분 보통의 남자라면 좋아하는 여자에게는
절대로 하지 못할 행동이었다.

하지만 그는 보통의 남자가 아니었으니.

그가 그렇게까지 하는 이유를 알지 못하는 유희는 그저 혼
란스러운 얼굴로 태하를 바라보았다.

"장난치지 마."

서 있는 유희에게로 다가간 태하는 그녀의 표정을 힐끗 보
고는 눈을 아래로 내리깔았다. 그리고 그녀의 목 언저리, 한
뼘 떨어진 거리에서 낮게 속삭였다.

"넌 나 안 좋아하는데, 그치?"

유희는 입술만 벙긋거렸다가 태하의 얼굴을 천천히, 그리고
똑바로 쳐다보았다. 태하는 그 눈에 눈을 맞추기 위해 허리를
숙인 채 고개를 그녀 쪽으로 나른하게 기울였다.

"넘어올래? 나한테."

불시에 떨어져 나오는 말에, 유희는 얼굴과 몸 안에 힘이 쩻

뻣하게 들어간 채로 눈을 크게 떴다. 장난으로 넘기기에는 그의 표정이…… 도무지 설명할 수가 없었다.

그러나 그것이 진심이든 장난이든 그녀의 대답은 변하지 않을 것이었다.

"아니."

"고민하는 척이라도 좀 해 주지?"

"내가 왜."

"그러게, 내가 왜…….'"

너 같은 걸 좋아해 가지고.

태하는 픽 하니 웃음을 터뜨렸다.

그때 문가에 서 있던 두 사람 뒤로 문이 열리려 하자 태하가 그 문을 팔을 크게 뻗어 막았다. 그러자 쿵쿵, 문이 들썩이면서 바깥에 있는 상현이 '이 문이 왜 이러지?'라고 구시렁대는 소리가 들렸다.

이번에는 유희가 몸을 반쯤 틀어 문을 열려 하자 태하가 그녀의 손목을 잡아 저를 보게 만들었다. 그리고 그와 동시에 말했다.

"강이준도 안 만날 거지?"

유희는 잡힌 손목을 내려다보며 비틀었다. 그 손을 태하가 강하게 끌어당겼다. 그러자 두 사람의 몸이 밀착되어 얼굴과 얼굴이 맞닿을 정도로 가까이 붙었다.

그에 아랑곳없이 태하가 확인하듯 재차 물었다.

"걔도 안 만난다고 했잖아."

"……어."

유희가 아픈 듯 여린 숨을 내쉬자 잡았던 손목을 놓으며 태하가 가볍게 툭 말했다.

"그럼 나 만나, 그냥."

"뭐?"

놀라 벌어지는 유희의 입술을 보며 태하가 제 앞 머리칼을 쓸어 넘겼다.

"솔직히 내가 좀 많이 아까운 건 알고 있지? 만나 준다고, 내가 너."

유희는 고개를 살짝 기울였다가 이것도 괴롭힘의 일종인가 싶어서 고민도 없이 잘라서 말했다.

"됐거든."

"오빠. 오빠라고."

태하는 제 두꺼운 손목보다도 커다란 프레임의 시계를 보며 한쪽 눈가를 실그러뜨렸다. 그 모습에 유희가 마지못해 '오빠' 라고 중얼거렸다.

"안 들린다."

"오빠, 이 말이 그렇게 듣고 싶어?"

"어. 존나. 세 가지 선택권 줄게. 하나만 골라. 첫째, 그냥 나 만나. 둘째, 만나 그냥. 셋째, 만나자 쫌. 이것도 다 싫으면, 나 만나는 척이라도 해. 강이준, 네가 언제까지 거절할 수 있을 것 같은데?"

"거절하기 힘들어지면, 만나지 뭐……."

유희는 바람 빠진 풍선처럼 웃었다. 던지듯 말했지만 현실 감이 없기는 마찬가지였다.

그 말에 태하가 이를 악다물고서 말하였다.

"걘 안 돼. 다른 사람 다 돼도 걘 아니야. 모르겠냐. 내가 그날…… 왜 널 거기까지 불렀는지."

"그럼 너도 만나면 안 되겠네. 위에 있는 사람이 보면 다르게 보일진 몰라도, 여기 지하에선 너도, 선생님도…….."

"난 달라. 난, 아니라고."

일순 분위기가 무거워지는 태하를 보며 유희가 어렴풋이 눈동자를 떨었다.

"왜 그렇게까지……."

만나지 못하게 하려는 거냐고 물으려던 유희의 말을 태하가 다 듣지도 않은 채 대답했다.

"뭘 계속 물어. 사람 비참하게."

유희는 머리가 지끈거려 작게 숨을 뱉었다. 계속되는 편두통에 관자놀이를 지그시 누른 채 그녀가 들썩이는 문을 쳐다보자 태하는 생각했다.

저 눈은 제게서 언제나 쉽게 돌아선다고.

"그러다 보면 네가 날 좋아할지 혹시 아냐. 내가 다른 데서는 좀 먹히거든."

태하는 유희의 원피스를 내려다보며 피식 웃었다.

"오늘은 단추가, 없네."

시간이 다 되었음을 알리는 문을 향해 유희가 기어이 몸을 틀자, 그 등을 태하가 뒤에서 꽉 끌어안았다.

언제나 망설임 없이 돌아서는 저 작은 등이 뭐라고.

"그렇게 쉽게…… 나한테서 등 돌리지 마. 돌아 버릴 것 같

271

으니까."

비어 버린 눈동자에는 언제나 내가 없다. 그게 화가 난다.

질척거릴 만큼 매달려 보면 달라질까 싶어 태하는 유희의 등을 꽉 끌어안고서 움직이지도 못하게 결박했다.

"기회 좀 줘라. 나한테도."

쉬어 버린 음성은 절박하게 들렸다. 유희는 붙잡힌 팔을 빼 내려다가 잠시 숨을 골랐다. 등 뒤로 전해지는 심장박동이 그 녀를 점점 압박해 오고 있었다.

"너만 보면…… 미칠 것 같으니까."

"숨……막혀."

유희는 점점 무겁게 압박해 오는 남자의 힘에 어깨를 들썩 였다. 점점 더 꽉 끌어안아 붙드는 그의 품에서 벗어나기 위해 버둥거렸다.

가는 허리가 꺾이고, 비틀어지자 태하가 일순 그녀를 돌려 세웠다. 벽과 자신의 사이에 가두고서 그는 팔 하나를 뻗어 문 바로 옆, 벽에 붙어 있는 동그란 실내등 레버를 암전에 가까울 만큼 줄였다.

그러잖아도 어두운 실내등이 짙어지면서 빛 하나 들지 않는 이곳은, 그야말로 어둠이 내려앉았다. 그러자 유희는 바로 앞 에 그가 서 있다는 실루엣만이 언뜻언뜻 보일 정도라 위험한 감각에 몸이 조금씩 움츠러들었다.

정작 태하는 아무것도 하지 않고 잠시 눈을 감았다 떴다.

"불을 껐는데도 왜 난…… 네가 보이는 것 같지."

그가 유희의 얼굴을 제 쪽으로 끌어당겼다.

"넌 이렇게 가까이 있어도…… 내가 안 보일 텐데."

알코올에도 희석되지 않을 것 같은 진득한 숨이 흩어져 나왔다. 태하는 유희를 강하게 끌어안은 채 속삭였다.

"그러니까 내가 가랄 때만 가. 여기서 더 미쳐 버리면 나도 몰라. 아직 거기까진 안 가 봤으니까 나도……."

순간 힘을 푼 태하의 품을 벗어난 유희가 한 발을 떼었지만 다시 그에게 어깨를 붙잡히고 말았다.

태하가 이를 악다물고서 말하였다.

"내가 말했지. 내가 가랄 때만 가라고. 그땐 나도 어떻게 될지 모른다고."

그러자 유희는 태하가 있는 방향을 향해 허탈한 목소리를 냈다.

"그래서 뭐, 어떡할 건데?"

"생각 중이야 지금. 내가 널 어쩔지."

"날 어쩔 수 있는 건 아무도 없어."

"정말, 아무도 없어?"

"……."

"묻잖아."

"그냥 멀리…… 선생님이 안 보이는 곳으로 나 좀, 데려다줄래?"

"그 말은 꼭, 그 자식한테 데려다 달라는 걸로 들린다. 왜, 이제는 저 새끼가 널 움직일 수 있는 유일한 사람으로 보이냐, 내 눈엔. 아니…… 처음부터 그랬었나."

태하는 참담하리만치 쓴웃음을 지었다. 오기마저 꺾게 만드

273

는 소리였다. 손에서 힘이 스르륵 풀려 버렸다.

유희는 제 마음을 숨기려 해도 낱낱이 보고 있는 듯한 태하의 말에 부정할 수 없어 입술을 깨물었다. 이내 작은 주먹은 그의 가슴을 향해 내려쳐졌다.

"뭐가 이렇게 다 네 마음대로야, 넌! 나는 내 마음대로 할 수 있는 게 하나도 없는데……! 넌 뭐가 그렇게 쉬워? 네가 날 좋아한다고……?"

웃기지도 않는다는 듯 유희는 조소를 흘리며 말을 이었다.

"아니, 내가 다른 여자들처럼 너한테 살랑거리지 않으니까, 넌…… 그냥, 그게 못 견디겠는 거야."

지금껏 보아 왔던 태하의 모습은 그녀에게 그렇게 비쳤었다. 일을 하는 그녀들은 그에게 호의적이었으나 자신은 그에게 그러지 않았다는 것. 차이라면 그것이었다.

예외 없이 그가 그녀를 지명해 여기에서 언제까지 버틸 수 있을까 생각할 만큼 코너로 모는 것도 그였으니까.

그런데…….

"안 쉬워, 너. 어려워 죽겠으니까…… 매달리잖아, 내가."

그가 팔을 뻗어 천천히 레버를 돌리자 실내등이 서서히 밝아진다.

"……쪽팔리게."

짧은 순간 보았지만 얼굴을 돌린 태하의 눈가는 시뻘겋게 달아올라 있었다. 답답한 듯 유려한 가슴이 씩씩거리는 숨과 함께 날카롭게 오르내렸다.

그 모습을 본 유희가 작게 입술을 열었다.

"다녀올게."

"15분. 시간 잴 거다."

쪽팔린 듯 태하는 소파로 가 한 손을 들어 얼굴을 가렸다. 때마침 문이 열리자 유희가 돌아선 태하를 힐끗 보며 조금은 느린 걸음으로 빠져나갔다.

고작 한 번을 왔다 갔다 한 것만으로도 피곤하고 지쳐 버린 그녀는 대기실로 들어갔다. 복잡한 머릿속을 식히려 얼굴을 묻었다.

자꾸만 숨 쉴 여유도 주지 않고 몰아붙이는 상황에 꼼짝없이 갇힌 것만 같다. 가슴을 들썩이며 숨만 내쉬었다.

어지럽게 늘어나는 생각들을 정리하지도 못한 채 또각또각 걸어 나온 유희는 다시 룸으로 들어와 긴 테이블로 다가섰다. 그러자 문 열리는 소리에 앉아서 기다리고 있던 이준이 고개를 들었다.

안쓰럽게 보이는 유희의 안색부터 살펴본 그는 이 짓도 못할 짓이라고 여기며 유희의 손등을 부드럽게 감쌌다.

"좋아하는데, 괴롭히는 것 같아서 마음이 안 좋아요."

한숨을 길게 내쉬며 이준은 짙고 아름다운 눈썹을 내려뜨렸다.

"마음대로 하겠다고 했는데, 이재아 씨만 보면 주저하게 돼."

그러다 보면 또 놓칠 것 같은데.

바보처럼 나는…… 자꾸만 나보다 네가 먼저 보여.

그 한 걸음을, 더 다가가는 게 쉽지가 않아서.

언제나 그 한 걸음이 문제였는데도 불구하고.

이준이 맑게 빛나는 두 눈을 그녀에게 고정시키며, 세상에서 가장 아름다운 이를 부르는 것처럼 다정스러운 목소리를 내었다.

"재아야."

그래도 지치지 않고 난, 또 네 이름을 부를 거야. 대답할 때까지 두드려 볼 거야.

그리고 그 한 걸음도…… 이제는 욕심낼 거야.

이건 식상해서 하기 싫은 말이었는데 무슨 말을 어떻게 해야 할지, 내가 담고 있는 이 마음이 말보다 더 무거운 것 같은데, 나는 어떻게 표현을 해야 할지 잘 몰라서 아껴 왔던 것 같아.

이제는 아끼지 않으려고. 그러니까 계속 들어줘.

"내가 널…… 많이 좋아해."

돌고 돌아서 결국 입에서 나온 그 말에 유희는 자리에 앉지도 못한 채 마주하는 시선을 어쩌지 못하고 눈을 꼭 감았다.

단단하게 무장시켰던 가슴이 그만 보면 너무도 쉽사리 해제되었다. 눈물을 보이기 싫어 여린 입술을 꽉 깨물고, 후드득 물결치는 가슴에는 아리도록 힘을 주었다. 일을 시작하기 전으로 돌아갈 수 있다면 좋겠다고 생각하면서.

그 이상의 최악은 없다고 생각했던 그 순간이, 최악이 아니었다는 것을. 다시 돌아가고 싶어질 순간이…… 될 수도 있다는 것을, 그녀는 그의 깊은 마음을 알고 나서야 깨달았다.

둔하게 우기던 그녀의 고집은 그릇된 아집이었을까.

지독하게도 운이 나빴던 걸까.

타이밍은 언제나 예기치 않게 그 찰나의 순간에 틀어져 버린다. 그가 그녀를 기다리며 서 있던 접수대에서 도망쳐 나오지 말고, 끝까지 그의 얘기를 들어 주었더라면. 그가 내밀려던 쪽지를 그녀가 보기만 했더라면…….

이러한 것들은 언제나 지나고 나서야 알게 되는 것이었다.

지금 이 순간은, 언제나.

다가올 다음에도 이 순간은 언제나, 그리워질 수 있는 순간이라는 것을.

그렇게 치열하게 반복됐던 15분의 접점이 끝나고, 지하 계단을 올라가던 유희는 가게 앞에서 그녀를 기다리고 있는 차량 두 대에 걸음을 멈추었다.

뒤따라 나오던 온유가 그 뒷모습을 보며 앞질러 계단을 오르다가 다시 돌아보았다.

"언니, 집에 안 가?"

"……응, 조금 이따가."

"언제까지 피할 건데?"

다소 삐딱하게 팔짱을 끼고서 온유가 도도한 눈매를 키웠다.

오늘만큼은 저 둘을 한꺼번에 상대하기가 버거워진 유희가 한숨을 내쉬었다가 온유를 쳐다보았다.

"술, 오늘 사 줄까?"

"그럼 나야 좋고. 앞에 내 차 타고 가자."

흥얼거리듯 대답하며 고개를 끄덕인 온유는 고갯짓으로 고급스러운 승용차를 가리켰다. 그러자 유희는 그 상황을 모면하듯 미리 와서 대기하고 있던, 온유가 부른 차에 몸을 실었다.

온유는 뒷좌석에 유희와 나란히 앉자마자 재미있다는 표정으로 백미러를 쳐다보고는 기사를 향해 말하였다.

"논현동 한신 포차 앞이요."

집으로 돌아갈 줄 알았던 유희의 예상 밖 행동에 기다리고 있던 두 대의 차량에도 시동이 켜지는 소리가 들렸다.

가는 동안 기사의 차에는 수시로 그녀들의 예약 콜이 걸려 왔고, 유희는 그것을 신기하게 들으면서 목적지에 도착했다.

세상에는 참 모르는 직업들이 많았다. 제가 일하고 있는 이곳도, 일반인들은 전혀 알지 못할 곳이었다. 신문에 떠들썩하게 날 법한 일들을 술을 따르면서 미리 알게 되는 것도 이제는 여상한 일이 되었다.

무엇 하나 존경할 수 없는 상류층의 현실을 접하고 나서는, 어디에 목표를 정해도 그 끝이 참 시시할 거라는 생각이 들었다.

새벽 시간임에도 불구하고 온유가 말했던 실내 포차는 대낮처럼 밝은 전등으로 불을 밝힌 채였다. 대기표까지 끊을 정도로 기다리는 사람이 얼마나 많은지 밀려나길 반복했다.

손을 호호 불면서도 이곳을 고집했던 온유를 따라서 자리를 안내받은 유희가 한숨을 내쉬었다.

"여기, 이렇게까지 기다리면서 올 만한 곳이야?"

그다지 깔끔하지도 않은 파란색 플라스틱 원형 테이블 앞 의자에 앉으며 묻자, 온유가 젓가락을 꺼내며 웃음을 터뜨렸다.

"사람이…… 사람이 많잖아, 언니."

외로움이 누구에게만 국한된 것은 아니었나 보다.

유희는 어쩐지 그 말을 너무도 잘 이해할 수 있을 것 같았다. 그래서 가까이서 들리는 평범한 사람들의 목소리에 귀를 기울였다.

그녀가 버스를 기다리면서 사람들을 지켜보는 것과 온유가 이곳에 와서 사람들을 느끼는 것. 장소는 달라도 이 순간 느끼는 것은 같았다.

"물론 이 시간에 우리처럼 일을 끝내고 온 사람도 있지만, 그냥 사람도 있잖아?"

누구의 시선도 붙들어 올 만큼 아름다운 얼굴 속에선 공허할 대로 공허해진 외로움을 느꼈다.

포장마차 안에는 유독 아름답고 멋진 선남선녀들이 많았다. 화류계에서 일하는 건 그녀들뿐만 아니라 그들도 있으니까.

새벽 늦게까지 열리는 이곳에 가면 물이 좋다는 정설이 흘러나온 배경이 이와 같다는 것은, 아마도 누군가 말을 해 주지 않는다면 모를 일이었다.

"나쁘진 않네."

유희가 웃음을 터뜨렸다.

그리고 한 여자를 따라서 들어온 두 남자 역시 멀찍이 떨어진 자리에 어색하게 앉은 채였다. 처음에는 따로 앉으려던 남자 둘은 늘어지는 대기 시간에 결국 마지못해 합석을 한 터였다.

"시간 많나 봐? 언제까지 이럴 건데? 나야 사업 미팅도 술집에서 하면 그만이지만, 그쪽은 그런 것도 아니잖아?"

먼저 태하가 인상을 찡그리며 말을 툭 내뱉었다. 그에 이준이 여상한 어조로 대꾸했다.

"취업 준비 기간이라서."

"뭐래."

"주문부터 하죠."

"뭐? 설마, 여기서 먹기라도 하려고?"

태하는 메뉴판을 훑으며 눈매를 찌푸렸다.

"못 먹는 음식을 파는 것도 아닌데, 왜요."

"난 못 먹겠으니까 너나 시켜. 돈은 내가 낼 테니까."

날을 세워서 티격태격하는 두 사람도 그간 마주친 시간이 길어 제법 친해진 모양이었다. 이런 식으로 만나지 않았더라면 아마도 좋은 친구가 될 수 있지 않았을까 생각할 만큼.

이준은 태하가 저보다 두 살이나 어렸지만 반말을 하건 말건 그에 괘념치 않고 존대를 해 주었다. 그러나 그것이 늘 있는 그대로 반응을 해 보이는 태하보다는 고단수라는 자세처럼 보이기도 하였다. 약을 올리는 듯도 하고.

"그럴래요? 그럼."

"하, 푼돈 이거 얼마나 한다고. 다 시켜."

그렇게 투덜거리는 두 사람의 테이블 위로 유희의 테이블에 올라온 것과 같은 것이 올라오기 시작했다. 이준이 유희의 테이블을 가리키면서 같은 걸로 달라는 주문을 했기 때문이다.

이내 그들에게 다가온 사장으로 보이는 중년의 남자 직원이 아삭해 보이는 콩나물이 수북이 쌓인 전골냄비를 가스버너 위로 올리면서 말하였다.

"익혀서 나왔으니까, 보글보글 끓으면 드시면 돼요. 간 안 맞으면 말해요. 설탕 한 스푼만 더 넣으면 되니께. 맛있겠쥬?"

구불거리는 짧은 머리카락 사이로 땀이 송골송골 맺힌 남자 사장은 바삐 다른 테이블로 옮겨 갔다.

먹을 생각이 전혀 없던 태하는 먹음직스러운 색감에 진득한 숨을 내뱉으며 전골냄비를 젓가락으로 툭툭 건드렸다. 콩나물을 걷어 내자 빨간 양념 옷이 더없이 식욕을 돋우고 있었다.

그러나 얼마 안 가서 불쑥 튀어나온 비주얼에 젓가락을 집어 던지다시피 했다.

"뭐야, 이거. 왜, 새 발가락이 여기 있는 건데! 와, 발톱까지……."

"닭발이라는 겁니다."

"씨발이네, 이걸 먹으라고 파는 거야?"

그리고 돌아간 태하의 시선에 오물오물 닭발을 뜯고 있는 유희의 새빨간 입술이 들어왔다. 이어서 저 입술에 키스하고 싶다던 갈망이 차게 가라앉았다.

그러다 정말로 오랜만에 웃음을 터뜨리는 유희의 얼굴을 보며 태하가 피식 웃었다.

"……예쁘네."

지금 짓는 그녀의 웃음은 진짜였다. 그 웃음을 따라 하듯 이준의 얼굴에도 미소가 스며들었다. 오랜만에 보는 재아의 웃음이었다.

그녀의 테이블 위로 소주병이 늘어 가도 두 사람은 술 한 잔을 마시지 않았다. 어느 한 사람만 죽어 나가라고 빌듯이 서로의 잔에만 넘치도록 술을 채워 놨을 뿐이다.

참다못한 태하가 결국 마시지도 않을 소주병을 치웠다.

"골로 가라고 작정을 했네. 그런다고 내가 마실 것 같냐. 누구 좋으라고? 넌…… 쟤가 대체 왜 좋냐."

생각만으로도 좋은지 이준은 자연스레 입가에 곡선을 문 채 자신에게 하는 혼잣말처럼 말하였다.

"처음에는 이름 듣고 돌아보게 되었고, 두 번째는 얼굴 보고……."

"뭐가 이렇게 포장하기 바빠? 얼굴 예뻐서 좋다는 거 아냐."

"아니요. 그 느낌을 말로 표현할 수 없지만, 그냥 나는, 처음부터였던 것 같습니다."

마치 정해져 있는 어떤…… 운명처럼.

✱

"정경란 환자 보호자 이재아 씨, 지극 정성인 것 같지 않아?"

차트를 들고 있던 이준이 그 이름 하나에 흘깃 고개를 들어 간호사를 바라보았다. 그러자 간호사는 제가 무슨 말을 잘못했나 싶어 눈을 내리깔았다.

그에 이준은 잠시 고개를 갸웃하더니 볼펜을 움직였다. 그리고 서걱서걱 소리 나게 옮겨 적었다.

이재아.

한 소년의 꿈에 아련했던 첫사랑으로 등장했던 소녀의 이름이었다. 꿈에서 깨고 나면 소녀는 늘 저만치 사라져 갔다.

이제 와 그것이 꿈이었는지 현실이었는지 아득해진 기억은, 문득 제 옆을 지나가는 한 여자를 보자 흑백으로 끊겨진 기억에 색이 입혀지는 것 같은 느낌이었다.

"온수가 안 나와요."

간호사 데스크 앞으로 다가온 여자가 잠에서 덜 깬 얼굴로 말하였다. 그러자 간호사가 일지를 들여다보며 대답했다.

"그게 또 고장인가 봐요. 재아 씨, 기사님 곧 불러 드릴게요. 어차피 오늘 점검 날이거든요."

"네, 그럼 전 저기 앉아서 기다리고 있을게요."

이준은 걸어가는 여자의 뒷모습을 물끄러미 쳐다보았다. 신기했다. 처음 봤는데도 익숙한 느낌은.

그래서였을까. 여자라면 무심하던 그가 재아에게 다가가 말을 걸고 싶다는 생각을 한 것은.

이준이 그녀에게 다가가선 그 자리에 멈춰 섰다. 무슨 말을 해야 할지 막상 말이 안 나와 당황한 표정을 짓고 있을 무렵 눈이 마주친 재아가 먼저 말하였다.

"온수가 안 나와요."

"……네?"

"따뜻한 물이 안 나온다고요."

뭐라 말할지 고민하기도 전에 저를 수도 관리자로 오해해 준 덕에 한결 수월해진 이준이 해사하게 웃었다. 그런 이준의 표정을 당황스럽게 본 재아가 이내 허리를 숙여 인사해 왔다.

"의사 선생님인 줄 몰랐어요. 죄송합니다!"

"이거 섭섭한데요? 정경란 보호자님. 저기 오시네요. 수도 관리자님."

"정말, 죄송합니다."

다시 한 번 꾸벅 인사를 해 오자 이준은 한쪽 눈썹을 까딱였다. 이것으로 끝내기에는 아쉬움이 남을 것만 같다.

"말로만? 따라와요. 아침 안 먹었죠? 원래 환자보다 보호자가 밥을 더 잘 먹어야 해요. 나도 혼자 먹으면 맛없으니까 같이 먹어 줘요."

제가 들어도 설득력 하나 없는 뜬금없는 말이라서 이준은 대답을 듣지 않아도 그녀가 무슨 생각을 할지 표정만으로도 알 수 있었다. 그래서 빠르게 등을 돌렸다.

거절하면 어쩌나 싶어 빠르게 했던 그의 걸음이…… 이내 따라오는 발소리에 기분 좋게 느려진다.

✳

한 여자를 향한 두 남자의 시선은 못이 박힌 듯 떠나질 않았다. 그러다 비틀거리며 유희가 일어서자, 누가 먼저랄 것도 없이 재킷을 집어 들며 서둘러 자리에서 일어났다.

그리고 그들은 그녀가 무사히 집에 갈 때까지 함께 따라서 움직였다. 가는 걸음걸음, 그녀의 몸이 휘청일 때마다 남자들의 몸도 따라서 움직였다. '어어……' 하면서 거울처럼 지켜보는 서로가 머쓱해져서는 그때마다 꼭 핑계 하나씩을 대었다.

"발밑에 돌이 있고 지랄이네."

"그 돌 여기도 있습니다."

그렇게 느린 걸음으로 도착한 그녀의 집, 3층 거실에 불이 켜졌다가 꺼질 때까지 두 남자가 고개를 세운 채 바라보았다.

"안 가냐."

"먼저 가면요."

"나도 싫거든."

"밤새우겠네요, 우리."

"끔찍한 소리 하지 마라. 네가 그런다고 쟤가 나오는 거 봤냐."

"……."

"독한 새끼."

마지못해 제 차량으로 돌아간 태하가 액셀러레이터를 밟으며 이준을 힐끔 돌아보았다. 기시감처럼 느껴지는 이 기분은 처음이 아니었다. 닮아도 너무 닮은 두 사람의 모습이 겹쳐진다. 꼭 하나의 원을 그리는 것처럼.

"……하."

그 자리에 돌처럼 서 있는 그를 보자니 벌써 진 것 같다. 제 감정은…… 아무리 우겨도 돌아오는 것 없는 일방통행이니까.

태하는 그렇게 어둠처럼 빠르게 사라졌다.

마치 가까이에서 들려오는 것 같은 차 시동 소리에 불을 끈 채로 침대에 누워 있던 유희가 몸을 일으켜 세웠다. 이곳으로 올 때까지도 그들이 따라왔던 것을 알고 있던 그녀는 커튼이

펄럭거리는 창가로 다가갔다.

그곳에는 한 명의 남자만이 서 있을 뿐이었다.

"……."

내려가서 팔만 뻗으면 닿을 수 있는 사람.

찬바람을 따라서 그의 검은 머리칼이 이지러지듯 보인다.
그의 품에 안긴 채 얼굴을 묻는 자신을 상상해 본다. 왜인지
꼭 그래 본 적이 있던 것만 같다.

그리고 그런 그녀의 생각을 읽은 것처럼, 휴대폰 문자메시
지 알람이 울린다. 아무에게도 알려 주지 않은 그 휴대폰은 오
직 이준에게서만 반응하는 것이었다.

그러나 그날 이후로, 한 번도 연락을 받아 주지 않은.

그럼에도 불구하고 손에서 놓을 수 없는…… 것.

[얼른 자요. 잠들 때까지 안 갈게.]

10. 폭풍이 잠기는 소리

첫눈이 내리는 날은 언제나 특별한 날처럼 여겨진다. 모처럼 기분 좋은 얼굴로 미용실을 나선 유희는 신호등 앞에서 대기하고 있었다.

올해 들어 처음으로 내리는, 하얗고 동글동글한 눈이 손바닥에서 사르르 녹아 없어지는 것을 그녀는 아쉽게 바라보았다.

차가운 기운만이 남아 있었다. 유희는 흔적도 없이 사라지는, 분명히 눈이 있던 손바닥을 꼭 쥐었다. 그리고 파란색 신호등이 켜지는 것을 보며 길을 건너려고 할 때였다.

끼이이이익— 거친 마찰음이 울리고, 제 바로 앞에서 급작스럽게 멈춘 차로 인해 유희는 자리에 굳은 채 순간 숨도 쉬지 못했다.

"아, 그러게 왜 앞을 똑바로 안 봐! 일도 바빠 죽겠는데, 나원 참, 재수가 없으려니…….."

트럭 운전자는 제가 통화하면서 실수로 신호를 놓쳐 놓고 애꿎은 그녀를 향해 삿대질을 하려다가 멈추었다. 바람결에 머리카락이 흐트러지며 가려졌던 얼굴이 드러나자 파르르 떨고 있는 유희의 얼굴을 본 것이다. 운전자는 헛기침을 하며 돌아섰다.

"하아."

그제야 참았던 숨을 토해 낸 유희는 정면을 바라보았다.

띠디딕 띠디딕.

파란색 신호등이 깜빡깜빡거리고 있었다. 아래로 내려가는 파란색 칸이 빠르게 줄어들고 있었다. 뛸까 말까 고민하던 유희는 이내 울리는 벨소리에 건너가지 못하고 가방을 뒤적였다.

그녀의 가방에는 휴대폰이 두 개가 있었는데, 이전 번호에서 오는 것은 빤해서 신경을 끄려다가 액정 화면에 뜨는 이름에 서둘러 꺼내었다.

미용실에 들르기 전 인사를 하고 나왔던 엄마의 간병인, 문숙이었다. 그녀가 일하는 시간에는 온전히 엄마의 발이 되고, 손이 되어 주는 귀한 사람. 이 시간에 전화가 온 일은 없었기에 유희의 눈동자가 불안하게 흔들렸다.

"……."

바닥을 드러낸 파란색 등의 경고음이 빠르게 울리기 시작했다. 휴대폰을 아주 조심스럽게 귓가에 가져간 유희는 다음 신호를 기다리기 위해 뒤로 물러서려던 참이었다.

그러나 그보다 먼저 문숙의 외침이 절규가 되어 그녀의 발을 잡아챘다.

– 재아야, 큰일 났어!

그녀의 숨이 공기 중에 흩어지면서 쌩쌩 달리던 차도 소리와 함께 사라진다. 주변의 소음이 걷히고, 문숙의 소리만이 재차 울려 퍼졌다.

– 엄마가 의식이 없어. 당장 병원으로 와!

차가운 도로는 침묵을 유지한 채 가파르게 꺾이는 그녀의 숨소리만이 울렸다. 유희는 대답도 할 수 없을 만큼 얕은 숨만 내쉬었다. 다리에 힘이 풀려 주저앉고만 싶다.

이내 핏기가 싹 가서 새하얗게 질린 얼굴로 그녀는 머리를 쓸어 넘기며 두 뺨을 제 손으로 쳤다. 곱게 화장을 했던 얼굴이 차츰차츰 눈물로 엉망이 되어 갔다.

"하아, 하아……."

하얀 눈이 내리는, 눈부시게 예쁜 하늘이 핑글핑글 돌았다. 여기서 무너지면 안 된다는 정신이 그녀의 몸을 겨우 이끌었을 때였다. 차선을 향해 이리저리 몸을 움직이던 유희가 손을 뻗어 크게 소리를 질렀다.

"택시!"

거의 절규에 가까울 만큼 울리는 소리에 서 있던 사람들의 시선이 모두 그녀에게로 쏠렸다. 그리고 예약 손님을 받으려던 택시가 핸들을 꺾은 채 그녀 앞에서 멈추었다.

"아가씨 급한 것 같은데 얼른 타요!"

"세연…… 세연 세브란스로 가 주세요. 부탁드립니다. 빨리……."

그녀의 말이 끝나기가 무섭게 택시가 빠르게 움직였다. 다급한 표정을 읽은 기사는 신호가 바뀌자마자 차선을 이리저리 변경하며 빠른 길을 찾아 달렸지만 유희는 그마저도 느린 것 같아서 손톱을 깨물고 발을 동동 굴렀다.

그렇게 세상에서 가장 느린 시간이 지나가고, 무슨 정신으로 차를 타고 내렸는지는 기억나지 않았다. 그저 달려야만 했다.

그러나 병실 앞에 도착해서는 문을 앞에 세워 두고 들어가지 못했다. 초점 없는 엄마의 얼굴을 멀거니, 타인처럼 바라보기만 할 뿐.

"엄마……."

삐비빅, 제세동기가 움직이고 있었다. 움직이지 않던 엄마의 몸이 크게 들썩이고, 기계에 맞춰서 휘어졌다. 그러자 점점 더 커지는 숫자를 의사들이 다급하게 외쳤다.

죽어 가는 엄마와 함께 희미하게 꺼져 가는 유희를, 그리고 주저앉으려는 재아를 향해 다가온 남자의 품 안에 말려들어 간 그 순간, 그녀는 그대로 정신을 잃었다.

"재아야."

병실에 누워 있던 경란이 희끗하게 웃으며 딸의 이름을 불렀다. 그러자 재아는 오랜만에 듣는 엄마의 목소리에 눈물을 흘렸다. 들으면서도 이것이 현실이 아니라는 것을 느꼈다. 그냥 알 수 있었다. 느낌만으로도.

엄마는 누운 채로 천천히 시선을 돌린 채 병실에 안치된 서랍장 두 번째 칸을 손가락으로 가리킬 뿐이었다.

"엄마……."

한 발 한 발, 앞으로 다가갔지만 재아의 눈에 보이는 엄마의 몸체는 잡히지 않을 만큼 투명한 색이었으며 손을 뻗어도 만져지지가 않았다.

아무리 놓지 않으려고 발버둥을 쳐도 그대로 눈처럼 사라질 듯 닿는 곳곳마다 희미해져 가고 있었다.

그런 엄마를 보며 재아는 차가운 병실 바닥에 무릎을 꿇고 두 손을 모아 빌었다.

"엄마…… 내가 잘못했어……. 죽어 버렸으면 좋겠다는 말, 그거 사실 아니야! 엄마, 내가 나쁜 일 해서…… 그것 때문에 그런 거면 일도 관둘게! 거짓말해서…… 미안해……. 너무너무 많이 미안해……. 내가 다 잘못……했어요………."

하고 싶은 말이 산처럼 쌓여 있지만 목소리가 자꾸만 먹혀들어가서 재아는 힘겹게 말을 쥐어짜 낼 수밖에 없었다.

"아직은 안 돼. 엄마…… 내 옆에 있어 줘요. 조금만 더…… 있다가 가요. 제발……!"

그러자 경란이 천천히 고개를 가로 저었다.

"이제 그만 쉬어, 재아야. 너무 힘들게 살지 마. 엄마는 너를 만나서 외롭지 않고 아주 많이 행복했어. 그리고……."

생각에 잠긴 경란이 아득해진 시선으로 이준을 떠올렸다. 제 딸이 오지 않은 시간에는 늘 그가 이곳에 들러서 많은 이야기를 해 주고 갔다.

그리고 경란은 그 이야기를 하나도 빠짐없이 듣고, 또 들었다.

'재아 씨가 어머님을 아주 많이 사랑한대요. 참 열심히 예쁘게 살아요. 제가 그 모습에 매일 반하고 있어요. 궁금한 게 많아도 걱정 말고, 어머님은 좋은 생각만 해 주세요. 나머지는 제가 다 알아서 할게요. 그런데 가끔은 속상해요. 자꾸만 마음을 안 내주니까. 그래서 어머님 마음이라도 많이 가져가려고요. 저, 재아 씨 옆에 있어도 괜찮아요? 어머님이 좋다고 말해 주면 계속 그래 볼 건데. 물론 반대하셔도 계속 그러긴 할 건데……. 어? 방금 눈 한 번 깜빡인 거죠? 그거 허락한 거 맞죠? 그럼 저는 계속 직진합니다.'

눈을 감고 생각에 잠긴 경란의 입가에는 한결 편안해진 곡선이 걸려 있었다. 그러다 눈을 뜨고 딸을 향했다.

"그만 남자 속 태우고 받아 줘. 재아야…… 엄마 이제 가 봐야 해. 눈 떠…… 우리 아가……."

경란은 어느 순간 대답이 없어진 딸을 있는 힘껏 끌어안았다. 그 순간만큼은 실제로 안겨 있는 느낌에 감격에 복받친 경란이 눈물을 쏟아 내었다.

이생의 끝자락에 서서야 이렇게라도 안아 보는구나 싶어진 경란은 누군가에게 말하듯 말하였다.

만나 본 적은 없지만 항시 감사한 마음으로, 잊어 본 적 없는 두 사람을 향해서.

"감사합니다. 저에게 이렇게 예쁜 딸 보내 주셔서. 저도 곧……."

허락된 시간이 다 되었는지 경란의 미소가 한 뼘 더 희끗해지고 점점 멀어져 간다. 이내 하얀 연기처럼 사라지려 할 무렵 재아의 눈이 조금씩 떠졌다.

재아는 서둘러 엄마를 붙잡기 위해서 손을 뻗었다.

"엄마…… 엄마……!"

의식을 잃고 쓰러졌던 재아의 입술이 달싹였다. 온전히 의식이 돌아오지 않는 그녀의 얼굴이 힘든 싸움을 하는 것처럼 일그러지자, 옆에서 내내 지켜보고 있던 이준이 그런 재아의 얼굴을 꼭 끌어안았다.

경란의 심박수가 가파르게 내려가고 있었다. 순간 눈을 번쩍 뜬 재아는 망설임 없이 침대로 달려 나가 울음이 꽉 막힌 목소리로 한 자 한 자 힘을 주었다.

"엄마…… 나도 엄마 딸로 살 수 있어서…… 아주 많이, 정말 많이 행복했어요."

초점 없던 경란의 눈동자가 그 순간 흐리게 움직였다.

"그러니까 엄마, 거기선…… 꼭…… 자유롭게 살아요……."

삐익― 하나의 실선이 그어지는 그 순간을, 서 있던 사람들 모두가 두 사람을 신기하게 쳐다보고 있었다. 가늘게 이어지던 숨이 딸의 한마디를 기다렸던 것처럼 끊어진 것이었다.

죽음과 생명의 문턱을 오가는 순간을 수없이 지켜보는 그들에게도 가끔 설명되지 않는 순간들이 있었다. 바로 지금처럼.

"11월 19일 저녁 8시 32분 정경란 환자 사망하셨습니다."

경란은 버틸 수 있는 기점을 지나고 나서야 눈을 감았다. 재아는 담당 의사가 가슴까지 덮여 있던 하얀 시트를 머리끝까지 끌어 올려 덮으려 하자 이를 제지했다.

"하지 마요! 우리 엄마 답답한 거…… 세상에서 제일 싫어한단 말이에요."

경란을 부둥켜안으며 재아는 두 뺨을 비볐다.

"아직 따뜻하단 말이에요……. 아직 이렇게…… 따뜻해요. 손도, 뺨도, 가슴도……."

그러나 심장은 뛰지 않았다.

이렇게나 뜨거운데.

잠들어 있는 엄마의 평상시 모습과 다른 게 없는데.

"가시는 날이라도 편하게 가실 수 있게…… 해 줍시다."

이준이 그런 재아의 손을 붙잡았다. 눈시울이 빨개진 얼굴로 그는 가까스로 울음을 참은 채 그녀를 달래 주었다. 그러자 재아가 이준의 가슴팍에 얼굴을 묻으며 울음을 토해 냈다.

병원이 떠나가라 절규하는 소리에도 어느 누구도 그녀를 말릴 수 없었다. 옆에서 지켜보며 울음을 참던 문숙마저도 결국 뜨거운 눈물을 한 움큼 쏟아 냈다.

경란의 얼굴 위로 흰 천을 덮는 의사들도 땅 아래로 꺼질 듯 숨을 삼키며 깊이 애도했다. 병실에 오래 있던 환자의 죽음이 착잡한 건 그들도 마찬가지였다.

묶여 있던 경란이 이 병실을 나가는 건 죽어서야 가능했던 것이 하늘도 슬펐나 보다. 예년보다 빨리 찾아온 눈은 혹시 이 것 때문이 아니었을까.

조문객은 많지 않았지만 하늘에서는 천사의 눈물처럼 새하얀 눈이 흩날리고 있었다. 첫눈이라고 부르기 무색할 만큼 온통 하얀 세상으로 만들어 놓을 정도로 종일 내렸다.

소복소복 집집마다 눈이 내려앉았고, 길가 어디든 눈이 덮이고 그 위를 또 덮어 흔적을 남겼다.

엄마는 의사의 말대로 3년을 넘기지 못했다. 재아의 삶에 지지대였던 근간은 그렇게 한 줌의 재처럼 사라졌다.

하루 24시간을, 잠자는 시간을 줄여 가며 엄마가 잠드는 시간에 일을 해 왔던 재아는 여전히 엄마를 보낼 어떠한 준비도 하지 못한 얼굴이었다.

이별을 준비한 시간은 길었지만 보내는 순간은 짧았다. 예상했던 죽음이었어도 슬픔의 크기가 작지 않듯, 지독한 상실의 끝은 설명되지 않는 어두운 감정들로 가득 들어찼다가 이내 흔적도 없이 사라졌다.

'슬프다.'라는 감정을 느낄 수 있는 것도 생각이 개입될 여유가 있어야 가능했고, '아프다.'라는 감정을 가질 수 있는 것도 그만큼의 자리가 있어야 가능한 것이었다.

극한의 상황에 닥쳐 신경이 잘린 몸이 아픔을 느낄 수 없듯, 그녀에게 남은 건 상실 그 자체였다.

지극히 관찰자의 시점으로 그저 고독한 자신을 내려다보는 것. 내 몸이 내 것이 아니고, 내 생각이 내 것이 아니게 되는,

실로 무서운 이것은 기실 스스로 깨고 나올 수 없는 갑옷과도 같아서 누군가 흔들어서 부숴 주어야만 한다.

그녀가 집 밖에 나가지 않은 지 며칠이 흐른 어느 날이었다. 두문불출하며 머무르고 있던 집 거실의 불이 오랜만에 켜졌다.

그러자 바깥에서 서성이며 기다리고 있던 이준은 꺼져 있던 휴대폰에 전화를 걸려다가 인터폰을 눌렀다.

혼자 있을 시간은 충분히 주었다 생각한 그는 이번에도 무시하고 받지 않으면 어떻게 해서든 올라갈 생각이었다. 그러나 짧은 기계음과 함께 출입을 허하는 듯 문이 열렸다.

엘리베이터를 기다리는 시간도 아까웠다. 단번에 계단을 뛰다시피 올라간 이준은 문 앞에 서서야 호흡을 고르고 벨을 눌렀다. 그러자 곧 문이 열리고, 오랜만에 보는 재아가 생긋 미소 지었다.

"선생님?"

미소를 짓고 있었다. 의아한 얼굴로 저를 보고 있는 이준을 향해 해사하게 웃으며 문을 활짝 열었다. 마치 아무 일도 없었다는 듯.

들어오라고 손짓하며 그녀는 거실을 가로질러 비어 있는 냉장고 문을 열었다가 바로 닫았다.

"온다고 미리 말하고 왔으면 집이라도 치웠을 텐데. 밥은 먹었어요? 보니까 냉장고에 아무것도 없는데, 나가서 뭐라도 사 올까요?"

"재아야."

결벽증이 있던 그녀의 습성은 사라지고 집 안은 그야말로 엉망진창이었다. 그러나 재아는 들뜬 것처럼 평소의 음색보다 높은 톤으로 말하며 어지러운 물건들을 치울 생각도 않고 부산스레 움직이기만 했다.

생각보다 좋지 않은 징조 같아 이준이 근심 어린 얼굴을 하자 재아는 괜한 걱정 말라는 듯 다시 웃어 보였다.

"선생님, 지금 나 이상하다고 생각하는 거죠? 나 이제 진짜 괜찮아요. 하기 싫은 일도 관뒀고, 집도 조만간 비워 줘야 할 것 같은데, 언니가 여유 있게 쓰라고 해서 여기 있는 거예요."

"일 관둔 건 잘했어요."

"이제 시간도 많아요. 그동안 못 봤던 영화도 볼 거고, 백화점에 옷도 사러 갈 거고, 맛있는 음식도 먹으러 갈 거고……아, 할 게 너무 많아서 리스트 작성해 봤는데. 이거 봐요, 선생님. 막상 보여 주려니까 창피하긴 한데……."

그녀가 내민, 급하게 적어 내려간 듯한 목록은 마치 일생일대의 버킷리스트처럼 적혀 있었다.

보통 사람들이 보기에는 어쩌면 보잘것없는, 너무나 일상적인 것들이라 보는 순간 이준은 숨이 꽉 막혀 왔다. 이내 목 끝까지 단정하게 채웠던 와이셔츠 단추를 끌렀다. 그리고 손을 들어 입술을 막고 그 목록들을 쳐다보았다.

* 신작 영화 보기 (꼭 영화관 갈 것)
* 드라마 정규 방송 보기 (9시 50분 미니시리즈)

* 백화점 쇼핑 (화장품, 옷, 가방, 신발, 스카프?), 네일 케어 받아 보기

* 유명한 맛집 탐방 (애스컴에 소개된 곳은 별로 맛있진 않다고 함. 블로그 검색!)

* 1박 2일 여행. 해외도 가 보면 좋겠다. (외국이니까 길게 잡아서 5박 6일?)

* 아침 7시에 눈뜨기, 11시 전에 잠자기 ★★

* 하루 세끼 다 챙겨 먹어 볼 것 ★★

* 기차 타기, 비행기타 보기, 배, 크루즈?

* 연애 결혼

* 취직, 월급날 치킨 사 먹기

* 아무것도 안 하고 뒹굴거리기

* 밤새워서 통화하고, 자세한 건 만나서 얘기하기

* 서점에서 하루 종일 책 읽기

이준은 목록들을 차마 다 읽지 못하고 돌아서서는 눈을 감 았다 떴다. 촘촘한 속눈썹 끝에 매달린 물방울이 종이 위로 툭, 떨어져 내린다. 주먹을 꽉 쥐었다 편 이준은 그것을 소중 히 접어 제 지갑 안에 끼워 넣은 채 재아를 돌아보았다.

"이건 내가 보관할게요. 나랑 같이해."

"선생님, 안 바빠요?"

"이재아 씨랑 보낼 시간은 항상 있어. 뭐부터 할까요? 이거 하루 안에 다 해 볼 수도 있을 것 같은데."

"이걸? 하루 안에? 말도 안 돼. 난 아직 살면서 하나도 못 해 봤는데요."

거짓말하지 말라는 듯 재아는 이준을 쳐다보았다. 그녀의 긴 머리카락은 외출을 준비하는 것처럼 동그란 헤어롤이 말려 있었다.

이준은 목울대를 움찔 움직였다가 크게 내쉬는 숨과 함께 말하였다.

"여행은 시간이 많이 걸리니까, 그 외의 것은 당장 나랑 같이 할 수 있을 것 같은데. 어때요?"

재아는 그 말에 눈을 반짝 뜨더니 흔쾌히 고개를 끄덕였다. 그리고 말려 있는 헤어롤을 손으로 빠르게 풀었다. 거울을 향해 고개를 이리저리 흔들어 보던 재아는 굵게 말린 웨이브가 만족스럽게 잘 나왔다는 듯 입술을 끌어 올렸다가 검지를 치켜들었다.

"바로 외투 입고 나올게요!"

"그 옷 위에다 입으려고요?"

여름옷을 입고 있는 재아를 훑으며 이준이 말하였다. 그러자 그녀는 제 모습을 내려다보며 뭐가 이상한 건지 모르겠다는 얼굴을 했다.

"왜요?"

"안 춥겠어요? 그리고 나가면 감기 걸리지 싶은데. 따뜻한 걸로 입고 나와요."

재아가 눈을 크게 깜빡였다.

"사러 갈 건데? 옷 새 걸로 사서 갈아입을 건데, 이러고 나가면 선생님 창피해요?"

"난 재아 씨가 추울까 봐."

그러자 재아는 아무렇지 않다는 듯 얇은 외투를 걸치며 거실에서 질질 끌고 다니던 슬리퍼 그대로 밖을 나와서 문을 닫았다.

서두르는 움직임 때문에 급하게 밖으로 나온 이준은 재아의 시린 발등을 내려다보며 아까보다 더 세게 주먹을 쥐었다 폈다.

"신발은…… 갈아 신는 게 좋겠어요."

이준의 시선을 따라서 재아는 제가 신고 있는 슬리퍼를 내려다보았다. 수건 타월처럼 붙어 있는 슬리퍼보다는 꼼지락거리는 발가락과 발등에 더 오랜 시선이 머물렀다는 것은 알지 못한 채.

재아는 더없이 경쾌한 어조로 말하였다.

"아, 이것도 살 건데? 생각해 보니까 나한테 쓴 게 하나도 없어요. 멀쩡한 신발 신고 나가면 또 안 사 올 것 같아서 그래요. 그냥 가요, 선생님. 오늘은 낭비 좀 하려고요."

"내가 전부 다……."

"아니, 나 돈 많아요. 이럴 줄 알았으면 적당히 벌걸 그랬나 봐요."

그러자 그녀의 말이 끝남과 동시에 팔을 문지르며 엘리베이터를 기다리는 재아의 뒤에 서 있던 이준이 외투를 벌려 여린 몸을 와락 끌어안았다.

"그냥 화내거나 울면 안 돼요?"

울면 눈물을 닦아 줄 수 있고, 화를 내면 풀릴 때까지 다 받아 줄 수 있는데.

그렇게 웃어 버리면…… 어떻게 해야 할지를 모르겠어요, 내가.

이준은 아주 소중한 것을 품듯 뒤에서 감싸 안은 채 그녀의 어깨 위로 고개를 떨구었다. 그리고 위로가 되어 주려는 듯 지그시 깊게 속삭였다.

"아프잖아. 많이 속상하잖아, 지금."

그러자 재아는 아휴, 작게 한숨을 내쉬며 덥다는 듯 품 안에서 벗어나려는 것처럼 몸을 들썩였다.

"선생님 오늘 이상해요. 왜 멀쩡하게 웃는 나한테 화를 내고 울라고 해요? 물론 화나는 일도 없지만, 내가 화를 내면 화내지 말라고 하고, 울면 울지 말라고 해야지. 그게 맞는 거잖아요."

이제 막 문이 열리는 엘리베이터 앞에서 이준은 입고 있던 외투를 벗었다. 그리고 재아의 몸을 제 쪽으로 돌린 채 그녀의 어깨 위로 걸쳐 주었다.

"이건 벗지 마요. 내 거니까."

"……."

"벗지 마."

재아는 팔을 스르르 내리며 그 순간만큼은 얌전하게 그의 말을 들었다.

이준이 차를 몰아서 첫 번째로 간 곳은 대현 백화점이었다. 12월의 백화점은 입구에 세워진 커다란 크리스마스트리로 장식되어 있었다.

두 팔을 벌려도 잡히지 않을 만큼 거대한 나무는 그녀가 고

개를 꺾어지게 보아도, 까치발을 들어도 닿지 않을 만큼 웅장
했다.

"크리스마스가 25일, 맞죠?"

날짜 감각도 무뎌진 듯 그녀가 조심스럽게 물어 오는 말에
이준은 천천히 고개를 끄덕였다. 재아는 그것이 신기하다는 듯
나무 주위를 천천히 돌아보았다.

아직 오려면 한 달 가까이 남은 크리스마스가 오늘인 것처
럼 준비되어 있었다.

정작 크리스마스는 하루면 끝이 날 텐데…….

재아는 그렇게 생각하며 이내 1층에 즐비한 코스메틱 브랜
드 제품을 둘러보았다.

메이크업은 지긋지긋하다고 생각했는데 제 손으로 화장을
해 본 일이 없었다. 재아는 손등에 립스틱을 이것저것 발색해
보고 로션 뚜껑을 열어 향을 맡았다.

점원들이 무엇을 찾느냐고 물어 왔지만, 막상 질문을 받자
재아는 머뭇거리기만 할 뿐이었다.

옆에 서 있던 이준이 재아가 만져 보았던 제품을 차례로 가
리켰다.

"기초 제품 중 향이 진하지 않은 걸로 추천해 주세요. 화장
은 여자 친구가 좀 서툴러서, 혼자서 할 수 있는 것들로요."

"브러시를 사용하지 않아도 쉽게 잘 발리는 촉촉한 타입의
스킨커버 제품은 여기 있고요. 여자 친구분이 피부가 너무 예
뻐서 선크림만 발라도 될 것 같지만, 추천을 한다면 요즘 이
제품이 굉장히 반응이 좋아요."

이것저것 열심히 설명하는 점원의 말에 따라 이준은 고개를 끄덕이며 어떤 것은 빼고, 어떤 것은 눈썰미 좋게 담아냈다. 그리고 립스틱 색상도 제법 꼼꼼하게 살펴보면서 골랐다.

"이건 내가 사야지."

"계산은 내가 한다고 했잖아요."

그녀의 입술 가까이 다가온 이준은 짙은 속눈썹을 내리깐 채 지극히 여상한 어조로 말하였다.

"립스틱은 예외야. 바르는 건 재아 씨지만, 먹는 건 나니까."

재아는 그 말에 반응하지 않겠다는 듯 쇼핑백을 쥐고 있는 이준을 무감하게 바라보았다. 그러다 그를 향해 말하였다.

"내가 왜 선생님 여자 친구예요?"

"그럼 남자 친구예요?"

"그냥 여자 동생……."

"나, 여동생 한 명밖에 없는데? 그럼 내가 이재아 씨 오빠예요? 나한테 오빠라고 부르는 거 안 좋아하잖아요. 생각해 보니까 억울하네. 그렇게 치면 난 왜 계속 선생님인 거죠? 이제 의사도 아닌데."

"……."

"그냥 여자 친구 하죠. 그게 서로 편한데."

이준은 눈썹을 한 번 까딱이더니 에스컬레이터를 가리켰다.

"어디로 갈래요? 2층? 차례로 어디 한번 가 봅시다."

디자이너 수입 부티크 쪽으로 올라가서는 아까의 주저함은 사라진 재아가 옷을 골라내기 시작했다. 그러자 그녀의 옆을 따라붙은 점원들의 손이 모자라 매니저까지 나와서 옷을 거들었다.

재아는 한 벌에 100만 원은 우습게 넘어가는 옷들을 턱턱 골라내고는 디피되어 있는 스카프까지 집었다.

백화점 한 바퀴를 다 돌았을 때는 신발과 가방까지 곱게 포장되었고, 잔뜩 불어난 그녀의 짐을 들어 주는 사람이 따로 있을 정도였다.

이준은 제 차 키를 주며 일면식이 있는 직원에게 물건을 옮겨 달라는 부탁을 해 두었다. 그리고 위층으로 올라가서는 페디큐어와 네일 케어까지 받는 재아의 옆을 지켰다.

재아는 발가락 사이에 낀 솜뭉치를 내려다보며 꼼지락거렸다.

"이렇게 많은 걸 하루 만에 다 하다니…… 신기하다. 근데요, 선생님? 가지고 나니까 재미가 없어요. 저 옷을 언젠가 사야지, 사고 싶다 했던 마음이…… 더 좋았던 것 같아요."

그를 올려다보는 재아의 눈가가 일순 흐려졌다. 그러자 이준은 덤덤하고도 나직하게 말하였다.

"물건 말고 다른 걸 채워 봐요. 어차피 소비는 일회성이니까."

들어올 때와 달리 재아는 화사한 차림으로 반짝거렸지만 그녀의 얼굴 어디에도 생기는 없었다. 오히려 채워지지 않는 무언가에 짜증이 스민 느낌이었다.

그만큼의 감정이라도 찾은 것을 다행이라고 해야 할지. 이준은 그녀가 하고자 하는 것에 오늘만큼은 제재를 걸지 않기로 했다.

재아는 발가락 사이에 있던 솜뭉치를 아무렇게나 뽑으며 자리에서 일어났다.

"다른 거 뭐요? 얘넨 재미는 없지만, 내가 버리지만 않으면 계속 있을 텐데……. 그것도 뭐, 나쁘진 않은 것 같아요."

재아가 휙 이준을 돌아보았다. 울 것 같던 그녀의 얼굴엔 금세 가짜 미소가 걸려 있었다.

"가요, 선생님."

앞장서서 걸어가는 재아의 뒷모습을 보며 이준은 그 자리에 멈춰 선 채였다. 그 시간이 조금은 느릿하게 흘러갈 때쯤 그가 재아의 걸음을 뚫고 지나갈 듯 분명한 어조로 말하였다.

"나도 계속 있어요."

그러자 앞서 걷던 재아가 걸음을 멈추고 느린 시선으로 돌아보았다.

"여기…… 재아 씨 앞에 나도 계속 있으니까. 좀 알아 달라고."

답답한 듯 일그러뜨리는 얼굴조차 아름다운 이준을, 재아는 표정 없는 인형처럼 바라보고는 쿡, 짧게 웃음을 터뜨렸다.

"영화 보러 갈래요?"

그때 그들의 시선 너머에는 이설이 팔짱을 낀 채 그런 두 사람을 지켜보고 있었다. 들어오자마자 VIP 회원이 된 여자는 오빠의 카드가 아닌 자신의 체크카드로 모두 계산했다는 보고를 받은 터였다. 신용카드가 아닌 체크카드 일시불은 참으로 참신했다.

"적어도 꽃뱀은 아니라는 소리인데."

돈 씀씀이가 커서 뭐 하는 집 딸인지 궁금하기도 하고 염탐이라도 할 작정으로 두 사람을 주시하던 이설은 묘한 분위기에 주위 사람을 뒤로 물렸다.

이설은 모델처럼 매끈하게 뻗은 몸매를 곧게 세운 채 재아를 쳐다보았다. 일면식이 있었다. 저번 파티 때도 본 것 같은 얼굴이었는데 볼 때마다 달라지는 분위기에 미간을 찡그린 이설은 이내 기억났다는 듯 무릎을 탁 쳤다.

"아, 맞다. 병원!"

오빠의 첫사랑이었다. 그때도 싫지 않았던 인상이 기억에 남았다.

이설은 짧게 혀를 차며 중얼거렸다.

"사치스러운데, 어째 분위기는 소박하네?"

저럴 경우는 없는 집 여자가 꾸며 보겠답시고 촌스럽게 사재기를 하는 경우였다.

한동안 방황하다가 뜬금없이 의사를 관둔 오빠는 다시 한국으로 돌아와서도 얼굴 보기가 힘들었는데, 어느 날부터 집에서조차 얼굴을 코빼기도 치지 않았다. 이를 수상하게 여겼던 이설은 그 이유를 이제야 눈치챘다.

그때나 지금이나 절절매고 있는 것은 어디 하나 부족함 없는, 잘난 제 오빠라는 것이 안쓰러워 이설은 고개를 저으며 토트백을 열었다. 때마침 울리고 있는 휴대폰을 꺼내어 누구보다 궁금해할 엄마에게 이 사실을 알렸다.

"엄마, 민지 언니 포기해야겠다. 오빠 좋아하는 여자 있네? 내가 뭐랬어. 몇 년 동안 그렇게 예쁜 여자가 좋다고 푸시를 하는데 썸 하나 없으면, 오빠가 게이거나 좋아하는 여자 있는 거라고 했잖아. 누구인지는 말해 주면 뭐? 나한테 뭐라도 떨어지나. 엄마, 아빠한테 내 카드 한도 좀 늘려 달라고 해 줄래요? ……어어, 이게 감이 왜 이러지? 하나도 안 들리네."

이설은 애달아 하는 엄마의 목소리를 그대로 끊어 내고서 휘파람을 불었다.

재아 쪽으로 걸어간 이설은 그녀의 어깨를 툭 치며 그 바로 앞에 토트백을 떨어뜨렸다. 그리고 가방을 집어 들며 갑작스러운 상황에 얼어 있는 재아의 얼굴을 유심히 살펴보았다.

"쏴리. 이게 떨어져 가지고."

"강이설."

오빠의 목소리에 이설은 인조 속눈썹을 깜빡거리며 호들갑을 떨었다.

"어머, 이게 누구야? 우리 오빠? 오빠가 내 백화점엔 무슨 일? 이런 걸 우연이라고 하기에는……."

"집에 가서 얘기해."

"엄마 보고 싶어서 나는 오늘 일찍 집에 가야겠다."

무언의 협박처럼 말을 하며 이설은 재아를 향해서는 코끝을 찡긋했다.

"우리, 또 봐요."

이설은 신이 난 듯 가볍게 걸음을 옮기며 빠르게 백화점을 빠져나갔다. 뒤에 남은 재아는 멀어지는 이설의 뒷모습을 물끄러미 쳐다보았다.

자신감 넘치게 걷는 뒷모습을 보며 그때처럼 긴 머리카락이 등 뒤로 찰랑이는 모습을 바라보았다. 제 머리카락도 그녀처럼 길어졌지만 어쩐지 더 못나진 것만 같다.

재아는 삐죽 솟아나는 감정을 죽인 채 눈길을 거두었다.

"영화 보러 갈 거예요?"

"안 간다고 말할 리가 없잖아요. 내가 이재아 씨 좋아하니까, 하자는 대로 다 해야지. 그래야 내 생각 한 번이라도 더 해줄 거잖아."

재아는 그를 바라보았다가 이내 눈을 내리깔고 옆을 지나쳐 걸었다. 그러자 이준이 재아의 손목을 붙잡았다.

"차는 저쪽으로 내려가야 있는데."

잡힌 손을 빼내며 재아가 그를 올려다보았다.

"아니요. 1층 로비에 있을 테니까 차 가지고 나와요."

"어떻게 한 번을 안 져. 그래서 매력 있어요. 그래서 내가 더 좋아하고."

그의 말에 대꾸 없이 재아는 지하 주차장으로 안 내려가느냐는 듯 엘리베이터 쪽을 쳐다보았다.

"그래서 내가 또, 착하게 차를 가지고 오려고요."

이준은 제 말이 끝나기도 전에 빠르게 뒤돌아서는 재아를 보며 한숨을 내쉬었다가 서둘러 뛰기 시작했다. 후다닥 뛰어가는 소리에 앞을 향해 걸어가던 재아의 입가에는 스치듯 작은 웃음이 번져 들었다가 이내 사라졌다.

로비 앞에 선 재아는 다시 한 번 트리를 올려다보았다. 반짝반짝 빛나는 전구가 유난히 밝아 보인다.

그 하루가 끝나는 날에는 헐벗은 채로 넌 어디를 갈까. 아니다, 너는 내년을 기다릴 수 있겠다. 그리고 그 내년도…….

새삼 나무가 부러워진다.

재아는 이내 얼마 가지 않아서 울리는 전화를 귓가에 가져다 댄 채 주위를 둘러보았다. 그러자 짧은 클랙슨 소리가 울린다.

− 좀 더 앞으로 나와요. 차가 많아서 거기까진 모시러 못 가.

운전석 창문으로 높이 삐져나와 흔드는 손을 보며 재아가 뛰었다. 참 이상했다. 뛰는 그 순간만큼은 아무런 생각이 들지 않아서. 그녀의 얼굴은 백화점 안에 있을 때보다는 확실히 편안해져 있었다.

이준은 힐을 신고 달리는 재아를 향해 예쁘게 미소 지은 채 조수석에 있는 창문을 열었다. 그리고 바로 앞에 도착한 그녀를 보며 손을 뻗었다.

"차는 두 개나 준비했는데, 마음에 들어요?"

숨을 고르느라 잠시 허리를 숙였던 재아가 무슨 소리인가 싶어 살짝 고개를 들었다.

"카페모카와 훌륭한 기사가 딸린 차. 어때요? 이만하면 영화 보러 가기 완벽한 것 같은데."

재아는 그의 손에 들려 있는 커피는 쳐다보지도 않은 채 조수석 문을 열어 자리에 앉고는 묵묵히 앞만 바라보았다. 그러자 이준이 테이크아웃 잔을 재아의 눈앞 가까이에 대고서 흔들어 보였다.

"안 받아요? 의외로 비싼 것만 좋아하나 봐요. 내 차는 오케이고, 커피는 거절하는 거 보면. 손이 무안해지려 그러네."

"선생님이 마셔요."

"나 이거 못 마셔요."

그 말에 벨트를 매려던 재아가 이준을 쳐다보았다. 그리고 하나밖에 안 사 온 커피를 내려다보며 물었다.

"선생님 카페모카 좋아하신다면서요."

이준은 재아의 손에 들린 안전벨트를 대신 채워 주며 입술을 열었다. 마주치는 눈가가 뜨거울 정도라 재아는 등받이 쪽으로 몸을 내리눌렀다.

"내가 그때 이재아 씨를 완전 좋아했었죠. 못 마시는 커피까지 마셔 줄 정도로. 지금도 마시고 싶지만 운전해야 되니까."

"커피…… 원래 못 마신다고요?"

"감동했어요?"

"왜 그동안 말 안 했어요?"

"그럼 나 안 챙겨 줄까 봐."

당연한 걸 물어본다는 듯 이준이 재아의 머리를 헝클어뜨렸다.

"내가 바보 같았어. 다른 거 말할걸. 그래도 그날은 너무 감동받았어요. 처음으로 내 생각 해 준 날이었던 것 같은데…….
이제는 내가 챙겨 줄게요. 받아요."

이준은 테이크아웃 잔을 다시금 흔들어 보였다. 그러자 재아가 가만히 그것을 받았다. 그제야 그때 민지가 저에게 물어보았던 것들이 조금은 이해가 되었다.

"받는 김에 내 마음도 같이 받아 주면 좋고."

불시에 떨어지는 말에 재아는 속눈썹을 떨어뜨리며 종이 잔을 엄지손톱으로 긁어 내리다가 이내 달달한 커피를 한 모금 삼켰다.

달아서 더 속상해지고, 안타깝고…… 눈물이 날 것만 같다.

입가에 진득하게 맴도는 단맛 때문에 다른 어떤 것을 먹어도 아무 맛도 느껴지지 않을 것 같아서.

이제는 선생님이 아니면…… 도저히 안 될 것 같아서.

재아는 창가를 내다보았다. 그저 조용히, 달리는 바깥을 바라보고 어둠에 잠긴 하늘을 쳐다볼 뿐이었다.

이미 끝도 없이 닿아 있는 두 사람의 마음과는 다르게, 좁혀지지 않는 거리를 향해서 말없이 내내 달렸다.

그렇게 해서 도착한 곳은 아슬아슬하게 시간에 맞춘 자동차 극장이었다. 불이 꺼진 야외 공간엔 전광판 불빛만 환했다. 연인들의 스킨십이 자연스러운 만큼 그녀가 생각했던 영화관 분위기와는 달랐다.

아무 생각 없이 영화 한 편을 보고자 했던 것이었는데…….

"립스틱 색상 테스트 안 해 볼래요?"

아니, 정말로 아무 생각도 할 수 없게 만드는 건 영화가 아니라 이준이었다.

"사 준 사람 성의를 생각해서라도 발라 보죠."

"영화 안 봐요?"

"자막 보여요?"

"선생님 영어 잘하잖아요."

"모르겠는데……. 그새 까먹었나."

"거짓말."

311

"우리 너무 뒤로 온 것 같지 않아요? 그래서 더 좋은 것 같기도 하고, 어때요?"

"어떻긴 뭐가 어때요."

"립스틱 색상요. 무슨 생각 하는지 모르겠네."

낮게 한숨을 쉰 재아가 결국 그의 뜻대로 룸미러를 보며 립스틱을 발랐다. 그 모습을 이준이 빤히 바라보다가 그 입술에 쪽, 하고 입을 맞추었다. 재아는 눈을 크게 뜨며 입술을 꼭 다물었다. 그러자 이준이 여상한 어조로 말하였다.

"먹는 건 나라고 했는데. 그러니까 내가 계산했죠."

재아는 하, 낮게 웃음을 터뜨렸다. 재아를 물끄러미 쳐다보던 이준은 이내 전광판 쪽으로 천천히 시선을 옮겨 갔다.

"사랑해요."

"……."

잠깐 그대로 시간이 멈춘 것처럼 두 사람 사이에선 미묘한 기류가 흘렀다. 이준은 이내 옆을 돌아보더니 일순 굳어지는 재아의 표정을 보며 말을 이었다.

"'그날은 내가 어떻게 됐었나 봐. 다니엘이 그 자리에 온지 몰랐어. What the fuck.'이라는데요, 여자가?"

세세하게 해설을 늘어뜨리자 그제야 재아가 전광판을 쳐다보았다.

"나도 웬만큼은 알아들어요."

"아."

'사랑해요.'라는 말은 사실 영화에 나오지 않은 대사였지만 재아는 놓쳐 버린 대사로 넘겼다. 물론 듣는 그 순간엔 대사가 아니라고 생각했지만. 사실은 그것이 맞은 셈이었다.

밝은 로맨틱 코미디였지만 그다지 웃기지 않은 장면에도 재아는 박장대소하며 눈가에 찔끔 묻어 나오는 눈물을 손톱 끝으로 긁어 냈다.

그리고 영화가 끝났을 때는 언제 웃었냐는 듯 무표정한 얼굴이었다. 하루에도 감정이 제멋대로였다. 집을 나설 때 말이 많았던 재아는 집에 도착해서는 말수가 줄어들어 있었다.

이준이 양손 가득 무겁게 들고 내리는 것이 모두 다 제 것임에도 여전히 허기가 지고 공허했다. 이준이 그런 재아를 가만히 끌어안았다.

세상의 전부가 사라지는 느낌이 어떤 것인지는 알지 못해도 같은 아픔이 전해져 오는 것만 같다.

"재아야."

내 세상은 너로 가득 차 있어.

"내가 네 삶의 이유가 될 순 없어?"

꼭 끌어안은 채 그가 간절히 속삭였다.

가끔 그가 이렇게 '재아야.'라고 불러 주는 목소리를 그녀는 좋아했다. 재아의 속눈썹이 움찔 떨렸다. 그의 등에 손을 얹고 싶지만 뒤돌아섰다.

"시간이 많이 늦었어요. 들어갈게요, 선생님."

그대로 철컥, 현관문을 닫고 그 자리에 쓰러지듯 주저앉은 재아는 몸을 웅크린 채로 고스란히 어둠을 맞았다.

현관 앞에는 풀어 보지 않은 쇼핑백이 한가득이었다.

"누군지 얼른 말해 봐. 엄마 숨넘어가겠어."

현관문이 열리길 기다리고 있던 전 여사가 딸이 들어오자마자 채근을 하였다. 이설은 부츠를 벗고 부엌으로 들어가서는 물 한 잔을 마시며 손을 내밀었다. 맨입으로 말을 하는 게 가능하겠냐는 뜻이었다. 전 여사는 결국 마지못해 지갑에서 카드 한 장을 꺼내어 딸의 손에 쥐어 주었다.

"누구냐고, 글쎄."

"예전에 오빠 레지던트 때 옷 심부름 가서 봤던 여자야. 내가 왜, 오빠 좋아하는 여자 있다고 했잖아."

"그 여자 안 만나는 것 같더니 다시 만나는 거야?"

"창립기념일 때도 왔던 여자고. 확실히 오빠가 많이 좋아해."

"여자 쪽은 어때 보이는데?"

"음, 안달 나 있는 쪽은 오빠로 보이던데?"

"우리 준이가 어때서. 여자는 영 아닌 눈치야?"

"그게……."

듣는 귀가 많다 보니 이설도 재아의 소문을 들은 터였다. 물론 세간의 편견처럼 색안경을 끼고 보는 것은 아니었다. 그녀 역시도 친구끼리 술 한잔을 하러 갈 때 따라 나선 적이 있으니 일하는 그녀들이 어떻게 일을 하는지 보았기 때문이다. 편견을 제외하고 본다면 여느 술집처럼 더러운 일은 아니었다.

"아이 참, 다들 왜 말을 하다 말아."

"오빠 좋아하는 여자, 술집에서 일해."

예상치 못한 말에 당황한 전 여사는 입을 크게 벌린 채 벙긋거리며 어떤 말도 하지 못하였다.

이설이 얼른 말을 덧붙였다.

"우리가 생각하는 일반적인 술집은 아니고."

"세상에…… 우리 준이가 술집 여자를 만난다고?"

그때였다. 현관문이 열리면서 이준이 들어섰다. 전 여사의 말을 타이밍 좋게 들은 이준은 어머니의 표정을 보며 다가왔다.

때마침 강 회장도 1층으로 내려오는 중이었다. 쉬쉬하며 이대로 지나가기만을 바랐던 강 회장은 결국 한 소리를 할 수밖에 없었다.

"네가 누구를 만나든, 아비는 다 큰 자식 연애하는 것까지 일일이 관여할 생각은 없다."

"아버지."

"그래, 내가 네 아버지라는 걸 알아줬으면 좋겠구나. 네가 요즘 만나고 다닌다는 그 아이, 술집에서 일했다고 박 전무 통해서 들었다. 어느 부모가 제 자식이 다른 사람들에게 술 따르며 웃음 팔던 여자를 받아들일 수 있겠어. 너도 그만큼 생각이 없는 녀석은 아니니…….."

"결혼까지 생각하고 있어요, 전."

전조도 없이 치고 들어오는 말에 거실엔 적막감이 감돌았다. 평소 흥분을 잘 안 하는 강 회장이 파르르 눈가를 떨었다.

"너…… 네가 지금 무슨 소리를! 네 아버지 얼굴에 먹칠을 해도 유분수지. 어디서 근본도 모르는 천한 것이랑 네가……."

"근본도 모르는 앤 우리 집에도 한 명 있는 것 같은데요?"

이번에는 이설이 강 회장의 말에 받아치듯 말하였다. 그러자 노기 어린 시선이 그녀에게 향하였다. 철진을 두고 하는 말이었다.

철진은 강 회장의 동생 내외가 사고로 죽으면서 받아들인 막내아들이었다. 장남인 이준은 그 사실을 알고 있었지만 어렸던 이설과 철진에게는 언급하지 않은 것이 오해를 남겼다.

제 아내만 이해해 준다면 이것이 되레 현명한 일이라고 판단하며 오해를 하게 내버려 둔 터였다.

그러나 이 상황에서는 강 회장도 무어라 말을 해야 할지 찾지 못하고 있었다. 그러자 전 여사가 대신 말하였다.

"설아, 네 아버지는 엄마한테 여태껏 실수한 적 없어. 철진이는…… 우리가 마음으로 데려온 아들이야. 거기까지만 말하마."

"엄마…….."

행복한 가정환경 속에서도 이설은 가끔 엇나가듯 쇼핑을 하는 편이었는데 그 불신의 원인이 갑자기 사라진 느낌이었다. 엄마의 표정을 보며 더 말해 봐야 소득 없다는 것을 깨달은 이설은 이내 입을 꾹 다물었다. 그러자 강 회장이 헛기침을 한번 하고는 이준을 향해서 말하였다.

"이쯤 말했으면 이번 일은 알아서 정리하리라 믿는다."

이것으로 더 이상 언급은 없을 것이라는 뜻을 내비치자 이준이 물러서지 않고 말하였다.

"그 사람 천하지 않아요. 그런 것하고는 거리가 아주 먼 여자예요. 무슨 일로 일을 시작하게 되었는지 아신다면 그렇게 말씀 못 하실 겁니다. 지금은 그 이유가 사라져서 일도 관둔 상태고요."

말을 하던 이준은 이내 바닥에 무릎을 꿇고 앉아 고개를 숙였다.

"혼자가 된 그 여자한테 제가 가족이 되어 주고 싶어요. 죄송합니다. 이번 한 번만…… 저 처음으로 욕심부려 볼게요."

처음으로 무릎을 꿇고 앉은 이준의 모습에 다들 말을 멈추었다. 한 번도 잘못을 한 적이 없는 아들이었고, 언제나 바른 길만을 가서 잔소리를 한 적이 없었다.

전 여사는 문득 이준이 일전에 했던 말이 떠올랐다.

'한 번도 실망시켜 드린 적 없으니까, 앞으로도 제 선택 존중해 주세요. 늘 그래 주셨던 것처럼, 한 번만 더요.'

그때 말했던 한 번이, 이것을 말했던 거구나.

입술만 벙긋거리던 전 여사는 이내 서둘러서 말하였다.

"준아, 민지가 싫으면 다른 사람 만나도 돼. 엄마가 보채지 않을게. 누구든 천천히 연애해 보고……."

"아니요. 이 여자가 아니면, 전 다시는 누구도 만나지 못할 것 같아요."

그에 강 회장이 엄포를 하듯 소리를 높였다.

"그렇다면 차라리 아무도 만나지 말거라. 사람의 탈을 쓰고 해야 될 일이 있고 하지 말아야 할 일이 있다. 그 아인 이미 선을 넘었다."

이준은 여전히 무릎을 꿇고 앉은 채였다. 그 모습이 참으로 보기 싫다는 듯 강 회장은 혀를 차며 서재로 향하였다.

문을 닫고 들어와 책상 앞에 앉은 그의 노기 어린 시선에 무언가 반짝이는 것이 닿았다. 뭐가 그렇게 급했는지 서랍장에 툭 떨어진 열쇠 하나를 줍자 반쯤 열린, 서랍장에 들어 있는 가죽 케이스가 강 회장의 눈에 들어왔다.

처음부터 일기장이라는 걸 알았으면 덮었을 텐데…….

학술지로 시작되던 일지는 넘기다 보니 점점 한 여자를 향한 고백으로 이어지고 있었다. 심화가 가라앉으면 안 되는데 애잔해진 마음이 들어 버린 건, 누구보다 제 자식의 마음을 알아서였다.

사그락, 페이지가 넘어갈 때마다 강 회장은 못난 자식을 향해 다시금 혀를 찼다.

"못난 것. ……쯧."

2013년 10월 21일

자꾸만 불러 보고 싶어지는 이름을 가진, 가슴을 뛰게 하는 한 여자를 만났다.

아픈 엄마 때문에라도 열심히 웃을 거라고 말하는 여자의 웃음은……
어떤 여자보다도 아름다울 것 같다.

슬픔을 참아 내는 데 익숙하지 않은 보호자들 속에서 그 웃음이 더 아프게 느껴지는데도 예뻐 보이는 건 왜일까.

오늘도 루게릭병에 대해서 공부를 하다 밤을 새울지도 모르겠지만, 기적이라는 게 있다면 선물을 주 싶다.

내가 가진 행운을 모두 써서라도.

그런데 이미 다 썼을지도 모르겠다. 누군가에게 반하는 것만큼이나 큰 행운을 써 버렸는데 아직도 남아 있는 건 정말이지 말이 안 되니까.

만약 내게 이생의 행운을 다 쓴 것 같으니 다음 생의 내 행운을, 미리 끌어 와서 누군가에게 다 줘도 괜찮다고 하면

그게 나는 꼭, 너에게 갔으면 좋겠다.

2013년 12월 3일

이 공간은 생각이 많을 때 비우기 위해서 쓰는 일기장이었는데 이상하게 주인이 바뀐 것 같다.

누군가에게 마음을 쏟아 내는 공간으로.

319

그래, 그건…… 온통 너로 채워지고 있어.

그리고 이 노트를 펴고 너를 떠올릴 때면 나는 확실히 평소보다 자유로워지는 것 같아.

너를 아는 것 같은데 혹시 너는 나 어디서 본 적 없어? 묻고 싶은데 아니라고 할까 봐…… 오늘도 묻지 못하고 있어.

지금 쓰고 있는 일기장처럼 친한 척 좀 하고 싶은데……, 그건 많이 아쉽다. 여기서는 마음껏 재아야, 라고 볼펜 심지가 꾹 눌러질 만큼 써 보아도 이상하게 보는 사람이 없어.

너라고 해도 설명할 이유가 필요치 않아. 그냥 너라고 하면 당연하게 너야. 그래서 편안해.

그래서 내 욕심도 하나 더 적으려고.

선생님 말고 다음에는 강이준이라고, 내 이름 불러 줬으면 좋겠다. 그럼 나는, 이재아 씨 말고 재아야, 부를 건데.

재아야…….

쓰고 나니 이것도 어쩐지 좋다.

2014년 6월 19일

네가 사라진 오늘,
나는 여기에 더 무언가를 적지 못할 것 같아.

해 볼 수 있는 것을 다 해서 찾아보겠지만……. 이렇게 가슴이 아프고, 이렇게 보고 싶고, 숨이 안 쉬어지는 느낌일 줄…… 알았으면 마음껏 고백이라도 해 볼걸.

후회하고 있어.

그래서 말인데 내 앞에 네가 다시 나타난다면 그때는 절대로…… 절대로 널 놓아주지 않을 생각이야.
그전까지 풀려 버린 네 운동화 끈은, 나 말고 다른 사람이 묶어 주는 일은 없으면 좋겠는데…….

2016년 8월 17일

오늘 첫 사랑을 다시, 만났다.
부디, 마지막 사랑이 될 수 있기를…….

❋ ❋❋ ❋
11. 수면 위로 떠오르다

시간이 얼마나 지났을지 가늠이 되지 않을 만큼 재아는 꽤 오랫동안 방 안에 자리한 사물처럼 그저 가만히 숨만 내쉬고 있었다.

그러면서도 그녀가 확실히 알 수 있는 건 단 하나. 이제 엄마는 이 세상에 존재하지 않는다는 것. 그리고 더 이상 일을 나가지 않아도 된다는 것이었다.

여전히 현관에 아무렇게나 쪼그려 앉은 채 재아는 두 무릎을 끌어안고서 고개를 숙였다. 양손과 발이 모두 묶인 듯 움직이지 못했던 엄마가 제 몸도 묶었다는 미운 마음이 든 순간이 있었다.

지금은 그렇게라도 저를 가두면서 다시 묶어 주길 원해도 이제는 그렇게 해 줄 사람도 없이 혼자가 된 시간. 무엇을 해

323

야 할지 재아는 몰랐다. 시간을 죽이려 잠을 청해도 잠이 오지 않았다.

짙은 어둠이 내려앉은 시각에 똑똑, 문을 두드리는 소리가 들려왔다.

그대로 자리에서 일어난 재아가 무방비 상태로 의심도 없이 문을 열자 술에 절어 있는 채로 태하가 나타났다. 그는 문이 닫힐까 싶어 그대로 팔을 뻗어 재아의 손목을 그러잡았다.

"밥 먹자, 나랑."

그의 입매가 비뚜름하게 걸린 채 길게 올라간다. 거칠게 웃으면서 날카로운 눈매가 이지러진다.

그녀가 술집을 관둬서 좋지만 마음대로 볼 수 없으니까 미칠 것만 같다.

며칠 문 앞을 지키고 있었지만 저에게는 문 한 번 열어 주지 않던 그녀가 이준과 시간을 보냈다는 것에 태하는 씁쓸한 마음으로 술을 잔뜩 마시고 발걸음을 한 것이었다.

그런데 보자마자 보는 얼굴 하나에 화나는 마음조차 잊고, 웃음부터 나오자 그는 설핏 고개를 저었다.

그래, 저 계집이 언제 나에게 안 차가웠던 적이 있던가.

"밥 먹을래, 나랑?"

그가 하는 말에는 무조건 거절을 한 그녀였기에 또 거절을 당한다 해도 이상한 일이 아니었다.

그러나 예상과는 다르게 재아가 샐긋 웃으며 태하를 마주 보았다.

"그래, 밥 먹자."

밥 먹는 게 뭐라고…….

그녀의 말에 태하는 감동이라도 받은 것처럼 눈가가 젖어들었다. 그러다 제가 생각해도 이 상황이 어이가 없는지라 피식 웃어 버렸다. 재아도 웃고 말았다.

태하는 며칠 안 본 사이에 더 쪼그라든 것 같은 재아의 머리를 헝클어뜨렸다.

"웃지 마, 정든다."

재아는 그저 영혼 없이 흐리게 웃어 넘겼다. 그 모습에 태하가 목을 쭉 빼며 블레이저 가죽 재킷을 잡아당겼다.

크고 두꺼운 손등엔 무언가를 내려쳐서 상처 나고 멍든 듯 빨갛게 핏방울이 맺힌 채 긁혀 있었다. 그가 잡은 손을 그대로 끌어당기자 재아의 뒤로 현관문이 닫힌다.

저녁에 쇼핑했던 차림새인 재아를 힐끗 보며 태하가 중얼거렸다.

"존나 안 어울리네."

"돈 많이 썼어."

"촌스럽긴. 네가 그래서 안 되는 거야. 너무 순수하잖냐."

그렇게 말하며 웃는 그의 옷차림새는 누가 보아도 지적할 게 없어 보인다.

두 사람이 1층으로 내려오자 출입문은 망가진 채 벌어져 있었고, 경비원 두 사람이 영문을 모르는 얼굴로 강화유리 문 여기저기를 살피고 있었다. 그러자 태하가 주머니 안에서 구겨져 있던 수표를 꺼내어 경비원의 손에 쥐여 주었다.

이에 경비원 둘은 무언의 눈빛을 서로 주고받았다. 태하의 분위기와 수표의 금액, 그리고 그와 함께 나서는 아파트 주민을 보고 대충 상황이 파악됐는지 큼큼, 목을 가다듬으며 엉거주춤하게 뒤로 물러섰다.

재아는 그 모습을 힐끗 보다 작게 고개를 저었다. 문을 부수고 오는 건 그가 아니면 하지 못할 것 같아서.

그녀보다도 앞서 빠르게 걷던 태하가 뒤따라오는 재아를 돌아보았다.

"술 마셔서 차 안 가져왔어."

"걸어가."

"멀리 가고 싶은데."

"어디?"

"네가 혼자서는 절대 못 돌아올, 무인도."

"……."

"네가 좋아 죽겠다."

그러자 재아가 걸음을 멈추고 낮게 숨을 내쉬었다. 그러고는 차갑게 말을 내뱉었다.

"죽겠다는 말…… 함부로 하지 마."

"말 잘 들으면 넘어오나?"

가볍게 던지듯 말하던 태하가 이내 강한 어조로 재아를 건드렸다.

"질기게 살아서 옆에 붙어 있으면 넘어오나. 어?"

눈꼬리가 치켜 올라간 채 재아를 바라보았다.

"너는 내가 왜 좋니."

대체 내가 왜. 나는 내가 싫어 죽겠는데…….

웃는 얼굴도 싫고, 못생긴 손도 싫고, 자존감도 없이 흔들면 흔들리고, 잘 모르는 사람이 지나가면서 하는 말에도 상처받는데. 이렇게 아무 매력도 없는데.

보이지 않는 타인의 시선도 곡해할 만큼 어두워진 그녀가 보는 제 자신은 그랬다. 단점만 보고 있는 그녀의 장점만 보이는 남자의 눈에는 미치게 예뻐 보여서 자꾸만 욕심이 나는데 말이었다.

"좋은 데 이유가 있냐. 뭐가 그렇게 복잡해. 연애 한번 하자는데."

"난 연애 못해. 헤어지는 거 무서워서."

"개수작 부리네. 나랑 결혼하고 싶냐."

"왜? 해 주게?"

쿡, 짧게 웃음을 터뜨리는 재아를 내려다보며 태하가 가장 낮은 검은 건반을 눌렀을 때와 같은 목소리로 대꾸했다.

"⋯⋯어."

태하의 대답에 재아는 천천히 입술을 앙다물었다. 추위가 느껴지지 않던 피부로 바람이 와 닿았다. 생경한 감각이 팔등을 스치고, 얼굴을 건드렸다.

"오빠."

태하의 입매가 일순 비틀렸다. 그녀가 선선히 그렇게 불러 줄 땐 이유가 있는 것이었다. 완벽한 거절.

잠시 호흡을 고르던 그가 '오빠'라는 단어를 정정하듯 말했다.

"대표님."

"⋯⋯."

먹먹하게 가라앉아 있던 재아의 눈동자가 얕게 흔들린다. '⋯⋯어?'라고 묻듯이. 그러자 태하는 재킷 안주머니에서 출력해 온 문서 하나를 꺼내어 재아의 손에 쥐여 주었다.

"우리 회사에서 진행하는 공모전이야."

"이걸 왜⋯⋯."

JC엔터테인먼트 제작의 영화 시나리오 공모전을 내려다보며 재아는 여전히 영문을 모르는 얼굴을 했다. 그러나 타이틀에 자꾸만 시선이 머물렀다.

"JC에서는 입상이나 할는지 모르겠지만. 봐 줄게, 써 봐."

"⋯⋯."

"너 공모전 물먹어서 우리 회사 지원한 거 아니었어? 대상 아니면 영상화될 일 없으니까, 부푼 꿈 내려놓고 써 보기나 해."

"안 해."

"해."

도로 내미는 문서를 태하가 재아의 손에 꼭 쥐여 주었다. 아주 꽈악 힘을 주어 쥐고는 태하가 이를 악다물었다. 역시나 제가 해 주는 건 이게 최선이라는 생각에.

더도 말고, 덜도 말고 딱 여기까지가.

"네가 쓰는 글 좀 보자. 현실은 좆같아도 네가 쓰는 글은 네가 왕이잖아. 다⋯⋯ 네 마음대로 가능하잖아."

깊은 물속에 잠겨 있던 재아의 눈동자가 떠오르듯 일순 반짝였다.

"정말, 다…… 가능해? 내 마음대로 전부 다…….”

비죽거리는 울음 끝을 잡으며 재아는 태하를 응시했다.

"그래. 다 가능하다고. 됐냐?"

"……음, 읍…….”

"물론 나한테 개욕은 먹겠지만."

얼마 못 가서 재아가 짧게 웃음을 터뜨렸다. 그렇게라도 웃는 재아를 보며 태하가 히죽 따라 웃었다. 태하는 킬킬거리며 웃음을 터뜨리다가 이내 아래턱을 바르르 떨었다.

……그래도 웃잖아. 웃으니까 좋잖아.

마음을 다잡아 보지만 결국 고개를 땅에 박았다.

"난…… 진짜 아니야?"

주먹을 쥐자 상처가 벌어져 배어 나온 핏물이 바닥으로 툭, 떨어졌다.

"내가 먼저 만났는데…… 좆같네."

그 말에 뜸을 들이듯 선뜻 대답을 하지 못한 재아가 그렇게 억울해하지 말라는 듯 작게 입술을 열었다.

"이제 와 말하지만 내 첫 키스, 너였어."

태하는 '와, 미치겠다.'라고 중얼거리며 아래로 향해 있던 고개를 틀어 올린 채 눈썹을 구겼다.

"그것도 나야? 근데 왜 난, 아니야?"

"네가 아닌 게 아니라 그냥 선생님이 맞는 거야, 내 마음은.”

"밥 못 먹겠다, 오늘. 미뤄도 되냐. 나랑 밥 한 번은 먹어 줄 거잖아. 그치?"

잘게 부스러지는 것처럼 음정이 흐트러져 나오는 태하를 보

329

며 재아가 희미하게 미소 지었다.

"······응."

그 대답이라도 해 주어 퍽 안심된다는 듯 태하가 선선히 앞으로 걸어 나갔다. 돌아보지 말아야겠다는 생각을 하면서.

술에 취한 제 이성은 온전치 못하니까. 까딱하다간 이미 상처 많은 저 여자를 강제로 범하기라도 할까 봐서, 지레 겁먹고 돌아섰다. 저답지 않게.

그가 집에 도착했을 때는 더 흠뻑 취해 있는 상태였다. 혼자 사는 집이 아닌 본가로 오랜만에 발걸음을 한 태하는 묻고 싶은 게 있었다.

현관을 들어설 때부터 비틀거리는 태하를 한진이 부축했다.

"왜 또 술인데?"

"엄마, 난 죽어도 아니래."

태하의 고개가 거실로 들어서기도 전에 옆으로 휙 꺾인다.

"와, 이러다 내가 죽겠다."

킬킬 웃음을 터뜨리던 태하의 커다란 몸이 바닥에 그대로 널브러졌다. 한진이 그 모습을 답답하게 바라보았다. 속이 상해서 한숨을 내쉬며 아들의 옷을 벗겨 내려는데 손이 붙들렸다.

태하가 엄마의 손을 붙잡고 물었다.

"최한진 여사님, 회장님이 어떻게 꼬셔서 넘어갔어? 결혼할 생각 없었다며."

"얘가 다 지난 얘기는 왜 꺼내고 난리야."

"내가 아빠 새끼는 맞나 보지. 뭐 좋아하는 여자까지 닮아, 닮기를."

한진이 눈썹을 파르르 떨었다.

"너……."

"근데 그 여자는 내가 아니래. 그건 또 회장님을 안 닮았네, 내가."

아픈 듯 태하의 한쪽 눈매가 눈썹을 따라서 구겨진다.

"태하야."

"엄마는 내가 좋아하는 여자, 반대 못 하잖아. 그치? 근데 그 멍청한 계집애가…… 엄마가 당한 설움을 다 받게 생겼네. 그냥 확, 납치라도 해 올까?"

손을 들어 얼굴을 가린 그의 얼굴에서 기어이 굵은 눈물이 떨어져 나왔다. 그러자 한진이 아들의 손등을 보며 혀를 찼다.

"손은 또 어디서 다쳤어?"

"아픈 건 여기가 아니에요. 엄마 아들이…… 여기가 타들어 가서 아파 죽을 것 같다고!"

태하는 숨이 막혀 죽을 것처럼 제 가슴을 두들기더니 이내 쥐어뜯었다.

"사내새끼가 어디서 병신같이 차이고 와서 옘병, 데리고 와. 엄마가 머리를 다 쥐 뜯어 놓을라니까."

피싯피싯 태하가 웃음을 터뜨렸다.

"내가 사랑하는 우리 엄마 말투 나왔네."

엄마의 여린 성격이 굳은살이 생겨 강하게 되기까지 있었던 일들은 아직도 태하의 기억 속에 박혀 있었다.

네가 누구라고 감히 내 아들을, 천한 네가 어디 내 아들을 망치려느냐고, 지금은 이빨 빠진 호랑이 같은 할머니가 그렇게 호통을 쳤다.

그때의 엄마는 그런 할머니에게 대꾸 한 번을 못 하고 죄인처럼 '죄송합니다.'라는 말만 하염없이 하며 늘 고개를 조아려야만 했다.

그 모습이 보기 싫었던 태하는 사랑하는 여자 모두가 그런 삶을 살아야 하는 게 싫었나 보다.

"엄마가 왜 머리를 쥐 뜯어. 그러지 마. 내 머리 뽑아, 그냥. 자."

들이받을 것처럼 머리를 내밀자 한진이 태하의 머리를 세게 쥐어박았다. 그러자 태하는 제가 생각해도 한심해서 몸을 거칠게 들썩이며 짜증을 냈다.

"아우, 좆같다 진짜!"

허우적거리며 발길질을 하던 태하가 이내 구겨진 얼굴로 엄마를 쳐다보았다.

"지금은 회장님이랑 같이 사니까…… 좋아?"

"그래, 행복해 죽겠다. 왜, 이놈 시키야!"

"됐네, 그럼……. 끝났지 뭐."

한진은 차마 끝까지 못 들어 주겠어서 집에서 일하는 아주머니들에게 '그대로 놔두세요.'라고 말하며 불을 껐다.

텅 빈 거실에 홀로 남자 태하가 그제야 주먹 쥔 손으로 입을 틀어막은 채 울음을 터뜨렸다. 너무나 서럽게 끅끅거리면서.

그러나 아무리 막고 있다 한들 그 넓은 거실에서 울음소리가 새어 나와 집 안에 있는 모든 사람이 숨을 죽인 채 미동도 하지 못하였다.

그 시각 재아는 태하가 준 공모전을 보면서 바깥에서 한참을 서성거렸다. 손가락 끝이 차게 얼어붙어서 감각이 느껴지지 않았다. 깨어 있는 시간이 많았던 재아는 새벽에 잠드는 게 쉽지 않아서 집에 선뜻 들어가지지가 않았다.

그런 그녀를 알아서였을까.

언제나처럼 지금 그녀가 서 있던 자리에 차를 대고 지켜봐 주었던 이준의 차가 아파트 입구로 들어서고 있었다. 반사되는 헤드라이트에 재아가 손을 들어 얼굴을 가렸다.

그가 차 문을 열고 내리면서 재아를 알아보고는 화사하게 웃었다.

"왜 나와 있어요? 나 기다렸어요?"

재아가 소리 없는 미소를 그려 넣었다. 입은 웃지 않는데 어쩐지 얼굴이 조금, 웃고 있는 것 같은 느낌이랄까.

이준은 '하, 살았다.'라는 얼굴을 하며 재아의 곁으로 성큼 다가와 섰다. 그 바람에 손에 들고 있던 프린트 용지를 재빨리 코트 주머니로 감추며 재아가 쭈뼛거렸다.

그러던 그녀가 아, 짧은 신음 소리를 내었다. 그러자 이준의 시선이 아래로 내려갔다. 새 구두를 오래 신고 있던 탓에 그녀의 발뒤꿈치가 까져 있었다.

이준은 무릎을 구부리고 앉았다. 그리고 민망한 듯 뒤로 물러서려는 그녀의 발을 잡고 구두에서 조심스럽게 빼내었다. 이내 뒤돌아선 그는 한 손에 뾰족 구두를 든 채 양팔을 벌렸다.

"업혀요."

"……."

"발 차가워요. 얼른. 말 듣자."

머뭇거리던 재아가 그의 목에 슬며시 팔을 두르자 이준이 벌떡 일어섰다. 뺨에 닿는 남자의 등이 포근하다. 이내 그녀의 호흡이 안정을 찾았다.

"선생님."

"네."

"선생님……."

"계속 있을게요."

그의 등에 기댄 채 재아가 혼잣말처럼 말하였다.

"엄마 보고 싶다."

"보러 갈까요?"

"지금은 늦어서 못 보잖아요."

"근처에 있다가 문 열리는 시간에 가면 되죠."

이준의 목에 팔을 감은 채 재아는 고개를 저었다. 눈물이…… 나올 것만 같다.

"아니면 내일 아침에 일찍 올까요?"

"내일도…… 나 보러 올 거예요?"

"응. 나는 매일 올 건데."

그 말에 숨을 죽이고 있던 재아가 눈물을 뚝, 떨어뜨렸다. 가는 걸음, 제 발등에 떨어지는 눈물을 이준이 모르는 척하며 걸었다.

그리고 그것을 아는 재아도 모르는 척 눈을 꼭 감았다.

"잠들 것 같아요."

"자장가라도 불러 줄까요?"

"음…… 신청곡도 받아요?"

"물론이죠. 말만 해요."

제목을 몰라서 재아가 허밍으로 부르자 이준이 곧 그 음에 곱게 가사를 씌워 다정하게 불러 주었다. 왜 이렇게 구슬픈지 이준은 노래를 부르는 중에 울컥하는 기분을 느꼈다. 그래서 '아기가 혼자 남아' 부분에서는 한 번을 매끄럽게 불러 주지 못했다.

엄마가 섬 그늘에 굴 따러 가면 아기가 혼자 남아 집을 보다가
바다가 불러 주는 자장노래에 팔 베고 스르르르 잠이 듭니다.

팔 베고 스르르르 잠이 듭니다…….

집에 들어서서도 노랫소리가 이어지고 이내 잠이 든 것 같은 재아를 보며 머릿결을 정리해 준 이준은 슬그머니 그녀의 책상 위로 그동안 제가 써 왔던 일기장을 올려놓았다.

이것을 보게 된다면 제 마음 한 자락 들어갈 수 있게 자리를 내주지 않을까 싶어서.

그가 집을 빠져 나가고 잠든 척 눈을 감았던 재아는 혼자 남겨진 그 밤, 제 안의 죽여 놓았던 감정을 꺼내었다.

옷장 안에 채워진 옷들을 찢으면서 짜증을 내고 화를 냈다. 현관 수납장에 있던 쇼핑백을 모조리 집어 던지고 손에 잡히는 대로 물건을 부수고 던졌다. 그 와중에도 라진의 물건에는 손 하나 대지 않았다.

그러던 그녀가 방으로 들어가 엄마의 유품으로 받은 노트북 가방을 쥐었을 땐, 산발적인 움직임을 죽였다. 손가락이 미끄러지듯 가방을 툭, 떨어뜨렸다.

"엄마……."

그리고 무언의 약속이라도 생각난 것처럼 노트북을 꺼내어 화면을 펼쳤다. 그러자 엄마가 그토록 하고 싶었던 말이, 소리로는 전해 줄 수 없던 말이 창에 띄워져 있었다.

「재아야 남 눈치 보지 말고 이기적으로 살아.

엄마 없는 데서 울지 말고. 엄마 소원이야.」

바탕화면을 채운 그리운 엄마의 글씨를 손으로 만지면서 재아는 입술을 깨물었다.

"읍, 읍……."

길지도 않은 짧은 유언이었다. 하지만 그것은 엄마가 최대한 옮길 수 있는 글자였을 게 분명했다. 그것을 보는 순간, 재아는 노트북이 엄마라도 되는 것처럼 세게 끌어안았다.

엄마, 이번 한 번만.

한 번만 봐줘.

오늘까지만 울게.

그동안 참아 왔던 눈물을 일평생 처음이자 마지막으로 흘릴 것처럼 쏟아 내며 큰 소리로 오열하기 시작했다.

때마침 혹여 무슨 일이라도 일어날까 싶어 이따금씩 일을 마치고 집에 들르던 라진이 들어왔다. 그리고 현관을 들어서자마자 들리는 소리에 안도했다.

"됐다. 이제 됐다."

그러나 라진은 재아가 있는 방문을 차마 열지 못했다.

"그래, 실컷 울어라⋯⋯."

라진은 엉망으로 된 물건들을 보고 낮은 한숨을 쉬며 거실 소파에 앉은 채 담배를 태웠다.

그렇게 꽤 많은 시간이 지났을 무렵 드르륵, 방문을 열고 나온 재아의 손에는 작은 트렁크 가방이 들려 있었다. 재아가 라진을 보며 그렁그렁한 눈가에 힘을 주었다.

"갈게요."

라진이 일어서서 그녀를 끌어안았다.

"두 번 다시 보지 말자. 봐도 알은척하지 말고. 난 너 같은 거 모르니까. 알겠어?"

재아는 고개를 끄덕이며 먹먹해진 눈동자를 들어 웃어 보였다. 그것만큼 간단한 작별 인사는 없겠지만, 또 그것만큼 완벽한 것도 없을 것 같다.

비워져 있는 그녀의 가슴에는 이제 채울 일만 남았다. 그것이 좋은 것만 채워지기를.

12. 사랑해도, 돼요?

그녀가 다시 사라졌다.

이준이 멤버십 라운지 바로 들어섰다. 평소 술을 즐기지 않지만 오늘 그에게 필요한 듯했다.

"오랜만에 오셨네요."

남자 바텐더가 들어서는 이준을 보며 알은체를 해 왔다. 그러자 이준은 허탈하게 웃으며 고개를 끄덕이고는 창가 쪽 테이블 대신 바 앞쪽 자리에 앉았다.

"독한 걸로 부탁합니다."

소수만이 드나들 수 있는 이곳의 바는 조용한 분위기에 혼자 오기에는 좋은 장소였지만, 허락된 멤버가 한정적이라 알음알음 아는 사람들이 많은 곳이기도 하였다.

그럼에도 이곳에서 하는 말들은 모두 외부로 유출될 수 없게 직원들의 교육이 철저한 편이라 불편을 감수하고도 올 만한 곳이었다.

남자 바텐더가 말없이 이준의 앞쪽으로 술 한 잔을 내밀었고, 이준은 그것을 묵묵히 삼켰다.

그때 창가 쪽 자리에 앉아 있던 여자가 이준의 옆으로 옮겨 와 앉았다.

"같은 걸로. 무슨 맛인지 되게 궁금하네."

노골적으로 끈적이는 시선을 보내는 여자에게 이준은 눈길 한 번 주지 않고 술만 삼켰다. 그러자 묘한 승부감이 발동한 여자는 의자를 그의 옆으로 바짝 끌어와 앉더니 하이힐 한쪽을 벗어 그의 다리를 쓸었다.

"난 무슨 맛인지 안 궁금해요?"

은밀하고도 끈적이는 움직임을 심드렁하게 쳐다보던 이준은 이내 고조 없는 어조로 말하였다.

"맛없어 보이는데."

싫다는 듯 다리를 쳐 내는 것보다 말로 쳐 내는 것이 더 강하게 느껴지는 말투였다.

그러나 여자는 부끄러움도 모르는지 거절을 당해도 무안한 기색이라고는 없었다. 자세를 고쳐 앉으며 여자는 립스틱을 꺼내어 입술을 수정하면서 말하였다.

"소문에 술집 여자한테 꽂혔다기에 작업 수단을 바꿔 봤는데 방금 건 좀 헤퍼 보였나 봐요. 돌려 말하지 않을게요. 나 그쪽한테 관심 있어요."

그제야 이준의 시선이 적나라하게 여자를 향했다.

"혼자서 술 마시고 싶은데 좀, 비켜 주시겠습니까."

실 한 올 들어갈 틈 없이 뚝뚝 끊어 내리듯 차게 밀쳐 내는 말에 결국 여자는 얼굴을 잔뜩 구긴 채 돌아섰다. 그리고 이제 막 입구를 향해 들어선 남자가 그 자리를 채웠다.

힐끔 뒤를 돌아보며 나가는 여자를 보던 원석은 제가 다 아쉽다는 듯 입맛을 다시며 이준 쪽으로 의자 방향을 틀었다.

"소문이 사실이었어?"

이준은 한쪽 팔을 비스듬히 괴고서 원석을 쳐다보았다. 한국에 돌아온 자신의 환영식을 일프로에서 해 준다고 데려간 친구였다. 평소에는 좋아하지 않는 친구 놈이었는데 지금은 고맙다고 말을 해야 하나 고민하고 있을 때였다.

이준의 앞에 놓인 술을 삼키며 원석이 말하였다.

"술집 여자한테 꽂혀서 정신 못 차린다는 소문, 그거 사실 아니지? 내가 너 거기 데려가고 나서 그런 소문 들리니까 죄책감처럼 신경 쓰이더라. 유희 내가 종종 지명했었거든. 다른 애들이랑은 다르게 분위기 있지. 솔직히 걔 밖에서 봤으면 무진장 꼴렸을 것 같긴 한데……."

"닥쳐 줄래?"

"뭐?"

"못 들었어? 닥치란 말. 혼자서 조용히 술 마시러 왔는데 자꾸 개가 짖으니까 술맛이 떨어지잖아."

"이 자식, 소문이 사실이었네. 나는 네가 얼마나 대단한 여자랑 결혼하려고 그렇게 고르고 고르나 싶었는데, 겨우 만나는 여자가 술집 여자?"

"조용히 하라고 했다."

"기막혀서 정말. 말이 안 나온다."

"네가 생각하는 그런 여자 아니니까, 말 함부로 지껄이지 마."

"강이준 너 고개 돌려 봐. 보이냐. 여기 여자들 지금 너랑 어떻게 한번 해 보려고 호시탐탐 눈길 보내고 있는 거? 여기 있는 애들 아무나 잡아도 술집 년보다 부족한 애 없어. 아, 외모 하나 있겠다. 그냥 그런 애들은 다리 벌려 준다고 하면 몇 번 먹고 갖다 치워 버리면……."

원석의 몸이 뒤로 발라당 젖혀진 건 순식간이었다. 회전의자를 그대로 긴 다리로 걷어찬 이준이 원석을 노려보았다.

"두 번 말 안 할 거니까 잘 들어. 네가 오해를 크게 하고 있는데, 그 여자 만나고 싶다고 만날 수 있는 여자 아니거든. 여기 있는 여자?"

이준은 고개를 돌려 주위를 훑더니 원석을 향해 냉담한 시선을 내리깔았다.

"내 눈엔 여기가 더럽고 역해 보이는데. 난 관심 전혀 없으니까 너나 잘 골라서 만나."

그대로 바를 나온 이준은 제 차 뒷좌석에 앉았다.

얼마 지나지 않아 도착한 대리기사에게 가 달라고 한 곳은 재아의 집 앞이었다. 항상 그러하듯 기다리는 입장은 그였다.

불 꺼진 집 앞에 선 채로 역시나 꺼져 있는 휴대폰에 전화를 걸기를 수차례. 그가 할 수 있는 건 아무것도 없었다.

이준의 입가에서 차가운 한숨이 길게 흩어져 나왔다.

"어디서 찾아야 하나. 기다리는 건…… 이제 자신 없는데."

이렇게 무기력하고…… 허탈하게 만드는 여자에게 명분을
달라고 하고 싶다.

그녀의 곁에 선 남자가 나라고.

강이준이라고.

목적지는 정하지 않은 채 무작정 밖으로 나온 재아는 이곳
저곳을 다녔다. 처음으로 기차를 타고 배를 타기도 했다. 길을
물어 가면서 오다가다 사람을 사귀기도 하고 마음에 든 경치가
있으면 그곳에 며칠을 숙박하기도 했다.

저녁에는 쉬이 잠들지 못했던 재아는 바쁘게 돌아다니고 나
면 숙소에 도착하자마자 지쳐 곯아떨어졌다. 오랜만에 달게 잠
을 자고 일어난 몸은 예전보다 살이 붙었지만 무게는 이상하게
더 가볍게 느껴졌다.

길을 옮겨 가는 중에도 그녀의 노트북은 항시 켜져 있었다.
빈 페이지였던 문서 위 서툴게 채워지던 활자들이 점점 더 속
력을 높이고 있었다. 글을 쓰면서 재아는 실로 오랜만에 행복
한 듯 조용히 미소 짓기도 했다.

태하가 말했던 대로 글 안에서는 현실을 떠나 마음대로 세
상이 그려졌다. 그것이 신기하고 좋았다. 놓았던 글을 다시 쓰
는 건 쉽지 않았지만 한 자 한 자 진심을 다해 썼다.

진심이 느껴지지 않는, 상투적인 글은 한 줄도 쓰지 않은 그
녀의 글에는 고집이 느껴졌다.

그녀가 일하면서 많은 사람들을 지켜본 결과 깨달은 것은
사람들의 행동에는 하찮은 것에도 이유가 있다는 것이었다. 가

령 저 사람이 말을 할 때 지나치게 눈을 깜빡인다거나, 테이블 아래에서 손을 쥐락펴락하고 있을 때면 거짓을 말하고 있다는 것이었고, 이유가 없는 친절은 좋아하는 사람 혹은 가족이 아니고서야 불가능하다는 사실이었다.

그리고 그저 듣기 좋은 말만 늘어놓는 사람일수록 경계를 해야 한다는 것이었다. 형제처럼 우애를 다지던 사람들도 한쪽에서 문제가 생길 경우엔 남보다 못하게 돌아설 때가 많았다.

잘 웃는 사람일수록 감추는 이면이 많았고, 쓴소리를 하는 사람일수록 진정 누군가를 위하는 사람이라는 것을 알게 되었다.

술판에서 벌어지는 처세술, 이미 꼭대기 층에서 군림하고 있는 사람들이 보는 관점은 일반 사람의 관점에서는 생각지도 못한 것들이 많았다.

따지고 들자면 구미가 당길 만큼 재미난 소재가 많았지만 재아는 그보다 아래, 더 넓은 사람들의 이야기를 써 보고 싶었다.

그녀의 글에는 엄마도 살아 있었고 모든 사람의 시선이 따듯했다. 사람들 틈에 둘러싸여 사랑받고 있는 주인공을 그리며 그녀는 수줍은 듯 볼을 붉히기도 하였다.

글이 안 써지는 날에는 커피숍에 와서 사람을 보았고, 그러다 보면 다시 써졌다.

유리벽처럼 닿지 않던 게 사람이라고 생각했는데…….

말을 걸어오면 대답을 하는 게 처음에는 낯설어 머뭇댔지만 지금은 여유 있게 웃어 줄 수도 있다.

"문 닫을 시간 다 됐는데요?"

문이 열리는 시각에 와서는 점원의 이런 말을 들은 적이 한두 번이 아니었다.

어느새 거리에는 성큼 다가온 크리스마스로 불빛이 반짝거리고 캐럴이 울려 퍼지고 있었다. 몇 주째 들렸지만 오늘은 어디를 가든 무한 반복되는 노래였다.

그리고 그 노래만큼이나 어딜 가든 그녀의 손에는 항상 낡은 가죽으로 마감 처리된 노트가 들려 있었다. 아끼면서도 여러 번이나 읽었다. 이제는 눈 감고도 외울 만큼.

결심했다는 듯 자리에서 일어선 재아가 점원을 향해 물었다.

"오늘이 며칠이죠?"

"크리스마스이브잖아요, 24일."

벽에 걸린 시계는 저녁 6시를 가리키고 있었다.

"내일도 오실 거예요?"

요 며칠 얼굴도장을 찍으며 커피숍을 왔던 재아를 향해 점원이 수줍게 물어보자 재아는 입술을 꼼지락거렸다. 소라 등을 귀에 댔을 때 들릴 것처럼 잔잔하게 흩어지는 음성이 보시시 흘러나왔지만 점원은 알아들을 수 없었다.

얼마 지나지 않아서 오랜 시간 머물러 있던 흔적을 말끔히 치운 뒤 나가는 여자의 인영이 커피숍 종소리가 짤랑, 울리면서 사라졌다.

귀신에 홀린 것일까 싶어 점원이 제 뺨을 살짝 꼬집었다.

'못 올 것 같아요.'

2016년 9월 8일

아무리 생각해도 유희라는 이름보다는 재아라는 이름이 훨씬 예쁜데, 언제쯤이면 네 이름으로 부를 수 있을까.

2016년 10월 13일

예전보다 마른 너의 어머님이 나를 한 번에 알아봐 주셨어. 그게 조금은 울적하면서 기분이 좋은 날, 어머니와 너의 닮은 점을 찾아봤어.

그건 너처럼 어머님이 너를 아주 많이 사랑한다는 거야.

아무 말도 하지 않는 눈을 들여다보면, 보인다는 게 참 신기해. 그래서 나는 오늘도 너를 조금 더 빤히 쳐다보려고.

어제보다 더 커졌나, 아니면 아직도 망설이고 있는지 확인하면서 안심하는 내 마음을 너는 알까.

그런 거 너는 평생 몰랐으면 좋겠다.

네 마음을 눈에만 담고 있는데, 거기서도 숨기면 이젠 어디서 찾아야 할지 조금 자신이 없어서.

나는 그런 면에선 확실히, 음흉한 것 같아. 너보다는 마음을 잘 숨기니까.

그리고 넌 확실히 솔직하고, 예뻐.

어제보다 오늘은 더 솔직했으니까 더 예뻐.

진짜 많이…… 예뻤어.

346

2016년 12월 9일

제아야, 이거 보고 있어?
쉬워겠다고 생각하고 쓴 건 아니었는데......
네가 너무 혼자만의 세상에 있는 것 같아서 내 세상은 이랬어, 보여
주려고. 여기가 진짜 내 세상이야. 너로 가득 차 있는.

지금 이 순간에도, 혼자라고 생각하지 않았으면 좋겠다.
나는 너를 보는 순간, 너를 혼자 둔 적이 없으니까. 지금도 이렇게 내
머릿속에 하루 종일 가두고 있으니까.
그러니까 내일도 보고...... 또 내일도 보자.
우리, 그렇게 하자. 오래오래.
여기서 오래오래는 진짜 '오래오래'를 뜻하는 거야.

나는 그럴 자신이 있는데,
제아야, 너는...... 어때?

이준과 함께 갔던 바닷가를 떠올린 재아는 바닷가의 이름이 생각나지 않아서 그와 함께 갔던 한정식집 이름을 기억해 냈다.

택시를 타고 그곳으로 향한 재아는 이준과 함께 갔을 때 나란히 찍히던 발자국을 머릿속으로 그렸다.

그리고 지금은 혼자 걷는 길을 내려다보았다.

"······."

비가 오지 않아서 질퍽거리지 않고 단단한 모래 옆에 돌멩이 하나를 주워 와 발자국을 그려 넣었다.

재아는 그 발자국 위로 두 발을 디딘 채 머물렀다.

같은 길을 함께 걸어간다는 건 분명 쉽지 않을 것이다.

재아는 어둑어둑해져 가는 노을을 바라보았다. 햇살이 내려가는 시간. 노랗던 태양이 제 몸을 태우고 붉게 작렬하고 있었다. 지독한 어둠을 맞고서야 해는 언제 그랬냐는 듯 다시 떠오를 것이다. 그 어둠이 지나서야 말이다.

그리고 그것을 견뎌 낸 일출이 가장 아름답지 않은가.

무서워서 숨는 건 그만해야겠다고 다짐했지만 재아는 혼자서 해산물 정식을 깨끗이 다 먹고 계산할 때쯤 망설여졌다. 주저하는 손끝이 가늘게 떨렸다.

엄마의 유언대로 이기적으로 살아 볼까 싶다가도······ 작아지는 제 모습과 커지는 욕심들이 창문 밖 물결만큼이나 부딪치고 흔들렸다.

"계산 안 하실 거예요?"

점원이 부르는 목소리에 재아는 바닷가를 쳐다보던 시선을 천천히 거두었다. 그리고 결의에 찬 눈빛으로 카드를 하나 꺼내었다. 그것은 일전에 이준이 한도를 정하지 않았다고 매일 보자고 주었던 것이었다.

"이걸로…… 계산할게요."

단 한 번도 사용하지 않은 골드카드를 처음으로 꺼낸 재아가 속눈썹을 바르르 떨며 계산기 창에 뜬 숫자를 바라보았다.

때늦은 저녁 크리스마스이브 파티에도 분위기는 우중충했다. 가족들과 거실 소파에 둘러앉아 있던 이준은 금세 와인글라스를 내려놓았다. 가족 모두가 이준에게로 조용히 시선이 쏠려 있던 터라 자그마한 움직임에도 반응하는 속도가 빨랐다.

한참을 망설인 끝에 전 여사가 운을 떼었다.

"일단, 한번 만나 보자."

그러자 강 회장이 고개를 들고는 처음으로 아내에게 굳은 얼굴로 정색했다.

"당신 지금 무슨 소리를 하는 거요."

"아들이 저렇게 좋다는데 나는 궁금해요. 며칠 새 얼굴도 상해서 보기 안쓰러워 죽겠는데…… 보기라도 해야겠어요."

강 회장을 향해 말하던 전 여사가 이준을 돌아보았다.

"허락한 거 아니야. 그냥 얼굴만, 얼굴만 보겠다는 거야."

"지금은 그게……."

안 될 것 같다고 말하려던 이준은 아랫입술을 사리물었다.

언제나 타이밍은 저를 비켜 나간다고 생각한 그 순간, 휴대폰 문자 음이 짧게 울렸다.

[Web발신]
KoreaBank 대한민국카드
7*7* 강*준 님 12/24 10:23
18,000원
해돋이해산물24

그것을 본 이준이 자리에서 벌떡 일어났다.
"데리러 가야겠어요."
"그게 무슨……."
"보고 싶다면서요."
"지금 시간이 몇 신데 얘는…… 준아!"

전 여사의 부름에도 이준은 쏜살같이 차 키를 챙겨 현관을 나가고 있었다. 집으로 들어오고 있는 이설이 그를 불렀으나 그의 귀에는 들리지 않았다.

운전대를 쥐어 잡은 채 이준은 처음으로 제한 속도를 무시하며 밟았다. 그렇게 해서 그가 도착한 곳은 약속했다는 듯 선착장 앞이었다.

그곳엔 바닷가를 향해서 조약돌을 던지고 있는 재아가 있었다.

'온다, 안 온다.' 그렇게 속으로 말하며 모아 놓은 돌이 손바닥에서 하나쯤 남았을 때 자동차 바퀴가 크게 긁히는 소리가 들려왔다.

"……온다."

재아가 차 문을 열고 내리는 이준 쪽을 돌아보았다. 그녀는 웃으면서도 울고 있있다.

"크리스마스니까……."

서 있는 그녀를 보자마자 이준의 눈가가 실그러진다.

얼마나 보고 싶던 얼굴인지, 다시 놓칠까 봐 얼마나 찾아 헤매던 얼굴인지 모른다. 할 수 있는 건 기껏해야 받지 않는 휴대폰에 전화를 걸거나 들여다보는 일뿐이라서. 무기력하게 느껴지는 자신을 저주했더랬다.

"선물 받아도 될 것 같아서……."

시간은 벌써 밤 12시를 가리키고 있었다.

크리스마스의 선물처럼 그가 시간에 맞추어 나타나자 재아가 가녀린 숨을 토해 냈다.

일정 거리를 유지한 채 이준은 눈을 감았다가 하늘을 쳐다보았다가 바닥으로 시선을 내렸다. 그리고 천천히 두 팔을 벌린 채 그녀를 바라보았다. 사근사근 부드럽게 곧잘 휘어지던 눈매가 찌푸려진다.

"나쁜 아이한테 선물은 없어. 화나 죽겠는데 화내기 싫으니까, 네가 와서 안겨."

말이 끝나기도 전에 후다닥 뛰어 들어가다시피 한 재아는 이준의 품에 안겨 들었다. 이준의 목에 양팔을 감고서 눈물을 쏟아 냈다. 이 눈물은 슬퍼서 흘리는 게 아니었다.

"말없이 사라지는 거 이제 끝이야. 여기 나 부른 거 너잖아."

재아가 눈을 감은 채 크게 고개를 끄덕였다.

"아끼고 아껴서 받기 힘들어질지도 몰라, 내 마음. 그래도 참아."

연거푸 고개를 끄덕이는 재아의 얼굴을 보기 위해 이준이
제 어깨를 슬며시 뒤로 젖혔다.

"이재아."

"내 이름…… 더 불러 줘요. 맞아요. 내가 이재아야……."

다시는 '유희'라는 이름으로 불리고 싶지 않다.

재아는 배시시 눈가를 접으며 그의 어깨에 깊숙이 고개를
묻었다. 그러자 이준은 깊이 안도하며 그녀를 힘주어 가두었
다. 그리고 다소 짓궂게 속삭였다.

"이재아 씨는 어디까지가 허용이에요?"

그 말에 재아가 여린 호흡과 함께 입술을 열었다.

"없어. 강이준 씨한테는 한계가 없어. 전부 다……."

포개어졌던 몸이 느슨해지면서 두 사람의 얼굴이 서로를 바
라보았다.

바라만 봐도 좋다고 생각했는데…… 닿지 않고 그저 바라만
보는 것만큼 가혹한 벌이 있을까.

재아는 이준을 향해서 떨리는 숨과 촉촉이 젖어 든 목소리
로 그녀가 말할 수 있는 한 천천히, 입술을 열었다. 두 번 다시
물어볼 일은 없기에 잘 들으라는 것처럼.

"사랑해도…… 돼요?"

내가 정말…… 그래도 될까.

욕심내도 될까요.

나만 욕하는 게 아니라, 나 때문에 강이준 씨가 억울하게 많
이 욕먹을 텐데. 그래도 될까요, 정말.

그에 이준은 대답하듯 재아의 입술에 깊게 입을 맞추었다. 그리고 어둠보다 짙게, 타오르는 태양보다 강하게 속삭였다.

"돼요, ……사랑해도."

재아의 귓불을 깨물고서 이번에는 그가 잘 들으라는 듯 세게 말하였다.

"이미 사랑하고 있어, 나는. 너도 알다시피."

처음 본 그 순간부터.

이제야 만난 두 사람은 하나의 원을 그리는 것처럼 서로의 몸이 아쉬워 떨어질 줄 몰랐다.

그리고 그들의 뒤로 소리 없는 발걸음이 멈추어 섰다.

틈도 없이 맞물리는 그림자를 보며 멀찍이 떨어져 있던 태하는 눈가를 문질렀다. 말도 없이 사라진 그녀를 볼 수 있는 방법이 강이준의 근처를 배회하는 것뿐이었던 태하는 그를 따라서 이곳으로 온 터였다.

차를 등지고 선 태하는 그녀의 그림자도 밟을 수 없던 제 긴 그림자를 보며 비식 입꼬리를 올렸다.

누군가의 등을 보기 시작하면 이미 늦은 거라고, 제 어깨를 스치고 지나가는 그녀의 등을 몇 번이나 앞으로 돌려세우라고 아우성치던 그는 결국 그림자처럼 바라봐 주고 있었다.

선착장에서 보이는 그녀를, 언제나 그녀의 그림자처럼 태하가 그 뒤를 따랐다. 그림자는 실체가 없지만 본체가 움직여야만 나타났다. 그것이 태하에게는 재아였다.

'유희'로 알고 있었는데…… 이제는 그 이름마저 지워 주어

353

야 하겠지.

담배에 불을 붙이고 태하는 인상을 썼다. 바람결에 그의 머리카락이 흩날렸다. 날카로운 눈매가 조금은 부드럽게 풀려 있었다.

태하는 휴대폰을 들어 귓가에 가져갔다.

"대현그룹 강이설이랑 선볼게. 자리 좀 만들어 줘."

내가 해 줄 수 있는 게 이것뿐이라서.

첫사랑은 이루어지지 않는다는데, 너는 이뤄라.

✳ ✳✳✳ ✳
13. 아직, 끝나지 않은 이야기

    모았던 돈의 일부만을 제외하고 모두 병원에 기부한 재아는 제 몫으로 작은 집 한 칸을 마련했다.

    손볼 데가 많은 오래된 집은 비록 5층짜리 다세대 빌라 건물 옥상에 딸린, 작은 방 한 칸이 전부였지만 제 몸 하나 들어갈 공간치고는 넓었다.

    그리고 그녀가 살면서 가장 높은 곳에 자리 잡은 집이었다. 조금 더 긍정적으로 말하자면 소담한 집, 작은 방 하나에 거실이 있는 공간은 꽤나 아늑했다. 발품을 팔아서 구한 집은 처음에는 휑했지만 여기저기 손을 본 탓에 꽤나 멋들어지게 변했다.

    식탁, 의자, TV대, 책상, 서랍장 모두 반 조립으로 된 원목을 주문해서 이준이 조립을 하고 사포질을 하면 재아가 스테인과 바니쉬를 덧발랐다. 처음에는 호기심으로 시작했던 인테리어 소품에서 점점 더 스케일이 커진 건 의외로 손재주가 남다른 이준 덕택이었다.

작은 베란다에 화분을 올려 두기 위해서 벤치 하나를 조립했을 때 이준이 재아를 돌아보았다. 끈 하나로 머리를 돌돌 말아 질끈 묶어서 드러난 얼굴 여기저기에는 이미 염료로 엉망이었다.

그러나 꽤나 고심해서 바르는 표정이 귀엽기까지 하다. 진중한 표정과 비례해서 실력까지 있었으면 좋았을 것을.

"꼼꼼히 발라야지. 힘들게 조립해서 줬는데 이렇게 페인트가 삐져나와서 되겠어요?"

거친 나뭇결에 행여 여린 손이 다칠까 싶어 땀을 뻘뻘 흘리며 사포질을 하던 그가 채색을 하고 있는 재아에게로 다가왔다.

파란색의 천연 염료인 스테인을 붓질로 바르는 게 답답했는지 재아가 스펀지를 흥건히 묻혀서 문지르자 섬세함이 떨어지는 건 당연한 수순이었다.

"나는 한다고 하는데, 자꾸 타박만 줄 거예요?"

"어어, 방금 거기 또 삐져나왔잖아요."

"자꾸만 눈을 세모나게 뜨고 지켜보고 있으니까……."

"내 눈 모양이 세모예요, 지금?"

"네, 완전 미운 세모."

재아가 눈 모양을 과장되게 일그러뜨리자 이준이 웃음을 터뜨리며 소매를 걷어붙였다.

"이리 줘 봐요. 내가 해 볼게."

바닥에 신문지를 깔고서 이준은 자리에 드러누웠다. 상판의 염료가 마르지 않았기에 엎어 놓고 채색을 할 수도 없고 마를 때까지 기다리고 싶지 않은 그의 선택이었다.

그는 붓에 묻힌 스테인이 뚝뚝 떨어져 나오지 않게 농도를 조절해서 부드럽게 칠하였다.

매끄러운 결대로 명암의 일정한 색이 나오는 것을 보며 재아는 어느 것 하나도 그보다 잘하는 게 없는 것 같아서 심통이 난 얼굴이 되었다.

"보이지도 않는 안쪽은 굳이 왜 칠하는 거예요?"

"내가 알고 재아 씨가 알잖아요. 여기에 색칠 안 하면."

"그게 뭐 어때서……."

"원래 보이지 않는 부분일수록 정성 들이는 편이에요, 나는."

"이상하네."

재아가 입술을 삐죽이자 이준이 어깨를 으쓱였다.

"그래서 내가 이면이 없죠."

그가 옆에 누우라는 듯이 손을 뻗어 바닥을 두드렸다. 이내 신문지를 깐 바닥에 그녀가 쪼그려 앉았다. 그러자 이준은 재아의 손을 죽 잡아 끌어당긴 채 붓을 쥐여 주고서 그 위에 제 손을 포개어 잡았다.

"이렇게 한 번에 스윽, 그래야 색이 고르게 나와요."

"이렇게요?"

따라서 한번 그어 본다.

"잘했어요."

칭찬 한 마디에 금세 기분이 좋아진 재아는 곱게 칠해진 위를 다시 한 번 칠해 보았다.

파란색 지붕에 누운 것 같은 둘만의 공간. 마지막 줄 하나를 남겨 놓고 농도를 잘못 조절해 뚝, 스테인이 그녀의 이마를 타고 뺨 아래로 흘러내렸다.

그러자 울상 짓는 표정이 어여뻐서 이준이 붓을 들어 그녀의 코끝에 점처럼 찍었다. 재아도 질세라 스펀지를 들어 그의 뺨에 눌렀다. 그러고는 손을 붙잡혔다.

이미 엉망으로 된 티셔츠를 내려다보던 재아가 그를 흠씬 째려보았다.

"선생님이 먼저 시작했잖아요."

"그러게 누가 그렇게 예쁜 표정으로 유혹하래?"

"내가 언제……."

재아의 손을 제 쪽으로 당기며 이준이 상체를 일으켜 세웠다. 그러자 양손을 붙잡힌 재아가 입술을 달싹였다.

"지금."

입술이 겹쳐지고 이준의 손이 슬금슬금 재아의 허리 안쪽으로 들어와 속옷으로 감싼 가슴을 움켜쥐었다.

"하으읏."

자연스레 반응하는 몸이 부끄러워 재아는 입술을 깨물었다. 그리고 그녀의 앙다문 아랫입술을 깨물며 이준이 나른하게 속삭였다.

"다른 데 들어가기 전에 입술 열어요, 얼른."

위험한 협박이자 달콤한 말.

밤은 아직 오기도 전인데 벌써부터 짧았다.

쪼옥 쪽, 마주치는 입술 위에 빙그르르 웃음이 맺힌다. 이준은 재아의 얼굴 곳곳에 입을 맞추었다. 간지럽다는 듯 찡그리는 미간, 귀밑머리, 관자놀이, 어디 하나 예쁘지 않은 데가 없어서.

"이제 이 손은 내 거예요. 못살게 굴지 않기."

그렇게 말하며 손가락에도 입술 깍지를 끼듯 하나하나 입을 맞추었다. 그러고는 밤새 재아를 괴롭혔다.

이준은 재아의 몸 여기저기에 제가 닿은 흔적을⋯⋯ 남겨 놓았다.

돌아보면 어디 하나 그의 손길이 닿지 않은 곳이 없었다.

그렇게 여기저기 닿은 그의 손때와 함께 만들었던 추억이 묻어 나와 재아의 강박증과 불안증은 차츰차츰 나아지고 있었다.

이제는 손을 문지르는 횟수도 현저히 줄어들었고 병적으로 무언가를 정리하는 일도 없어졌다. 그 덕에 예전보다 깔끔한 느낌은 사라졌지만 마음만큼은 편안해졌다. 물론 온전해졌다고 말할 수는 없지만 이준과의 만남에서 안정을 얻고 있는 건 분명했다.

좌식 소파에 몸을 웅크리고 앉은 재아는 무릎 위에 담요 하나를 덮은 채 시나리오의 마지막 부분을 채웠다. 그리고 마지막 대사를 삽입하기 전에 손가락을 쥐었다 폈다.

이 원고가 저에게 치유가 되었듯 누군가에게는 선물이 되기를 바라는 마음이다.

마침표를 누르고 나자 시간은 벌써 7시가 되어 있었다. 아슬아슬하게 마감 시간에 맞추어 원고를 접수한 재아는 약속 시간에 늦겠다는 생각에 서둘러 자리에서 일어났다.

재촉을 하는 것처럼 울리는 문자메시지는 보지 않아도 이준일 게 뻔했다.

오늘은 그가 새로 시작하게 된 일을 축하해 주기로 한 날이었다. 그래서 재아는 평소보다 신경 쓴 태가 나는 원피스를 입고 집을 나섰다.

[이럴 줄 알고 내가 데리러 간다고 한 건데.]

약속 장소에 진즉에 도착한 이준은 사람들의 시선이 모여드는 창가 자리에 앉아 있었다.

키가 큰 남자의 날렵하게 잘빠진 체구. 그러나 팔을 걷었을 때 보이는 실핏줄 사이로 보이는 자잘한 근육. 단정하게 타탄 체크 남방을 받치고 입은 베이지색 니트, 결이 좋은 까만 머리카락, 섬섬옥수 같은 손가락이 키패드를 누르고 비스듬히 고개를 틀었을 때 언뜻언뜻 보이는 남자의 화사한 미소.

어디 하나 눈길을 잡아끌지 않는 곳이 없어 거리를 지나가다 유리창 너머의 그를 보고 레스토랑으로 들어오는 이가 있을 정도였다. 얼마 가지 않아서 레스토랑 안은 사람들로 북적거렸다.

조용하고 식사가 꽤 괜찮다고 소문이 난 터라 예약을 한 것인데 소란스러워진 분위기에 이준이 힐끔 주위를 돌아보았다.

"안 되겠네."

아직 많은 사람들 틈에 둘러싸이는 것을 부담스러워하는 재아를 배려해 장소를 변경할까 고민하던 그때였다.

딸랑.

문 위에 달린 종이 울리면서 발을 들이는 재아의 모습에 이준이 손을 흔들었다. 그러자 사람들의 시선이 그림 같은 두 사람에게서 떨어질 줄 몰랐다.

저 정도는 되어야 남자의 옆에 앉을 수 있다는 듯 그저 묵직한 숨을 토한 여자들은 체념한 듯 액자처럼 그들을 바라보았다.

자리에서 일어난 이준이 재아의 어깨에 손을 얹고서 나직하게 물었다.

"사람이 좀 많다. 다른 데로 옮길까요?"

조용히 맞은편 의자를 빼고 자리에 앉은 재아는 고개를 젓고는 메뉴판을 펼쳤다.

그런 식으로 습관적으로 얼굴을 가린 그녀가 이내 작게 고개를 내밀었다. 눈만 보이지만 그 눈이 예쁘게 웃고 있는 것은 다행이었다.

"오늘은 많은 사람들 속에서 축하해 주는 게 더 좋을 것 같아요. 이번 일, 자기가…… 많이 준비한 일이잖아요."

선뜻 그녀가 '자기'라고 부르기까지 그의 혹독한 훈련 과정은 은밀했다. 한계까지 몰아붙이는 이준에게 이제는 재아가 알아서 척척 불러 주었다.

이준이 만족스럽다는 듯 부드럽게 미소 지었다.

"듣기 좋다, 자기."

모든 분야의 대표 원장을 그가 취임한 병원으로 모셔 오기까지 그의 노력이 들어가지 않은 데가 없었다. 그런 면에서는 어느 정도 아버지의 신임을 얻은 터였다.

"의사 포기하고 병원 일 하는 거 후회 없어요?"

"환자를 살리는 게 수술만은 아니더라."

VIP 시스템 위주의 병원을 바꿀 수 있는 건 의사가 아니고 병원을 관리하는 관리인이었다. 그래서 이제는 정말로 긴급한 환자들에게 양질의 수술을 할 수 있게 하는 것이 그의 일이 되었다.

더불어 돈을 낼 형편이 되지 않는 환자에게는 일정 수익금을 병원 내부에서 후원해 주는 것.

환자와 보호자가 믿고 맡길 수 있는 병원.

그야말로 이상적인 시스템이었다. 현실과 동떨어진 방식에 이윤 추구가 되지 않을 거라고 혹자는 말했지만, 이준은 진심을 다해 최상의 환경을 만들어 준다면 수술을 하는 의사도 사명감을 가지고 일을 할 것이고, 그 결과는 자연스레 좋아질 것이라 믿는 쪽이었다.

돈을 좇기보다는 분명한 개선을 하는 것. 따라가는 것은 결국 뒤꽁무니만 보고 앞지르지 못할 것이라는 판단이었다.

애초에 다른 길로 가서 낚아채는 것, 그게 그의 선택이었다. 물론 그 안에는 그가 애초에 의사를 하고자 마음먹었을 때의 이념이 가장 크게 자리해 있었다.

"지금은 나부터 살아야겠고."

자리에서 일어난 이준이 그녀의 등 뒤로 다가갔다.

"자기야, 눈 감아 봐."

그 말에 재아가 곱게 눈을 감았다. 허전했던 목 뒤로 금속 물체가 채워지는 소리가 들린다.

"평생 나한테 묶였어. 어떡할래? 도망갈 수도 없는데."

"……옆에 있을래."

"오늘 선물 진짜 마음에 든다."

선물은 제가 해 주고도 그녀의 대답이 선물인 듯 이준이 활짝 웃었다. 그러고는 옆자리로 옮겨 앉은 그가 재아에게 은밀하게 속삭였다.

"포장도 풀고 싶을 만큼, 오늘 예쁜 옷 입었네?"

"아…… 음."

"자기는 수줍어할 때가 가장 예쁘더라. 어서 내 옆에 와 줘라. 완전히."

고개를 세운 채 재아가 이준을 바라보았다.

"결혼하고 연애 오래 하자, 우리. 매일 연애하는 기분으로 살게 해 줄게."

요즘 같은 LTE급 시대에 어울리지 않게 빙빙 돌고 돌아서 어렵게 시작한 연애를, 남들 다 하는 기간 채워서 하려고 한다면 그의 애간장은 다 타서 없어질 것 같다. 그렇게 잔인한 일은 한 번이면 충분했다.

이른 프러포즈에 재아가 속눈썹을 파르르 떨었다.

가득 차게 다가오는 행복이 너무 깊어서 망설여진다. 하고 싶다는 말보다는 '그래, 해요.'라고 말해 주고 싶다.

그러나 평범하지 않은 그의 옆자리로 가는 것을 그의 부모님이 허락해 주실까. 머릿속 생각이 무겁게 짓눌러진다. 이제는 제가 기다려 볼 차례인 것 같다.

그녀의 생각을 읽은 듯 이준이 재아의 눈을 지그시 쳐다보았다.

"다른 건 그만 보고, 그냥 나만 봐요."

이준은 천천히 고개를 끄덕이는 재아를 당겨 안은 채 작은 정수리에 입술을 묻고 말하였다.

"그래도 돼. 나 그 정도 능력은 있어."

'진짜야.'라고 속삭이는 목소리에 재아가 그의 팔에 손을 얹으며 말하였다.

"알아요."

프러포즈의 날 이후로 시간은 무섭도록 빨리 지나갔다.

이준의 부모님과 저녁을 하기로 한 날, 재아는 집으로 데리러 온다는 그를 기다리지 못하고 그가 일하는 곳으로 갔다.

입구 앞에 선 재아는 회전문 안으로 들어서자 오랜만에 맡아 보는 병원 냄새에 얼굴이 흐려졌다. 향수처럼 떠오르는 기억에 한 발을 떼기가 힘들어 멈추어 섰다.

늦은 저녁에 오는 병원은 왠지 다른 것 같다. 바깥에는 나무 끝에 매달린 오렌지색 전구가 불을 밝히고, 사람들도 많지 않아서 낮보다도 외롭게 보인다.

같은 병원이 아니었어도 엄마가 오래 머물렀던 그곳도 이곳과 다른 풍경일 것 같지는 않다.

간병을 맡아 주셨던 이모님이 엄마를 모시고 밤 산책을 나왔을 테지만 일하느라 함께 걸어 본 기억이 나지 않아 재아의 고개가 절로 숙여졌다.

불과 몇 달 전만 해도 제집처럼 드나들던 공간이었는데 이제는 어디를 가도 환자복을 입은 채 그녀를 바라보는 엄마가 없다.

잊어버렸던 목소리가 듣고 싶고, 움직여 팔을 뻗어 저를 안아 주었으면 하고 바랐던 엄마가 없다.

지금은…… 표정 없이 바라만 봐 주어도 좋을 것 같은데.

정말 그래만 준다면, 이제는 더 바랄 것도 없는데.

재아는 천천히 눈동자를 굴려 높은 천장을 바라보았다.

오늘은 그의 부모님을 정식으로 만나기로 한 날이다. 살아 있었다면 당연히 그 옆에는 엄마도 함께였어야 할 자리.

우중충하게 가라앉으려는 기분을 간신히 붙잡아 깊게 숨을 들이쳤다. 그러다 앞에 서 있는 이준을 알아본 재아가 고개를 천천히 저으며 작게 미소 지었다.

이제는 병원에서 그가 흰 가운을 입은 채 주머니에 손을 넣고 멋지게 다가오는 모습을 볼 수 없다는 것이 아쉬웠지만 정갈하게 차려입은 슈트와 옷맵시는 병원에서도 단연 돋보였다.

성격은 변하지 않는지 휠체어로 혼자 이동하는 환자를 엘리베이터로 끌어다 준 이준이 웃으면서 돌아보았다.

"오늘은 안 늦었네?"

언제 저를 알아본 걸까. 뒤통수에 눈이라도 달린 걸까 생각하던 재아가 대롱 매달린 눈물을 손가락으로 찍어 내며 멋쩍게 차려입은 옷을 내려다보았다.

"나…… 괜찮아요?"

입 모양으로 작게 묻자 나직하게 숨을 내쉬며 그가 검지를 세운 채 턱을 긁었다. 긴장되는 제 마음을 아는지 모르는지 여유를 부리는 태도에 재아가 이준에게로 다가왔다.

"별로면 지금 말해. 옷 갈아입고 올게요."

"정말?"

"진짜 별로예요? 어떡해. 이것도 고르는 데 시간 많이 걸렸는데."

재아가 핸드백을 바닥에 끌릴 기세로 내려뜨리자 이준이 팔짱을 끼라는 듯 팔 하나를 구부린 채 고개를 기울였다.

"얼른 갑시다. 더없이 완벽하니까."

부드럽게 머금은 웃음이 간지럽게 내려앉는다. 재아는 그의 팔 안쪽으로 제 팔 하나를 쏙 넣은 채 눈을 지그시 내리깔았다. 그리고 그의 걸음에 맞춰 걸었다.

한 발 한 발, 오른쪽 왼쪽 그가 눈치채지 못하게 똑같이 걸어 본다. 그렇게라도 해야 놓치지 않고 그의 옆에 있을 수 있을 것 같은 날이었다.

그러자 이준이 재아의 허리에 팔을 두른 채 제 쪽으로 바싹 당겨 안았다. 그리고 그녀의 오른 뺨 가까이에 입술을 묻고 나직이 말하였다.

"그런데 아깐 왜 울 것 같은 얼굴이었어요? 거봐, 내가 데리러 간댔잖아요."

"내 얼굴이 그랬어요? 이상하다, 그런 적 없는데…….."

"맨 처음에."

그 말에 재아가 잠시 입술을 다물었다. 이번에도 그가 먼저 그녀를 알아본 듯싶다.

"나 보고 있었어요?"

"응. 난 재아 씨가 저 문을 열고 들어오면, 숨 쉬는 소리가 내 귀에서 먼저 들리는 것 같아."

"치…… 그런 게 어디 있어."

"진짠데."

'안 믿네?' 하는 눈빛으로 고개를 가로저으며 설핏 웃음을 터뜨리는 이준을 보며 재아가 너털웃음을 터뜨렸다. 말도 안 되는 줄 알면서도 능청스레 그가 이런 식으로 말을 할 때면 진짜인가 싶다가도 따라서 웃게 되었다.

그러다 보면 언제 속상했는지 기억도 나지 않고 넘기게 될 때가 많았다.

차를 타고 금세 도착한 일식집. 예약된 룸으로 들어가서는 문이 열릴 때마다 화들짝 놀라서 일어나기 일쑤였다.

그럴 때마다 서빙을 하는 종업원이 비어 있는 그녀의 물 잔에 물을 채워 주었다. 떨리는 마음으로 내내 자리에 앉아 있던 재아는 연거푸 물만 마셨다. 자꾸만 갈증이 났다.

"벌받으러 온 것도 아니잖아. 편하게 해요. 응?"

다다미식으로 된 룸 안의 의자에 다리를 뻗지도 못하고 벌을 받는 것처럼 무릎을 굽히고 앉아 있는 재아의 다리를 이준이 곧게 폈다. 그러자 재아가 고개를 끄덕였다.

후욱, 마른 숨이 나와서 입가를 당겨 보지만 자꾸만 굳어졌다. 굳는 건 얼굴뿐만이 아니었다. 바짝 마른 손에도 핸드크림을 발라 보지만 흡수되지 않고 겉도는 느낌이다. 어쩐지 벌써부터 속상해진다.

이준은 잔뜩 긴장한 얼굴로 있는 재아의 어깨를 꽉 쥐었다가 놓은 채였다. 그가 살살 달래듯이 재아의 손바닥을 곧게 편 채 쭉쭉 잡아당기자 그제야 혈색이 돌아온 재아가 막혀 있던 숨을 후드득 내쉬었다.

"이제 좀 괜찮아진 것 같아요."

"생각보다 상처받는 말 나올 수도 있어. 그거 일일이 마음에 담아 두지 말기."

"어차피 한 번은 부딪칠 일이니까. ······그 정도로 어리지 않아요."

"나는 한없이 나한테 기대어 줬으면 좋겠는데."

오늘따라 그의 어깨가 듬직해 보여서 재아는 크고 넓은 어깨에 잠시 이마를 기댄 채 작게 속삭였다.

"이 정도면······ 충분해요."

그리고 그때 문이 열리고 문지방을 넘어서는 고운 발이 보이자 재아가 얼른 자리에서 일어났다. 이내 룸 안으로 들어온 사람은 이설과 경제 주간지에서 얼굴을 익힌 강 회장이었다.

자리에 앉기도 전에 이설은 묻지도 않은 말을 먼저 꺼내었다.

"엄마는 조금 늦으신다고. 금방 올 거예요."

그러고는 철퍼덕 자리에 앉으며 메뉴판을 펼쳐 들었다.

"여기는 A코스가 괜찮더라. 아빠도 늘 그거 먹잖아. 언니도 괜찮죠?"

"네."

이설이 테이블에 달린 벨을 누르고 주문을 하는 동안 재아는 내내 아무 말도 않고 있는 강 회장을 향해 어떤 얼굴을 해야 할지 몰라 안절부절못했다. 웃자니 그것 역시 좋게 보일 것 같지 않았다. 그렇다고 무표정으로 있을 수도 없었다.

무의식중에 손을 문지르자 테이블 아래로 이준이 손을 잡아준다.

'여기 있어요, 나.' 그렇게 말하는 목소리가 들리는 것 같다. 그러자 숨 가쁘게 뛰던 호흡이 정리가 된 재아가 용기 내어 말하였다.

"이재아라고 합니다. 처음…… 지난번 창립기념일 때는 결례가 많았습니다."

"결례는 한 번으로 끝났으면 좋았을 것을."

언짢은 기색을 숨기지 않고 강 회장이 말하자 그에 지지 않고 이준이 단호한 어조로 말하였다.

"허락받으러 온 자리 아니에요. 소개해 드리려고 온 자리지."

제 자식이지만 한번 고집을 부리면 물러서지 않을 거라는 걸 알기에 강 회장은 어둡게 가라앉은 얼굴로 재아를 쳐다보았다.

"돌려서 말하지 않을게요. 결혼이란 건 가족이 되는 건데,

애비 된 입장에서 나는 아가씨를 내 며느리로 받아들일 순 없 겠어요. 뭐, 인생을 살면서 누구나 실수 한 번쯤은 하고 산다 지만 내가 생각하기에 아가씨가 했던 일은, 실수라고 하기에 는…… 너무 큰 문제 아닌가."

말을 끊지 않고 최대한 참아 내고 있던 이준이 차가운 시선 으로 아버지를 향해서 입술을 열려 할 때였다. 테이블 바닥만 보고 있던 재아가 주먹을 꼭 쥐었다가 두 손을 모아 잡았다.

"실수…… 아닙니다. 아니에요."

말꼬리를 늘이듯 말하던 그녀는 말끝에 힘을 주며 강 회장 을 응시했다. 그러자 어느 누구도 예상치 못한 말에 찬물을 끼 얹은 것처럼 분위기가 싸해졌다.

그녀 쪽으로 마음이 기울어져 있던 이설마저도 소리 없이 젓가락을 떨어뜨리고는 눈을 치켜떴다가 가늘게 재아를 쳐다 보았다.

그리고 최대한 부드럽게 말하고자 했던 강 회장이 그 말에 결국 역정을 내었다.

"잘못했다고 빌어도 모자랄 판에 뻔뻔하기까지 하구나. 그 러니 그런 곳에서 일하면서 웃음도 팔았겠지."

그에 이준이 더 참지 못하고 말을 잘라 냈다.

"그만하세요. 그 정도로 모질게 말씀하시는 분 아니시잖아 요."

"그야 그동안 네가 애비 속을 썩인 일이 없었으니까. 내가 얼굴 보러 여기까지 나온 건, 네 고집보다는 저 아이의 고집을 꺾어야 할 것 같아서다. 네 아버지는 한번 아니면 아니다."

"제가 아무래도 자리를 잘못 잡은 것 같네요."

"오늘은 제가…… 제가 말씀드릴게요."

이준을 향해서 괜찮다는 듯 재아가 작게 고개를 끄덕였다. 뒤에 숨어서 그를 방패 삼는 건 그녀의 성격이 아니었다. '이재아'라는 제 이름 석 자를 찾으면서 본래의 성격도 조금씩 되찾은 그녀는 이전보다 당당해져 있었다.

벌을 받아야 한다면 그것은 저여야만 한다. 심판대에 올라갈 사람도 그가 아니고 자신이어야만 한다.

얼굴근육이 팽팽하게 당겨지고 실처럼 느껴지는 잔근육을 느끼면서도 재아는 떨리는 입술을 떼야만 했다.

"엄마가 많이 아프셨어요. 물론 그것으로 면죄부가 되지 않을 거라는 거 잘 압니다. 그래도 엄마가 죽어 가는데 아무것도 하지 않을 수가 없었어요. 그때 제 나이가 스물네 살이었어요. 대학을 막 졸업한 제가 취업한 회사를 가지도 못하고 그곳으로 발걸음을 한 건, 엄마의 치료비 때문이었습니다. 아마 저도 회장님 같은 아버지가 계셨다면 달랐을 겁니다."

정갈한 유니폼을 입은 점원이 고급 일식 코스 요리를 차례로 늘어놓아도 젓가락을 드는 이가 없었다.

물 잔을 들어 삼키면서 이설도 수다스러운 입술을 죽이고 경청했다.

"제 처지를 비관하고 억울해하는 게 아닙니다. 그냥 그렇게 태어난 건 제가 원해서 그런 게 아니니까요. 어쩔 수 없는 것에 대해서는 포기가 빠른 편이라 순응합니다. 저희 엄마, 저에게는 참 특별한 사람이었어요. 세상에 온전히 끈 하나로 이어

371

지는 기분을…… 회장님이 아실는지 모르겠습니다만, 실은 저희 엄마가 저를 입양해 주셨거든요. 혼자였던 저에겐 그만큼 엄마라는 존재가 전부였습니다."

너무도 담담히 꺼내는 '입양'이라는 단어가 가져다주는 파급력은 컸다. 예상치 못한 말에 일순 당황한 기색이 역력했다. 친엄마라고 해도 충분히 차고 넘치게 수발을 들어 주었다는 생각에는 이견이 없었지만, 입양이라면 구태여 그렇게까지…… 할 필요가 있었을까. 그 순간 빠르게 굴러가는 이성적인 생각들이 자리했다.

그러나 재아는 여전히 충분하지 못했다는 자책감과 아쉬움이 가득한 얼굴이었다. 그리고 그녀의 옆에선 이준만이 이해한다는 듯 재아의 손에 힘을 실어 주었다.

"아마 전 그때로 돌아가도 같은 선택을 할 거예요. 지금도 너무나 보고 싶어지는…… 엄마를 더 오래 볼 수 있는 방법이 있다면…….."

결국 재아의 얼굴에서 눈물이 떨어지고 목이 메어 왔다.

"악마에게 영혼을 팔아서라도 다시 돌아가고 싶어질 순간이…….. 지금은 보고 싶어도…… 볼 수가 없잖아요."

한결 수그러진 표정으로 강 회장이 재아를 쳐다보다가 이내 찻잔에 물을 또르르 따랐다. 잔에 구르는 물방울 소리가 꽤나 맑게 흘러나오는데 어쩐지 심신에 안정감을 주는 음률이었다.

"엄마가 돌아가신 건 나도 안타깝게 생각하고 있네. 그렇지만 모든 사람들이 자네와 같은 선택을 하진 않을 거네. 그거 하나는 내가 확신하지."

"네, 그럴 거예요. 하지만 그건 다른 사람 얘기잖아요. 여기 있는 전, 그렇게 하지 못합니다. 죄송합니다."

"할 말은 그게 끝인가."

"웃는 것도 미안해서 선생님한테 많이 웃어 주지도 못했어요. 제 미운 손이 선생님한테 닿으면 더러워질까 봐 밀어내기만 했어요. 그런데요 회장님, 제가 가장 중요한 걸 잊고 있었어요."

재아는 크게 숨을 한번 삼켰다.

"저도 엄마한텐 소중한······ 하나뿐인 딸이라는 걸요. 눈감는 순간까지도 엄마한테 불효만 했던 걸 지금에서야 뼈저리게 느끼고 있어요. 엄마가 바라던 건, 제 행복이었으니까요. 그래서 저 좀 이기적으로 살아 볼까 합니다. 죄송해요. 선생님 손 못 놓겠어요. 물론 회장님 눈에는 제가 차지 않을 거라는 거 잘 압니다. 제가 너무 많이 부족해서······."

그때였다. 드르륵 문이 열리면서 전 여사가 문지방을 넘어섰다.

"인사하러 온 애가 처음부터 회장님이라고 선을 그으니 당황스럽구나."

이미 건너편에서 이야기를 듣고 있던 전 여사는 제 딸아이 또래의 아가씨에게 싫은 소리를 하는 게 내키지 않아서 선뜻 들어오지 못하고 있었다.

그런데 흘러가는 대화 속에서 문득 아들이 그렇게 좋다는 여자의 얼굴이 보고 싶었다. 조곤조곤 말을 하면서도 예의에 어긋나지 않는 언사가 나무랄 데 없이 마음에 들었다.

"어디 우리 아들 마음 고생시킨 여자 얼굴 좀 보자. 얼마나 대단한 아이인지."

고개를 숙인 채 재아는 자리에서 일어섰다.

"이재아라고 합니다."

인사를 마친 재아가 고개를 들자 전 여사는 잠시간 아무 말도 하지 않았다. 아니, 아무런 말도 할 수가 없었다. 제 친구가 살아서 돌아온 것처럼 똑같은 얼굴을 하고 있는 여자의 얼굴이 믿기지 않아서 눈만 깜빡거렸다.

가만, 그러고 보니 이름도…….

"엄마, 왜 그래?"

엄마의 팔 한쪽을 잡으며 이설이 물어 오자 전 여사는 아무것도 아니라는 듯 생각을 떨치려 고개를 저었다.

딸아이의 팔을 토닥거리며 다정스러운 눈빛을 내는 전 여사의 손길이 부럽다는 듯 재아는 조용히 쳐다보고 있었다. 그러다 눈이 마주쳤다.

서둘러 시선을 아래로 내리까는 재아를 전 여사는 티 나지 않게 한참을 바라보고는 생각에 잠겼다. 이내 물 잔을 들어 냉수부터 마신 전 여사가 차려 놓은 접시들을 내려다보았다.

"허락받으러 온 거 아니라니 대답은 않겠다만. 시켜 놓은 밥은 먹고 가야 하지 않겠니."

그제야 젓가락이 들리고 무거운 식사가 시작되었다. 밥은 삼켜지는데 자꾸만 잔기침이 나와서 재아는 물을 여러 번 마시게 되었다. 깨작거리면 그것도 미워 보일까 싶어 어른이 젓가락을 놓기 전까지는 먼저 놓지 않았다.

"나는 일이 있어서 급히 가 봐야 할 것 같으니 마저 식사는 하시게."

먼저 식사를 끝낸 강 회장이 일어섰다. 재아는 강 회장이 나갈 때까지 숙였던 고개를 들지 못하였다. 그러자 전 여사가 재아에게 무어라 말하려다가 이내 강 회장을 따라나섰다. 이설 역시도 일어난 터라 그렇게 불편한 식사는 끝이 났다.

재아의 어깨를 감싸 쥐면서 이준이 입꼬리를 늘렸다.

"잠깐만 여기 있어요."

"아니요. 오늘은 저도 들를 데가 있어서……. 이따가 봐요."

이준은 잠시간 재아를 바라보았다.

이 여자 또 상처받았겠다.

미세하게 눈꺼풀을 내리깔던 이준이 흐릿하게 웃어 보였다.

"금방 올게요."

그렇게 말하며 이준은 강 회장이 나간 길을 따라서 큰 걸음으로 뛰어나갔다. 그리고 차에 올라타려는 아버지의 등 뒤에 대고 말하였다.

"오늘 제가 본 아버지 모습은…… 실망입니다."

뒷좌석 문손잡이를 당기려던 강 회장이 그 말에 멈칫하였다.

"상처 주지 않고 좋게 말씀해 주실 수도 있었어요."

이준은 눈을 감았다가 떴다.

"제가 아버지를 계속 존경할 수 있게 해 주세요. 부탁드립니다."

낮게 헛기침을 삼킨 강 회장이 그대로 문을 열고 차에 올랐다. 먼지를 일으키며 멀어지는 차를 바라보던 이준이 주먹을 쥐었다 폈다.

그리고 그가 다시 일식집으로 돌아왔을 때, 룸은 텅 비어 있었다.

음식조차 소화시키지 못하고 집으로 돌아온 재아는 샤워기를 튼 채 차가운 물줄기를 그대로 맞았다. 옷도 벗지 않고 욕조에 웅크려 앉았다.

최선을 다했다. 최선을 다한 날이었다.

비록 저를 기껍게 반기는 분위기는 아니었지만, 처음부터 쉽게 허락하리라는 기대는 없었지만, 그냥…… 오늘따라 엄마 생각이 간절해진다.

그래서 그럴 것이다. 이 설명되지 않는 기분은.

가족이라는 실에 꽁꽁 묶여 있는 사람들 사이에 들어가지 못하고 겉도는 자신을 보면서, 그런 제게로 손을 잡아 주고 끌어 주는 선생님이 감사해서.

생각이 많아지는 날이었다.

오랜만에 쉬이 잠에 들지 못할 것 같다. 그러한 생각을 하고 있는데 현관을 두드리는 소리가 들려왔다.

말없이 먼저 가 버려서 화났을 텐데.

욕조 안에 잠든 척 몸을 웅크린 재아는 그 소리가 들리지 않는 듯 귀를 막고 고개를 숙였다.

"엄마…… 나 오늘 하루만 더 울게. 슬퍼서 우는 게 아니라 그냥, 오늘따라 엄마가 많이 보고 싶은 날이라서……."

그의 부모님께 제 치부를 밝히면서 담담한 척 말했지만 하나도 쉬운 게 없었다. 말하는 동시에 그간의 힘들었던 시간들이 장면장면 머릿속으로 지나가는데, 그 기억들이 얼마나 힘이 드는지 그저 소리 내어 울고만 싶은 것을 간신히 참았다.

그때였다. 벌컥, 욕조 문이 크게 열리면서 뛰어 들어온 이준이 재아를 일으켜 세워 와락 끌어안았다.

이준은 그 짧은 순간에 신기루처럼 다시 사라지는 건 아닐까 싶어서 보는 순간 안도했고…… 이렇게 엉망으로 앉아 있는 재아를 보며 세상이 무너져 내리는 것처럼 눈동자를 떨었다.

"재아야. 울더라도 내 앞에서 울어. 내가 없는 데서 울고 있는 너 생각하면…… 숨이 안 쉬어진다."

"선생님…… 내가 부족해서 그냥 다 미안해. 정말 많이 미안해요……."

차가운 물을 얼마나 틀어 놓은 것일까. 덜덜 떨리는 입술에 제 입술을 겹치며 끌어안은 이준이 재아를 힘주어 팔 안에 가두었다. 동시에 팔 하나를 뻗어 레버를 뜨거운 쪽으로 옮겼다. 쏟아지는 물줄기에 두 사람의 옷이 젖고, 얼굴도 젖어 내렸다.

이준이 재아의 얼굴을 두 손으로 모아 쥐고서 제 쪽으로 바로 보이게 세웠다.

"내 얼굴 봐. 도망가지 마. 내 옆에는 너 아니면 아무도 못 들어 와. 그건 하늘이 두 쪽 나도 내가 약속해."

"……응, 믿어요."

"근데 왜 문 잠그고 안 열었어."

"……."

"나 보랬어. 내 얼굴 봐."

"오늘은……."

"잘못했지?"

재아는 입술을 깨문 채 고개를 끄덕였다.

"그거 하지 마. 너 말도 없이 사라지는 줄 알고……."

"선생님 겁났구나."

"……많이. 다른 건 하나도 겁 안 나는데, 재아야……. 네가 사라지는 건 무서워. 그러니까 그거 하지 마."

촘촘하게 내리깐 그의 짙은 속눈썹에 재아가 입술을 맞추었다. 일순 감겨 있던 눈꺼풀이 떠지고, 그 안에 오롯이 저만 담긴 눈동자를 재아가 가만히 들여다보았다. 그러자 시간이 멈춘 듯 투욱, 툭 떨어지는 물소리조차 크게 들려왔다.

발밑에 물이 고이고, 그녀의 다리 사이로 그가 다리 하나를 끼운 채 파고들었다. 도망가지 못하게 몸을 찍어 누르듯 들어오는 이준이 열락에 들뜬 숨을 내쉬었다.

그대로 엉덩이를 대고 욕조 가장자리에 걸터앉은 채 재아의 허리를 끌어당겼다. 그리고 마주 보이게 제 한쪽 허벅다리 위로 재아를 앉혔다.

강한 자극에 재아가 적나라한 숨을 내뱉었다. 점점 더 조이듯 당겨 오는 남자의 다리 위에서 눌리는 아래가 뜨거워지고 있었다.

물에 젖은 원피스 아래로 물이 떨어지고, 이미 온몸이 젖은 두 사람의 얼굴이 누가 먼저랄 것도 없이 겹쳐졌다.

재아의 입술을 깊게 삼켰다가 떨어뜨린 이준은 그녀의 젖은 머리칼을 등 뒤로 넘기며 드러난 쇄골 아래로 흘러내리는 물줄기를 혀로 삼켰다.

그리고 잿빛 눈동자를 반쯤 흐리게 떴다.

"……목말라."

조금은 탁하게 쉬어 버려서 야하게 들리는 음성.

이준은 약하게 틀어져 있던 물줄기를 '쏴아아' 소리가 날 정도로 레버를 아래로 끌어내렸다. 그러자 물 안에 잠긴 듯 재아가 열에 들뜬 숨을 내쉬었다.

품이 낙낙한 원피스 안으로 손을 들춘 그가 단번에 재아의 가슴을 움켜쥐고서 입술을 가져다 대었다. 발갛게 익어 버린 여린 살을 깨물면서도 그는 한시도 재아에게서 눈을 떼지 않았다.

재아는 그의 마음이 어떤 것인지 느껴져서 거부할 수 없었다. 입고 있던 원피스 지퍼를 내리며 옷을 아래로 떨어뜨렸다.

"도망가지 않아요. 이젠 가라고 해도 내가 못 가."

몸에 걸친 옷이 그렇게 하나씩 벗겨졌다. 두 사람의 몸이 겹치고 살이 부딪치는 소리가 깊어져 갔다.

앞뒤로 몸이 밀리고 머리카락이 엉망으로 헝클어졌다. 골반이 틀어지고 깊숙한 내부까지 밀고 들어왔다 빠져나갔다. 그리고 떨어지기 무섭게 다시 찔러 들어왔다. 차가운 욕실 벽이 등 뒤로 부딪치고 허리가 꺾였다.

그러다가 이제는 욕조 바닥으로 눕혀진 두 사람의 몸 사이

로 파도칠 리 없는 물이 넘실거리듯 흔들렸다. 부딪치는 소리
가 커지면서 튕겨져 나가는 물이 벽을 세차게 때리고 귓속을
날카롭게 파고들었다.

그렇게 오로지 제 것이라는 것을 확인하려는 듯 이준은 평
소보다도 거칠게 재아를 안았다.

"엉망이 될 만큼…… 너를 망가뜨리고 싶어."

도저히 내가 아니면 미쳐 버릴 만큼.

누구도 침범할 수 없는 은밀한 내부를 휘저으며 이준은 처
음으로 이성을 잃어버렸다. 숨겨져 있던 제 욕망을 고스란히
토해 냈다.

아무리 가지고…… 또 가져도 부족했다.

– 연결이 되지 않아 음성 사서함으로 연결이 되며, 삐 소리 후 통화료가 부과됩니다.

오늘은 올 줄 알았는데. 아직도 불이 꺼져 있네.

우리 내일 보기로 한 거 아니었…… 음. 그 내일이 벌써 많이 지났네…….

너는 대체…… 어쩌자고 나를 이렇게 못나게 만들어.

네가 너무 미워서 꺼져 버리라고 소리라도 지르고 싶은데…… 그러다 네가 진짜로 사라질까 봐…… 겁이 나.

재아야…… 네가 있다가 없으니까 시간이…… 너무 안 가.

– 12월 16일 오전 2시 27분에 메시지가 저장되었습니다.

조심조심 자리에서 일어선 이준은 와이셔츠 단추를 채웠다. 함께 잠들었다고 생각했는데 언제 옷을 건조시켜서 다림질까지 해 놓았는지. 그는 침대 위의 그녀를 돌아보며 포근하게 미소 지었다. 그리고 재아의 이마에 입맞춤을 하였다.

'으응' 작게 웅얼거린 재아는 미간에 주름을 만들었다가 금세 펴졌다. 쪽, 소리 나게 한 번 더 입을 맞추자 배시시 웃음을 터뜨리는 그녀의 입술이 부드럽게 휘어졌다.

"으음, 벌써 일어났어요?"

"눈 뜨지 말고 더 자요."

밤새 얼마나 괴롭힌 건지 재아는 눈도 제대로 뜨지 못하였다. 투정 한 번 없이 안으면 고스란히 안겨 주었던 그녀였다. 옆으로 뒤척이며 조금 더 깊게 잠이 들려는 그녀의 등을 쓸어 올려 주고서 이준은 조심히 문을 닫고 밖을 나섰다.

그리고 그가 집으로 들어왔을 땐 전 여사가 부엌에서 기다리고 있었다. 현관문이 열리는 소리에 전 여사가 차를 마시다 말고 옆을 건너다보았다.

"이제 오니?"

"네."

"바로 잘 거 아니면 이리 와서 앉아라."

이준은 식탁 의자를 하나 빼서 등을 곧게 편 채 자리에 앉았다. 전 여사는 노랗게 말린 국화차를 한 모금 삼켰다가 찻잔을 아래로 내려놓았다.

"밉지 않더라."

그것이 어머니의 첫마디였다.

"네 아버지는 그 애랑 네가 결혼이라도 할 바엔 차라리 독신인 게 낫다며 으름장을 놓으셨지만, 엄마 생각은 그렇게 간단하지가 않아. 네가 우리가 반대한다고 해서 안 만날 애도 아니고."

"어머니라도 제 편이 되어 주세요. 늘 제 선택 존중해 주셨잖아요."

"그랬지. 그럴 거라고 약속도 했고……."

그러다 이준의 시선이 문득 어머니의 찻잔을 향했다.

"국화차네요? 어머니 친구 기일 때만 마셨잖아요."

"그러게. 오늘은 생각이 나더라. 그 아이…… 설화랑 참 많이 닮았더구나."

"그…… 예전에 화재 사건으로 돌아가신 분 말씀하시는 거죠?"

전 여사는 땅이 꺼질 듯 깊은 숨을 내쉬며 찻잔을 들어 입가로 옮기려다 아래로 내려놓은 채였다.

"일가족이 다 그렇게 돼서 끔찍했었지. 설화가 살아 있었다면 아마 설이랑 같은 나이의 딸도 있었을 테지. 그리고……."

더 말하려던 전 여사는 말을 하다가 멈추었다. 생각을 들추는 것 자체가 끔찍하리만치 아팠다.

"많이 닮았나요?"

"친구가 살아서 돌아온 줄 알았다. 그 애는 늙지도 않고 늘 똑같은 모습으로 있으니까. 어느 정도인지 감이 오니? 그래서 그 애한테는…… 싫은 소리가 안 나올 것 같구나."

"정말…… 좋은 여자예요."

제 첫사랑이자 마지막 사랑이 될 여자는 재아 한 명뿐이었다. 가족의 축복 속에서 새로운 가족을 그녀에게 만들어 주고 싶었던 이준이 어머니를 향해 간절한 눈빛을 보내었다. 그러자 전 여사는 나이트가운을 여미며 자리에서 일어났다.

"늦었다."

이준은 양손을 들어 얼굴을 묻고 잠시 눈을 감았다. 그러다 이내 둥둥 떠 있는 노란 국화잎을 바라보며 그는 선뜻 자리에서 일어나지 못하였다.

그대로 침실로 들어가려던 전 여사가 그런 아들의 등을 쳐다보았다. 그렇게 한참을 바라보던 전 여사가 아들과 마찬가지로 잠을 이루지 못하고 있을 강 회장이 있음직한 공동 서재로 향했다. 생각이 많아질 땐 아들이나 남편이나 개인 서재보다는 넓게 탁 트인 공동 서재에 있을 때가 많았다.

"여보."

꼿꼿하고 강해 보여도 누구보다 마음 씀씀이가 깊은 강 회장은 책상에 앉아서 골똘히 생각에 잠겨 있는 눈치였다.

"여보……"

전 여사가 다시 한 번 부르자 그제야 아내의 목소리를 듣고서 강 회장이 힘없는 한숨을 내보였다. 그리고 자리에서 일어나 아내의 어깨에 지그시 손을 얹었다.

"들어가 잡시다."

그러자 전 여사가 강 회장을 향해 마주 보며 물었다.

"여보 나는…… 설화 딸이 살아 있다면 오늘 본 그 아이처럼 자랐을 것 같아요. 당신도 오늘 느끼지 않았어요?"

"……"

"아무래도 난 그 아이가 계속 마음이 쓰여요."

"그럴 리가 없잖아요."

"설화한테 내가 빚이 많아요. 닮은 것만으로 이렇게 마음이 끌리는 것인지 모르겠지만 이름도 이재아래요. 우연이라고 하기에는…… 무엇보다도 여보, 입양이라는 말에 더 신경이 쓰여요. 어렸을 때 준이가 했던 말도 계속 맘에 걸리고. 요 며칠 계속 설화가 꿈에 나오는 게 혹 이 아이를 말하는 건 아닌지 부쩍 그런 생각이 듭디다. 만일 그렇다면……."

"더 이상 반대할 수 없겠죠."

일기장이 있던 서랍을 연 강 회장은 안이 비어 있는 것을 보며 흐음, 한숨을 삼켰다. 다시 펼쳐 보기 두려운 일기장은 다행히 그곳에 없었다. 아마 주인을 찾아갔으리라 막연히 짐작만 하였다.

계속 존경할 수 있게 해 달라.

아들의 말이 가장 무서운 협박이었다.

제 의견 굽히지 않고 소신대로 말하던, 아들이 사랑하는 여자도 편견을 버리고 보자면 나무랄 데 없었다. 어디 하나 모나지 않고 바르게 자란 아이 같아서 더 모질게 말할 것도 사실은 참았다. 더 이상의 반박을 할 수가 없어서…… 아무런 말도 할 수가 없었다.

그 아이가 믿고 있는 소신대로 최선의 선택이었을 것 같아서.

14. 돼요, 사랑해도

대상 당선작과 경쟁해서 아쉽게 떨어졌다는 원고를 보던 태하가 '이재아'라는 이름에서 시선이 멈추었다. 애초에 영상화될 작품만을 뽑는 거라 기대는 내려놓았지만 설마 하는 기색으로 태하는 제 책상 위에 있던 서류철을 집어 들었다.

<클리셰라고 말하죠. 당신한테 가야 내 사랑이 완성형이 되는 것 같은데, 때로는 저기가 눈에 밟혔어요. 힘들었던 시간, 그림자처럼 내 뒤를 지켜봐 주던 저 사람이. 늦었지만 정말 많이…… 고마웠다고 말해 주고 싶어요.>

빠르게 시나리오를 넘겨보던 태하의 눈동자가 마지막 장면의 대사 첫 줄에서 멈추었다. 그리고 오래 머물렀다. 더 의심

할 것도 없는 확신이었다.

눈가를 찌푸렸다가 피식 입가로 웃음을 흘린 태하는 습관처럼 담배를 찾았다. 뜯은 지 얼마 되지도 않은 것 같은데 마지막 남은 한 개비에 그가 한숨을 내쉬며 입술 새로 물었다.

"눈에 밟히면 왔어야지. 현실은 아니니까 던져 주는 건가. 그렇게 막 던지면…… 확 뺏어 버리고 싶어지는데."

'때로는 저기가 눈에 밟혔어요.' 부분을 제 마음대로 뜯어고치면서 태하는 입매를 늘였다. 그것은 어쩌면 그의 가장 솔직한 마음이기도 하였다.

현재로서는.

아직은, 그랬다.

저 사람은, 내가 아니면 안 될 것 같아요.

"영화잖냐. 현실이 아니고. 이 정도는 줘라, 기왕 줄 거."

개구지게 웃고 있는 태하를 보며 비서가 고개를 절레절레 저었다. 요즘따라 증세가 많이 안 좋아 보인다는 생각이 들던 차였다.

그런 비서의 시선을 느꼈는지 태하가 '뭘 봐?' 하는 눈빛으로 비서를 아니꼽게 쳐다보며 자리에서 일어섰다. 그러고는 메모지에 빠르게 글귀를 휘갈겨 쓰더니 비서의 손에 성의 없이 쥐여 주었다.

"당선작 공지 띄울 때 이것도 추가시켜."

의자에 걸쳐 둔 재킷을 집어서 팔을 껴 넣은 태하가 손목시계를 보며 엘리베이터를 탔다. 곧잘 내려가던 엘리베이터는 12층에서 멈추었고, 태하는 바닥에 탑처럼 쌓아 놓은 시놉시스로 추정되는 것을 여직원이 엘리베이터로 질질 끌어 옮기는 것을 쳐다보았다.

직원이라고 참을성 있게 기다려 주려고 했지만 결국 제 성질을 못 이기고 한 팔을 들어 앞 머리칼을 쓸어 넘기며 중얼거렸다.

"시간 없는데."

업무 시간이라 엘리베이터 안에는 그밖에 없었지만 도와줄 생각은 전혀 없다는 듯 태하는 시계만 쳐다보았다. 마지막 원고들을 양손으로 꽉 쥐어 잡은 여직원이 그것을 들기 위해 허리를 들고서 발을 떼었을 때 엘리베이터 문은 닫히기 직전이었다.

찰나에 마주친 시선에 여직원은 파묻힌 원고들 사이에서 눈만 동그랗게 뜬 채 서 있을 뿐이었다.

"……."

그 순간 여직원의 눈에는 태하가 눈을 내리까는 모습, 앞 머리칼을 흐트러뜨리며 설핏 인상을 찡그렸다가 고개를 모로 트는 모습 하나하나가 아주 느리게 들어왔다. 그렇게 어버버하며 넋을 놓고 있을 때였다.

거의 끝까지 닫혀 있던 엘리베이터 문이 조금씩 벌어지면서 태하가 잔뜩 짜증이 묻어 나오는 음성으로 말하였다.

"뭐 해. 빨리 안 타고."

"아, 안녕하십니까!"

여직원이 허리를 숙이고 인사하자 탑처럼 쌓아 놓은 원고들이 불시에 엘리베이터 안으로 쏟아져 내렸다. 그에 태하가 짜증스레 눈을 감고서 미간을 꾹꾹 눌렀다.

여직원은 후다닥 엘리베이터로 뛰어 들어와 엉거주춤하게 앉은 자세로 원고들을 분주하게 모았다.

"가지가지 하네. 거기서 인사를 하면 어쩌란 거야."

목에 대롱대롱 매달린 사원증을 보던 태하가 1층으로 내려가는 엘리베이터를 묵묵히 쳐다보았다. 그리고 열리는 문을 향해 그가 발을 떼면서 말하였다.

"임수진, 네가 다 주워. 난 잘못 없다."

엘리베이터 문은 서서히 다시 닫히기 시작했고, 여직원은 하던 일을 멈추고 시선을 올려 태하의 등을 바라보았다.

"또…… 선보러 가십니까."

건방지기 짝이 없는 말이지만 워낙 개인적인 일을 알고 있어서 태하가 서둘러 뒤를 돌아보았다.

그러나 문은 이미 닫힌 채 지하로 내려가고 있었다.

그 시각 홈페이지에 접속한 재아는 마음의 준비도 없이 뜬 팝업창에 낙담한 얼굴이었다. 결과는 탈락이었다. 그도 그럴게 단 한 명만 뽑는다는 데에 덜컥 당선될 확률이 얼마나 될까.

소설 속 주인공이나 드라마 속 여주에게만 해당하지, 그다지 현실적이지 못하다고 마음을 내려놓고 있기는 했었다.

그래도 갖게 되는 미련 하나.

그래도 제법 그럴싸해지는 기분.

글을 쓰는 그 순간이 값지고 다시 쓸 수 있게 된 동기부여가 되어 주었다는 점에서 이미 공모전에 참여한 것은 그녀의 인생에서도 터닝 포인트가 되어 있었다.

그런데 대상작 아래로 자세히 보지 않으면 놓치고 지나갈 정도로 작게 적힌 글씨가 한 줄 있었다.

「아쉽게도 탈락한 '사랑해도, 돼요?'의 원작자는 수정의 의사가 있을 경우 내부 방문 바랍니다.」

이게 무슨 말일까 싶어 재아가 바라만 보고 있는데 휴대폰 액정 화면에 02로 시작하는 번호가 채워졌다. 아무래도 이것과 관련된 전화일 듯싶어 얼른 전화를 받아 들었다.

전화 너머에서 들리는 익숙한 음성에 잠시 고개를 갸웃한 재아는 예전에도 들어 본 적이 있는 비서라는 남자와 약속 시간을 잡으며 노트북을 챙겨 들었다.

회사 앞에 도착한 재아는 높다란 건물을 올려다보며 회상에 잠겼다. 처음이자 마지막으로 면접을 보려고 왔던 곳이었다. 사람 일이라는 게, 끝이라고 생각했던 일을 다시 하고 있는 걸 보면 신기했다. 엄마의 노트북으로 글을 쓰고 있는 건 여러모로 의미가 더해졌다.

재아는 힘주어 가방을 움켜쥐며 보다 씩씩한 걸음으로 입구 쪽으로 들어섰다.

그러나 얼마 못 가서 등 뒤에서 누군가 그녀를 불러 세웠다.

"또 보네요? 이쯤 되면 우리가 인연은 인연인가 봐요."

먼저 알아본 이설이 재아를 향해 다가오고 있었다.

이설은 재아가 이곳에 온 이유를 알고 있다는 표정이었지만 재아는 아니었다. 예상외의 장소에서 만나자 재아가 입술을 달싹이며 건물과 이설을 번갈아 보았다.

하지만 이설은 궁금해하는 질문의 답 대신 제가 하고 싶은 말을 서두에 꺼냈다.

"우리 오빠랑은 여전히 잘 만나요? 그날, 인상 깊었어요."

"……."

"참 신기해요, 편견이란 게. 내가 보기에 재아 씨는 굉장히 보수적으로 보이는데 과거가 발목을 잡으니까요. 나는 마음에 드는 남자가 생기면 그날에도 잘 수 있는데, 재아 씨는 그거 안 되죠?"

"아, 음…… 네."

"그런데도 사람들은 나를 감정에 솔직해서 쿨하다고 말하고, 재아 씨는 편견을 가지고 봐요. 차이가 뭘까요? 미리 말하는데 비꼬는 거 아니에요. 나는 운이 좋았던 것 같아요. 당연하게 생각했던 내 인생이 조금 지루하고 심심하기도 했는데, 지금은 감사해서 눈물이 날 지경이랄까요. 나 지금 재수 없었죠?"

"아니요. 예뻐 보여요."

재아의 말에 이설은 시원하게 웃음을 터뜨리더니 이내 재아를 마주 보았다. 그리고 그녀의 얼굴 어디에서 답을 찾으려는지 한참을 바라보았다.

"그렇죠? 나 예쁜 건 세상 사람들이 다 아는데, 여기 대표는 모르는 것 같아서 돌아갈까, 어쩔까 그러고 있었어요. 나 선봤거든요."

선봤다는 말에 재아가 그제야 두 사람의 만남을 이해했다는 듯 고개를 끄덕였다.

이설은 그런 재아를 향해 배가 보일 정도로 기지개를 켰다. 그러고는 이내 회사 앞 로비 의자에 자리를 잡고 앉았다.

"재아 씨 보니까 오기가 생기잖아. 아무래도 난 기다려야 할까 봐요. 그리고 재아 씨도 지금 반짝거려요. 예뻐 보여. 조만간 엄마가 만나자고 할 것 같던데, 새언니가 될지 그냥 재아 씨가 될지는 모르겠지만, 또 봐요."

이설은 화사하게 웃으며 긴 의자에 말괄량이처럼 다리를 쭉 뻗고 앉았다. 마치 바람맞을 줄 알았다는 듯 운동복 차림에 가까운 복장이었다.

"그런데."

이설이 재아를 다시 불렀다.

"여기 대표가 재아 씨 반대하지 말라고, 선보는 내내 그 말만 하던데. 이 남자…… 대체 나랑 왜 선보러 나온 걸까요?"

"……."

"많이 친했나 봐요. 벌써부터 질투 나게."

이설은 난처한 듯 입술을 깨무는 재아를 향해 해맑게 손을 흔들어 보였다. 그러자 재아는 눈으로 인사를 한 후 곧장 엘리베이터를 향했다.

36층을 누르면서 길게 심호흡을 했다. 그리고 사무실에 도착해서는 텅 비어 있는 의자를 보며 자리에 앉았다. 그러자 기다렸다는 듯 비서가 차를 가져오며 그녀의 맞은편에 앉았다.

"원래 대표님은 회사에 잘 안 나와요. 와도 뭐, 있으나 마나……. 아, 제가 이렇게 말한 건 비밀이에요."

비서는 큼큼, 목을 가다듬으며 예시로 수정된 초안을 보여주었다. 이런 거나 시키고 간 대표가 창피해서 죽을 지경인 얼굴이었다.

재아는 코멘트를 보는 순간 저도 모르게 웃음을 터뜨리고 말았다. 지극히 그다운 발상이었다.

남자 주인공 이름은 태효라든지 태한이라든지 <u>태하라든지.</u>

"그렇죠? 웃음 포인트가 어이가 없죠? 수정 가능하시겠어요?"

비서는 붉게 물든 얼굴로 광대뼈 부근을 문질렀다. 재아는 고개를 끄덕인 채 밑줄 그어진 것이 더 없는지를 살펴보았다. 그리고 역시나 태하가 수정해 놓은 '저 사람은, 내가 아니면 안 될 것 같아요.' 문구에 가슴 한구석이 저려 왔다.

미안하고…… 고마워서.

벼랑 끝에 몰린 현실이 삭막하다고 느껴질 때 현실을 벗어나 생각을 할 수 있게 해 주었는데 자신은 돌려줄 게 없어서.

선까지 보면서 이설에게 그렇게 말해 준 것 역시 그 나름대로의 표현 방식일 것이 분명해서.

오해했던 모든 행동들을 되짚어 보면 누구보다 진심이었다. 그것을 가볍게 포장하려는 그의 행동들 역시 배려였다는 것을 이제는 안다.

"아쉽게 당선되지 못하셨지만 수정안으로는 대표님께서 투자할 생각이 있으신 것 같아요."

"감사합니다."

재아는 그렇게 말하며 다시금 비어 있는 의자를 쳐다보았다. 밥 한 번은 먹기로 했는데 이제는 그가 자신을 피하는 것 같다.

복잡 미묘한 얼굴로 사무실을 나서는 재아를 비서는 엘리베이터까지 배웅해 주었다.

1층에 도착해서야 바닥을 향해 시선을 내린 재아는 떨어진 종이 하나를 쳐다보았다. 구두에 살짝 밟혀 눌린 종이를 주우려고 그녀가 손을 뻗자, 때마침 열린 엘리베이터로 뛰어 들어온 여자가 먼저 그것을 잡아챘다.

"찾았다!"

동시에 '살았다.' 하는 표정을 지으며 고개를 든 여자는 재아를 보고는 더 놀란 얼굴이었다. 그리고 그 순간 재아는 망치로 명치를 세게 얻어맞은 느낌이었다.

"너……."

여자의 어깨가 들썩이며 벌써부터 울음을 터뜨릴 것 같은 얼굴이었다. 기가 막힌 이 상황을 마주한 서로의 입가에 실소처럼 웃음이 터져 나오더니 눈가에는 흥건히 물이 고이기 시작했다.

재아는 미안해서 고개를 숙인 채였다. 그러자 여자가 버럭 소리를 지르며 재아를 잡고 흔들었다.

"야이, 나쁜 계집애야! 넌 진짜 친구도 아니야……! 흐읍, 여기서 또 나 쌩 까면…… 이젠 내가 너 안 봐. 진짜야……."

태생적으로 취업을 하지 않아도 되는, 제 단짝 친구였던 수진을 이곳에서 다시 보게 되리라고는 정말 예상하지 못했다.

재아의 입가엔 흐릿한 곡선이 걸려 있었다.

"……오랜만이야, 수진아."

수진은 씩씩거렸지만 얼굴은 이미 울음으로 엉망이 된 채였다. 그녀는 덥석 손부터 잡으려다가 재아를 끌어안았다. 하고 싶은 말은 많았지만 잃어버렸던 단짝의 얼굴에 목이 콱 막혀 버렸다.

대체 어디서 뭘 하고 산 거야. 살은 왜 이렇게 빠졌어. 같이 면접 봐서 붙어 놓고 왜 회사엔 오지 않은 거야.

입술에서만 웅얼거리던 말들을 끝까지 다 발음하지도 못하였다. 수진은 끅끅 소리를 내 가며 울음을 참으려고 애썼다.

수진은 그런 친구였다. 원망보다도 걱정이 앞서는. 그래서 제 불행을 더 깊이 슬퍼하며 어떻게든 도와주려고 했을 것이다.

그래서 말하지 못했다. 아무렇지 않은 척 밤에 일을 하면서 단짝을 만날 용기가 없었다. 이렇게 해맑은 단짝 친구에게 오물 같은 그을음 하나도 같이 나누고 싶지 않은 마음이었다.

"미안. 어디 멀리 좀 다녀왔어. 말 못 하고……."

혼자라고 생각했는데 아니었다. 스스로를 혼자라고 몰아붙인 건 언제나 자신이었다는 뒤늦은 깨달음에 재아는 입술을 깨물었다.

돌아보면 이렇게나 많은 사람들이 함께였는데.

"너한테 난 내 속 얘기 다 하는데 너는 진짜 어쩜…… 그렇게 나한테 한마디도 안 할 수가 있어……. 이제 완전히 온 거야?"

눈물을 털어 내려 손등으로 벅벅 눈가를 문지른 수진이 그리운 친구를 안아 주었다.

저에게 속셈을 숨기고 다가왔던 많은 친구들과 재아는 달랐다. 이러한 단절이 될 때까지 그 이유를 차단한 건 오히려 자신일지도 모른다는 생각에 수진은 투덜거림을 멈추고 재아의 손을 꼭 붙잡았다. 그 와중에도 서로가 제 탓으로 돌리는 두 여자는 단짝이 맞긴 한가 보다.

"치킨에 맥주 마시러 갈래?"

"가로수 길에 무지개 케이크도 먹고?"

시간이 흘러도 변하지 않는 한 가지. 진심을 다한 관계에서는 말이 필요 없다는 것.

웃으면서 밖으로 나온 두 사람은 만나지 못했던 시간을 하루 안에 채우려고 노력했다. 주로 얘기하는 건 수진이었고, 재아는 묵묵히 듣는 쪽을 택했다.

할 수 있는 말이 없었기 때문이다. 아니, 어쩌면 하고 싶은 말이 너무 많아서 무엇을 말해야 할지 모르기 때문일지도.

재아는 어둑어둑해져 가는 창가를 바라보며 뭉뚱그려 말할 수밖에 없었다.

"그냥······ 그런 일이 좀 있었어."

밤늦도록 수다를 나누고 집으로 돌아가 통화를 하고도 자세한 건 만나서 얘기하자, 내일 다시 만나 이야기를 나눌 수 있는 친구를 되찾았다.

그리고 이제는 넉넉해진 시간 앞에서 무엇을 할지 몰라 허둥대지 않는다. 어느 날은 씻지도 않고 밤새도록 TV를 켜 놓고 보기도 하고, 서점에 가서는 하루 종일 책을 바닥에 쌓아 두고 앉아서 읽기도 한다.

아무것도 하지 않고 빈둥거리다가 무얼 했는지 모르는 하루가 지나가기도 하고, 또 어느 날은 아침부터 부지런을 떨며 이것저것을 하기도 한다.

아침 점심 저녁도 모자라서 야식까지 맛집을 순회할 때도 있으며 심야 영화로 하루를 마무리하는 날도 있다.

시나리오 계약금이 들어온 날에는 처음으로 남들처럼 '월급날에는 역시 치킨이지.'라고 말하며 이준에게 선심 쓰듯 사 주기도 하였다.

재아는 그렇게 소리 없이 제자리를 찾아가고 있었다. 그녀가 적었던 소소했던 버킷리스트는 적는 그 순간부터 차곡차곡 이루어지고 있었다.

항상 과거와 미래만을 보며 불안하게만 흘려보내던 '하루'를 성실하게 채워 내고 이제는 더 나아가 '지금 이 순간'에 집중하는 시간들이 늘어 간다.

그렇게 오늘도 소중한 순간을 보내고 있는데 집 앞으로 내려오라는 전화 한 통에 재아는 서둘러 계단을 내려갔다. 그러자 짙게 선팅이 된 뒷좌석 차창이 열리고 전명희 여사가 얼굴을 드러내었다. 재아가 얼른 고개를 숙였다.

"올라가서 차라도 한잔하고 싶지만, 오늘은 나와 함께 어디 좀 가자꾸나."

명희는 얌전한 옷을 입고 있는 재아를 보며 차에 타라는 듯 눈길을 보내었다.

"그대로 가도 좋겠구나."

아무 말 없이 도착한 곳은 조용한 절 앞이었다.

곱게 웃고 있는 여자의 얼굴 사진 한 장이 담긴 액자를 세워 두고, 위패 앞에서 향초에 불을 피운 전 여사가 재아에게 가까이 오라고 손짓하였다.

은은한 향초가 태워지고 전 여사의 곁에 선 재아가 조용히 액자를 바라보았다.

"……."

왜 이렇게 가슴이 먹먹해지고 한없이 엄숙해지는지 저절로 고개가 숙여졌다. 전 여사가 그런 재아의 손등을 토닥여 주었다.

"너랑 참 많이 닮았어. 그래서 같이 오고 싶었는지도 모르지."

어느 순간부터 꿈에 자주 등장하는 친구가 혹 제 딸을 이야기하려는 게 아닌가 싶어 데리고 온 것이었다.

물론 전 여사가 남편에게 말했던 이유처럼 닮았다는 이유로, 그 닮은 아이가 입양이라는 말을 꺼냈다고 딸이라고 단정지을 순 없었다.

그러나 여전히 여러 가지로 걸리는 것들이 있었다. 죽었다고 생각했던 제 가장 친한 친구의 딸이 만약에 살아 있었다면, 그리고 만약 이 아이가 그 아이라면.

인생을 오래 살다 보니 인연이라는 걸 믿게 되었다.

'죽지 않았어요! 분명 제가 손을 잡고 있었어요!'

친구의 죽음에 큰 슬픔으로 모든 것이 흐려져 아들의 말을 깊이 들어 주지 못했다.

전 여사는 이제 와 그때의 일이 문득 생각이 났더랬다. 어쩐지 꿈속에서 애처롭게 자신을 쳐다보던 설화의 눈빛도 이 아이를 가리키고 있는 것 같아서.

"그래서 나는 네가 밉지가 않구나. 나한테는 참 특별한 친구였다."

"어머님 저는…… 왜 자꾸…… 눈물이 나죠?"

재아는 액자 속 사진을 바라보며 하염없이 차오르는 눈물을 떨어뜨렸다. 제가 보아도 너무 닮아 있었다. 모르는 사람이 보아도 똑같을 정도였는데 하물며 자신의 얼굴을 매일 보는 재아는 할 말을 잃을 정도였다. 눈가가 파르르 떨리고 입술이 비죽거렸다.

"흐윽…… 읍……."

거짓말처럼 그 순간 말갛게 웃음을 터뜨리며 제 머리를 쓰다듬는 엄마와 아빠가 흐릿하게 떠올랐다. 그러면서 기억은 아

400

주 오래된 옛날의 어느 집, 거실 소파로 재아를 데려다 놓았다.

아장아장 걷고 있던 어린 재아가 졸린지 눈을 비벼 오자 엄마가 무릎 위로 올린다. 그 뒤로 서 있는, 이제는 엄마처럼 훌쩍 커 버린 재아가 '나, 이거 알 것 같아.'라고 생각한다.

엄마의 무릎에 기대어 잠들 때마다 노래를 불러 주던 엄마의 목소리가 들려오면서 허밍으로 불러 주던 이준의 음색이 벗겨지고 그 자리에 엄마의 목소리가 더해진다.

엄마가 섬 그늘에 굴 따러 가면 아기가 혼자 남아 집을 보다가
바다가 불러 주는 자장노래에 팔 베고 스르르르 잠이 듭니다.

팔 베고 스르르르 잠이 듭니다……

까르르 웃음을 터뜨리는 어린 재아를 보며 엄마가 아빠를 향해 말한다.

'여보, 이 노래는 너무 슬퍼서 그만 불러 주고 싶어.'

그러자 이번에는 아빠가 말한다.

'우리 딸이 제일 좋아하는 노래라는데 가사가 무슨 의미야. 평생 우리 딸 웃는 모습만 보고 싶은데……. 그치, 재아야?'

눈을 감는데도 보이는 장면들이 꿈처럼 행복했던 기억들이라서.

보이지 않는 끈, 단단한 가족의 이름이 그녀에게도 있었다. 보는 순간 알아볼 수 있는 건 '가족'이라서 설명이 필요치 않았다.

위패 앞에 적힌 한자를 읽지 못해 재아가 조심스럽게 전 여사에게 성함을 여쭙자 돌아온 대답은 '심설화'였다. 경란에게서 들어 본 적 있던 이름. 그러나 애써 떨치려 했던 이름.

재아는 이내 둑이 무너지듯 무릎을 꿇었다.

까마득히 잊어버리고 있었다.

잊고 살았다. 정말…… 바보처럼.

"엄마…… 재아 왔어요."

아마 앞으로도 그녀는 종종 이곳을 찾아올 것이다.

"너무 늦게 와서…… 죄송해요…….."

재아의 말을 들은 전 여사는 환하게 웃고 있는 액자 속 설화를 보며 고개를 끄덕이고 있었다. 전 여사의 얼굴에서 전에 없이 주책없는 눈물이 나온다.

이제는 그곳에서 편하게 웃으면서 지내라고. 네 딸은 내 딸처럼 내가 잘 돌보겠다고 마음속으로 다짐한다.

그리고 너무 늦게 찾아서 미안하다고 말을 할 때쯤…… 피워 놓은 향 끝이 다 타들어 간 자리 주변으로 회색빛의 재가 보시시 흩날렸다.

설화와 닮은 향이 잠시 스쳤다가 사라진 느낌에 전 여사가 허둥지둥 절을 둘러보았다.

"어머님."

저를 부르는 재아의 얼굴이 그리운 친구가 찾아온 느낌이라…… 전 여사는 잃어버린 친구를 만난 듯 한참을 바라보다가 이내 주저앉은 채 재아를 꼭 안아 주었다.

"이준이 성격이 지 아버지를 많이 닮았어. 다정하고…… 또 다정해서 평생 아내밖에 모르고 살 거야. 두 부자가 좋아하는 것도 닮아서 새아가 너도 예쁨 많이 받을 거야."

"어머님……."

전 여사는 재아의 등을 토닥이고는 일으켜 세웠다.

"좋은 말 해 주는데도 울면 어떡해. 내 아들한테 지 색시 울렸다고 구박받는 엄마는 되고 싶지 않다니까?"

"부족한 건…… 음, 흐흑…… 살면서 많이많이 채울게요."

"그래, 우리 그러자. 그렇게…… 살아가자."

잃어버린 가족의 기억을 되찾은 재아를 향해서 새로운 가족이 다가오고 있었다. 이제는 그들이 '가족'이라는 이름으로 그녀의 주위를 단단하게 둘러 줄 것이다.

멀리 돌아온 행복. 제자리를 찾아가는 사람들.

이제는 어디에도 흔들리지 않을 중심이 그녀의 가슴에 뿌리 내려졌다.

날실과 씨실처럼 이어져야 할 선대로, 스치듯 맺은 인연도 어쩌면 운명이라는 틀에 갇힌 것은 아닐까. 74억 3만 명의 인구 중 그저 지나가는 사람도 대단한 인연인 거니까.

그녀가 맺은 모든 사람들을 만난 것은, 만났던 시기는 달라도 결국은 운명이었다고. 실은 우연 같은 건 없는 거라고. 지금 이 순간 그러한 생각이 들었다.

너무나 자연스럽고 가슴 벅차는…… 이 순간.

언제나 비켜 나가는 타이밍은 그대로 지나가 버리는 게 아니라 다시 잡으라고 두 번째고 세 번째고 다시 온다는 것을.

그 순간 재아는 깨달은 느낌이었다.

다음 날 재아는 가장 일상적인 행복의 중간쯤에 서 있는 기분을 느끼며 오후 3시쯤 미용실에 들렀다. 그러자 미용실 직원이 의아한 표정으로 그녀를 바라보았다.

"유희 언니 오랜만에 오셨네요?"

"오늘은 부탁이 있어서 왔어요."

재아는 그렇게 말하며 자리에 앉았다. 저녁 시간이 아닌 낮 시간의 미용실은 한산했다. 일제히 그녀를 향한 눈동자는 그녀가 무슨 말을 할지 자못 궁금한 표정이었다.

재아는 정면 거울에 비친 얼굴을 보며 말하였다.

"제 얼굴 어디에도 유희라는 여자의 흔적이 남아 있지 않게 해 주세요."

"……네?"

"저 일 관뒀거든요."

"그래서 한동안 안 나온 거예요?"

"제 이름은 이재아예요."

재아는 제가 가지고 있는 사진 중 가장 환하게 웃고 있는 사진 한 장을 헤어스타일리스트에게 내밀었다.

"그게 저예요."

무슨 말인지 알아들은 헤어스타일리스트는 가위를 정돈하며 커트를 시작했다. 길었던 머리카락이 사각사각 소리를 내며 발 밑으로 떨어졌다.

머리카락이 잘려 나가면서 재아의 기억들도 함께 잘려 나가고 있었다. 귀밑까지 짧게 커트된 머리에 층을 내면서는 가위질이 점점 빨라졌다. 삐죽삐죽 솟아나는 머리에 자연스럽게 드라이를 마친 그녀의 얼굴에서는 '유희'라는 건조한 여자는 사라지고 없었다.

재아는 조금은 홀가분해진 얼굴로 짧아진 머리를 손으로 만지작거렸다.

"유희 언니, 윤사라 실장님도 만나고 갈 거죠?"

그 물음에 재아가 고개를 끄덕였다. 이미 사라는 재아의 방문을 알고 뒤에서 기다리고 있던 차였다.

"그럼 만나고 가야지. 그런데 여기 유희 언니가 어디 있어? 눈썰미 좋아야 하는 미용실에서 손님 이름 실수해서야 되겠어?"

사라의 말은 미용실 직원들 모두에게 해당되는 말이었다. 영원히 함구될 이름. '유희'라는 이름은 머리카락과 함께 조각조각 잘려져 나갔다.

직원들을 향해서 알아듣게 일별하고서 사라는 고갯짓으로 파우더 룸을 가리켰다.

"이재아 씨, 내가 메이크업 신의 손이라는 말 듣고 찾아온 것 같은데 들어와요."

사라는 이내 메이크업 제품을 정돈해 놓은 서랍장을 일일이 열어 색들을 고심했다. 피부 표현을 할 미용실 보조가 들어와서는 재아의 얼굴에 메이크업 베이스를 하려고 하자 사라가 제 의자를 가리켰다.

"오늘은 기초부터 마무리까지 내가 다 할 거야."

화장 솜에 일일이 미스트를 적셔 재아의 얼굴에 수분을 잔뜩 준 사라는 싱글벙글 웃는 얼굴이었다. 화장 솜을 걷어 내고 촘촘히 스킨케어를 한 뒤 프라이머와 베이스를 고루 섞는 손놀림은 숙련되어 있었다.

파운데이션 색상만도 세 가지를 섞어서 어느 때보다도 정성스레 화장을 하며 사라는 재아의 볼에 핑크빛 블러셔를 굴렸다.

"자연스럽게 속눈썹은 안 붙일 거야."

마무리로는 재아가 좋아하는 연핑크 립글로스를 바르며 사라는 생기가 도는 재아의 얼굴을 바라보았다. 눈물이 날 만큼 예뻤다. 평소 상상으로만 그려 보았던 얼굴이 실제 사라의 눈앞에 있었다.

"진짜 예쁘다. 누가 이렇게 변화시킨 거야? 좋아하는 남자라도 생겼어?"

재아는 입술을 미끄러뜨리며 활짝 웃었다. 생각만으로도 행복해지는 얼굴이었다.

"웃으니까 더 예쁘네. 누군지 몰라도 그 남자 참 복받았다."

"그동안 고마웠어요, 실장님. 마지막 인사는 하러 와야 할 것 같았어요."

그녀를 '유희'로 변신시켜 주었듯이 유희를 '재아'로 돌려놓는 것도 그녀의 몫일 거란 생각이었다.

자리에서 일어난 재아는 사라의 손등을 잡았다. 그러자 눈시울을 붉히며 사라가 그간의 시간들을 정리했다.

"마지막이라고 하는 건 너무 슬프잖아."

사라는 결혼 준비할 때 메이크업 출장이라도 부르면 언제고 달려가 준다는 말을 하기 위해 제 명함을 꺼내려다가 거둬들였다. 때로는 잊어 주는 것이 가장 큰 선물이 될 수 있을 거라는 생각에.

둘은 그렇게 한참을 말없이 서 있었다. 이윽고 재아가 카운터로 나와 비용을 제법 두둑하게 지불했다.

"쿠폰은……."

"아니, 나 이제 안 끊어. 잘 지내요."

시원하게 웃으며 돌아서 나온 재아의 발걸음은 그 어느 때보다 가벼워져 있었다.

어느덧 봄을 알리는 날씨는 맑고 따스했다. 청명한 하늘을 바라보며 재아는 그에게로 달려가고 있었다.

그녀의 눈부신 햇살, 강이준.

비로소 기나긴 터널의 끝, 어둠을 뚫고 나온 그녀는 언제고 돌아보면 그 자리에 있어 주는 강이준을 향해서 뛰었다. 두 팔을 벌리고 서 있는 그 사람에게로 숨이 턱 끝까지 차오를 만큼 뛰었다.

따사로운 주말, 그보다 더 따사로운 사람이 서 있다.

이준이 천천히 재아를 돌아보았다.

"천천히 와. 넘어져요."

재아는 이준의 품에 달려가 안겼다. 그리고 넓은 품 안에 어리광을 부리듯 기대었다.

이준은 푸스스 웃으며 재아의 달라진 얼굴을 믿을 수 없다는 듯 빤히 바라보았다. 처음에 저에게로 달려오는 모습을 보며 심장이 쿵쾅쿵쾅 뛰어서 평소라면 뛰어가 그녀의 손을 붙잡 았을 텐데, 그 자리에 서 있을 수밖에 없었다.

재아는 이준에게 매달리다시피 끌어안긴 채였다. 탄탄한 두 팔이 얽히고 얼굴이 닿을 만큼 가까웠다.

"사랑해요, 너무 많이……. 예전부터 말해 주고 싶었어. 내 첫사랑도 선생님이었다는 걸. 너무 늦게 말해서 미안해요."

벅차오르는 행복을 느끼며 이준은 화사하게 웃음을 터뜨렸 다.

빤한 말 같아서 하기 싫었는데, 사랑한다는 말보다 더 사랑 하는 것 같아서. 그런데 그것보다 잘 표현할 수 있는 단어가 생각이 나질 않아서 고민한 적이 있었다.

그리고 지금도 말보다 제 마음을 잘 표현할 수 있는 것을 찾 지 못하였다.

"이재아."

혀끝에서 떨어지는 말 중 가장 사랑스러운 단어. 그의 자라 난 검은 머리칼이 눈앞을 가렸다가 드러내기를 반복했다. 보드 라운 미풍이 살랑살랑 모든 것을 훑고 지나갔다.

"돌아와 줘서 고마워."

"기다려 줘서 고마워요."

그 고백 하나로 어느 날보다도 특별한 날이 되어 있었다. 꼭 안겨 있는 품이 안락했다.

"어머님한테 인사드리러 가요. 그럴 줄 알고 예쁘게 하고 나 온 거죠?"

"우리 엄마한테요?"

"응. 우리 결혼하는 거 허락해 달라고. 모든 사람 축복 속에서 하는 결혼식 해 주지 못해서 미안. 떠들썩하게 내 여자라고 자랑하고 싶은데 그렇게 해 주지 못해서 그것도 미안. 대신 만나는 사람들마다 나는 네 얘기를 할 거야. 하나밖에 없는…… 내 사람이라고."

아들에게 계속 존경받는 아버지가 되고 싶다는 강 회장의 말은 허락이었다.

그러나 나이가 들어서 하는 '리마인드 웨딩'이면 몰라도 지금은 가족끼리만 조촐하게 결혼식을 진행하라는 강 회장의 엄포가 있었다.

많이 물러선 아버지에게 또 떼를 쓸 수는 없었다. 그래서 이준은 재아도 자신과 같은 마음일 거라 생각하며 연신 감사하다고 말한 터였다.

"소중한 사람들만 초대해서 특별하게 결혼하자. 그래도 괜찮겠어?"

"나는…… 선생님만 있어도 행복해. 진짜야. 성대한 결혼식 꿈꿔 본 적도 없고, 그런 거 내 취향 아니야. 그냥 나는 고맙고…… 또 고맙고……."

모든 게 다 감사해지는 날이었다.

"고마우면 내 손 잡아요. 기왕이면 오래."

새삼 내밀어지는 손이 떨렸다.

처음부터 이 손을 잡게 된다면…… 놓지 못할 거란 예감은 적중했다.

경란을 묻어 두고 왔던 납골당. 말갛게 웃는 경란을 보며 재아가 이준의 손을 꼭 붙잡은 채 흔들어 보였다.

"엄마 딸, 엄마 소원대로 남 눈치 안 보고 이기적으로 변했어요. 나…… 이 손 안 놓아도 되죠?"

사진에 담긴 경란의 미소가 어쩐지 더 진해진 듯했다.

재아의 말에 이준의 입술이 매끄럽게 휘어졌다. 반듯반듯한 눈가의 곡선도 부드럽게 감긴다.

"절대 놓지 말라네요. 이만한 남자 없다고."

재아는 이준을 향해 마주 웃어 보이며 엄마를 향해 말하였다.

"엄마 딸, 이제 행복해요. 진짜야. 부족한 건 살면서 채울게."

"제가 많이 노력할게요. 재아 씨가 더 많이 사랑받을 수 있도록. 충분히 그럴 만한 사람인 거…… 어머님도 아시잖아요."

결국 울컥 치솟는 감정에 이준이 말을 하다 멈추고 재아를 바라보았다.

"다음번에 올 땐 더 웃을 수 있게, 그리고 그 다음번엔 더 웃는 얼굴로…… 제가 그렇게 만들 겁니다. 그거 하난 분명히 약속합니다."

지금도 충분하다는 듯 재아가 이준을 향해 입술을 끌어 올렸다. 하지만 이준은 그걸로 부족하다는 듯 재아의 입술 위로 지그시 손가락을 가져와 길게 호선을 그려 넣었다.

"오늘보다 내일 더 웃게 될 거야. 돌아보면 지금이 섭섭해서 눈물 나도록."

오늘보다 내일이 기대되는 날.

그 어느 날 버스 창문 밖 사람들을 보면서 멀게만 느껴지던, 그 내일을 선물 받은 재아는 아주 달콤한 아이스크림을 입안에 잔뜩 삼킨 것 같은 얼굴이었다.

이 아이스크림이 녹아내려도 다시 삼켜질 내일, 또 내일이…… 그녀를 기다리고 있었다.

"엄만 입양아였어요. 그런데 엄마를 입양했던 집에서 아기가 생기자 파양되었대요. 그때 엄마 나이가 일곱 살이었어요. 그리고 내 나이 일곱 살 때 엄마가 절 입양했어요. 엄마는 아이도 낳지 않고 나만 봤어요. 상처가 컸나 봐요. 우리는…… 서로한테 유일했던 것 같아요."

그래서 더 간절했고, 더 소중했고, 놓을 수 없는 엄마였다.

"이젠 그 옆에 나도 있고요."

갈 길은 아직 한참이나 남은 것 같은데 두 사람이 함께 헤쳐 나갈 길이라 외롭지 않았다.

계속 사랑해도 되는지 묻고,

사랑하고,

또 사랑하며,

나아갈 순간들이 끝도 없이 펼쳐져 있었다.

그 길 끝에서 무엇이 기다리고 있는지는, 두렵지 않았다.

✳ ✳✳ ✳

Epilogue 1. 존재의 이유

3층까지 이어져 있는 건물은 코스메틱과 섬유사업, 의류로
이루어진 공장이었다.

완공식이 성황리에 끝나고 손님들이 빠져나간 저녁, 일가친
척만이 남아 뒷정리를 도왔고, 이제 막 정리가 되어 가는 분위
기에 설화는 그제야 한숨 돌린 얼굴로 이마에 맺힌 땀방울을
닦았다. 산달이 다가오는 몸은 조금만 움직여도 숨이 차고 허
리가 끊어질 듯 아파 왔다.

그러자 불룩 배를 내밀고 서 있는 설화를 보며 명희가 애잔
한 듯 미소를 지었다. 얼굴엔 미안함도 함께였다. 늘 열 일 제
치고 일이라면 가장 먼저 달려오는 친구인데, 정작 자신은 매
번 늦게 나타나기 일쑤였기 때문이다.

"늦게 와서 미안. 요즘 애 아빠 사업이 바빠서 출장길에 내

413

가 일일이 챙겨 줘야 하거든. 다른 사람들 손도 좀 탔으면 좋겠는데 그건 또 싫어해서."

명희는 친구에게 줄 축하 꽃다발을 건네었다. 설화는 늦게라도 와 준 것에 감동한 듯 깨끗하게 웃어 보였다.

"너 바쁜 거 다 아는데 뭘."

"바빠도 가장 친한 친구 공장 완공식은 제때 와 줘야 하는데. 이건 내가 잘못한 거야. 그나저나 다른 사람들은 어디 갔어?"

"지하에서 친척들 뒤풀이 한창인데 나만 빠져나온 거야."

명희가 주위를 한 바퀴 둘러보자 1층에는 일하는 도우미들이 빈 접시를 부지런히 나르고 있었다. 쌓이는 접시들이 꽤 많은 것을 보며 명희는 제가 다 뿌듯한 얼굴이었다.

"사람들 많이 왔다 간 모양이네? 공장 좋다."

그러자 허리에 뒷짐을 진 채 설화가 말하였다.

"처음부터 너무 무리하게 하는 거 아닌가 몰라. 난 우리 집 양반이 이렇게 야망이 큰지 몰랐잖아. 아무래도 그 영향력엔 강 회장님이 한몫하신 것 같고."

가장 친한 친구의 남편이 재력적으로 부족함이 없으니 신경 쓰지 않으려 해도 자연스럽게 뒤따라 나오는 비교에 남편은 발동이 걸린 듯하였다.

"사전 준비만 해도 벌써 몇 년인데 잘되겠지. 우리 백화점에서 가장 좋은 자리에 매장 들어오게 해 줄 테니 앓는 소리 그만하셔."

설화는 그 말에 웃음을 터뜨리며 명희의 옆에서 꼼지락거리며 붙어 있는 여자아이를 향해 시선을 내렸다.

여자아이는 설화의 배를 신기한 듯 쳐다보고 있었다.

"아줌마는 왜 배가 이만큼 나와 있어요?"

"곧 있으면 아기가 태어날 거라서."

"캥거루처럼 아줌마도 배에 넣고 다니는 거예요?"

"뭐, 그런 셈이지."

설화는 아이다운 발상에 웃음을 터뜨렸다. 그러자 이제 곧 아이가 나올 것 같은 설화의 배를 내려다보며 명희가 말하였다.

"배 많이 나왔다. 딸이라며? 이름은 지었어?"

"응. 유희. 오얏나무 이, 아름다운 옥 유, 빛날 희. 생각해 놓은 이름 중에 재아더러 고르라고 했더니 이걸로 고른 거 있지."

"뜻 좋네. 유희, 재아. 자매 이름이 다 예뻐."

자그마한 여자아이의 키에 맞춰 허리를 숙인 설화는 아이의 머리띠를 단정하게 바로 씌워 주며 명희에게 물었다.

"설이도 올해 일곱 살이지?"

"응, 일곱 살. 마침 방학이라 한국에 왔어."

"네 엄마는 어린데 벌써 외국을 보내고 그런다니. 그치?"

"설이는 킨더가든 좋아해."

작은 입술을 야무지게 벌리며 말하는 모습에 두 엄마가 흐뭇하게 바라보며 웃음을 터뜨렸다. 그러더니 설화가 입 모양으로 '영락없이 어릴 때 너다.'라고 말하며 이설의 볼을 부드럽게 쓸었다.

"좋다니 다행이네요, 새침데기 공주님."

"큰아들이 수줍음이 많은 성격이라 애 아빠가 딸은 그렇게 안 키운다고 처음부터 뉴욕으로 보내자고 한 거야. 토론 스쿨링 때문에 확실히 큰애랑은 다르게 작은애가 사교성도 좋고 활발해. 올 때 같이 왔는데…… 또 어디 가서 혼자 놀고 있는지 모르겠네. 우리 아들이 워낙 호기심이 많은 아이라."

"수줍은데 호기심 많으면 진중한 성격으로 잘 크겠네. 그나저나 공장에 볼 것도 없을 텐데. 맨 섬유 쪼가리에 화장품이 다인데."

"화장품도 있어요?"

이설이 눈동자를 반짝반짝 빛내며 물었다.

"응. 2층에 있을 텐데."

"걔한테 알려 주면 어떡해. 내 립스틱도 몇 개나 망가뜨렸는데."

"테스트용이라 괜찮아. 애들이 다 그러면서 크는 거지 뭘."

설이는 '와아, 신난다.'라고 외치며 위층으로 올라가는 계단 초입을 향해 뛰어갔다. 못 말리겠다는 듯 고개를 저으며 명희가 뛰쳐나가는 딸을 보다가 이내 주위를 둘러보았다.

"네 딸아이는 어디 있어?"

설화는 소파에 자리를 잡고 앉으며 피식 웃었다.

"요만한 꼬맹이들이 다 똑같지 뭘."

"2층에 있구나."

고개를 끄덕이던 설화는 옛일이 생각나 웃음을 터뜨렸다.

"둘이 오랜만에 만나는 걸 텐데, 기억하려나?"

영문을 모르던 명희도 기억이 났는지 마주 보며 웃었다.

"우리 준이는 기억할 텐데, 재아는 지금보다 더 어릴 때인데 하겠어?"

"그치?"

"우리 준이 네 딸이 책임져야 해. 어디 오빠한테 여자가 먼저 입술 도장을 찍고. 그때 받은 충격 때문인지 준이 여자만 보면 손도 안 잡잖아."

"우리 재아 기저귀까지 갈아 준 게 누군데. 계속 그렇게 의리 지켜 달라고 해 주세요."

두 사람은 마주 보며 조금 전보다 더 큰 소리로 웃음을 터뜨렸다.

2층에서 부스럭거리고 있던 여자아이는 꼭 쥐고 다니는 제 몸통만 한 인형의 얼굴에 화장 놀이를 하는 중이었다. 엄마가 아침에 했던 대로 새도를 인형의 눈가에 발라 보았지만 파랗게 피멍이 든 눈두덩은 꼭 두들겨 맞은 것처럼 보인다.

그 모습을 한쪽 구석에서 쪼그려 앉아서 보고 있던 남자아이 하나가 슬금슬금 앞으로 나섰다. 그러자 인형의 입술에 립스틱을 바르고 있던 여자아이가 눈을 동그랗게 떴다.

"너 누구야?"

놀람과 동시에 말부터 먼저 튀어나간 여자아이는 제 인형을 보호하듯 끌어안은 채였다. 꼬마 신사처럼 남자아이는 정장 차림이었는데 새까만 눈동자가 여자에게로 향해 있다가 이내 창밖으로 시선을 거둬들였다.

남자아이는 어딘가 티 나지 않게 심술이 나 있었다. 아무래도 그 시작은 '너 누구야?'인 듯하다.

"먼저 여기 있던 건 나였어."

뭐가 있는지 구경하려던 남자아이는 이리로 들어온 여자아이 때문에 저도 모르게 몸을 숙이고 있다가 나온 것이었다.

"그런데 네가 들어왔어."

남자아이의 낮은 목소리에 여자아이는 침을 꿀꺽 삼키며 저보다 키가 큰 남자아이를 올려다보았다. 짧게 본 얼굴이 벌써 궁금해져 뒤통수만 쳐다보다가 여자아이는 그의 곁으로 한 걸음 다가섰다. 남자아이는 여전히 창밖을 쳐다보고 있었다.

나이에 걸맞게 참을성이 없는 여자아이는 결국 남자아이의 소맷단을 붙잡은 채 수줍게 말하였다.

"얼굴…… 얼굴 다시 보여 줘 봐."

얼른, 이라고 말을 덧붙이기도 전에 남자아이는 뒤로 물러서서는 의자에 앉았다. 어른이 앉아도 높아서 다리를 중간에 걸치고 앉아야 하는 의자였지만, 남자아이는 운동신경이 뛰어난 듯 단숨에 손을 뻗어 올라앉았다.

고개를 숙인 남자아이의 발이 자그맣게 움직였다. 여자아이는 그 모습에 토라진 듯 눈썹을 치켜 올렸다. 그러고는 아쉬운 내가 어쩔 수 없다는 듯 인형을 앞으로 내어놓았다.

"얘 내 동생, 유희야."

"……유희?"

"미미랑 주주보다 훨씬 예쁘지? 이거 만지게 해 줄 테니까, 나 쳐다봐 봐."

"싫어."

남자아이의 고집은 의외로 센 편이었다.

나무 의자가 삐걱삐걱 소리를 내면서 남자아이의 다리가 달랑달랑 움직였다. 여자아이는 하는 수 없이 그 의자에 매달리듯 손을 뻗으며 고개를 젖혔다. 높은 곳에 있는 남자아이의 눈동자가 머리카락에 가려 잘 보이지 않는다. 답답한 듯 점점 더 고개를 내밀었다.

그에 남자아이가 퉁명스럽게 물었다.

"네 이름은 뭔데."

"나? 이재아."

저를 소개했지만 돌아오는 대답이 없자 재아는 결국 '아이참.' 하며 발을 굴렀다. 그 짧은 순간에 남자아이가 고개를 살짝 기울여 재아를 쳐다보았다.

"네 이름이 더 예뻐. ……이재아."

그렇게 말하며 남자아이는 모로 고개를 틀었다. 마치 수줍은 듯 얼굴이 붉어져 있었다. 짙고 가느다란 속눈썹을 아래로 내려뜨린 채 남자아이의 입술이 느리게 말려 올라갔다가 주춤했다.

돌려진 고개를 따라서 얼굴을 튼 재아가 집요한 시선으로 남자아이를 좇았다.

"오빠는 이름이 뭐야?"

"……."

"응? 이름이 뭐냐고."

"네가 맞혀 봐."

나는 실은 네 이름 기억하고 있어.

"아이 참, 내가 그걸 어떻게 알아."

여자아이가 태어났을 때부터 보았으니까 꽤 오래 이어진 인연이지만 여자아이는 역시나 어려서 기억하지 못했다. 그에 남자아이는 실망이 가득한 얼굴로 의자 밑을 발끝으로 톡톡 두드렸다.

나한테 뽀뽀까지 해 놓고 이러기야, 정말?

어린 시절 남자아이는 엄마를 곧잘 따라다녔는데, 그럴 때마다 아기 새처럼 저만 졸졸 따라다니는 재아가 귀찮고 난감한 적이 한두 번이 아니었다.

어느 날은 제 두 손을 끝까지 붙잡고서 떨어지지 않으려는 재아를 저도 모르게 밀어내다가 깜짝 놀라서 손을 뻗은 적도 있었다.

'괜찮아?'

그러나 재아는 그날 처음으로 혼자 서 있다가 남자아이를 향해서 아장아장 걸어왔다. 그것이 재아가 첫 걸음마를 뗀 순간이었다. 그러더니 볼도 아니고 남자 아이의 입술에 쪼옥, 입을 맞추었다.

'너…… 너 이러는 게 어디 있어!'

경악으로 남자아이가 입술을 퐁 벌리자 재아가 배싯 웃으며 찹쌀떡 같은 볼을 부풀리더니 이내 혀 짧은 소리를 내었다.

'코코코.'

애정 표현이라는 듯 앙증맞은 제 코를 남자아이의 코에 대고서 부벼 왔다.

아무리 귀찮다고 밀어내도 언제나 저에게 웃으며 두 팔을 뻗으며 아장아장 걸어오는 재아는 상처받지 않는 얼굴로 활짝 웃어 보이며 남자아이의 혼을 쏙 빼놓았다. 그럴 때마다 남자아이는 그 모습에 흠뻑 반해 버렸다.

그 후로는 돌보미처럼 재아를 살뜰히 챙겨 주었던 기억이 있다. 이제 와 생각해 보자면 그것이 7살 남자아이의 첫 순정이었다.

그러한 남자아이의 상념을 깨운 것은 재아가 크게 박수를 치면서 소리를 높일 때였다.

"알았다!"

남자아이는 반가워서 눈을 동그랗게 뜨고서 재아를 빤히 바라보았다. 주먹을 저도 모르게 꼭 쥐었다.

"기억났어?"

재아가 눈을 가늘게 뜨더니 위풍당당하게 고개를 끄덕였다. 남자아이는 재아의 다음 말을 차분히 기다렸다.

"그냥 알려 주기 싫은 거잖아, 오빠는. 치사해."

그러면서도 여전히 재아는 의자를 붙잡고 늘어졌다. 다시금 돌려진 남자아이의 얼굴을 보기 위해서 요리조리 고개를 내밀었다.

"……그런 거 아닌데."

김이 다 빠져 버린 남자아이는 시무룩한 얼굴로 고개를 완전히 틀어 버렸다.

그때 그 공간으로 튀어 들어오다시피 한 이설이 재아를 잡아당기며 앙칼지게 소리를 높였다.

"우리 오빠 괴롭히지 마!"

아무래도 시선을 피하고 있는 오빠와 오빠가 앉아 있는 의자를 잡고 늘어지는 여자아이가 어린아이의 시선에는 괴롭히는 것으로 보인 모양이었다. 그러자 재아가 빙글 몸을 돌리며 이설을 향해 입술을 뾰족하게 내밀었다.

"괴롭히는 거 아니야."

"그럼 뭐 하는 건데?"

"그냥 난…… 친하게 지내고 싶어서."

"너 같은 애들 우리 동네에도 쫙 깔렸어. 근데 넌 좀, 예쁜 것 같다?"

이설이 재아를 쳐다보며 조금은 마음에 들었다는 듯 턱을 치켜 든 채 힐끔 재아의 뒤를 곁눈질 했다.

"뒤에 들고 있는 건 뭐야?"

"이거?"

재아가 손에 들고 있던 인형을 앞으로 내밀자 이설이 깜짝 놀란 얼굴로 두 걸음 뒤로 물러섰다.

"이게 뭐야!"

"내 동생, 유희."

눈가를 찌푸린 이설이 혀를 짧게 차며 인형을 빤히 바라보았다.

"이거 네가 화장한 거야?"

재아가 고개를 끄덕였다.

"처음에 괴물인 줄 알았다. 이렇게 하면 어떡해. 이리 줘 봐. 내가 예쁘게 다시 해 줄게."

절레절레 고개를 젓는 재아를 향해 이설이 손을 내밀었다.

"진짜로 내가 예쁘게 변신시켜 줄게."

"예쁘게? 너처럼?"

그 말에 이설이 목을 가다듬으며 고개를 끄덕였다. 이 여자 아이가 더없이 마음에 들려고 한다.

"응. 네 동생이라며? 네 동생이면 너랑 닮아서 어느 정도는 예뻐야 할 거 아냐."

"나도 너처럼 예뻐?"

"넌 거울도 안 보니? 하여간 예쁜 애들은 꼭 자기가 예쁘다는 소리 듣고 싶어 하더라. 얼른 줘 봐. 이런 건 클렌징 티슈로 닦고 다시 칠해 줘야 해."

"그게 뭐야?"

"이래서 내가 어린것들이랑은 얘기를 안 해요."

그러면서 이설은 재아의 손에 쥐고 있던 인형을 쏙 빼앗듯이 가져왔다. 그리고 아까 본 아주머니의 배가 생각나 인형을 원피스 안으로 집어넣었다.

"네 동생은 내가 특별히 예쁘게 변신시켜 줄게. 잠깐만 기다려. 티슈 가지러 엄마한테 갔다 올게."

발레리나처럼 키가 큰 이설의 호리호리한 뒷모습을 부럽다는 듯 쳐다보던 재아는 이내 제 손을 내려다보았다. 두 손으로 꼭 안고 있던 인형이 없어지자 허전한 마음에 손을 꼼지락댔다.

그러한 시간이 길어지자 남자아이가 한참 만에 입술을 열었다.

"금방 돌려줄 거야. 걱정하지 마."

그제야 재아의 고개가 다시금 위로 올라갔다. 내려다보는 눈동자와 마주쳤다.

그때 의자가 삐거덕, 하고 크게 흔들렸다. 마치 바닥이 흔들리는 듯해 두 아이가 눈을 크게 뜨는 사이 확실한 바닥의 진동이 느껴졌다.

콰르르릉, 쾅!

멀리서 들리는 폭발음에 남자의 고개가 바로 세워졌다. 창가를 향해 시선을 던진 남자아이는 검붉은 화염과 함께 터지는 소리에 의자에서 내려와 창문을 열었다.

"무슨…… 일이야?"

뒤로 주춤주춤 물러선 재아가 뒤돌아 나가려 하자 남자아이가 손을 잡아챘다. 이어서 폭발음이 얕게 한 번 터지더니 문 쪽에서 연기가 피어오르기 시작했다.

"옆으로 돌아서 나가야 돼."

그 나이답지 않게 침착한 남자아이가 창문으로 이어진 지지대에 발을 내렸다. 폭이 30센티미터쯤 될 것 같은 바닥으로 넘어간 남자아이가 재아를 향해 두 팔을 뻗었다.

"내가 잡아 줄게. 이리 넘어와."

"무서워. 떨어지면 어떡해……."

재아는 창가 쪽을 한번 봤다가 뒤를 돌아보았다. 이미 방 안 가득 번져 들어오는 매캐한 연기에 눈과 코가 따끔거리며 붉어졌다. 콜록콜록 잔기침을 하면서 이러지도 저러지도 못하는 재아를 향해 남자아이가 창문을 향해 상체를 깊숙이 기울였다.

"얼른."

그에 눈을 질끈 감은 재아가 내밀어진 손을 잡았다. 그리고 눈을 떴을 땐 2층 난간에 아슬아슬하게 서 있었다.

다리가 후들거려 주저앉으려는 재아의 손을 꼭 붙잡은 채 남자아이가 씩씩하게 말하였다.

"손 안 놓을게."

남자아이의 입꼬리가 안심하라는 듯 부드럽게 말려 올라갔다. 반쯤은 보이지 않던 새까만 눈동자가 훤히 드러난 채 재아를 바라보고 있었다. 재아는 그 손을 꼭 그러쥐고서 한 발 한 발 따라서 움직였다.

옆 창가로 나가니 반대편으로 내려가는 좁은 계단이 하나 있었다. 그렇게 옆으로 옮겨 갔을 때 남자아이가 창문을 열었다.

"잠깐만."

손을 놓으려 하자 재아가 다시 꼭 쥐었다.

"넘어가서 다시 잡아 줄 거야. 약속해."

힘을 주듯 실었다 떼어 낸 손바닥엔 땀이 흥건했다. 남자아이는 단숨에 옆 창문으로 넘어가서 재아를 향해 손을 뻗었다.

이번에는 망설임 없이 그 손을 잡고서 재아는 남자아이와 함께 아래를 향해서 뛰기 시작했다.

중간중간 염료가 쏟아지고 섬유 타는 냄새가 진동했다. 그럼에도 남자아이는 재아의 손을 놓지 않고 뛰고, 또 뛰었다.

막 바깥으로 나왔을 땐 모든 것이 연기에 휩싸여 있을 때였다. 최대한 연기를 피해서 멀찍이 떨어져 나오자 그제야 긴장이 풀린 듯 남자아이가 희미하게 웃으며 자리에 털썩 누웠다.

숨이 턱 끝까지 차올라 숨을 씩씩 내쉬면서도 끝까지 재아의 손을 놓지 않으려는 듯 붙잡고 있었다.

"내 이름은 강이준이야."

"……."

"강이준."

그러나 이준의 손을 내려다보던 재아는 이내 그 손길을 뿌리치고서 불길이 치솟는 화염 속으로 달려 나가기 시작했다. '엄마!'라고 울부짖는 여자아이의 가녀린 목소리가 사이렌 소리에 묻혀 들어갔다.

공장에서는 번져 가는 불길 속에서 설화가 다급하게 재아의 이름을 부르며 소리를 지르고 있었다. 그리고 명희가 제 딸을 꼭 끌어안으며 설화의 팔을 붙잡았다.

그에 붙잡힌 팔을 내친 설화가 명희의 등을 떠밀며 다시금 소리쳤다.

"얼른 설이 데리고 나가!"

"같이 나가!"

"금방 나갈게. 나는 우리 재아 좀 더 찾아보고……."

"나도 준이 찾아야 해."

"준이도 내가 찾아볼게. 설이 여기서 더 오래 있으면 안 돼."

잔기침을 해 대는 설이를 보며 명희는 이러지도 저러지도 못하는 상황이었다.

"설이 데려다 놓고 금방 다시 올게. 너 그 몸으로 움직이지 말고……."

불길 속으로 달려가는 제 친구의 뒷모습을 보며 명희는 심장이 꺼져 가는 것을 느꼈다.

그러나 그녀도 두 아이를 둔 엄마였다. 그 불길 속으로 함께 달려가 주지 못하고 무정히 뒤돌아서 반대편을 향해서 뛰어야만 했다.

그 바람에 이설의 원피스 안에 숨겨져 있던 인형이 툭 바닥으로 떨어졌다.

─ 다음은 안타까운 소식입니다. 17일 저녁 8시 37분경 시작된 불은 남양주시 별내동 섬유 코스메틱 사업장의 공장을 모두 태웠습니다. 유화 가마가 연결된 고무호스가 갑자기 파열되면서 주변에 있던 섬유로 불길이 번져 대형 참사로 이어졌습니다. 소방대원 289명과 진화 장비 38대 등이 동원됐으나 초기 진압 작전에 실패했습니다. 보시다시피 사고 현장은 이렇듯 처참합니다.

리포터는 불에 탄 흔적이 역력한 인형 하나를 든 채 말을 이었다.

– 목격자의 증언에 따르면 아이를 찾던 심 모 씨가 현장으로 다시 진입했다는 증언이 있었으나, 끝내 나오지 못했다고 합니다. 안타깝게도 지하에서부터 치솟은 불길에 공장 건물에 있던 사람들은 모두 화를 면치 못했습니다. 이로 인해 중상 일곱 명과 경상 네 명의 부상자와 26억3천9백 여만 원 상당의 재산 피해가 발생했습니다. 끊임없이 치솟은 불길은 진화헬기 네 대까지 동원돼 진화작업을 벌인 끝에 8시간여 만인 새벽 3시 55분께 진압되었습니다.

한쪽 구석에 쭈그려 앉은 여자아이는 꿈에서 뛰고 또 뛰었지만 그대로 길을 잃어버린 채였다. 아이는 불을 향해 빨려 들어가듯 걸어가다가 주변 사람의 제지에 경찰에 옮겨진 터였다.
뉴스를 타고 나오는 일가족 몰살 사건 소식을 받아들이기에 여자아이는 너무도 어렸다. 살아난 사람 가운데 그녀를 돌보아 줄 사람은 없었다. 1층에 남아서 뒷정리를 하던 도우미가 전부였기에.

그리고 여자아이가 충격에 쏟아지는 잠을 자고 깨어났을 땐 보육원이었다. 온실 속 화초처럼 부모의 품 안에서만 있던 여자아이는 사람이 북적거리는 곳에서 적응하지 못하고 작은 일에도 소스라치게 놀랐다.

그렇게 6개월을 지냈을 때 여자아이가 기억하는 것은 고작 제 이름 석 자였다. 이제 와 생각해 보면 그녀가 충격 속에 지워 버렸던 기억은, 어쩌면 계속 그대로 놓지 않고 간직하고 싶어서였을지도 모른다.

태어나지도 못하고 불에 탄 인형처럼 가족과 함께 사라진 제 동생의 '유희'라는 이름을 은연중에라도 끝끝내 놓지 못한 것 역시.

그 한 자락으로 연결된 것은 언제나 사랑을 주신 부모님이었으니.

"재아, 어디 있니?"

원장 수녀가 부르는 목소리에 재아는 구석으로 돌아섰다. 그리고 원장 수녀 옆으로는 또 한 명의 여자가 서 있었는데 나이는 기껏해야 20대 중반 정도 되어 보였다.

조그맣고 마른 아이 앞으로 다가온 경란은 자신이 버려졌던 나이와 똑같은 일곱 살의 여자아이를 보며 부드럽게 손을 내밀었다.

"재아야, 엄마야."

실어증처럼 말을 하지 않던 재아가 '엄마'라는 말에 울먹울먹한 눈동자를 들었다.

"엄마는…… 죽었다고 했어요."

"이제부터는 아줌마가 재아 엄마 할게. 이리 와."

내미는 경란의 손을 재아가 말없이 쳐다보았다. 대부분의 기억을 잃었지만 그녀가 기억하는 것 중 가장 좋은 것은, 손을 잡는 건 좋은 거라는 거였다.

　한참을 말없이 있던 재아가 경란의 손을 꼭 쥐었다.

　"다시는 안 놓을게요."

　제가 잘못했어요.

‎❄ ❄❄ ❄

Epilogue 2. 장마는 끝났다

이것은 그로부터 1년이 지난 이야기다.

일프로가 자리했던 간판 없던 건물에는 새로운 간판이 하나 올라와 있었다. 아주 평범한 상호명이 붙은 그곳에 멈춰 선 재아가 고개를 갸웃했다.

들어가 볼까 싶었지만 내키진 않았다. 기억하기 싫은 공간이면서도 완전히 잊어버리기엔 아까운 사람들이 있었다.

입구 옆에 있던 주황색 천막과 플라스틱 의자가 말끔히 치워지고 '주차금지'라는 팻말만 세워져 있었다.

들어가 볼까, 말까.

연속적인 고민의 끝에 그녀의 발이 소리 없이 움직였다.

지하로 연결된 그곳엔 스튜디오가 만들어져 있었다. 살짝 열린 입구에서 플래시 터지는 소리와 함께 빛이 새어 나왔다.

햇빛 한 줌 들지 않는 곳에서 빛이라.

어둠에 잠겨 있던 공간에서 나오는 빛 한 줄기가, 사막에서 만난 오아시스처럼 반갑게 느껴진 재아는 멀리서 비치는 실루엣을 가만히 응시했다.

왁자지껄한 웃음소리, 사람 냄새, 그 와중에 연달아 터지는 플래시.

찰칵찰칵.

이 공간 안에도 활기가 넘쳐흘렀다. 그녀가 변한 만큼 공간도 변해 있었다. 민트색으로 곱게 칠해진 문을 조금 더 열어보려다가 삐그덕, 문소리가 요란하게 울리자 재아는 뒤로 물러서며 입을 막았다.

이내 플래시가 멈추고 걸걸한 여자의 목소리가 튀어나왔다.

"거기 누구야!"

후다닥 위로 뛰어 올라가는 발소리에 문을 열고 앞까지 나온 여자는 팔짱을 낀 채 멀어지는 뒷모습을 쳐다보았다. 그리고 여자의 어깨 너머로 고개를 빼꼼 내민 상현이 주위를 둘러보았다.

"홍 누나, 누구예요?"

"봤어야 알지. 사진 다시 찍어."

"아휴, 벌써 몇 시간째 찍는 건데요? 네?"

상현은 징징거리며 거의 끌려가다시피 했다. 환한 스튜디오 한가운데에는 온유가 다리를 삐딱하게 세운 채 도도한 고양이처럼 서 있었다. 라진은 행거에 걸린 옷을 차례로 정렬하고는 그중 하나를 온유를 향해서 던졌다.

"이걸로 갈아입어."

"뭐야, 옷 완전 구려. 언니 쇼핑몰 옷 다 모델발이라는 후기가 심심치 않게 올라오는데, 알바 시급 더 올려 줘야 하는 거 아니야?"

"나도 그거 봤어요. 지능적 안티라고. 누나 옷 입은 거랑 고객이 입은 사진 후기 비교 샷 커뮤니티에 뜨고 난리도 아니었다니까요."

상현이 캡처 화면을 찾아서 라진을 향해 내밀고는 폭소를 터뜨리자 건네받은 휴대폰 화면을 본 라진이 미간을 찌푸렸다.

"예쁜 애들만 입으라고 초이스 해 온 옷이야. 후기 못 올리게 막아 놓든가 해야지."

"에이, 홍 누나, 그렇게 하면 쇼핑몰 망한다니까요?"

"너나 실직자 되고 싶지 않으면 3시간 안에 50벌 다 찍어 내."

"이건 완전 억지예요!"

"나도 안 해!"

"끝나고 삼겹살에 소주."

"왜 이래, 언니? 소고기는 먹어 줘야지."

"갈비 살. 여기서 타협은 없어."

웃음소리가 가득 찬 스튜디오 안, 원래 이곳에 자리했던 일프로는 흔적도 없이 사라져 있었다.

조 부장은 딸에게 떳떳한 아빠가 되겠다며 기술직을 찾아나섰고, 그녀들 중 사람의 온기를 찾아 지상으로 나온 사람이 있는가 하면, 또 다른 지하 세계를 찾아 들어간 그녀들이 대부분이었다.

"근데 누나, 남자 친구랑은 왜 헤어졌어요? 설마, 일프로에서 일했다고 얘기했어요?"

"미쳤냐?"

"에이, 그래도 과거는 까고 만나야죠. 뭐, 재벌이랑 결혼할 거 아니면 어차피 누나 과거야 아는 사람은 없겠지만, 그래도 사람이 양심이 있어야죠!"

"안 그래도 너 때문에 네이톡 결시친 판에 고민 상담 올렸다가 멘탈 가루로 바스러졌으니까 입 닥쳐."

"진짜요? 와, 올리란다고 진짜 올릴 줄은 몰랐는데. 가만 보면 영옥이 누나 진짜 순진해."

"야! 그 이름 내가 부르지 말랬지?"

"본명이 영옥이가 뭐예요. 아아, 그래서 온유로 바꿨구나. 진짜 깬다 깨."

"핵노잼, 무색무취거든? 1절만 해라."

"그러지 말고 기왕 이렇게 된 거, 과거 아는 나랑 만나는 건 어때요?"

"이놈이 미쳤나. 야! 나 왕년에 잘나갔어!"

"지금도 잘나가는 거 알아요. 저 사진 기술 배워서 유명한 사진작가 되면 그때 다시 얘기해요."

"뭐라는 거야, 진짜 이게."

잔뜩 찌푸린 그녀의 얼굴 위로 플래시 소리와 함께 빛이 닿았다. 환한 조명판 위로 이어서 웃음소리가 터져 나온다.

어렵게 그 틈에서 나온 이들에게는 그래도 세상이 숨 쉴 수 있는, 새로운 공간이 되기를 바라 본다.

돌아서 나온 재아는 숨을 몰아쉬며 심장을 쓸어내렸다. 도둑질을 한 것도 아닌데 뛰어나올 건 뭔지. 그런데 이상하게도 웃음이 나왔다.

시원하게 한바탕 웃음을 쏟아 낸 재아는 울리기 시작하는 휴대폰을 귀에 가져다 대었다.

"자기야."

이제는 자연스럽게 입술에서 반사적으로 흘러나오는 달콤한 애칭이 되어 있었다. 그러자 애칭보다도 부드럽게 흘러나오는 이준의 목소리가 귓가를 간질인다.

– 기분 좋은 일 있나 봐요. 목소리가 좋아 보여.

"그렇게 들려요? 뭔가 마음이…… 홀가분해진 것 같아요."

항상 자신이 일하면서 걸었던 거리를 피해서 다녔던 재아는 이제는 그러지 않아도 될 것 같다는 생각이 들었다.

버스 정류장 앞으로 걸어 나온 재아는 의자에 앉아서 이준의 목소리를 눈 감고 들었다. 언제 들어도 듣기 좋은 목소리가 가만가만히 흘러나온다.

– 내 얘기 듣고 있는 거예요?

"들어요."

– 내 목소리가 졸린가. 길게 말하면 꼭 대답이 없어.

"어, 버스 왔다!"

– 이거 봐. 또…….

"저 지금 카드 찍었어요."

– 맨 뒤 안 되고, 꼭 한 자리 좌석에 앉아요. 옆에 누가 앉는 거 싫으니까.

"남은 자리가 다 두 칸씩밖에 없는데, 서 있어요?"

– 그럼 서서 가야죠.

"다리 아픈데."

– 내려서 택시 타요.

입꼬리가 기분 좋게 올라간 재아가 피식 웃음을 터뜨렸다. 그러고는 작게 속삭이듯 말했다.

"보고 싶어요."

– 그렇게 말해도 자리는 안 돼요. 얼른 내립시다.

"진짜 그냥 보고 싶어서 얘기한 건데, 나 지금 서서 가요."

– 지금 뭐가 보이는데요?

"음……."

창밖을 쳐다보며 재아는 지나가면서 보이는 높은 건물과 표지판을 하나씩 말하였다. 차가 얼마나 막히는지, 노점상이 얼마나 나와 있는지, 시시콜콜한 것까지 말하면서 통화는 계속되었다.

오늘은 JC엔터테인먼트에 가서 마지막 대본을 넘겨주기로 한 날이었다. 보통은 이메일로 주고받는 일임에도 회사의 원칙상 직접 얼굴을 보고 회의를 해야 한다기에 딱히 할 말은 없었다.

– 왜 말을 하다 말아요?

재아는 노트북 가방을 크로스로 멘 채였는데 한 손에는 구겨지지 않게 파일지에 넣은 대본이 들려 있었다. 블루투스로 통화하면서 눈으로는 대본을 넘겨보기도 하면서 재아는 간간이 창밖을 쳐다보았다.

"잠깐 멈췄어요. 음…… 이제 세 정거장 남았……."

자신의 어깨 위로 툭 떨어진 고개와 감겨 오는 팔에 재아가 말을 멈추었다. 그에 한쪽 이어폰을 뺀 그가 나직이 속삭였다.

"나 얼마나 보고 싶었어요?"

은은한 스킨 냄새. 돌아보지 않아도 알 수 있었다.

재아는 얼굴 가득 미소를 머금은 채 뒤에 서 있는 이준의 가슴팍에 몸을 기대었다. 그러자 이준이 짓궂게 말하였다.

"얼굴 확인도 안 하고, 외간 남자 품에 이렇게 안겨서야 되겠어요?"

재아는 어깨 너머로 내려온 그의 팔과 손등을 만지며 말하였다.

"내 남편은 오기 전부터 숨 쉬는 소리가 먼저 들려요."

"그거 예전에 내가 했던 말 같은데."

"부부는 닮는다잖아요."

재아가 돌아보자 이준이 웃음을 터뜨렸다. 서로의 눈에 가득 담긴 애정을 본 사람들이 부러운 듯 그들을 쳐다보고 있었다.

이준은 그녀가 메고 있던 노트북 가방을 제 어깨로 걸치며 재아의 손을 꼭 잡았다. 버스 뒤쪽에 달린 벨을 누른 그는 이미 어디로 가고 있는지 안다는 얼굴이었다.

"거기는 꼭 가야 돼요?"

"회사 방침이라잖아요."

"되게 신경 쓰이네."

"질투 안 해도 될 텐데. 대표님 얼굴 본 적 없어요."

"대표님?"

무언가 꼬투리 하나라도 잡으려는 뉘앙스에 재아가 그의 팔에 얼굴을 기댄 채 말하였다.

"남편님이 제일 좋은 직함을 가지고 있죠."

"그건 맞아요."

'이재아 남편, 강이준.' 그가 가장 마음에 들어 하는 것이었다.

회사 바로 앞에서 멈춘 버스의 뒷문이 열리고 나란히 붙어가는 두 다리는 마치 한 몸인 듯했다. 이제는 누가 따라 하지 않아도 박자까지 딱 맞아떨어진다. 그렇게 다정하게 꼭 붙어서 걸어가는 길이 아쉬울 만큼 짧았다.

"그런데 어떻게 나왔어요?"

"나 이사장인데."

"그래서요?"

"허락받고 나올 위치 아니라고요."

"소문에는 이사장님이 인턴보다 더 바쁘다던데요?"

"그 소문이 벌써 거기까지 갔어요? 또 반했겠네."

그 말에 재아가 풉, 짧게 웃음을 터뜨렸다.

환자의 보호자처럼 일일이 병실을 돌아다니며 간병인이 없는 환자의 다리와 손까지 되어 주는 그의 평판은 곧 병원의 이미지가 되어 있었다. 그 덕에 이사장이 바뀐 후로는 서비스 면이나 의료적인 면에서 1위 자리를 굳건히 지키며 명성을 유지

438

하고 있었다.

"그런데 이렇게 나오면 어떡해요."

"나 지금 혼나는 거예요?"

"네. 혼나는 거예요."

"보고 싶다고 해서 나왔더니 억울해지려 그러네. 그래서 벌은 어떻게 줄 건데요?"

회사 앞까지 다다르자 이준이 주머니에 손을 넣은 채 재아를 바라보았다. 이내 재아가 주의를 힐끔거렸다. 그 모습을 이준이 뚱하게 쳐다보았다. 그 순간 재아가 이준의 넥타이를 가볍게 잡아당겼다.

"이게 벌이에요."

입술에 짧게 쪽, 하고 입을 맞추었다. 그에 예상 못 했다는 듯 양쪽 볼에 홈이 파일 정도로 웃은 이준이 눈을 지그시 내리깔았다.

"벌 자꾸 받고 싶어지는데, 어쩌죠?"

"얼른 가요. 늦었어."

"뽀뽀 한 번만 더 해 주면 안 되나. 너무 순식간에 지나가서 벌받은 기억이 없어."

"집에 가서."

"집이라면…… 기왕이면 야하고 강력한 벌로 부탁해도 될까요?"

재아는 점점 더 능청스러워지는 이준을 째려보며 그의 등을 떠밀다시피 하였다. 그러자 떠밀려 나가는 척하던 이준이 앞을 돌아보고는 재아를 꼭 끌어안아 주었다.

"지금 포옹한 것도 벌줘야 해요. 기다리고 있을게."

떨어져 나간 팔이 금세 아쉽다. 재아는 선선히 걸어 나가는 이준을 보다가 그가 앞으로 돌아서서 손을 흔들자 웃으며 같이 손을 흔들어 주었다.

이준은 뒷걸음질을 하며 재아가 작아질 때까지 쳐다보았고, 재아는 그 자리에 선 채로 흐릿해지는 이준을 쳐다보았다.

사무실에서 밖으로 나갔던 태하는 멀리서 보이는 두 사람의 모습에 날카로운 눈매를 우그러뜨린 채 돌아섰다.

벌써 1년이라는 시간이 지났건만 여전히 아팠다.

그대로 나가려던 태하는 도로 사무실 안으로 들어왔다. 그에 비서가 냉큼 그의 뒤를 조르르 따라서 들어왔다.

"왜 도로 들어오십니까?"

"오늘이 엔딩 대본 받기로 한 날이었나."

"그렇죠."

"마지막으로 오는 날이겠고."

"뭐가요?"

"이제 내가 편해졌나."

조금은 느슨하게 풀어져 돌아오는 대답에 태하가 눈썹을 구겼다. 그러자 비서가 슬금슬금 눈치를 살피며 머뭇머뭇 문 쪽을 가리켰다.

"저…… 나가 있을까요?"

이제 '꺼져'라고 말하기도 귀찮은 듯 짧게 손만 저은 태하는 한쪽 손을 이마에 얹은 채였다.

440

닫힌 문 뒤로 그의 한숨이 무겁게 떨어져 나왔다. 감긴 눈꺼 풀 위로 그의 손이 오르내렸다.

유일하게 그녀가 오는 시간이 좋았던 태하는 마주치지는 않 았어도 1층으로 내려가서 입구 쪽으로 걸어가는 그녀를 보는 그 짧은 시간이 제일 기다려지는 시간이었다.

그런데 오늘은…….

"별로네."

다리를 꼬고 앉은 채 의자에 푹 기댄 그의 몸이 갈피를 잡지 못하고 움직인다. 표정을 갈무리하지 못한 그가 이내 속절없이 벌어지는 문에 느릿하게 고개를 들었다. 예상 밖의 인물에 당 황한 건 마찬가지인지 재아도 문을 열었다가 더 들어오지 못하 고 멈추어 섰다.

"들어오려던 거면 들어오고, 나갈 거면 나가."

"오늘은 웬일로……."

"내가 있네."

자리에서 일어난 태하가 가운데 비치된 검은색 가죽 소파로 다가갔다. 너도 앉으라는 듯 턱으로 방향을 가리키고 나서야 재아가 마주 보는 곳에 앉았다.

어쩐지 서먹서먹해져 쉽사리 고개를 들지 못하고 재아는 파 일만 움켜쥐었다. 태하가 그 모습을 가만히 보더니 피식 소리 없는 웃음을 입가에 그려 넣었다.

"얼굴 좋아졌다."

여전히 예쁘고, 여전히 가슴 떨리게 만드는 네가…… 이제 는 완벽히 가질 수 없는 여자가 되었다.

"남편이 잘해 주나 봐?"

재아는 그저 어색하게 웃으며 파일을 테이블 위로 내려놓았다. 한창 제 시나리오로 작업 중인 영화 촬영의 마지막 장면을 수정해서 가져온 대본이었다.

원래는 감독과 이야기를 해야 하지만 꼭 이렇게 사무실에 와서 대본을 놓고 가라는 건, 그의 지시라는 걸 알고 있다.

"마지막 장면은 감독님께도 메일 보냈고, 이대로 가도 괜찮을 것 같다는 컨펌받았어요."

"이제는 말 안 놓네."

"……."

"유희라고 부르면 놓으려나."

"그 이름은……."

"그러니까 내가 아는 넌, 기억해도 되는 게 하나도 없네."

그때나 지금이나 변하지 않는 한 가지.

"좆같다, 진짜."

자리에 일어선 태하는 사무실 문을 열기 직전, 그 자리 그대로 앉아 있는 재아를 향해 말하였다.

"밥이나 먹자."

마치 어제 만난 사람처럼.

이내 자리에서 일어난 재아가 소지품을 챙기며 앞을 향했다. 그리고 그녀 역시도 어제 만난 것처럼 대답하였다.

"그래, 밥 먹자."

저보다 먼저 빠져나가는 걸음이 당차다. 태하는 입가에서 피싯피싯 번져 나오는 웃음을 참으려 깨물었지만 기어이 터져 나와 웃어 버렸다.

　음식점 앞에 도착해서도 여전히 태하의 입술엔 웃음이 걸려 있었다.

　"뭐가 그렇게 웃겨?"

　벌써 몇 번이나 참았던 물음이 기어이 비집고 나왔다. 얄궂게 올라간 눈동자가 저를 향하자 키득거리던 태하가 재아를 물끄러미 쳐다보았다.

　"내가 기억하는 넌, 그렇게 말해야 맞는 거지."

　하, 짧은 웃음이 그녀의 입가에서 머물렀다.

　"밖이니까 공과 사 구분할 거 없이 편하게 얘기해. 너 뭐 또 그렇게 대단하다고, 내가 아직 너 하나 못 잊었겠냐. 의식하지 말라고, 나."

　"내가 언제 의식했다고……."

　"처음부터 끝까지 내내, 불편해했잖아."

　그래도 이제는 네가 날 신경 써 주는 것 같아서…… 눈물 나게 고맙더라.

　마지막 말은 삼킨 채 태하는 레스토랑 안으로 들어섰다.

　한눈에 보아도 가격이 꽤 나갈 것은 회원제 레스토랑은 예약 없이는 못 들어오는 곳이었다.

　그러나 태하의 얼굴을 알아본 점장이 예약리스트를 점검해 보고는 특별히 좋은 자리까지 마련해 주었다.

　이곳은 엄격히 상류층 세계의 영역 중 하나였다. 오다가다 알아보는 이가 있을지도 모르는 곳. 엄습해 오는 불안함에 재아는 자리를 잡고 앉으면서 편하게 숨 한 번을 내쉬지 못하였다.

분명 아는 사람도 있을 텐데…….

아직도 그녀는 예전의 저를 기억하는 사람들을 대면할 수 있는 상황이 영 불안했다. 혹시라도 이준과 관계된 사람일까 봐 그녀는 바짝 긴장을 곤두세우고 있었다.

자리에 편히 기대앉은 채 태하가 메뉴판을 재아에게 건네었다.

"먹고 싶은 거 시켜. 어차피 네가 사는 거니까."

불안하게 메뉴판에는 가격조차 적혀 있지 않았다. 가격과 상관없는 사람들이 오는 레스토랑 회원제는 메뉴판조차 친절하지 않았다.

"왜? 아깝냐. 이제 너도 사모님인데 뭐, 이 정도 가지고."

그가 말을 마쳤을 때 한 남자가 이쪽을 향해 걸어왔다. 걸어오면서도 재아와 태하를 번갈아 보던 남자는 꽤 흥미롭다는 얼굴을 했다.

"오랜만이다."

"그러게."

오랜만에 보는 인사치곤 담백했다. 남자의 흥미는 재아에게로 가 있는 눈치라 태하가 먼저 말을 꺼내었다.

"이번에 우리가 제작하는 영화 시나리오 작가."

그러자 예상치 못했다는 듯 남자가 고개를 갸웃했다.

"그래? 나는 강이준 사모님인 줄 알았는데. 내가 실수할 뻔했네. 왜 말 많았잖아. 화류계 여자랑 소리 없이 결혼했다고."

그 말에 기다렸다는 듯 태하가 코웃음을 쳤다.

444

"강이준 사모님 맞고, 그 소문은 나도 들었는데."

"맞아?"

대번에 남자의 시선이 재아에게서 멈추었다.

"화류계 죽돌이인 내가 모르는 아가씨가 있다니 말이 되냐. 난 술집에서 한 번도 본 적 없는데? 아…… 유희라고 닮은 애가 하나 있었는데, 걔 죽었다더라. 흉흉한 소문 돌아서 일프로도 망해서 없어졌잖냐."

"뭐?"

이번에는 태하가 재아를 향해서 말하였다.

"그러게 시끌벅적하게 결혼하라니까, 이런 소문이나 꼬이고."

태하는 살짝 치뜬 눈매로 다시금 남자를 향했다.

"딱 보면 모르겠냐. 우리 회사 작가로 일하는데 대현그룹에서 일하는 여자 좋아할 것도 아니고, 집안도 후지니까 반길 리가 없지. 이번 영화 잘되면 그쪽 집에서 인정 좀 해 줬으면 좋겠는데…… 그것도 물론 안 차겠지만. 그런데 소문이 좀 더럽게 났네."

"그런 거였냐."

"알아들었으면 다른 사람들한테도 말 좀 전해 주고. 같은 말하기 얼마나 지겹겠냐."

"그래, 알았다. 그래도 소속 작가라고 챙겨 주네."

남자는 수긍했다는 듯 재아를 쳐다보았다.

"오해해서 미안합니다. 영화 개봉하면 보러 갈게요. 멋있네요."

마치 이 기회를 기다리고 있었다는 듯 유창하게 말하던 태하가 메뉴판을 향해 짙은 속눈썹을 내리깐 채 나지막이 입술을 열었다.

"이제 됐으니까, 숨 쉬어."

"……."

"그 일을 왜 시작했는지 아는 넌, 적어도 네 과거에 부끄러워하지 말아야지."

눈 한 번 맞추지 않고 말하는 목소리에 재아도 메뉴판을 보면서 대답했다.

"그렇다고 당당해도 될 이유가 되지는 않아."

"눈치 볼 이유도 없으니까. 사람들은 그저 씹을 가십거리가 하나 필요한 것뿐이야. 거기에 휘둘리면 너만 병신인 거고. 이제는 그 안줏거리조차 없어졌으니까 또 다른 걸 찾겠지. 이제 넌 너대로 그렇게 살면 되는 거고."

재아가 메뉴판을 보다 말고 태하를 향해 고개를 세웠다. 머무르는 시선이 꽤 오래 이어지자 태하 역시 재아를 향했다.

말하지 않고 멈춰 있는 시간이 처음으로 길었다.

"……고마워."

그녀가 할 수 있는 말이 이게 전부라서.

"고마우면 밥 사."

진지한 분위기 속에서 가볍게 치고 빠지는 태하라서.

한때는 그 가벼움 속에 깊숙이 담겨져 있던 마음을 몰라봤었다. 이제는 알고 있어서 재아 역시 가만히 고개를 끄덕였다.

와인까지 한 병 시키고 모처럼 기분 좋은 식사가 이어졌을 때 그녀에게 문자메시지가 왔다. 계좌로 입금이 되었다는 알림을 본 재아가 태하를 쳐다보았다.

"마지막 대본 들어왔으니까 나머지 잔금. 흥행 스코어 보면서 인센티브는 알아서 들어갈 거니까, 아마 얼굴 보는 날은 오늘이 마지막일 거다."

"왜, 나랑 다시는 작업 안 하게?"

"해도 직원이랑 얘기하겠지. 대표가 이럴 시간이 어디 있겠냐. 나도 연애 좀 하자."

듣던 중 가장 반가운 소리였다. 물론 계산을 할 때쯤에는 가격에 한번 놀랐지만 유쾌했던 식사 시간과는 비교할 바가 못 되는 숫자였다.

태하는 인사를 하고 멀어지는 재아의 뒷모습을 하염없이 바라보았다. 마치 오늘이 마지막인 것처럼, 사라지고 나서도 그 자리에 멈춰 선 채였다.

내가 기억하는 넌 유희라서…… 난 너를 잊지 못할 것 같아서.

영원히…… 꺼져 줄게.

－ 연결이 되지 않아 음성 사서함으로 연결이 되며, 삐 소리 후 통화료
가 부과됩니다.

　내가 생각이라는 걸 해봤는데. 내 인생에서 너를 만난
건…… 아무리 생각해도 최악이야.
　아니다. 방금 한 말 취소.

　그게 그러니까. 나한테도 네가…… 처음이었어. 전부 다.
　나한테도 네가 첫……사랑이라고. 그 말. 하고 싶었……어.
　이 말도 결국…… 할 수 없겠지만.

－ 12월 15일 오후 10시 47분에 음성메시지가 취소되었습니다.

완벽히 고립됐다고 느꼈던 재아는 어느덧 누구보다도 많은 사람들과 소통을 하는, 영상 매체로 이야기를 전하는 작가가 되어 있었다.

그리고 오늘은 고대하던 영화 시사회 날이었다. 세상 밖으로 그녀의 이야기가 처음으로 나오게 된 날.

〈사랑해도, 돼요?〉 엔딩 크레딧이 떠오르면서 불이 켜졌다. 연이어 박수갈채가 터져 나오고 사람들이 기립하였다. 불이 켜지기 직전, 밖으로 나간 남자의 실루엣이 언뜻 비쳤지만 아무도 보지 못하였다.

재아가 사람들 앞으로 걸어 나가자 축하 꽃다발을 건네는 사람들 틈에는 겸연쩍어하는 강 회장이 있었고, 전 여사가 있었고, 이설이 있었고, 친구 수진이 있었다. 그리고 그녀가 가장 사랑하는 남자, 강이준이 내내 함께였다.

멀찍이 떨어져 있던 강 회장이 어느 틈엔가 사람들을 헤치고 들어와 서서는 새하얀 아마릴리스를 재아에게 건네었다.

"……수고했다."

내밀었던 손이 뿌듯해질 만큼, 순백의 꽃처럼 재아가 크게 함박웃음을 지었다. 이제 보니 그 꽃은 그녀를 닮은 듯도 하다.

이파리가 유독 크고 화사하게 피어나는 아마릴리스는 진귀해서 이맘때가 아니면 보지를 못하는데, 그것을 한번 본 사람은 잊지 않고 꼭 이 계절이 오기를 기다린다고 한다.

늘 뒷짐 지고 서 있던 강 회장이 순간 제일 앞까지 다다른 자신을 보고는 슬슬 뒷걸음으로 물러설까 했지만 이미 늦었다.

뭐가 그렇게 급했는지 불쑥 꽃부터 내밀면서 수고했다는 말까지 했으니. 그에 핑계라도 대기 위해 입을 떼었다.

"준이 녀석이, 네가 하도 이 꽃을 좋아한다기에…… 안 사오려는 걸 마침 보여서 사 왔다. 새아가, 너 이거 싫으면 다른 사람 줘 버려라."

무뚝뚝하게 말하려고 애를 써도 애정이 뚝뚝 떨어져 나오는 걸 숨길 순 없다. 강 회장이 도로 가져가려는 것처럼 손을 뻗어 오자 재아가 품 안에 꽃을 쏙 집어넣었다.

"안 돼요. 줬다 뺏는 게 어디 있어요, 아버님. 저 주세요. 정말…… 마음에 들어요."

재아가 수줍게 웃어 보였다.

"회장님, 말은 바로 하셔야죠. 꽃 시들까 봐 일주일 전부터 예약해서 플로리스트한테 신신당부해 놓고, 이렇게 못나게 말하기예요? 얘, 네 아버지가 엄마한테는 이제 꽃도 안 사 주면서 이거 사 온 거야."

말하지 않아도 알 것 같은 느낌이었다. 밤늦도록 시나리오 작업을 할 때면 서재에서 책을 보며 기다리는 아버님을 알았고, 일하는 아주머니를 통해 간식을 보내오는 것도, 유독 깨끗하게 비워진 접시에 있던 것은 기억해 놓았다가 떨어지지 않게 손에 들고 오는 것도 안다.

재아는 뜨거워지려는 눈가를 잠시 손으로 덮었다.

지금도 너무 행복한데 이건 뭐라고 해야 할지……. 세상의 불행을 다 끌어온 것 같을 때가 있었는데 지금은 행복의 끝에 서 있는 것만 같다.

이렇게…… 이렇게까지 행복해도 되나 싶다.

온 가족이 함께하며 축하해 주던 그날 밤, 행복에 취한 건지 술에 취한 건지는 모르겠지만 기분이 좋아 더 취한 느낌이었다. 가볍게 샴페인 한잔을 하고 2층으로 올라온 두 사람은 누가 먼저랄 것도 없었다.

방문이 닫히기도 전에 이준이 재아의 머리를 한 팔로 받쳐 들고 뜨거운 키스를 퍼부었다. 그대로 끌어안아 블라우스 위로 손을 가져다 대었다.

껑충 뛰어오른 그녀의 두 다리가 그의 골반 위로 걸쳐졌다. 이준보다 높이 솟아오른 재아가 그의 목에 팔을 두르며 그를 내려다보았다. 이준은 등지고 선 문 쪽으로 시선 줄 것도 없이 다리를 길게 뒤로 뻗어 방문을 닫았다.

탁.

그게 신호탄이 되었다. 그녀도 질세라 그가 입고 있는 셔츠를 벗기기 시작했다. 손짓이 이제는 하나도 서툴지 않다. 술이 기분 좋게 달아올라 조금씩 박자가 엇나가는 것 외에는.

"오늘은, 무슨 잘못 했어요?"

그러자 이준이 빙그르르 돌면서 키스한다. 한 팔로 받치고 한 손은 투, 툭 단추를 끌어내리느라 바빴다.

"근무시간에 당신한테 보고 싶다고 문자 했어요."

"그리고?"

"점심시간에 밥 안 먹고, 당신 얼굴 보겠다고 집에 왔다 갔어요."

깔끔하게 채워졌던 와이셔츠 단추는 급하게 바닥을 드러내고 있었다. 재아의 어깨 끝에 걸린 블라우스도 서서히 벌어지더니 이내 형태를 잃어버린 리본 끈과 함께 힘없이 추락했다.

사르륵.

드러난 브래지어 끈을 이준이 잇새로 물고서 단번에 아래로 내렸다. 나머지 후크마저 끌렀다.

그가 가슴 위로 입술을 묻자 '아아…….' 간지러운 듯 탄성과 함께 재아가 잠시 천장을 향해 고개를 틀었다. 그리고 이준의 두 뺨을 잡고서 사랑스럽게 내려다보았다.

"또?"

"시사회장에서 안고 싶은 것도 간신히 참았죠."

"……어? 안아 줬는데?"

"그거 말고, 지금 하려는 거……."

루스하게 말을 끝내자마자 그대로 떨어져 내린 몸이 폭신한 시트에 파묻히고, 그 위로 팔 감옥을 만들었던 손이 조금씩 굽어졌다. 재아의 이마에 입술을 꾹 눌렀다 떼어 내면서 그가 팔을 세웠다. 조금은 비켜 나간 듯, 떨어져나간 거리에서 쳐다보는 이준의 눈동자가 색스럽게 흘렀다.

그가 이렇게 쳐다봐 줄 때면 재아는 꼼짝도 할 수 없다. 기분 좋은 환각이 나른하게 몸을 적셔 갈 때쯤, 마치 그 순간을 기다린 것처럼 그의 이지적인 미소가 뺨 위로 걸쳐졌다.

그가 재아의 얼굴을 손바닥으로 감싸 쥐며 코끝을 부딪쳐 왔다. 스르르 미끄러져 내려온 입술에서 아슬아슬하게 멈추었다. 아랫입술 끝에 촉촉하게 닿았다가 아쉬울 만큼 빠르게 떨어졌다. 동시에 찌르르해져 발끝을 꼿꼿이 세우는 그녀의 다리를 그가 불시에 어깨 위로 끌어올렸다.

재아는 시트를 꽉, 움켜쥐었다. 눈을 꼭 감았다. 품 안에 갇힌 작은 새처럼 파드득 어깨를 떨었다. 소름 끼치게 좋아서.

귓불을 깨물고, 몸을 할퀴어 주기를 바란다.

애매하게 걸쳐 있던 옷이 사부작사부작 몇 번 쓸리더니 사라지고, 그의 손가락이 스치듯 섬세하게 닿은 자리에 스타킹이 벗겨졌다.

가슴이 짓눌리고 보드레하게 맨살이 닿았다 떨어지는 감촉에 녹아내릴 것만 같았다. 손톱을 박아 이준의 어깨에 짓궂게 상처를 내고 싶다는 생각이 들만큼.

아아아, 새빨간 신음이 하얀 천장을 메우고 더운 김이 흩어져 나왔다. 꼭 맞춘 열쇠가 결합하듯 그렇게 그녀의 몸 안으로 그가 깊이…… 깊이 들어오고 있었다.

엉덩이를 움켜쥔 억센 손이 강렬하게 당겨지고 멀어졌다. 타악, 탁 살이 맞부딪쳤다. 이쯤 되니 이곳이 어디인지 모를 만큼 몽롱한 감각이 시야를 뿌옇게 만들었다.

"하아아……."

억눌린 신음을 뱉어 내던 그가 재아를 상체 위로 가볍게 끌어 올리고서 그대로 누웠다. 쏟아지는 얼굴을 가만히 바라보았다. 머리를 쓸어 넘기자 부끄러운 듯 움츠러드는 어깨가 또 예쁘다.

"……내, 내려 줘요. 내가 누워 있을래."

재아가 이준의 팔등을 붙잡고 울 것 같은 얼굴을 했지만 그게 또 예뻐서 놓아줄 생각은 들지 않는다. 작은 엉덩이를 치골 깊숙이 끌어당겼다.

"이제 네가 움직여."

"내려 줘요……."

"싫어."

그대로 꼼짝없이 굳어 있는 재아를 향해 이준이 나른하게 웃어 보이더니 감질이 일 정도로 얕게 움직이다가 멈추었다. 격정적으로 움직일 것처럼 하다가 다시 멈추었다.

결국 참지 못한 재아가 고개를 숙인 채 매끄럽게 빠진 잔근육을 손으로 더듬더듬 만졌다. 그조차 자극이 되었는지 이준의 입술에서 짙고…… 뜨거운 숨이 터져 나왔다.

정신을 못 차릴 만큼 구는 건 그녀만이 아니란 생각에 그의 뜻대로 재아가 수줍게 허리를 오르내렸다. 더 빠르게 움직이라는 듯 그가 손을 재게 움직이자 그녀에게서 송곳처럼 날카로운 신음이 터져 나왔다. 그 순간 이준이 재아를 바닥으로 내리눌러 위로 올라섰다. 그의 이마를 타고 땀이 느리게 흘러내렸다. 그 눈동자에 상흔처럼 재아가 가득 들어찼다.

작은 손짓 하나, 몸짓 하나 지나칠 게 없이.

느리고 깊게, 빠르고 얕게, 더 없이 빠르고 깊게…… 그가 가득 차게 들어왔다 나갔다. 좋으면서 끝에 가서 내빼려는 재아를 이준이 끈질기게 따라붙었고, 절정에 달아오른 재아가 젖은 얼굴을 하고서 울음을 터뜨렸다.

"너는 정말……."

짐승에 가까운, 본능에 충실하게 만드는 것도 그녀가 아니면 하지 못한다. 결국 일어나려는 재아를 팔 안에 가두고 씻지도 못하게 했다. 지쳐서 베개에 얼굴을 묻은 재아를 보다가 그대로 뒤에서 어깨를 붙잡고 바짝 몸을 붙여 온 이준이 젖은 목소리로 말하였다.

"이젠 내가…… 움직일게."

오늘 밤 안으로 절대 놓아줄 생각이 없다는 듯 이준은 쉬지 않고 몇 번을 안았다. 이런 고통이라면 몸이 부서져 내려도 좋을 것만 같았다. 그렇게 여러 번의 절정이 지나가고도 더 높은 쾌락이 전신을 전율케 했다.

어느새 땀으로 범벅인 재아의 상기된 얼굴을 보며 이준이 재아의 눈꼬리에 입술을 자잘하게 맞추었다. 가만가만 그녀의 귓바퀴를 손가락으로 피아노를 치듯 놀리며 바라보자 그런 눈빛으로 쳐다봐도 이제는 안 된다고 재아가 엉망이 된 얼굴로 도리질 쳤다.

하지만 예상과 달리 이준은 그녀의 아랫배에 바짝 귀를 붙여 왔다. 두방망이질하게 만든 그는 어느새 얄미울 만큼 차분하게 정리된 얼굴이었다.

그가 그대로 살포시 눈을 감았다.

"쌍둥이였으면…… 좋겠어."

아기가 들어오는 소리가 들리지는 않을까.

조금 전, 거친 모습과는 상상이 되지 않을 정도로 순수한 얼굴, 그게 사악하리만치 아름다웠다.

언제나 그녀의 속을 다 알고 있는 것처럼 바라보며 선연하게 웃어 주던 얼굴, 손을 잡아주고 다정하게 이름을 불러 주는 그를…… 지나가는 시간 속에서 가만히 떠올렸다.

내가 보던 이 남자의 모습이 병원에서가 처음이었을까. 그게 아니었던 것 같다. 재아가 이준을 지그시 바라보았다.

두 눈을 꼭 감고 어느새 잠들어 있는 남자를 하염없이 바라보았다.

쌔근쌔근 숨소리가 방 안을 느릿하게 채워 나갔다. 꼭 껴안은 두 사람의 입가에 가릴 수 없는 미소가 걸렸다. 엎어지듯 잠이 들어 버린 두 사람은 같은 꿈을 꾸었다.

눈을 떴을 때도 비몽사몽한 느낌에 꿈인지 현실인지 헷갈렸다. 이준은 재아의 손을 영원히 놓지 않을 것처럼 꼭 그러잡았다. 살며시 눈을 뜬 재아가 마주 보고 누운 채 팔을 벌렸다. 그가 더할 나위 없이 꼭 안아 주며 그녀의 머리카락을 쓸어 넘겼다.

'안 자고 있었어요?'

눈으로 묻자 그녀도 눈으로 답한다.

'자다 깼어요.'

'그런데 왜 잠든 척했어요?'

'자기가 나 쳐다봐 주는 시선이 느껴져서. 그게 너무 좋아서…….'

더 깊이 애정을 담은 이준의 눈가가 유려하게 휘어진다. 그러다 울 것처럼 실그러졌다.

'재아야, ……남편 이름 좀 불러 줘.'

'……강이준.'

456

간질간질하게 닿는 음성에 이준이 설핏 눈을 감았다.

그 어린 날, 제 이름을 불러 주는 어린 소녀의 모습을 상상해 보다가 지금의 재아를 바라본다.

'다시.'

아무리 생각해도…….

'강이준.'

그렇게 네가 들어왔어.

'재아야, ……사랑해.'

그렇게 돌고 돌아서 결국…… 우리는 만났다.

이만하면 아쉽지 않은 인생이다. 이제 와 더 채울 것도 없지만 그래도 욕심 하나 말해 본다면 시간이 가지 않고 평생 이대로 멈추어 버렸으면 좋겠다는 것.

너를 사랑하는 시간이…… 조금도 멈추지 않게.

쏟아지는 빗속에서 한 여자가 남자아이와 여자아이의 손을 나란히 잡은 채 첨벙첨벙 뛰어갔다. 물장구를 치듯 뛰어가는 걸음이 신나는지 아이 둘은 까르르 웃음을 터뜨리며 엄마의 손을 꼭 붙잡은 채였다. 흙탕물에 젖어 들면서도 연방 웃음을 터뜨리는 건 여자도 마찬가지였다.

그렇게 그들이 달려가는 곳은 우산을 들고 서 있는 한 남자의 품이었다.

"천천히 와. 넘어져."

이제는 넘어지는 것 따위에 두려워하지 않는다.

그녀가 아이들에게 가르치는 것은 넘어져도 씩씩하게 다시 일어서는 법이었다. 벌써 손을 놓치고 넘어진 남자아이가 보송보송한 얼굴에 울음을 터뜨리며 제 다리를 감싸 쥐었다. 그러자 그녀가 아이를 향하였다.

"엄마가 씩씩한 아이는 어떻게 하는 거랬어요?"

"혼자서도 일어서는 거랬어."

금세 털고 일어난 남자아이가 엄마의 손을 꼭 잡았다. 여자아이는 벌써 아빠의 한쪽 팔등에 자리를 차지한 후였다.

"우산 챙겨 가라니까. 내 말도 안 듣고."

"이렇게 금방 올 줄 몰랐어요. 그래도 애들은 우비 입혔는데, 잘했다고 칭찬 안 해 줄 거예요?"

"난 내 여자가 비 맞는 게 더 싫어."

"애들은요?"

"어릴 때는 강하게 커야지."

남자아이가 저도 안아 달라는 듯 팔을 뻗자 그가 말하였다.

458

"아빠 한쪽 팔은 언제나 엄마 거야. 오늘은 너보다 동생이 빨랐어."

"우리 아들은 엄마가 안아 줄게."

양손 가득 아들을 안아 올리는 그녀가 환하게 웃으며 남편의 어깨에 기대어 나란히 걸어갔다. 꼭 붙어 가는 네 사람의 동그란 머리가 커다란 우산에 가려져 보이지 않는다.

장마가 시작된 하늘은 무거울 만큼 어두웠다.

그러나 그녀의 표정은 어느 때보다 행복의 절정에 있었다.

The end

마침표는 언제나 새로운 시작임을.

작가 후기

이 글을 쓰겠다고 마음먹은 건 2011년 겨울쯤이었던 걸로 기억해요.

그날은 늦은 저녁, 미용실에 가게 된 날이었어요. 시간이 늦어서 영업을 할지 안 할지도 몰랐는데, 들어서자마자 민소매 원피스를 입은 예쁜 여자들이 바글바글했던…….

그렇게 전해 듣게 된 '그녀들'의 얘기는 전혀 다른 세상이었어요.

다행히 인터뷰에 응해 주신 종사자들(청담 A미용실 대표이사님 이하 메이크업 부원장님, 실장님, 텐프로 대마담, 그녀들 –미스코리아 멘트 아닙니다) 덕분에 룸에서 사용하는 용어들을 알게 되었고, 텐프로를 토대로 정치적인 얘기를 할까 하다가 지금은 사라졌다는, 'K'로 시작하는 '일프로'가 있었다는 데에서 모티브를 얻었어요.

그리하여 조금은 더 안전지향적인 로맨스 소설로 나오게 되었습니다.

스킨십에 관해선 보수적인지라 웃음만 팔게 되는 재아에게는 그런 선택을 할 수밖에 없었던 엄마가 있어요. 사실 '웃음을 판다'는 설정도 위험부담이 적은 것은 아니었지만 어떤 이끌림 때문이었는지 정말로 쓰고 싶었습니다.

그리고 왜 소설에서는 '너 남주, 나 여주, 너 서브.'라고 정해서 그만큼의 몫만을 써야 할까, 생각하던 중 보여 주고 싶은 만큼 써 보자, 그 실타래처럼 엮인 인연 중 스치듯 만났던 인연 모두 타이밍이 조금은 안타깝게 지나간 운명은 아니었을까, 하는 생각이 들었습니다. 하나의 퍼즐처럼 조각을 맞추듯 주인공들을 만났던 시간이었던 것 같습니다.

그렇게 세 사람의 각기 다른 시선으로 볼 수 있는 '첫사랑' 얘기를 들려드리고 싶었어요.

보통의 로맨스 소설과는 달리 여주와 이루어지지 않은 태하의 시선이 비중 높은 것도 이러한 의도였습니다. 물 흐르듯이 이야기가 흘러가는 대로 그저 규정짓지 않고 써 보고 싶었습니다.

추후에 태하 얘기는 시리즈처럼 기획하고 있습니다. 사랑에 덴 만큼 지금보다는 성숙해지겠지만, 여자에게는 왠지 더 나쁜 남자가 되어서 돌아올 것 같기도 하고. 그래서 태하는 또 후회를 하겠지만요. 그때는 이준처럼 자기 사랑을 쟁취하게 되겠죠?

마지막 장을 덮고 보니 재아와 이준은 정말 '1퍼센트의 인연'이네요.

이 글을 쓰면서 먹먹하기도 하고, 가끔은 숨이 안 쉬어질 만큼 답답할 때가 있었는데. 그럼에도 글을 쓰면서 행복한 시간이었던 것 같습니다.

연재 중에 글을 보시다가 먹먹해지고 숨이 안 쉬어져서 잠시 쉬었다가 다시 보았네요, 라는 댓글을 보고는 저와 같은 마음이었구나, 같이 공감해 주신 독자님이 있어 힘이 났고, 재아를 보면서 항상 자신의 삶에 불만이었는데 지금 주어진 것에 감사해야겠다는 글들을 보면서 가끔은 너무 희망적이거나 달달한 글이 아니어도 힐링이 될 수도 있겠구나, 생각했습니다.

사실 왜 그렇게 긍정의 힘이라든지, 주인공은 씩씩하게 혼자서 해맑게 다 알아서 잘해야 하는지…… 캐릭터 연구를 하는 편인데, 어쩌면 저도 이 글에선 힘을 빼고 쓰고 싶었던 것 같아요.

가끔은 '힘내지 않아도 괜찮아.'라고 누군가 말해 주는 것이 위로가 되듯.

그로 인해 굉장히 관조적인 재아가 탄생했지만 실은 그와 반대인 성향을 꼭꼭 숨겨 놓고 있다가 이제는 행복해졌으니 토닥여 주고 싶습니다.

그리고 저는 이 순간, 다시 글이 쓰고 싶어졌습니다.

손에 모두 잡히지 않으면 제 것 같지 않아서 직접 부딪쳐야 써지는 편이라 전작은 결혼정보회사 얘기를 쓰기 위해서 커플매니저를 직업 체험하고, 이번 소설도 정말 힘들게 인터뷰 딴 거라……. 다음엔 꼭 실제가 뒷받침되지 않아도 되는 판타지를 쓰리라 늘 다짐만 하고 있습니다.

언제나 빈 페이지의 첫 줄을 쓸 때가 가장 설레고 즐겁습니다.

로맨스 소설 속 남주보다 더 남주 같은 남편에게 감사하고, 엄마는 글 써야 돼, 라고 말해 주는 아직은 너무 어린 우리 아들 너무너무 사랑합니다.

그리고 이 글을 예쁘게 책으로 담아 준 로크미디어 로맨스 팀과 이은정 편집자님께도 너무 감사드립니다.

항상 다음에 나올 책이 기대되는 작가가 될 때까지 정진하겠습니다.

이 글을 읽으면서 재아의 '진짜 웃음 찾기'를 함께해 주신 독자님의 삶도 언제나 행복하시길 바랍니다.

2016년 6월
기려한 드림